MAPA DO CORAÇÃO

SUSAN WIGGS

MAPA DO CORAÇÃO

TRADUÇÃO
ISABELLA PACHECO

Rio de Janeiro, 2022

Título original: MAP OF THE HEART
Copyright © 2017 by Susan Wiggs

Todos os personagens neste livro são fictícios. Qualquer semelhança com pessoas vivas ou mortas é mera coincidência.

Direitos de edição da obra em língua portuguesa no Brasil adquiridos pela Editora HR LTDA. Todos os direitos reservados. Nenhuma parte desta obra pode ser apropriada e estocada em sistema de banco de dados ou processo similar, em qualquer forma ou meio, seja eletrônico, de fotocópia, gravação etc., sem a permissão do detentor do copyright.

Direitos exclusivos de publicação em língua portuguesa cedidos pela Harlequin Enterprises II B.V./ S.À.R.L para Editora HR Ltda.

A Harlequin é um selo da HarperCollins Brasil.

Contatos: Rua da Quitanda, 86, sala 218 — Centro — 20091-005
Rio de Janeiro — RJ
Tel.: (21) 3175-1030

Diretora editorial: *Raquel Cozer*

Editora: *Julia Barreto*

Copidesque: *Camila Berto*

Revisão: *Julia Páteo*

Design de capa: *Renata Vidal*

Imagens de capa: *Shutterstock*

Diagramação: *Abreu's System*

CIP-Brasil. Catalogação na Publicação
Sindicato Nacional dos Editores de Livros, RJ

W655m

    Wiggs, Susan
        Mapa do coração / Susan Wiggs; tradução Isabella Pacheco. – 1. ed. – Rio de Janeiro: Harlequin, 2021.
        368 p.

        Tradução de: Map of the heart
        ISBN 978-65-5970-088-2

        1. Romance americano. I. Pacheco, Isabella. II. Título.

21-72982   CDD: 813
                                   CDU: 82-31(73)

Meri Gleice Rodrigues de Souza – Bibliotecária – CRB-7/6439

*Para o meu marido, Jerry: por todas as nossas jornadas,
por todos os momentos de inspiração, pelos desvios em estradas
secretas, pelas divagações e pelos voos inesgotáveis da imaginação,
por saber que a maior de todas as jornadas da vida
é aquela que nos leva para casa.
Você é a melhor aventura que já vivi.*

Parte I
Bethany Bay

Obrigada por todos os Atos de Luz que enfeitaram um verão, que agora se transformam em sua recompensa.
— CARTA DE EMILY DICKINSON PARA A SRA. JOHN HOWARD SWEETSER

PART I

Bethany Bay

Um

Dos cinco passos para se revelar um filme, quatro devem ser executados no escuro. E, na câmara escura, o cálculo do tempo é tudo. A diferença entre a superexposição e a subexposição às vezes é uma questão de milésimos de segundos.

Camille Adams gostava dessa precisão e da ideia de que, com o equilíbrio certo de substâncias químicas e cálculo de tempo, um bom resultado estava completamente ao seu alcance.

Não podia haver luz no quarto, nem mesmo uma luz de segurança vermelha ou âmbar. *Camera obscura* era a expressão em latim para "câmara escura", e, na juventude, quando era totalmente fascinada por esse processo, Camille passara longos períodos aprimorando sua técnica. Sua primeira câmara escura tinha sido um armário com cheiro do perfume de pluméria da sua mãe e botas de pesca do padrasto, envoltas pelo sal da baía de Chesapeake. Ela usara fita crepe e fita de espuma para vedar as frestas e impedir qualquer feixe de luz de entrar. Até mesmo uma rachadura mínima na porta poderia danificar os negativos.

Filmes fotográficos antigos eram uma obsessão sua, principalmente agora que as imagens digitais haviam dominado a fotografia analógica. Camille amava a adrenalina de abrir uma porta para o passado e ser a primeira a espiar o que tinha ali. Normalmente, enquanto trabalhava com um rolo de filme ou fotos, ela tentava imaginar alguém usando seu tempo para pegar a câmera e tirar fotos ou gravar um vídeo, capturando um momento espontâneo ou uma pose elaborada. Para Camille, a câmara escura era o único lugar onde ela podia ver com nitidez, onde se sentia competente e no controle da situação.

O projeto do dia era recuperar um rolo fotográfico de 35mm encontrado por um cliente que ela nunca vira pessoalmente, um professor de história chamado Malcolm Finnemore. O filme tinha sido entregue por um portador de Anápolis, e as instruções indicavam que o serviço precisava ser feito rapidamente. O trabalho dela seria revelar o filme, digitalizar os negativos com um scanner especial, converter os arquivos em positivos e enviar os resultados por e-mail. O portador voltaria às três da tarde para pegar os negativos originais e as folhas de contato.

Camille não tinha problema com prazos, tampouco se importava com a pressão. Isso a obrigava a ser objetiva, organizada e controladora. A vida funcionava melhor assim.

Todas as suas substâncias químicas aguardavam a postos — diluídas na proporção certa, organizadas com cuidado em béqueres e posicionadas ao alcance das mãos. Camille não precisava de luz para saber onde estavam, alinhados como instrumentos em uma bandeja cirúrgica — revelador, interruptor, fixador, agente clareador —, e sabia manuseá-los com a delicadeza de uma cirurgiã. Quando o filme já estava revelado, seco e tratado, ela inspecionava os resultados. Amava essa parte do trabalho, ser a reveladora de tesouros perdidos e descobertos, abrir cápsulas do tempo esquecidas com um único ato de luz.

Havia algumas pessoas — e seu falecido marido, Jace, estava entre elas — que classificavam esse procedimento como técnica ou hobby. Camille sabia que era muito mais do que aquilo. Um único olhar em uma foto por Ansel Adams — nenhuma relação com Jace — era prova de que a arte podia acontecer na câmara escura. Por trás de cada impressão grandiosa estavam dezenas de tentativas, até que Adams encontrasse exatamente o equilíbrio certo.

Partindo do princípio que o material não tivesse deteriorado devido à ação do tempo e das intempéries, Camille nunca sabia o que o filme revelaria. Talvez o professor tivesse se deparado com uma lata de filme esquecida e jogada de lado nos arquivos do Smithsonian ou no depósito de alguma biblioteca em Anápolis.

Ela queria fazer tudo certo, pois o material tinha chances de ser importante. O rolo que ela estava enrolando com cuidado na bobina podia ser uma grande descoberta. Poderia revelar fotografias de pessoas que ninguém jamais tinha visto, paisagens que foram modificadas e se tornaram irreconhecíveis, uma cena rara de um momento no tempo que não mais existia neste mundo.

Por outro lado, poderia ser completamente prosaico — um piquenique em família, uma cena genérica na rua, fotos esquisitas de desconhecidos. Talvez revelasse fotos de uma pessoa amada já falecida havia tempos cujo rosto uma viúva esperava ver mais uma vez. Camille ainda lembrava da sensação de alegria e dor ao olhar para as fotografias de Jace depois de sua morte. As últimas fotos que ela tirara do marido permaneciam na escuridão, ainda enroladas dentro da câmera. A Leica antiga era sua máquina favorita, mas Camille não havia encostado nela desde o dia em que o perdera.

Trabalhar com filmes de pessoas totalmente desconhecidas era melhor para ela. Na semana anterior, uma outra caixa perdida num depósito rendera uma coleção rara de negativos de nitrato de celulose em estado precário. As imagens estavam sobrepostas, fundidas pelo tempo e pela negligência. Após horas de um trabalho penoso, Camille conseguira separar o filme, removendo o mofo e consolidando as camadas de imagem, e revelar algo que a lente da câmera tinha visto quase um século antes — a única fotografia conhecida de uma espécie de pinguim já extinta.

Em outra ocasião, ela trabalhara com negativos guardados em latas de uma sessão de fotos com Bess Truman, uma das primeiras-damas americanas mais tímidas do século XX. Até então, o projeto que mais tinha chamado a atenção para o trabalho de Camille havia sido a foto do ato de um assassinato, que acabou postumamente absolvendo um homem enforcado por um crime que não cometera. Embora as notícias na imprensa nacional tenham dado a ela o crédito por solucionar um mistério tão antigo, Camille considerou seu feito agridoce, por saber que um homem inocente fora condenado enquanto o assassino pôde viver em liberdade até a velhice.

Assim que deu início ao timer digital, ela praticamente não se atreveu nem a respirar enquanto se preparava para iniciar a alquimia especial da câmara escura.

O momento foi interrompido pelo barulho do telefone, que ficava do lado de fora da porta. Camille não podia entrar com o telefone na câmara escura, uma vez que o visor acendia quando o aparelho tocava, então ela mantinha o volume alto para ouvir o recado na secretária eletrônica. Desde que seu pai fora diagnosticado com câncer, o coração de Camille acelerava toda vez que o telefone tocava.

Ela esperou os muitos toques, repreendendo-se por entrar em pânico. A doença estava em remissão, embora os médicos do pai não dissessem quanto tempo o quadro permaneceria daquela forma.

— Olá, aqui é Della McClosky, do Centro Médico Henlopen. Estou ligando para Camille Adams. Sua filha Julie foi trazida para a emergência...

Julie. Camille escancarou a porta da câmara escura e pegou o telefone. A lata do filme caiu no chão, fazendo um barulho estridente. O medo já havia tomado conta dela.

— Aqui é Camille. O que Julie está fazendo na emergência?

— Senhora, sua filha acabou de chegar de ambulância no pronto--socorro. Ela foi trazida do curso de salvamento do Clube de Surfe de Bethany Bay.

Terror paralisante. Camille não conseguia respirar.

— *O quê?* Ela está machucada? O que aconteceu?

— Ela está consciente agora, sentada e conversando. O treinador Swanson a acompanhou. Ela ficou presa numa correnteza e engoliu um pouco de água, mas já está sendo atendida pelo médico.

— Estou indo para aí.

Camille correu para a porta dos fundos e pegou a chave no gancho enquanto saltava os degraus da entrada até o carro. Não pensou em nada. Nenhum plano. Só ação. Quando você recebe uma ligação dizendo que sua filha está no pronto-socorro do hospital, não há espaço para pensar em nada. Você só sente o maior medo do mundo, como uma fita de aço apertando o peito.

Ela se jogou dentro do carro, ligou a ignição e acelerou para fora da garagem, os pneus deixando um arco de conchinhas trituradas para trás. Camille fez a volta no farol no fim da rua. Durante um século, a costa rochosa havia sido protegida pela sentinela que observava toda a baía de cima.

O rádio do carro estava ligado, transmitindo uma previsão de surfe no horário nobre feita por Crash Daniels, dono da Surf Shack:

— Estamos tendo nosso primeiro gostinho do verão, pessoal. Toda a península de Delmarva está desfrutando da temperatura em torno dos trinta graus Celsius. O mar está agitado. Bethany Bay está *irada*...

Ela desligou o rádio. O pânico com sua filha exigia concentração total. Curso de salvamento? Mas o que Julie estava fazendo lá? Ela nem sequer estava matriculada nessa aula, um crédito opcional de educação física oferecido para alunos do nono ano. Camille tinha proibido que a filha se matriculasse, apesar de Julie ter implorado. Era muito perigoso, já que a maré do lado do oceano da península podia ser mortal.

Não sentia prazer algum em estar certa. Julie ficou presa em uma correnteza, segundo o que a enfermeira havia dito. Uma onda de horror encheu a garganta de Camille, e ela teve vontade de vomitar.

— Calma — disse para si mesma. — Respire fundo. A mulher no telefone disse que Julie está consciente.

Cinco anos antes, Jace esteve consciente também, nos instantes que precederam sua morte e ela o perdeu para sempre, quando os dois estavam em uma viagem romântica de segunda lua de mel. Agora, Camille não conseguia parar de pensar nisso. Afinal, era o motivo por ter se recusado a assinar a autorização para Julie participar do curso. Ela simplesmente não conseguiria sobreviver a outra perda.

Houve um tempo em que Camille levava uma vida de fantasia, completamente alheia à devastação que poderia surgir de surpresa. Durante sua infância idílica em Bethany Bay, vivera livre e solta como os pássaros que sobrevoavam as águas daquele território na ponta do Atlântico. Ela mesma tinha se destacado nas aulas de salvamento, um curso rigoroso e que exigia muito fisicamente, mas que todos os alunos eram incentivados a fazer. Naquele povoado, cujo território era cercado por água por três lados, era obrigatório ter conhecimentos de segurança na água. Graças à popularidade da praia, com ondas que formavam tubos, jovens locais aprendiam a arte do resgate utilizando pranchas especiais. Era uma tradição consagrada na escola Bethany

Bay High. Todo mês de maio, quando a água ainda estava gelada das correntes de inverno, o departamento de educação física oferecia aquela aula desafiadora.

Aos 14 anos, Camille não fazia ideia dos perigos do mundo e se tornara a líder do grupo de salvamento, chegando a ganhar a competição anual durante três anos consecutivos. Ela recordou o quanto a vitória a fizera se sentir alegre e confiante. Recordo as lembranças de divertir-se na batalha contra as ondas sob o sol, rindo com as amigas, inebriada pela satisfação suprema de dominar os elementos naturais. No final do curso, sempre havia uma noite de fogueira e marshmallows na praia, uma tradição ainda mantida pelos treinadores, para que a garotada pudesse conversar sobre a experiência coletiva. Camille queria que sua filha vivesse isso, mas Julie era uma menina diferente da que ela própria havia sido.

Até cinco anos antes, Camille era uma viciada em adrenalina — surfe, kitesurf, escalada de montanhas e rochas escarpadas —, qualquer coisa que proporcionasse a fissura do perigo. Jace tinha sido o parceiro perfeito, tão ávido por aventura quanto ela.

Mas aqueles dias tinham ficado no passado. Camille havia sido reprogramada pela tragédia, passando a ser cautelosa em vez de intrépida, medrosa em vez de ousada, contida em vez de desmedida. Via o mundo como um lugar nocivo, repleto de perigos para aqueles tolos o bastante para se aventurar e correr riscos, e considerava tudo o que amava frágil e passível de ser perdido com a mesma rapidez que levara Jace.

Julie havia processado a morte de seu pai com a inocência estoica de uma criança de 9 anos de idade, vivendo um luto silencioso e então aceitando o fato de que seu mundo jamais seria o mesmo. As pessoas enalteciam a resiliência da menina, e Camille sentia-se agradecida por ter um motivo para organizar a vida e seguir adiante.

Ainda assim, quando Julie trouxera o pedido de autorização para casa e anunciou que queria fazer aulas de salva-vidas, Camille recusara categoricamente. Houve discussão e lágrimas. Julie saiu batendo o pé e se jogou na cama, acusando a mãe de tentar sabotar sua vida.

Com uma pontada de culpa, Camille sabia que seus medos estavam impedindo a menina de viver, mas também tinha consciência de que estava mantendo Julie longe do perigo. Sim, ela queria que a filha vivesse o mesmo tipo de diversão e companheirismo que experimentara nos tempos de escola, mas Julie precisaria encontrar isso por caminhos mais inofensivos.

Pelo visto, ela havia descoberto uma maneira de fazer o curso, provavelmente com o velho truque da falsificação de assinatura.

Poucas forças são mais poderosas do que a determinação de uma menina de 14 anos quando quer algo. Nada é impeditivo para uma adolescente conseguir o que deseja.

Camille deveria ter prestado mais atenção. Em vez de ficar tão absorta no trabalho, deveria ter observado sua filha de perto. Talvez assim tivesse percebido o que Julie estava aprontando, indo escondida ao curso de salvamento em vez de basquete, estudo dirigido ou qualquer outro substituto tranquilo para a aula na praia.

Quando Jace estava vivo, ele e Camille se asseguraram que a filha aprendesse a nadar bem. Aos 8 anos, Julie tinha aprendido como funcionava uma correnteza e como sobreviver caso ficasse presa em uma — mantenha-se na vertical, com a cabeça fora d'água, movimentando apenas as pernas, procure ficar paralela à costa, não lute para sair. Camille conseguia se lembrar de Jace explicando aquilo à menina. A corrente de retorno voltava a cada três minutos, portanto não era necessário entrar em pânico.

Nos últimos tempos, entrar em pânico era a especialidade de Camille.

Com os olhos na estrada, vasculhou sua bolsa à procura do celular. Sua mão encontrou os objetos de sempre — carteira, caneta, talão de cheques, prendedor de cabelo, pente, balas. Nada do celular. Droga, ela tinha esquecido em casa, na pressa de chegar ao hospital.

Hospital, para onde sua filha machucada havia sido levada enquanto Camille estava enclausurada em sua câmara escura, ignorando o resto do mundo. A cada pensamento negativo, ela apertava o pé mais fundo no acelerador, até que percebeu que estava dirigindo a oitenta quilômetros por hora numa área cuja velocidade máxima era cinquenta. Camille se recusou a desacelerar. Se fosse parada pela polícia, simplesmente pediria uma escolta até lá.

A palavra *por favor* ecoava em sua cabeça. Implorou para que isso não acontecesse. *Por favor. Por favor, isso não. Por favor, Julie não.*

Catorze anos, inteligente, engraçada, espirituosa, ela era o mundo de Camille. Se algo acontecesse à filha, o mundo acabaria. *Eu simplesmente acabaria*, pensou Camille com uma certeza inabalável. *Eu desistiria de existir. Minha vida seria destruída. Fim. Sans espoir, como Papa diria.*

A estrada costeira dividia as planícies ladeadas pela misteriosa baía de Chesapeake e pela extensão vasta e infinita do Atlântico. Margeada por dunas de areia repletas de viveiros de pássaros nativos, a baía fazia uma curva para dentro, emoldurando o oceano agitado e formando uma das melhores praias de surfe da Costa Leste. Foi ali — naquela praia absurdamente bela, com areia que parecia açúcar, que atraía turistas durante o ano inteiro — que o acidente de Julie tinha acontecido.

Nos últimos quilômetros, Camille acelerou o carro de novo e, cinco minutos depois, embicou no estacionamento do centro médico. O lugar trazia lembranças antigas e recentes. Ela saiu do carro rápido e entrou correndo.

— Julie Adams — disse ela para a mulher na recepção. — Ela foi trazida de um curso de salvamento.

A recepcionista consultou o computador.

— Box sete — respondeu ela. — Virando à direita.

Camille sabia onde era. Ela passou correndo pela parede de homenagem — PAREDE EM HOMENAGEM AO DR. JACE ADAMS, que nunca cessava em machucar seu coração com lembranças.

Ela sentia saudade do pai de Julie todos os dias, mas nunca mais do que quando sentia medo. Outras mulheres podiam recorrer a seus maridos quando um desastre acontecia, mas Camille não. Ela só podia recorrer às suas doces lembranças. Num piscar de olhos, ela havia encontrado e perdido o amor de sua vida. Jace permaneceria para sempre nas sombras de sua memória, distante demais para confortá-la nos momentos de pânico.

Ou seja, basicamente o tempo todo.

Camille se apressou até as camas separadas por cortinas, desesperada para ver sua filha. Viu de longe um cabelo louro encaracolado e uma mão delicada ao lado do corpo.

— Julie — chamou ela, correndo para o lado da maca.

As pessoas que estavam presentes abriram caminho para que Camille se aproximasse. Era um pesadelo ver sua filha conectada a monitores, com médicos ao redor. Julie estava sentada, com um colar cervical, várias pulseiras hospitalares, acesso venoso e uma expressão de incômodo.

— Mãe — disse a menina. — Eu estou bem.

Era tudo o que Camille precisava ouvir, a voz de sua filha dizendo aquela palavras. Seu coração pareceu derreter enquanto o alívio acalmava seus nervos.

— Meu amor, como você está se sentindo? Me conte tudo.

Camille examinou cada centímetro de Julie. Ela estava mais pálida do que o normal? Estava com dor? Aparentemente não, observou Camille. A menina estava com a cara típica de adolescente irritada.

— Como eu falei, estou bem. — Julie pontuou sua fala com uma clássica revirada de olhos.

— Sra. Adams. — Um médico de roupa verde e jaleco branco se aproximou. — Eu sou o dr. Solvang. Estou cuidando de Julie.

Como um bom médico de pronto-socorro, Solvang explicou calma e metodicamente o que tinha acontecido. Ele olhou nos olhos de Camille e fez declarações claras e objetivas.

— Julie relatou que caiu da sua prancha de resgate quando tentava remar de joelhos ao redor de uma boia, em um treino de velocidade. Ela ficou presa em uma corrente secundária. Julie, foi isso, correto?

— É — murmurou ela.

— Você quer dizer uma correnteza?

Camille olhou para o treinador, que estava por perto. Por que ele não estava tomando conta de Julie? Aprender a evitar correntezas não era a primeira aula do curso?

— Aparentemente sim — respondeu o médico. — O treinador Swanson conseguiu trazer Julie para a costa. Naquele momento, ela estava desacordada.

— Ai, meu Deus! — *Desacordada.* Camille não conseguia suportar essa imagem na sua cabeça. — Julie... eu não estou entendendo. Como isso aconteceu? Não era para você estar na aula de salvamento — Ela respirou fundo. — Mas vamos conversar sobre isso depois.

— O treinador Swanson a levou para a praia e fez reanimação cardiopulmonar, e a água que ela havia aspirado foi expelida. Ela acordou imediatamente e foi trazida para cá para ser examinada.

— Então você está dizendo que minha filha se afogou?

— Eu fui derrubada da prancha, só isso.

— O quê? Derrubada? Meu Deus...

— Quer dizer, eu caí... — completou Julie, com os olhos ziguezagueando pelo pronto-socorro.

— A concussão deve se curar sozinha, sem problemas — afirmou o dr. Solvang.

— *Que concussão?* — Camille queria segurar o homem pela lapela branca engomada e sacudi-lo. — Ela bateu a cabeça? — Ela pegou no queixo de Julie, procurando o machucado no meio dos cachos escuros e cheios de sal da menina. Havia um galo na testa dela, acima de um dos olhos. — Como você bateu a cabeça?

Julie desviou o olhar e encostou levemente em seu cabelo sujo cheio de sal, em cima da têmpora.

— Nós fizemos uma avaliação da atividade cerebral a cada dez minutos — falou a enfermeira. — Está tudo normal.

— Você não estava usando um capacete de segurança? — perguntou Camille. — Como você sofreu uma concussão?

— Mãe, eu não sei, tá? Foi tudo muito rápido. Por favor, para de surtar.

A hostilidade era a nova moda de Julie. Camille tinha começado a reparar naquilo no início do ano letivo. Naquele momento, as respostas atravessadas eram um sinal de esperança. Significava que a menina estava se sentindo normal.

— E agora? — perguntou Camille ao médico. — Vocês vão interná-la?

Ele sorriu e balançou a cabeça.

— Não é necessário. Já pedimos para preparar a papelada da alta.

Camille respirou fundo, aliviada.

— Preciso de um celular. Saí correndo de casa sem o meu e preciso ligar para minha mãe.

Julie apontou para sua bolsa do time Barracudas, de Bethany Bay.
— Usa o meu para ligar para vovó.
Camille encontrou o celular na bolsa e ligou para a mãe.
— Oie — atendeu Cherisse Vandermeer. — Saiu da escola mais cedo hoje?
— Mãe, sou eu — falou Camille. — Estou usando o celular da Julie.
— Achei que você fosse ficar o dia todo enfurnada na câmara escura hoje.
A câmara escura. Camille teve um momento "ai, merda!", mas o ignorou em prol do assunto mais urgente.
— Estou no hospital — disse Camille para a mãe. — Julie foi trazida para o pronto-socorro.
— Ai, minha nossa senhora. Ela está bem? O que houve?
— Está. Ela sofreu um acidente na aula de salvamento. Eu acabei de chegar aqui.
Ela ouviu a mãe arfando.
— Eu já chego aí.
— Eu estou bem, vó — falou Julie, alto. — Mas a mamãe está surtando.
Então Camille ouviu uma respiração firme e profunda do outro lado da linha.
— Tenho certeza de que vai dar tudo certo. Vejo vocês em dez minutos. Eles disseram o que...
A ligação caiu. O sinal de celular era instável naquela parte baixa da península.
Pela primeira vez, Camille olhou para fora do box de Julie. O diretor Drake Larson tinha chegado. Drake — seu ex-namorado — parecia totalmente profissional de camisa listrada, gravata e calça de pregas. Mas a pizza de suor debaixo do braço indicava que ele estava tudo, menos calmo.
Drake deveria ter sido seu par perfeito, mas havia pouco tempo que Camille reconhecera — primeiro para si mesma, depois para ele — que a relação dos dois tinha chegado ao fim. Ele ainda ligava para ela, dando a entender que queria voltar, e Camille não queria magoá-lo dizendo que o sentimento não era recíproco.

Durante meses, ela tentou se apaixonar por Drake, um cara legal, gentil, amoroso, bonito, sincero. Mas, apesar dos esforços, não houve nenhuma faísca, nenhuma sensação do fundo do coração de que os dois pertenciam um ao outro. Com um sentimento de derrota, Camille percebeu que nunca chegaria nesse estágio com ele e estava pronta para finalizar aquele capítulo curto e previsível de sua vida amorosa completamente desinteressante. Terminar com Drake havia sido um exercício de diplomacia, uma vez que ele era diretor do colégio da sua filha.

— Onde você estava quando minha filha estava sendo sugada para o fundo do mar em uma correnteza? — indagou Camille, fuzilando o treinador Swanson com um olhar acusatório.

— Eu estava na praia, coordenando os treinos.

— Como ela bateu a cabeça? Você viu o que aconteceu?

Ele se remexeu, trocando o peso do corpo de pé.

— Camille...

— Então a resposta é não.

— Mãe — pediu Julie. — Eu já disse, foi um acidente idiota.

— Ela não tinha minha autorização para estar nessa aula — afirmou Camille para o treinador. E depois se virou para Drake. — Quem estava encarregado de verificar as autorizações?

— Você está dizendo que ela não levou a autorização? — Drake olhou para o treinador.

— Nós temos uma autorização na pasta da aula — garantiu Swanson.

Camille olhou para Julie, que estava com as bochechas coradas acima do colar cervical. Ela parecia constrangida, mas Camille percebeu outra coisa no olhar da menina — um ar de desafio.

— Há quanto tempo isso está acontecendo? — perguntou ela.

— Essa é a quarta aula — respondeu o treinador. — Camille, eu sinto muito. Você sabe que a Julie significa muito para mim.

— Ela é *tudo* para mim, e ela quase se afogou — retrucou Camille e então se voltou para Drake. — Vou ligar para você para falarmos sobre a autorização. Só quero levar minha filha para casa, ok?

— O que posso fazer para ajudar? — perguntou Drake. — Julie nos deu um baita susto.

Camille tinha a terrível sensação de que os termos *responsabilidade penal* e *processo judicial* estavam assombrando os pensamentos de Drake naquele instante.

— Olha — sugeriu ela —, eu não estou brava, tá? Só fiquei apavorada. Julie e eu vamos nos sentir melhor assim que chegarmos em casa.

Os dois homens foram embora depois que Camille prometeu dar notícias mais tarde. A enfermeira responsável pela alta estava citando uma lista de precauções e procedimentos quando a mãe de Camille chegou.

— O raio X mostra que os pulmões dela estão totalmente limpos — afirmou a enfermeira. — Como precaução, nós vamos pedir um acompanhamento para garantir que ela não desenvolva uma pneumonia.

— Pneumonia?

A mãe de Camille tinha 50 e poucos anos, mas aparentava ser muito mais jovem. Era comum que as pessoas dissessem que as duas pareciam irmãs. Camille não achava que aquilo era exatamente um elogio a ela. Isso significava que ela, aos 36, tinha cara de 50 e poucos anos? Ou que sua mãe de 50 e poucos anos parecia ter 36?

— Minha neta não vai ficar com pneumonia. Eu simplesmente não vou deixar que isso aconteça. — Cherisse correu até a maca e abraçou Julie. — Meu amor, estou tão feliz que você esteja bem.

— Obrigada, vó — falou Julie, dando um sorriso rápido e discreto.

— Não se preocupe. Já estou pronta para ir para casa, né? — perguntou para a enfermeira.

— Com certeza. — Ela colocou uma bolinha de algodão sobre a dobra do braço da menina, onde estivera o acesso venoso.

— Muito bem, meu amor — disse Cherisse. — Vamos para casa.

As duas ajudaram a desgrudar da menina os adesivos brancos conectados aos monitores. Julie tinha recebido uma camisola hospitalar para vestir por cima do seu maiô. Seus movimentos enquanto se trocava e pegava sua roupa na bolsa de ginástica eram rápidos, quase envergonhados. Adolescentes eram modestos, Camille sabia disso, mas Julie levava isso ao extremo. A pequena fadinha que costumava correr pela casa livre e despida tinha se transformado numa adolescente respondona e cheia de segredos.

— Vocês não precisam me esperar — anunciou Julie. — Eu posso me vestir sozinha.

Camille conduziu sua mãe para a área de espera.

— Pronto — avisou Julie, saindo da área dos boxes do pronto-socorro alguns minutos depois. Ela vestia uma camiseta da "Surf Bethany" grande demais e uma calça jeans bem gasta. Havia um saco plástico com uma etiqueta *Pertences da paciente*, que continha uma toalha, um aparelho dentário daqueles de capacete, óculos e uma blusa de neoprene. — E, só para vocês saberem, eu não vou voltar para escola hoje — acrescentou a menina, com um olhar que as desafiava a contradizê-la.

— Ok — respondeu Camille. — Precisamos passar lá para pegar suas coisas?

— Não — respondeu Julie rapidamente. — Quer dizer, podemos ir para casa e descansar?

— Claro, amor.

— Quer que eu vá junto? — perguntou a mãe de Camille.

— Está tudo bem, vó. Hoje não é um dia agitado na loja?

— Todo dia é agitado na loja. Estamos nos preparando para a Caminhada de Artes da Primeira Quinta-feira do Mês. Mas eu nunca estou ocupada demais para você.

— Eu estou bem. Juro.

— Quer que eu vá mais tarde para ajudar? — perguntou Camille.

Ela e a mãe eram sócias na Ooh-La-La, uma loja movimentada de artigos para casa no centro da cidadela. Os negócios iam bem, graças à população local consumista e aos turistas abastados da região metropolitana de Washington.

— Os funcionários podem cuidar de tudo, e nós três podíamos fazer uma noite das meninas. Que tal? Podemos assistir a um filme bobo e fazer a unha uma da outra — disse Cherisse.

— Vó. Sério. Eu estou bem agora. — Julie andou em direção à saída.

Cherisse respirou fundo.

— Se você está dizendo...

— Eu estou dizendo.

Camille passou o braço ao redor de Julie.

— Ligo para você mais tarde, mãe. Mande um beijo nosso para Bart.

— Você pode dar pessoalmente — afirmou uma voz grave masculina. O padrasto de Camille parou na frente delas. — Eu vim assim que recebi seu recado.

— Julie está bem. — Cherisse deu um abraço rápido e apertado nele. — Obrigada por vir.

Camille ficou pensando em como era ter alguém para quem ligar imediatamente, alguém que largaria tudo e correria para estar ao seu lado.

Bart puxou Julie para perto de si, envolvendo-a num abraço de urso. O ar salgado e a maresia ainda estavam impregnados nele. Ele era um pescador à moda antiga que tinha uma frota de barcos de pesca e vasculhava as águas de Chesapeake em busca das ostras mais saborosas do mundo. Alto, louro e bonito, estava casado com Cherisse havia vinte e cinco anos. Era um pouco mais novo do que a mãe de Camille, e, embora a filha o adorasse, o coração dela ainda pertencia ao pai.

Após o abraço de urso, Bart segurou os ombros de Julie.

— Agora me diga, em que tipo de confusão você se meteu?

— Eu estou bem — disse Julie novamente.

— Ela ficou presa em uma correnteza — respondeu Camille.

— Minha neta? — Bart esfregou a cabeça. — Não. Você sabe o que é uma correnteza. Sabe como evitá-la. Eu já vi você na água. Você nada como um marlim-azul desde que era um girino. Dizem que as crianças nascidas aqui têm pé de pato.

— Acho que meu pé de pato me traiu — murmurou Julie. — Obrigada por vir até aqui.

Eles se separaram no estacionamento. Enquanto Julie entrava no carro, Camille viu Cherisse apoiar-se em Bart, largando todas as suas preocupações naquele abraço grande e generoso. Vê-los assim despertou uma pontada de inveja no fundo de seu coração. Ela estava feliz por sua mãe, que tinha encontrado um amor tão intenso nesse homem bom, mas, ao mesmo tempo, a felicidade dela só servia para que sua solidão parecesse ainda maior.

— Vamos, filha — disse ela, engatando o carro.

Julie olhava em silêncio para a janela.

Camille respirou fundo, sem saber como lidar com a situação.

— Jules, sinceramente, eu não quero reprimir você.

— E eu, sinceramente, não quero ter que falsificar sua assinatura nas autorizações da escola — respondeu Julie, baixinho. — Mas eu queria muito fazer essa aula.

Ela tinha ficado cega para perceber os desejos da filha, pensou Camille com uma dor de culpa. Mesmo quando Julie tinha tentado conversar sobre o curso de salvamento, ela tinha se recusado a ouvir.

— Achei que seria legal — afirmou Julie. — Eu nado bem. O papai ia gostar que eu fizesse o curso.

— Ele ia mesmo — admitiu Camille. — Mas ele teria ficado furioso por você ter feito tudo escondido de mim. Olha, se você quiser, eu posso treinar salvamento com você. Eu era muito boa na minha época.

— Ah, ótimo. Ensino domiciliar, para as pessoas acharem que eu sou ainda mais esquisita.

— Ninguém acha que você é esquisita — retrucou Camille.

Julie balançou a cabeça.

— Tá.

— Quem acha que você é esquisita?

— Que tal todo mundo?

— Jules…

— Eu só quero fazer a aula, mãe, que nem todo mundo. Não quero que você me ensine. É legal da sua parte oferecer, mas não é isso o que quero, mesmo que você tenha sido campeã na sua época. A vovó me mostrou as fotos no jornal.

Camille lembrou de sua foto triunfante no *Bethany Bay Beacon* anos antes, com cabelo comprido, aparelho fixo nos dentes e um sorriso que não saía do rosto. Ela sabia que fazer a aula não tinha apenas a ver com as habilidades que iria adquirir. O curso de salvamento era uma grande tradição da região, e a experiência vivida pelo grupo era parte disso. Camille se lembrou do fim do curso, sentada ao redor da fogueira, contando histórias com seus amigos, olhando para a roda e vendo apenas rostos familiares. Lembrou-se da sensação de alegria e de pertencimento. Lembrou-se de pensar: *Jamais terei amigos como esses de novo. Jamais viverei algo igual.*

Agora, se perguntava se estava impedindo que sua filha vivesse esse tipo de experiência.

— A *sua* mãe deixou você fazer a aula — lembrou Julie. — Ela deixou você fazer tudo. Eu vi as suas fotos surfando, fazendo *mountain bike*, escalando. Você nunca mais fez nada disso. Você nunca faz *nada* hoje em dia.

Camille não respondeu. Aquela era outra vida. *Antes*. A Camille de *antes* agarrava a vida e achava que o mundo era uma grande aventura. Ela tinha se lançado nos esportes, viagens, aventuras, no desconhecido — e a maior aventura de todas tinha sido Jace. Quando o perdeu, o *depois* começou. O *depois* significava cautela e timidez, medo e desconfiança. Significava manter um muro em torno de si e de tudo o que amava, sem permitir que nada nem ninguém entrasse e atrapalhasse o equilíbrio que conquistara a duras penas.

— Então, sobre a autorização... — Camille começou.

Julie encolheu-se.

— Desculpa.

— Se eu não estivesse tão assustada com o acidente, eu estaria furiosa com você agora.

— Obrigada por não estar furiosa.

— Provavelmente vou ficar depois. Meu Deus, Julie. Eu não queria que você fizesse a aula e acho que hoje você descobriu o motivo: é muito perigoso. Sem falar no fato de que você não deveria fazer nada escondido de mim. Falsificar minha assinatura...

— Eu não teria feito isso se você tivesse simplesmente me deixado fazer a aula, como uma criança normal. Você nunca me deixa fazer nada. Nunca.

— Não seja injusta, Jules.

— Eu fiquei pedindo e você nem me deu bola, mãe. Eu queria muito fazer a aula, do mesmo jeito que você quando tinha a minha idade. Só quero uma chance para tentar...

— Você teve essa chance hoje, e olha no que deu.

— Provavelmente nem está passando pela sua cabeça, mas, caso você esteja curiosa, eu fui muito bem nas três primeiras aulas. Eu sou boa, uma das melhores do grupo, segundo o treinador Swanson.

Camille sentiu mais uma pontada de culpa. Como explicar à sua filha que ela não podia experimentar algo em que Camille tinha sido tão boa?

Após alguns minutos de silêncio, Julie falou:

— Eu quero continuar indo.

— O quê?

— Na aula de salvamento. Eu quero continuar frequentando a aula.

— Isso está fora de cogitação. Você fez tudo escondido...

— E sinto muito por isso, mãe. Mas, agora que você já sabe, estou pedindo diretamente para você me deixar fazer o curso até o fim.

— Depois de hoje? — indagou Camille. — Você vai ficar de castigo para sempre.

— Eu *já estou* de castigo para sempre — resmungou Julie. — Estou de castigo desde que o papai morreu.

Camille passou para o acostamento, parando o carro bruscamente ao lado de um terreno vasto e árido de sal.

— O que foi que você disse?

Julie levantou um pouco o rosto.

— Você ouviu. Foi por isso que você parou o carro. Só estou dizendo que, depois que o papai morreu, você não me deixou mais viver uma vida normal porque está sempre achando que algo terrível vai acontecer de novo. Eu nunca posso ir a lugar nenhum nem fazer nada. Não piso em um avião faz cinco anos. E agora só o que quero fazer é o curso de salvamento, como todo mundo. Eu queria ser boa em *uma coisa*.

O queixo de Julie tremeu e ela desviou o olhar para a janela, observando a grama que balançava com o vento e as nuvens que dançavam no fim da tarde.

— Você é boa em tantas coisas — afirmou Camille.

— Eu sou uma gorda otária — retrucou Julie. — E não diga que não sou gorda, porque eu sou.

Camille se sentiu enjoada. Ela tinha parado de enxergar as coisas que Julie desejava. Será que era uma mãe terrível por ser superprotetora? Estava deixando os próprios medos reprimirem a filha? Ao se recusar a assinar a autorização para que ela fizesse a aula, Camille fez com que a menina agisse escondido.

— Não quero ouvir você falar de si mesma desse jeito — disse ela em um tom amoroso, ajeitando o cabelo escuro e cacheado de Julie atrás da orelha.

— É, eu sei que você não quer — respondeu Julie. — É por isso que você está sempre ocupada trabalhando na loja ou na câmara escura. Você se mantém ocupada o tempo todo para não precisar ouvir sobre a minha vida nojenta.

— Jules, você não pode acreditar mesmo nisso.

— Tá, dane-se. Então não acredito. Podemos ir para casa agora?

Camille respirou fundo, tentando não se sentir machucada pelas palavras de Julie. Aquilo era verdade? Ela tinha se enfurnado no trabalho para não precisar pensar por que ainda estava sozinha depois de todos aqueles anos ou por que ela guardava um medo doentio de que algo terrível aconteceria às pessoas que ela amava? Eca.

— Olha, querida, vamos fazer um favor uma à outra e conversar sobre outra coisa.

— Caramba, você sempre faz isso. Você sempre muda de assunto porque não quer falar sobre o fato de todo mundo me achar uma otária gorda e feia.

Camille arfou.

— Ninguém acha isso.

Julie revirou os olhos de novo.

— Tá.

— Vou lhe dizer uma coisa. Você tem usado seu aparelho direitinho e seus dentes estão lindos. Vamos perguntar ao dentista se pode usar só à noite. E outra coisa, eu ia esperar até o seu aniversário para trocar seus óculos por lentes de contato, mas o que você acha de ganhar as lentes em comemoração por você ter passado o nono ano? Vou marcar uma consulta...

Julie girou o corpo em direção à mãe no banco do passageiro.

— Eu sou gorda, tá? Tirar meu aparelho e meus óculos não vai mudar isso.

— Pare! — exclamou Camille. Meu Deus, por que os adolescentes eram tão difíceis? Será que *ela* tinha sido assim? — Não vou deixar você falar de si mesma desse jeito.

— Por que não? Todo mundo fala.
— O que você quer dizer com todo mundo?
Julie deu de ombros, rabugenta.
— É só que... deixa pra lá.
Camille esticou a mão na direção da menina e delicadamente pôs alguns cachos do cabelo de Julie para trás. Sua filha estava bem no meio da esquisitice da pré-puberdade, um exemplo claro daqueles que demoram um pouco mais para se desenvolver. Todas as amigas dela já estavam na puberdade, mas Julie mal tinha entrado. No ano passado, tinha engordado e estava tão insegura com seu corpo que se escondia em calças jeans largas e camisetas.
— Talvez eu realmente tenha que desapegar — concluiu Camille. — Mas não de uma vez só, e certamente não colocando você no caminho do perigo.
— A aula se chama *salvamento* por um motivo. Nós estamos aprendendo a ficar em segurança na água. Você sabe disso, mãe. Caramba!
Camille expirou lentamente, engatou a marcha e voltou para a estrada.
— Fazer algo pelas minhas costas não é a maneira de ganhar minha confiança.
— Tá bem. Me diga como ganhar sua confiança para que eu possa fazer desse jeito.
Camille manteve os olhos na estrada, a paisagem familiar passando pela janela do carro. Havia a lagoa e uma grande árvore na margem, onde, um dia, ela e suas amigas penduraram uma corda para se balançar e se lançar no rio. Do lado da água, tinha Sutton Cove — um destino de kitesurf para aqueles dispostos a enfrentar o vento e as correntes. Depois de um dia praticando a modalidade com Jace, uns dezesseis anos antes, ela voltara para a areia e o encontrara ajoelhado, com um anel de noivado nas mãos.
Tantas aventuras em cada canto daquela cidade.
— Vamos conversar sobre isso — disse ela, por fim.
— O que significa que não vamos.
— O que significa que nós duas vamos tentar melhorar. Desculpe por estar tão envolvida no trabalho e... — Um pensamento terrível interrompeu o momento.

— O que foi? — perguntou Julie.

— Uma coisa de trabalho. — Camille olhou para a filha. — Não se preocupe com isso. Vou resolver.

O estômago dela se revirou ao pensar no projeto em que estava trabalhando para o professor Finnemore. Na hora em que a enfermeira ligou, Camille tinha largado tudo e interrompido a escuridão, arruinando para sempre o filme raro de seu cliente.

Que maravilha. Os negativos únicos, que poderiam conter imagens jamais vistas, de quase meio século atrás, estavam completamente destruídos.

O professor Finnemore não ia ficar nada feliz.

Dois

Toda vez que voltava aos Estados Unidos das aulas que dava pelo mundo, Finn visitava o Cemitério de Arlington, caminhando por entre as infinitas fileiras brancas de lápides de alabastro — cerca de meio milhão delas — gravadas com letras pretas, alinhadas com precisão tão impecável que definiam as ondulações do gramado. Em algum lugar distante, ouvia-se uma gaita de fole — um dos cerca de trinta funerais que ocorriam por semana ali.

Ele parou diante de uma lápide sobre a qual havia um pequeno pato de plástico. Na parte de trás do brinquedo, alguém tinha escrito *Oi, vovô* com uma caligrafia infantil.

Finn pensou um pouco antes de sacar sua câmera. As mensagens de crianças pequenas sempre o tocavam. Ele fechou os olhos e agradeceu o soldado silenciosamente. Depois fotografou a lápide e guardou o pato na bolsa. Voluntário do Centro Histórico Militar, o professor visitava o Cemitério de Arlington sempre que estava pela redondeza e coletava itens que eram deixados nos túmulos. Com seus colegas, ajudava a catalogar esses itens em uma base de dados, de forma que cada lembrança fosse preservada, independentemente do tamanho.

Ao seguir adiante, ele fez um desvio para ver os túmulos da sua primeira missão agridoce. Quando trabalhou com um grupo de aldeões nos campos do Vietnã, Finn descobriu o local do acidente de quatro soldados americanos desaparecidos cinquenta anos antes. Os homens — o comandante de aeronave, um piloto, um atirador de elite e um artilheiro — tinham sido atingidos por fogo inimigo, e o helicóptero em que estavam caiu nas montanhas. Durante décadas, os corpos ficaram perdidos. Ele tinha conversado com as famílias das vítimas e encontrara semelhanças com a história de seus próprios antepassados. Sem saber o que tinha acontecido com seus entes queridos, as famílias não tinham como viver o luto, não tinham um encerramento da história. Aquilo se prolongava como neblina, impenetrável em alguns momentos, fina em outros, mas sempre presente.

Os restos mortais foram enterrados em um funeral coletivo, com caixões carregados por carruagens a cavalo e uma guarda de honra vestindo luvas brancas, enquanto as famílias observavam, unidas como sobreviventes de uma tempestade. Uma das filhas escreveu uma carta de agradecimento para Finn, dizendo que, apesar do luto revivido, ela também sentia alívio por finalmente poder descansar o corpo do pai.

Mais de mil veteranos ainda permaneciam desaparecidos, e o pai de Finn, Richard Arthur Finnemore, era um deles. Durante anos, ele procurara o rosto familiar nos pedintes do lado de fora dos prédios de veteranos, imaginando se a tortura não o deixara debilitado e incapaz de voltar para casa.

Finn pegou um pedaço de papel de um túmulo na Seção 60, onde os falecidos mais recentes haviam sido enterrados. O bilhete dizia: *Preciso te deixar aqui. Você deveria estar em casa brincando com nossos filhos e rindo conosco. Mas é aqui que você vai ficar. Para sempre. Acho que, nesse sentido, jamais vou te perder.* Apesar do calor do verão, ele sentiu um calafrio enquanto fotografava o túmulo e adicionava o bilhete à sua coleção.

Por fim, consultou um aplicativo no celular e localizou o novo túmulo de um morto bastante antigo: do primeiro-tenente das Forças Armadas Robert McClintock. Finn havia vasculhado o interior de Aix-en-Provence, onde estava morando e dando aula. Sua pesquisa o levara ao local do acidente de uma aeronave P-38, com capacidade para apenas uma pessoa, pilotada por McClintock em uma missão de bombardeio contra um espaço aéreo inimigo em 1944. Ao pesquisar em diversos arquivos, Finn descobriu que, no dia da missão, condições de tempo adversas tinham prejudicado a visibilidade. Um recorte de uma notícia em uma microficha relatava que a aeronave de McClintock tinha mergulhado nas nuvens e parecia ter desaparecido.

Junto a um grupo de civis, Finn tinha trabalhado com uma equipe responsável por recuperar os restos mortais, encontrando fragmentos de dentes e ossos, tudo o que restara do piloto de 21 anos de idade. O Laboratório de Identificação de DNA das Forças Armadas encontrou resultados correspondentes com o material genético de três irmãs de Bethesda, Maryland, e, no ano anterior, o tenente McClintock fora repatriado em Arlington. Finn não comparecera ao funeral, mas agora estava ali, diante da lápide recentemente gravada. Mais uma vez, ele recebera cartas de agradecimento da família.

Finn gostava das palavras carinhosas, mas não eram elas o motivo que o levava a fazer aquilo. Preferia deixar as pessoas acharem que estava em busca de elogios e reconhecimento de seu trabalho de pesquisa, pois era mais fácil de explicar do que admitir que estava, na verdade, procurando seu pai.

De pé no meio daquele mar de túmulos de alabastro, Finn sentiu uma brisa no pescoço e cheiro de grama recém-cortada e terra remexida. *Para onde você foi, pai?*, pensou. *Nós adoraríamos saber.*

O rolo de filme que sua irmã havia encontrado, com as iniciais do pai gravadas em uma latinha amarela pequenina, era a melhor chance de descobrir. A especialista em filmes antigos, Camille Adams, finalmente revelaria as últimas imagens de seu pai, tiradas em algum lugar do Camboja décadas antes.

Esse pensamento fez com que Finn apertasse o passo enquanto caminhava em direção ao carro alugado. Talvez o portador responsável por buscar as fotos já estivesse de volta. Ele entrou no carro e pegou o celular no console. Havia vários recados de voz da empresa de transporte. Enquanto apertava para ouvir as mensagens, Finn pensou: "Por favor, Camille Adams. Não me decepcione".

— Você não parece feliz — disse Margaret Ann Finnemore, a voz ressoando pelo autofalante do carro alugado.

Finn olhava para a estrada à sua frente enquanto dirigia pela ponte da baía de Chesapeake em direção da península de Delmarva. Delaware, Maryland e Virgínia. Ele teve que cruzar esses três estados só para encontrar Camille Adams.

— É porque não estou feliz — respondeu Finn à irmã. — O filme era para ficar pronto hoje, mas a empresa de transporte não consegue localizar a mulher que ficou de revelá-lo. Ela nos deu um golpe. Parou de responder o telefone, não está lendo as mensagens nem acessando o e-mail.

— Talvez tenha acontecido alguma coisa — sugeriu Margaret Ann, ponderando a situação. Na família Finnemore, ela era conhecida como a irmã sensata.

— Sim, ela me passou a perna. Foi isso o que aconteceu.

— As recomendações foram muito boas. Billy Church, o cara do Arquivo Nacional, falou tão bem dela... Ele não disse que ela já fez trabalhos para o Smithsonian e para o FBI?

— Pois é. Mas não disse que precisaríamos do FBI para encontrá-la. Eu deveria ter ligado para as referências dela em vez de só ver o que estava no site.

O site dos Serviços Fotográficos Adams retratava exemplos impressionantes de fotos recuperadas ou restauradas. Também mostrava uma foto de Camille Adams, que chamara a atenção de Finn. Ela era bem bonita, cabelo cacheado escuro e olhar distante, mas aparentemente não tinha senso de responsabilidade algum.

— Tenho certeza de que há uma explicação.

— Não preciso de uma explicação. Preciso ver o que está naquele rolo de filme, e tenho que fazer isso antes da cerimônia.

— Você não podia ter enviado alguém até lá?

— O portador cancelou depois de esperar por uma hora. Todo mundo nessa família tem trabalho para fazer, então resolvi vir procurá-la pessoalmente.

— Não seria maravilhoso se tivesse fotos do papai? — Margaret Ann soou nostálgica. Ela era a irmã mais velha dos Finnemore e tinha as lembranças mais vívidas do pai. Finn não tinha nenhuma, o que provavelmente era o motivo de cada foto significar tanto para ele. — Se tiver alguma foto dele, serão as últimas já tiradas. Podemos inclui-las na exposição na Casa Branca.

Finn moderou as expectativas da irmã.

— Ele tirou aquelas fotos muito antes de as *selfies* serem moda.

— Talvez um dos colegas militares do papai tenha tirado uma foto dele.

Embora tivesse uma dezena de coisas que poderia estar fazendo em vez de dirigindo até o fim do mundo, Finn queria pôr as mãos naquelas fotos. Detestava a ideia de decepcionar a família. O clã extremamente unido era composto de padrastos, madrastas, enteados, enteadas e meios-irmãos por todos os lados, e de alguma maneira todo mundo se dava bem. O "de alguma maneira" era a mãe dele, com sua fonte abundante de força e amor em torno da qual todos orbitavam.

No dia seguinte, seria o septuagésimo aniversário de seu pai, se estivesse vivo. Na noite anterior à sua partida para a missão no Camboja, Richard Arthur Finnemore tinha colocado os filhos para dormir e feito amor com sua esposa pela última vez. Nove meses depois, Finn nasceu de uma mulher que havia sido informada pouco tempo antes que seu marido tinha desaparecido. O sargento-major Richard Arthur Finnemore havia realizado um ato de heroísmo, rendendo-se ao inimigo para proteger um grupo de homens envolvidos em uma operação confidencial.

E nunca mais tinha sido visto.

Tavia Finnemore dera um jeito de recomeçar sua vida. Em determinado momento, ela se apaixonou por um homem que não via nada de mais no fato de ela ter três filhos. Na verdade, ele mesmo tinha dois, e juntos tiveram mais dois meninos. Era uma bela de uma família, repleta de barulho e caos, paixão e risada, e, acima de tudo, amor. Mesmo assim, Finn sentia a ausência do pai, um homem que morrera antes que o caçula respirasse pela primeira vez. Era perfeitamente possível sentir saudade de alguém que você nunca tinha conhecido, e ele era prova viva disso.

— Nós vamos descobrir já, já — afirmou ele —, pressupondo que a especialista desvaneceu-se com o filme.

— Ela não fez isso. Quem iria se desvanecer um rolo de filme velho? Além disso, quem fala "desvanecer" hoje em dia além do meu irmão, um professor de história com excesso de qualificação profissional?

— Espero profundamente que ela não tenha fugido.

Finn não tinha a menor paciência com pessoas que não cumpriam com sua palavra. Se encontrasse a mulher — e tinha toda a intenção de que isso acontecesse, mesmo que significasse uma viagem de duas horas de Anápolis —, ele ia dizer poucas e boas para ela.

— Prometa que vai me ligar no minuto em que descobrir se ela conseguiu salvar alguma foto. Ai, meu deus, Finn. Não acredito que isso está acontecendo. Uma cerimônia presidencial de Medalha de Honra na Casa Branca. Para o nosso *pai*. — A animação de Margaret Ann ressoou pelo autofalante do celular.

— É muito surreal.

Todo o clã dos Finnemore-Stephens estaria presente — tanto a família que seu pai tinha construído antes de ser registrado como militar desaparecido como aquela que sua mãe formou quando se casou com Rudy Stephens. Mais de quatro décadas depois daquele telegrama chocante chegar às mãos da jovem mulher com duas filhas pequenas e um bebê nos braços, sua mãe finalmente colocaria um ponto-final na história.

E então, um pensamento lhe ocorreu:

— Merda. Eu tinha que pegar meu uniforme na lavanderia hoje à tarde, mas estou aqui, dirigindo em Chesapeake.

— Se você se casasse de novo, teria uma mulher para ajudar com essas coisas.

Finn deu uma risada exagerada.

— Sério? *Essa* é a sua lógica para querer que eu case de novo? Você acabou de retroceder cinquenta anos de movimento feminista.

— Todo mundo precisa de um companheiro. É só isso que estou dizendo. Você era tão feliz quando estava com a Emily.

— Até não estar mais.

— Finn...

— Você ainda está brava comigo porque não gostei da última mulher que você me apresentou.

— Angie Latella era perfeita para você.

Finn estremeceu ao lembrar do encontro terrivelmente desconfortável que as irmãs arrumaram para ele.

— Não entendo por que você e Shannon Rose, e a mamãe, inclusive, estão em uma missão para que eu me case de novo. Porque a última vez deu tão certo, não é mesmo?

As mulheres da família eram eternamente preocupadas com a vida amorosa de Finn e estavam convencidas de que a vida dele nunca ficaria completa se não encontrasse o amor verdadeiro, casasse e construísse uma família. Mas, apesar do que aparentava, ele não tinha medo de falar sobre isso. Ele tinha medo de elas estarem certas.

Finn queria o tipo de amor que seus irmãos e irmãs tinham encontrado, queria filhos. Mas não tinha vontade alguma de tentar a sorte uma segunda vez. Não sabia mais como o amor acontecia, tampouco como era esse sentimento.

— Faz três anos. Você está pronto. E Angie...

— Ela chegou meia hora atrasada e tinha uma risada irritante.

— Isso quer dizer que ela não tinha peitos grandes nem uma obsessão por esportes de aventura.

— Pelo amor de Deus. Eu não sou superficial *nesse nível*.

Pelo menos, esperava que não fosse. Sua irmã o amava, mas quando tentava mandar nele, Finn sempre recuava.

— E a Carla? *Ela*, sim, tem peitos grandes e é campeã mundial de *mountain bike*.

— Assuntos não resolvidos com o pai. E foi você que me disse que uma mulher com histórico ruim com o pai é problema na certa. Além disso, moro do outro lado do oceano agora, lembra? Não estou interessado em manter um relacionamento à distância.

— Isso é temporário. Logo você vai voltar aos Estados Unidos.

Finn decidiu que aquele não era o momento de contar à irmã que sua temporada como professor convidado em Aix-en-Provence havia sido estendida.

— Um dos seus filhos pode ir buscar minha roupa na lavanderia? É aquela na Annapolis Road.

— Vou pedir para Rory pegar na volta do trabalho. Ela passa bem em frente.

— Obrigado. Diga a ela que ganhará uma bela garrafa de vinho como recompensa.

— Você vai transformar a sua sobrinha em uma esnobe como você. Quando você vai embora mesmo? — perguntou Margaret Ann.

— No sábado que vem. Os cursos de verão começam na segunda-feira.

— Dar aula na Provença durante o verão, seu sortudo.

— Vivendo o sonho dourado.

Finn falou com um tom de ironia. Um dia, ele acreditara que podia encontrar o tipo de felicidade que sua mãe e outros membros da família haviam encontrado. Mas isso significaria se abrir para um novo relacionamento, coisa que ele não tinha tanta certeza se queria. Sexo casual e sem compromisso tornavam a vida mais simples. E mais vazia, sim. Porém mais simples.

— Quais disciplinas? — perguntou a irmã.

— Estudos avançados em pesquisas históricas, e é um curso fantástico, nada chato.

— E você está trabalhando no seu próximo livro?

— Sempre.

Finn estava pesquisando sobre os combatentes da resistência na Segunda Guerra Mundial. E estava sempre em busca de soldados desaparecidos, procurando restos mortais em locais de acidentes e campos de batalha para entregar a famílias ávidas por encerrar uma história.

Margaret Ann suspirou.

— Uma vida muito dura.

— Você deveria ir me visitar e ver como é dura.

— Ah, é! Carregando meus três adolescentes relutantes e meu marido viciado em trabalho. Tenho certeza de que a sua namorada arquivista... Qual é o nome dela?

— Vivi — respondeu Finn. — E ela não é minha namorada. Estou chegando em um pedágio — disse ele, cansado de conversar. — Preciso ir. Ligo para falar das fotos, se tiver alguma novidade.

Finn desligou o celular e passou pelo pedágio não existente.

A ponte o levou a um novo mundo. Enquanto reprogramava sua cabeça para encontrar a especialista em filmes antigos desertora, ele adentrou a península em formato de gota. Nunca havia explorado aquela região, o que era curioso, uma vez que passara tanto tempo de sua vida em Anápolis. Ele tinha frequentado a Academia Naval dos Estados Unidos e, após cinco anos de serviço, completara seu doutorado e se tornara professor lá. Ainda assim, essa área sempre fora um mistério para ele.

As planícies mais afastadas atravessavam um local de isolação de águas, e a energia parecia completamente diferente do que das áreas nobres abastadas na parte ocidental de Chesapeake. Os nomes das cidades e estradas refletiam a herança colonial diversa da região — nativo-americana, holandesa e inglesa: Choptank, Accomack, Swanniken, Claverack, Newcastle, Sussex.

Uma série de estradas sinuosas e estreitas o conduziu por entre cidadezinhas, vilas de pescadores e áreas lodosas com aves limícolas. Por fim, depois de cruzar um trecho estreito de terra que dividia o oceano e a baía, Finn chegou à cidade de Bethany Bay.

A cidade colonial, com casas pintadas e prédios antigos, parecia uma vila de praia, com a paisagem e as estruturas danificadas pelo vento e pelo clima. Praticamente todas as casas tinham um barco no jardim, uma pilha de armadilhas para caranguejos e um emaranhado de redes pendurado para secar ou para consertar. A rua principal era repleta de cafés e lojas charmosas. Finn passou por uma hidrovia com uma placa que dizia CANAL EASTERLY e por uma marina cheia de barcos de passeio e frotas de pesca, então seguiu por cinco quilômetros pela rua da praia, que acompanhava a costa do Atlântico.

Se não estivesse tão irritado por ter que dirigir até lá, provavelmente teria admirado a areia acinzentada e as ondas quebrando, a vastidão tranquila da praia, onde falaropos corriam com suas perninhas finas. Alguns surfistas estavam na água, apreciando o horizonte enquanto esperavam uma onda. Um esportista de kitesurf solitário deslizava pelas águas rasas sob sua pipa colorida arqueada. Um farol com o topo da torre vermelho marcava o fim da praia, como se fosse um ponto de exclamação.

Finn não estava no clima para apreciar os encantos daquele local remoto. Tinha outras coisas na cabeça. Conferiu o endereço no celular e chegou a um chalé de madeira a cerca de um quarteirão do farol. Cinza, com as molduras brancas ao redor das janelas pequenas, a casa charmosa tinha varanda na frente e nos fundos, além de uma chaminé em uma das pontas. Era rodeada por uma cerca de estacas com roseiras e uma casa de pássaro em um poleiro alto.

Ele saiu do carro, entrou pelo portão principal e logo deu uma topada em uma pedra decorativa, em que estava escrito *J.A. Sempre em meu coração.* Finn segurou o pé e soltou alguns palavrões que guardava para ocasiões especiais. Nada indicava tanto que alguém estava tendo um dia ruim como uma topada daquelas.

Esperou um momento para se recompor antes de continuar em direção à porta. Debaixo da caixa de correio de metal havia a mesma arte que aparecia no site dela — uma câmera antiga desenhada com um traço delicado e o nome da empresa: Serviços Fotográficos Adams.

Finn não viu carro algum na entrada da casa. Talvez estivesse dentro da garagem, uma estrutura antiga com um portão de correr em trilhos de ferro. Ele andou até a porta e bateu com firmeza. O ar tinha cheiro de mar e rosas, e era possível ouvir o barulho das ondas e o grasnar das gaivotas. Havia dois pares de botas de jardinagem perto do tapete na entrada.

Finn tocou a campainha. Bateu de novo. Ligou para o celular dela pela quarta vez e não obteve resposta. Ao se inclinar na direção da porta, achou ter ouvido um som de toque vindo lá de dentro.

— Não faça isso comigo — disse ele na caixa postal do celular dela. — Aqui é o Finn... Malcolm Finnemore. Ligue para mim assim que ouvir esta mensagem.

Ele passou a mão no cabelo, como se isso fosse impedi-lo de soltar fumacinha pelas ventas. Talvez pudesse encontrar um vizinho que saberia como encontrá-la.

Droga.

Ao virar no fim da rua da praia, na direção de casa, Camille se sentiu exausta, com os nervos esgotados depois da confusão no pronto-socorro. Julie estava olhando para a frente, o rosto sem expressão.

— Mãe — disse ela. — Você pode parar de ficar me olhando de canto de olho. Eles falaram que eu estou bem.

— Você tem razão, mas isso não me impede de me preocupar. Você sofreu uma contusão. Você nunca sofreu uma contusão.

— É só um nome chique para um galo na cabeça. — Julie apontou para a casa. — Quem é aquele cara?

— Que cara? Ah.

Camille embicou na entrada da garagem e estacionou o carro. O cara a quem Julie se referia estava parado na entrada da casa, com o celular grudado no ouvido enquanto andava de um lado para o outro. Ele era alto, tinha o cabelo num rabo de cavalo e usava óculos escuros modelo aviador. A bermuda confortável e a camiseta preta revelavam um corpo de pele bronzeada e músculos definidos. Droga. Será que era o tal portador enviado pelo professor Finnemore?

Ela saiu e bateu a porta do carro. O homem se virou na direção dela, tirando os óculos escuros. E algo inesperado aconteceu — o coração de Camille de repente disparou, embora ela não fizesse ideia do motivo. Embora ele fosse um estranho, Camille não conseguia parar de olhá-lo. Tinha algo na postura dele e no jeito que se apresentava.

É só um cara, pensou. Um desconhecido na porta de sua casa. O cabelo louro dele brilhava perto das têmporas, emoldurando olhos azuis vívidos e um rosto digno dos filmes da Marvel — era esse o nível de beleza.

Opa, olá, sr. Portador.

Enquanto Camille se aproximava da porta de entrada, o homem estreitou os olhos, numa expressão hostil. Aparentemente a atração não havia sido recíproca.

— Em que posso lhe ajudar? — perguntou ela, pisando na varanda de casa.

Ele guardou o celular.

— Camille Adams?

— Eu mesma.

— Eu sou Finn. — Ele hesitou. Seus olhos agora a fitavam de um jeito frio e rígido. — Malcolm Finnemore.

Uau. Camille demorou um segundo para se recompor. Não era assim que ela imaginara o professor nerd de história.

— Ah, professor Finnemore.

— Eu uso apenas Finn.

Ela soube imediatamente o motivo de ele estar ali e de parecer tão irritado.

— Eu perdi a coleta do portador — respondeu Camille. — Tive uma emergência pessoal e...

— Você não podia ter ligado? Mandado uma mensagem?

Julie apareceu atrás dela e subiu os degraus da varanda, com uma expressão emburrada no rosto.

— Oi — disse a menina.

— Minha filha, Julie — apresentou Camille, com o rosto ficando vermelho. — Julie, esse é o professor Finnemore.

— Prazer. — Julie parecia estar sentindo qualquer coisa, menos prazer. — Com licença. — Ela passou pelos dois, digitou o código na porta e entrou na casa.

— Minha emergência pessoal — acrescentou Camille. Seu estômago revirou. Ela teria que dar algumas explicações a ele. — Por favor, entre.

O olhar do homem a examinou, do cabelo bagunçado à roupa suja de trabalho — blusa manchada, calça jeans rasgada, chinelo. Respingo de revelador fotográfico na altura do tornozelo. Camille segurou a porta, sentindo-se totalmente insegura. Ela não só tinha destruído o filme dele, mas estava absurdamente despreparada para receber um cliente. Sua aparência era de completo desleixo, com os trajes que usava na câmara escura e o cabelo preso em um coque bagunçado. Sem maquiagem. Sem banho.

Ele assentiu, passando perto dela enquanto entrava na casa. Ai, meu Deus, Camille pensou, o homem tinha *cheiro* de bonito, com aroma de mar e roupa limpa. E exalava o tipo de graça natural que ela reparava nos abastados "chegados" — como os moradores locais chamavam os veranistas e corretores poderosos da capital federal que vinham em busca de sombra e água fresca. Eles passeavam pela península em carros importados, traziam os amigos da cidade para viagens de barco e jantares à beira-mar ou pescavam com os profissionais da região, capturando ostras enquanto velejavam.

Camille conhecia o tipo — arrogante, soberbo, tratava os moradores como empregados — e suspeitou que o professor pudesse ser um deles.

Sua casa também não estava preparada para receber ninguém. Principalmente um chegado cujo filme ela havia arruinado.

Tudo estava exatamente do jeito que ela havia deixado quando o telefone tocou, com sua bagunça matinal por toda parte — as cartas do dia anterior, os livros da biblioteca, toalhas que ainda não tinham sido dobradas, seu biquíni pendurado numa maçaneta para secar, chinelos sujos de areia jogados num canto, louças esperando para serem colocadas na máquina de lavar. Sua xícara com café velho abandonada na bancada ao lado do celular que ela esquecera, a tela indicando inúmeras chamadas não atendidas.

— Então... você quer beber alguma coisa? — perguntou Camille.

Tosca. Ela ficava sempre tão tímida perto de homens bonitos. Aquilo era tão bobo. Ela nem sequer *gostava* de homens bonitos, provavelmente porque eles a deixavam desconfortável. Ainda mais quando estava prestes a dar uma notícia ruim.

— Obrigado, mas estou com pressa — respondeu o homem. — Gostaria de saber o que conseguimos com aquele filme.

Óbvio que era isso o que ele queria.

Camille pôs a chave no gancho ao lado da porta. Ela conseguia ouvir Julie no quarto no andar de cima, as tábuas antigas rangendo no chão. A filha andava passando muito tempo sozinha ultimamente — ou sozinha com o celular e o computador. Seu castigo por falsificar a assinatura da mãe seria uma restrição severa no tempo de uso dos eletrônicos.

— Eu sinto muito — disse Camille. — Estou me sentindo terrível por você ter dirigido até aqui.

— O serviço de portador disse que não havia ninguém em casa na hora da coleta.

— Eu tive que sair correndo. — O constrangimento foi tomando conta de Camille cada vez mais. — O filme está destruído. E me desculpe por não estar com meu celular e não entrar em contato com você.

O homem ficou quieto. A expressão dele estava congelada, como uma escultura maravilhosa.

— Você quer dizer que o filme estava estragado? Ficou muito tempo guardado na lata?

A boca dela ficou seca. Ele estava oferecendo uma saída para a situação, e, por um milésimo de segundo, Camille cogitou escolher a alternativa covarde. Seria tão simples — ela poderia explicar que o filme dele tinha sido destruído pelo tempo e pelo clima e não pôde ser revelado. No entanto, seria mentira, afinal ela já tinha recuperado filmes muito mais antigos do que aquele. Camille não era uma mentirosa. Nunca tinha sido, mesmo quando mentir era mais conveniente.

Ela pediu licença, foi até o fim do corredor, entrou no seu local de trabalho e encontrou o rolo que havia deixado cair quando o hospital ligou. O filme agora era uma fita preta de nada, com furos nas laterais para rebobinar. Camille parou e olhou para a outra ponta do corredor, observando o visitante raivoso. Enquanto ele esperava lá, de perfil, olhando pela janela para a praia ao longe, ela sentiu outra vez aquela onda poderosa de atração inexplicável. Era um sentimento bastante peculiar, que Camille raramente reconhecia. *Não é nada*, pensou. Nada além de uma sensação momentânea. Um homem bonito daquele jeito podia mexer até com alguém com o coração totalmente em frangalhos.

Era triste que ela tivesse estragado o dia dele. Com um fatalismo sombrio, Camille levou os restos pretos e longos para a cozinha.

— Eu estraguei — confessou ela, detestando ter que admitir aquilo enquanto mostrava ao homem o filme todo escuro. — A culpa foi toda minha.

— É sério? — Uma pontada de irritação enrijeceu seu maxilar enquanto ele olhava para o filme vazio. — Eu não entendo. O filme...

— Provavelmente era recuperável. Mas, por acidente, eu deixei entrar luz na câmara escura em um momento crucial, e a luz danificou o filme.

Camille pensou em dar uma explicação mais longa, mas não quis contar àquele desconhecido o dia terrível que havia tido.

— Porra. Porra!

— Eu sei — disse ela baixinho. — Me desculpe.

O homem olhou para o filme de novo e depois para Camille.

— Que droga, eu precisava dessas fotos.

Ela assentiu.

— Eu entendo. Estou me sentindo muito mal.

— Merda. *Merda*. Era para você ser especialista nisso. Eu confiei em você...

— Você confiou, e eu sinto muito.

Nossa, ela detestava decepcionar as pessoas. Ele tinha todo direito de ficar bravo.

— Mas o que aconteceu? — perguntou ele, olhando para o filme todo vazio. — Você sempre pega os filmes insubstituíveis das pessoas e... faz o quê? Destrói? Porra, eu mesmo poderia ter feito isso.

— Eu estava trabalhando nele hoje de manhã e tudo estava correndo bem. Eu recebi uma ligação... — Camille hesitou. Não queria contar ao estranho raivoso que era uma mãe negligente. — Eu larguei tudo, inclusive seu filme. Eu me sinto péssima por isso e... e...

Algo na voz dela, uma onda de emoção que Camille não conseguiu controlar, pareceu chamar a atenção do homem, cujos olhos gélidos mudaram de repente. Ele agora a encarava com um fogo nos olhos, lento mas potente. Como se sua ira pudesse fazê-la entrar em combustão.

— Você recebeu uma ligação — repetiu ele. — Você recebeu uma porra de uma ligação!

Camille mal conseguia falar com o nó que tinha na garganta, então apenas assentiu. Algo se desfez dentro dela. Ela tinha acabado de viver um dia assustador. Uma ligação do pronto-socorro de um hospital é o pior pesadelo de qualquer mãe. Para Camille, era reviver o trauma profundo de perder Jace, e para completar agora havia um estranho furioso em sua casa. De repente, a pressão de ser uma mãe solo e viúva a dominou. Passar por aquele dia sem o amor, o apoio e o companheirismo do pai de Julie pareceu demais para ela. O acidente da filha e o recente fracasso no trabalho trouxeram seu luto à tona, embora estivesse enterrado havia tempos.

Para evitar desmoronar, Camille entrou no modo defesa e começou a tremer, enquanto o medo, o estresse e uma resposta tardia de raiva tomavam conta de seu corpo. Com as mãos chacoalhando, ela pôs o filme e a lata dentro da pia, lutando para esconder suas emoções. Toda a reação ao estresse do dia era apavorante, e ela se recusava a deixar o desastre do trabalho despedaçá-la.

Camille agarrou a beirada da pia e tentou se recompor. Olhou para o telefone. Quatro chamadas não atendidas, seis mensagens de texto, quatro e-mails novos, tudo de "M. Finnemore". Ela se virou para encará-lo.

— Não posso me desculpar o suficiente. Sinto muito pelos negativos. Gostaria que você não tivesse desperdiçado seu tempo dirigindo até aqui. E é claro que não haverá cobrança de nada.

Camille olhou para ele, tentando se ater à raiva. Em vez disso, uma lágrima quente escorreu. Depois outra. O homem ficou parado, parecendo paralisado de ódio. Quando viu uma caixa de lenço na bancada, entregou a ela.

— Você precisa ligar para alguém? — perguntou ele, apontando para o celular dela. — Seu marido...?

— Não tenho marido — respondeu Camille com os dentes trincados, enxugando seu rosto com raiva.

Ele a fuzilou com os olhos, como se a falta de um marido inexplicavelmente piorasse a situação.

— Obrigado por nada, senhora.

Abalada com aquele encontro, Camille observou o homem pela janela. Que idiota completo. Ele andou depressa até o carro, abriu a porta e, por um instante, hesitou e virou-se para a casa. Sua raiva pareceu se transformar em alguma outra coisa — arrependimento, talvez. Quem sabe ele tivesse percebido que se comportara como um idiota? Mas então coçou a nuca, como se tivesse levado uma picada, e entrou no carro.

Julie desceu a escada.

— Era seu cliente? — perguntou ela, olhando enquanto o homem ligava o carro e ia embora.

— Meu cliente — respondeu Camille. — Meu cliente extremamente decepcionado. — Ela usou um lenço para enxugar o rosto mais uma vez.

— Por que decepcionado?

— Eu estraguei o filme dele.

— Ah, que saco — Uma linha de preocupação surgiu entre as sobrancelhas da filha. — Você está bem?

— Sim. — Camille respirou fundo. — Ele ficou muito bravo!

— Percebi. Ele é solteiro?

— O quê? Jules!

— Só estou perguntando. Sei o que você acha de homens de rabo de cavalo.

Camille sentiu o rosto ficar vermelho, pois tinha pensado a mesma coisa. *Ele é solteiro?*

— Cansei dos homens, com ou sem rabo de cavalo. — Talvez ela estivesse interpretando mal sua filha. — Você está triste porque Drake e eu nos separamos?

Jules arregalou os olhos:

— Você está brincando? *Não*. Minha mãe namorar o diretor da escola era a pior coisa do mundo.

Camille observou o rosto da filha. Julie era tão bonita para ela — cabelo cacheado escuro, olhos castanhos reluzentes, sardas delicadas no nariz. Às vezes ela reconhecia um pouco de Jace na menina, e aquilo aquecia seu coração. *Você ainda está aqui*, Camille pensava.

— O que foi? — Julie esfregou o rosto. — Tem alguma coisa na minha cara?

Camille sorriu.

— Não. Como está a sua cabeça?

Ela inspecionou o galo. Quase não era mais visível, graças a Deus.

— Boa. É sério, mãe. — Julie guardou o celular no bolso. — Vou dar uma volta.

— É para você descansar.

— Eu vi os papéis da alta. Eles disseram que eu posso voltar à vida normal. Vou só até o farol e já volto.

— Não quero que você saia da minha vista.

— Isso não ajuda — retrucou Julie com o olhar que prometia uma briga. — É só uma volta.

Camille hesitou. Julie passava tempo demais sozinha no quarto, olhando para o celular. Qualquer coisa que a tirasse de casa era uma distração bem-vinda.

— Ok. — Camille não tinha energia para discutir. — Mas tenha...

— Eu sei. Tenha cuidado. — Julie saiu pela porta. — Não vou demorar.

Camille a viu caminhar pela rua na direção do farol. Naquele momento, ela pareceu muito isolada e solitária em suas roupas largas. Camille se sentia incomodada por nenhum dos amigos de Julie ter ligado ou vindo visitá-la para ver se ela estava bem. Adolescentes do nono ano não se destacavam pela empatia, mas, quando um deles ia parar no pronto-socorro, ela presumira que pelo menos um deles demonstraria alguma preocupação. E, pensando nisso, percebeu que já fazia um bom tempo que não via nenhum dos amigos da filha.

Três

Julie pisou na plataforma do farol de Bethany, que, embora fosse todo automatizado, ainda estava em funcionamento. Em intervalos de alguns segundos, a luz do topo acendia e fazia o movimento de um arco para iluminar a entrada da baía. A maioria das pessoas imaginava que o interior da torre fosse trancado a sete chaves, mas Julie sabia como subir até a parte mais alta. Ela e os amigos — na época em que tinha amigos — haviam descoberto um local de acesso debaixo da escadaria na base da estrutura.

E, uma vez lá dentro, era só subir os degraus sinuosos de cimento até a plataforma que rodeava as antigas lentes Fresnel. A maioria das crianças tinha medo de subir os degraus tomados por teias de aranha, mas Julie tinha perseverado, usando uma vassoura para abrir caminho. Aquele lugar era especial para ela, aonde ia para ficar sozinha, para pensar, para sonhar.

Até onde sabia, era a única pessoa que ainda ia até o farol. Todos os seus amigos tinham-na dispensado e agora saíam com o grupo mais legal. O grupo popular. O grupo magro. O grupo cujas mães não namoravam o diretor do colégio.

Com uma das mãos na grade atrás dela, Julie debruçou-se, observou a costa rochosa trinta metros abaixo e imaginou como seria cair daquela altura. Será que haveria tempo para sentir medo, ou tudo terminaria num piscar de olhos?

Da posição estratégica em que estava, ela podia ver a praia onde tinha ocorrido toda a confusão daquela manhã. Nas cores profundas do pôr do sol daquela tarde, conseguia ver os redemoinhos da correnteza, aquela que quase a tinha levado para perto do pai.

Embora não passasse de fantasia, Julie tinha uma teoria de onde o pai estava agora. Ele morava em um lugar paralelo ao mundo que ela conhecia. Era logo ali ao lado, porém invisível até que se cruzasse a fronteira, abandonando o aqui e agora ao adentrar esse novo lugar.

Lá, Julie era perfeita. Ela tinha amigos em vez de crianças maldosas rindo dela. Ela tinha seios, e não pneuzinhos. Ela era a amiga preferida de todo mundo, e não uma otária gorducha.

Ou pelo menos era assim que funcionava na cabeça dela. Provavelmente estava errada, mas ela podia sonhar. Às vezes queria conversar com a mãe sobre essas coisas, mas sempre desistia. Camille se preocupava com absolutamente tudo e daria um jeito de se preocupar também com o paraíso que a menina sonhava para si.

Além disso, ela começaria a fuxicar sua vida e descobriria o verdadeiro motivo real de Julie estar sempre brigando com os outros adolescentes. E, acima de tudo, a filha não podia deixar que a mãe soubesse o motivo das brigas. Porque a única coisa pior do que ouvir os colegas dizerem que sua mãe tinha causado a morte de seu pai era ter que *contar* para Camille o que eles estavam dizendo.

Julie respirou fundo, com ares de solidão, e, enquanto o sol se punha atrás do farol apontado para o leste, observou as cores da água mudarem, tão perfeitas que faziam o coração dela doer. Talvez fosse lá que seu pai vivesse, em um mundo tão bonito que meros mortais não podiam suportar.

Ela abaixou, pegou uma pena de pássaro e a segurou diante de si. Parecia a pena de uma ave aquática do leste do país, quem sabe uma batuíra. Quando você cresce à beira-mar, aprende esse tipo de coisa. Julie abriu os dedos e deixou que a pena caísse no chão, assistindo-a dançar com o vento e rodopiar enquanto descia. Caindo, caindo, caindo.

Antigamente, ela era leve como uma pluma. Quando olhava para fotos antigas — e havia centenas, pois sua mãe era fotógrafa —, Julie ficava impressionada com quanto era bonitinha, como uma pequena fada. Mas não era mais assim. Ela havia se transformado em uma bolota gorda. Uma bolota gorda com quem ninguém queria conversar, a não ser para xingá-la e dizer mentiras a respeito de sua mãe.

Julie agachou de novo, pegou um tijolo solto da borda da estrutura e o lançou farol abaixo. Depois, pegou mais um e fez a mesma coisa, esperando até que ele se quebrasse nas pedras lá embaixo.

— Ei!

A voz alta a sobressaltou de tal maneira que Julie quase soltou a grade. Seu coração acelerou e ela saltou para parte de dentro da estrutura metálica, por segurança.

— O que você está fazendo? — gritou a voz com um sotaque engraçado. — Você quase me acertou.

Ai, meu Deus. Julie quase tinha acertado uma pessoa com um tijolo. Assim todo mundo a chamaria de assassina também.

Apavorada, ela abriu a porta depressa e desceu atabalhoadamente pela escada escura e com cheiro de umidade. Talvez conseguisse fugir antes que alguém a visse. Quem sabe, se corresse bem rápido, a vítima dos tijolos voadores não a veria.

Julie empurrou a porta da base do farol e saiu. Já estava quase escuro. Ela correu até o buraco da cerca, deitou-se no chão e começou a rastejar. Antes que conseguisse fugir, Julie se deparou com um tênis enorme.

— Você quase me acertou — repetiu a criança, um menino.

Ela recuou, arrastou-se de volta e levantou do chão.

— Eu não tive a intenção. Não sabia que você estava lá embaixo. — Julie bateu na calça para tirar a areia, observando-o até reconhecê-lo. — Você é o Tarek — afirmou ela. Ele tinha entrado na escola havia pouco tempo, com vários irmãos e irmãs. Eram uma família de refugiados, que recebia apoio de algumas pessoas da cidade.

Tarek estava no nono ano e era ainda mais excluído do que Julie, constatação que causou um alívio perverso na menina. Algumas crianças diziam coisas terríveis sobre ele, que era um terrorista e tudo mais. Ele não parecia se importar com os insultos, talvez porque não entendesse.

Ou talvez porque as coisas que tinha visto em sua terra natal eram milhões de vezes piores do que um bando de criança sem noção implicando com ele.

— E você é Julie Adams — disse ele.

— Pois é. Eu não tive a intenção de jogar nada em você.

— Está tudo bem.
— A placa diz: não ultrapasse — ela apontou.
— E mesmo assim você estava lá.
— Eu vim aqui a minha vida inteira — retrucou Julie.
— Isso faz de você alguém dentro da lei?
— Isso faz de mim uma pessoa daqui.
— Isso faz de você uma invasora.
Ela deu de ombros.
— Só se eu for pega.
Julie segurou na corrente da cerca, passou por baixo, levantou e olhou para ele por cima do ombro. Ela se sentiu insegura enquanto batia a areia da roupa de novo. Provavelmente Tarek estava olhando para a bunda gorda enorme dela.
Ele não estava prestando a menor atenção nela. Simplesmente abriu o portão e saiu.
— Ei — chamou Julie —, como você conseguiu destrancar o portão?
Tarek virou e fechou o cadeado de novo:
— Muito simples. É uma combinação de quatro números. Eu adivinhei o código.
— Como você fez isso?
Ele apontou para o farol. Em cima da porta havia o número 1824 — o ano em que havia sido inaugurado.
— Às vezes, é melhor começar com o óbvio.
Tarek era legal e Julie gostou dele. Ela ficou surpresa por se sentir assim, porque ultimamente detestava todo mundo. E era recíproco.
— Eu tinha 9 anos na primeira vez que subi no farol — contou ela. — Um dos amigos da minha mãe me disse que meu pai estava no céu, então eu achei que, se eu subisse em um local alto, talvez conseguisse ficar perto o suficiente para vê-lo. — Após dizer isso, Julie se sentiu meio boba.
Tarek não pareceu achá-la boba. Ele pensou por um instante e falou:
— Meu pai também se foi. Ele foi preso e o levaram no meio de uma aula que estava dando. Nós nunca mais o vimos.
— Que horror.
Ele assentiu.

— Então o seu pai era professor?
— Ele dava aulas de inglês.
Os dois se sentaram em uma pedra grande, olhando para a água. As cores do crepúsculo se uniam na superfície e se misturavam com o céu. Tarek viu uma gaivota dar um rasante.
— Eu vi o que aconteceu com você na aula de salvamento.
O estômago de Julie revirou.
— Foi um acidente.
— Acho que não. A não ser que você chame Vanessa Larson perseguindo você de acidente.
— Os treinamentos são livres — insistiu a menina, atendo-se à sua memória.
Quando o pai de Vanessa começou a namorar a mãe de Julie, Vanessa fez todo mundo se virar contra ela. No início, a implicância era sutil: brincadeiras com o peso de Julie, o aparelho dentário, os óculos. Depois piorou, e não muito tempo depois, as outras crianças se juntaram a ela. Por fim, depois que a mãe de Julie terminou com o pai de Vanessa, virou uma rejeição generalizada contra Julie.
— Você nada muito bem — disse ela, tentando mudar o assunto. — Onde aprendeu?
Tarek ficou em silêncio por um momento.
— Quando estava a caminho da Turquia. Era nadar ou morrer.
Ela suspeitou que aquela história fosse muito mais longa.
— Você também nada muito bem — afirmou Tarek. — É por isso que sei que você não sofreu um acidente.
— Deixa pra lá, tá bem? — Julie tentou dissuadi-lo de novo. — Você vai ficar em Bethany Bay durante o verão?
Talvez, somente talvez, eles pudessem se encontrar de novo.
— Não. Nós vamos embora assim que a escola entrar em férias. Vamos para o Canadá ver meus avós. A família que os apadrinhou está em Toronto.
E lá se ia a chance de Julie de fazer um amigo.
— E você? — perguntou Tarek.
Ela deu de ombros. Os verões costumavam significar dias intermináveis na praia, passeios de bicicleta com os amigos, madrugadas

acordada, fogueiras e acampamentos. Julie não fazia ideia do que faria naquele ano, além de ficar na internet e desejar uma vida diferente.

— Tenho que ir — disse Tarek de repente. — Te vejo na escola amanhã, né?

— Claro — respondeu ela, com o pescoço todo arrepiado só de pensar na escola. — A gente se vê por aí.

Julie caminhou lentamente de volta para casa, que estava vazia e solitária. Havia um bilhete no balcão: *Fui buscar Billy na estação de trem. Nós vamos à Primeira Quinta-Feira. Quer ir?*

Não, Julie não queria ir à caminhada da Primeira Quinta-Feira. Ia acabar encontrando todas as pessoas que estava tentando evitar. Frustrada, ela abriu a porta do armário da cozinha em busca de algo para comer.

Sua mãe tinha parado de comprar salgadinhos e biscoitos. Julie sabia que era porque estava gorda, o que nem sempre fora assim. Ela serviu-se de uma tigela de cereal — integral, sem açúcar —, acrescentou bastante açúcar e leite, levou tudo para seu quarto no andar de cima e ficou mexendo no celular enquanto comia, checando o Instagram das pessoas da escola. Vanessa Larson tinha o maior número de seguidores. Ela chamava atenção de imediato, não só por ser filha do diretor, mas porque era incrivelmente bonita e tinha seios enormes.

Julie pensou que, se não precisasse ir à escola, sua vida não seria tão horrível. No ano anterior, um menino tinha sido expulso por levar uma Colt .45 para o colégio. *Puf...* ele desaparecera em questão de segundos.

Julie não tinha uma arma para levar para a escola e nem sonharia em fazer isso, mesmo que tivesse. Mas, se conseguisse descobrir uma maneira de não voltar ao colégio nunca mais, faria sem pensar duas vezes.

Tinha lição de casa para fazer. Julie abriu o fichário, olhou para a primeira página e recuou. Alguém tinha desenhado uma caricatura dela, em que parecia um hipopótamo com roupa de balé. A legenda dizia *Julie sempre com fome.*

Julie arrancou a página e a amassou em uma bolinha de papel.

— Que se dane a lição — murmurou a menina. — Que se dane tudo.

Ela tinha que conseguir sair da escola, daquele inferno de todos os dias. Julie odiava o colégio. E o colégio a odiava também. Ela precisava tomar uma atitude.

— Eu estraguei tudo — disse Camille a Billy Church enquanto parava na entrada de casa para pegar as cartas do correio.

Ela deu um passo para trás, segurando a porta aberta para ele. O filme do professor Finnemore estava jogado em cima da bancada. Sua cabeça ainda estava às voltas com aquela visita.

— Deixe-me adivinhar — falou Billy, com seu rosto amigável e feliz abrindo um sorriso. — Você fez um suflê para mim de jantar e deu errado?

— Bem que eu queria que fosse tão simples.

Camille serviu duas taças de vinho — um rosé seco que era a pedida certa para uma tarde de verão e o fim de um dia arruinado.

— Os negativos com que eu estava trabalhando estão destruídos — disse ela para Billy. — Desculpe.

— Acontece — respondeu ele. — Eu disse ao cliente para não esperar um milagre.

— Não, você não entendeu. Fui eu que estraguei. Dava para recuperar o filme, mas larguei tudo quando o hospital ligou para cá. Nem pensei nisso.

— Ninguém vai culpar você por largar tudo ao receber uma ligação dizendo que sua filha estava no pronto-socorro do hospital.

Camille sorriu. Talvez fosse o primeiro sorriso do dia, e olha que já estava acabando.

— Ele não pareceu muito interessado em uma justificativa.

— Ah, então ele era um babaca.

— É, bastante. Mas, ainda assim, estou me sentindo péssima — concluiu ela.

Billy pegou um suporte feito à mão, com um par de óculos escuros em cima.

— Você está fazendo aula de artes?

— Não. O cara esqueceu aí.

Camille encontrou o objeto depois que o homem já tinha ido embora, e agora estava tentando decidir o que fazer com aquilo. Provavelmente seria melhor enviar por correio, o que significava que teria que entrar em contato com ele de novo. Que ótimo.

Billy conferiu a etiqueta no suporte.

— Aqui diz "Feito pela mamãe". Muito fofo. A mamãe ainda faz presentes para ele.

— Deixa de ser maldoso.

— Venha aqui.

Billy a envolveu em um abraço.

— Obrigada — disse Camille, com as palavras abafadas no ombro de Billy. — Eu estava precisando disso.

— Você precisa de mais do que um abraço, minha amiga — respondeu Billy.

— Você está dando em cima da minha mãe de novo? — perguntou Julie, entrando na cozinha. Ela colocou a tigela de cereal e a colher dentro da lava-louça.

Billy deu um passo para trás com as mãos ao alto.

— Eu me declaro culpado. Ela está me rejeitando desde que me deu um fora no baile do oitavo ano.

— Que mentira — retrucou Camille. — Você nem me convidou, porque estava com medo.

— Porque eu sabia que você ia me rejeitar. E eu convidei no nono ano e também duas vezes no ensino médio. Pelo visto demoro um pouco para aprender.

— Tenho certeza de que tive meus motivos.

Camille o olhou diretamente, e Billy retribuiu com uma piscadela. Ela sabia o que ele estava aprontando. Billy tinha um dom para animar o ambiente, não só por ela, mas por Julie. Após o dia terrível que as duas haviam tido, ele era um raio de sol. Era o melhor tipo de amigo, mesmo quando implicava com Camille.

— Sim. Os motivos eram Aaron Twisp, Mike Hurley e Cat Palumbo.

— Você namorou um cara chamado Cat? — questionou Julie.

— Namorei — respondeu Camille. — E sim, ele era bacana a esse ponto. Tão bacana que não podia ter um nome normal. Tinha cabelo comprido, usava calça jeans *skinny* e coturno e tocava baixo como um deus do rock. O que será que aconteceu com ele?

— É fácil de descobrir. — Billy pegou rapidamente o celular e digitou algo na tela. — Aqui está nosso deus do rock hoje em dia. — Ele mostrou a uma foto de um homem de rosto pálido, levemente rechonchudo, vestindo uma camisa que não lhe servia direito e uma gravata. — Ele trabalha na capital federal para a indústria de panificação. E seu nome verdadeiro é Caspar.

Aquilo despertou uma risadinha em Julie.

— Viu? — falou Billy. — *Alguém* nessa família gosta de mim.

— Se serve de consolo — afirmou Julie —, acho que minha mãe é doida em rejeitá-lo. Você é engraçado, inteligente e sabe a letra inteira de "Bohemian Rhapsody".

— Por favor, continue.

— Você vale por um Hemsworth.

Billy franziu a testa.

— E isso é bom?

— Dos irmãos Hemsworth. Portanto, sim.

Ele bebeu um gole de vinho.

— Ótimo. Agora, e você? Ser levada pelo mar foi uma façanha e tanto.

Julie deu de ombros.

— Acontece.

— Só se certifique de que isso não aconteça de novo. Quem sabe apenas com o imbecil que foi grosso com sua mãe hoje.

— Pode deixar.

— É sério, Jules, você deu um baita susto em todos nós. — Billy apontou para a foto de Jace e Julie na lareira, que havia sido tirada na praia uns cinco anos antes, os dois posando com as pranchas de surfe, fechando os olhos por causa da luz do sol, e rindo. — Aquele cara ali deixaria você de castigo a vida inteira se soubesse que ficou presa em uma correnteza e se deixou boiar na direção do mar aberto.

— Talvez assim eu pudesse finalmente vê-lo de novo — afirmou Julie.

O sangue de Camille ficou gelado.

— Nunca mais fale isso, Julie. Meu Deus, as coisas que você diz!

Julie ergueu o queixo.

— Segundo você, ele é a melhor coisa que já existiu na Terra, mas ele parece tão distante para mim, como se eu nunca o tivesse conhecido.

Aquele comentário preocupou Camille. Como ela poderia manter a lembrança de Jace viva para a filha deles? Julie perdera o pai nova demais.

— Bem, eu o conheci — retrucou Billy, andando até o carrinho de bar e pegando uma garrafa de tequila Don Julio. — E, apesar de eu ter implorado para sua mãe me esperar terminar a faculdade, você acha que ela ouviu? Não. Ela foi lá e conheceu o dr. Perfeito, e pronto. Ninguém mais teve chance.

— É porque ele era o amor da vida dela e o mundo acabou quando ela o perdeu — recitou Julie, já familiar àquela história.

Billy mediu duas doses generosas.

— Eu tinha um ciúme doentio de Jace, mas nunca guardei rancor porque ele deu você ao mundo, Jules.

O coração de Camille apertou, como sempre acontecia quando surgia o assunto de seu marido. Ela o conhecera quando chegou ao pronto-socorro com um ombro deslocado, após escorregar escalando uma pedra. Alguns meses depois, estava casada com o médico que a havia atendido naquele dia e com muitas expectativas de uma vida de aventuras com Jace. Ninguém tinha contado com a maneira surpreendente com que ele deixaria o mundo, muito menos com a dimensão das consequências. Desde o acidente, Camille não quis mais saber de aventuras. Ela queria... ela precisava de uma existência segura e previsível.

— A palestra acabou? — perguntou Julie.

— Claro, por que não? — respondeu Billy. — Com quem sua mãe está saindo agora?

Camille estava no meio do gole de tequila e quase engasgou.

— Ei! — exclamou ela.

— Minha mãe nunca conta dos caras com quem sai — respondeu Julie.

— É porque ela já destruiu muitos corações — acrescentou Billy. — Inclusive o meu.

— Dá um tempo! — Camille deu um tapinha de brincadeira nele.

— Eu namorei, o quê? Três, quatro caras desde Jace? Não é que eu não tenha tentado, mas nunca dá certo.

Billy olhou para ela como se estivesse magoado.

— Então tem uma outra antiga paixão na parada?

— Todas as minhas paixões são antigas. É o único tipo que tenho.

— Ela não está saindo com ninguém — Julie se intrometeu. — Ela terminou com o diretor da minha escola, graças a Deus.

— Por que "graças a Deus"?

— Porque era superconstrangedor. Aquilo me deixava muito perturbada, sabia?

— Não, mas acredito em você. E o caçador de cães?

— Duane. E ele não é caçador de cães. — completou Camille, irritada. — Ele é agente de controle de zoonoses. Nós só saímos uma vez. No fim das contas, ele não era tão leal quanto os cachorros que resgatava.

— E antes dele? Peter? Aquele supergato.

Outro que só durara um encontro.

— Ele veio com um papo superesquisito e *catoliquento* para cima de mim.

— *Catoliquento*? Isso é uma palavra?

— Ele levava alguns dogmas a sério demais.

Na verdade, Camille acreditava que ele simplesmente não gostava de usar camisinha. Motivo suficiente para um pé na bunda.

— E aquele cara que mandou uma mensagem no Tinder para você?

— Mãe! Por favor, não me diga que você está no Tinder — implorou Julie.

— Eu não estou no Tinder.

— Sua avó a cadastrou — confessou Billy.

— Sua avó ainda está levando um gelo por isso — retrucou Camille.

Ele serviu uma dose de club soda para Julie e espremeu um pouco de limão por cima.

— A *minha* mãe ainda acha que "tinder" é o nome daquele chocolate da nossa infância.

— Vamos mudar de assunto — sugeriu Camille. — Conte sobre sua semana até agora. Você já botou em ordem seu departamento no Arquivo Nacional?

— Nem perto disso. Tem corte no orçamento toda vez que alguém peida no Congresso. Na hora de financiar tesouros nacionais, é um deus nos acuda. — Billy tomou sua dose de tequila num só gole. — Eu dei fim numa fofoca maldosa sobre Rutherford B. Hayes. E mandei a tese de graduação de Gerald Ford e seu capacete de futebol americano de volta para Michigan, seu estado natal.

— Qual era a fofoca sobre o presidente Hayes? — perguntou Julie.

— Que ele se envolveu com uma dançarina chamada Mary Chestnut. Os inimigos dele inventaram isso. — Billy levou os copos para a pia. — Que tal irmos até a vila, comermos algo e depois caminharmos um pouco para ver a Primeira Quinta-Feira?

— Eu não estou muito a fim — respondeu Julie. — Mas obrigada.

— É melhor eu ficar em casa com Julie — acrescentou Camille.

— Resposta errada. Vocês duas deveriam vir comigo.

— Não, obrigada — repetiu Julie. — Prefiro ficar por aqui.

— Você ama a Primeira Quinta-Feira. E pode encontrar seus amigos, mostrar que você está bem.

— Mãe — interrompeu Julie. — Eu disse: "Não, obrigada".

Camille recuou, pasma com a veemência da filha.

— Ó! A rainha se pronunciou. — Ela virou-se para Billy. — Nós vamos ficar por aqui mesmo.

— Não — retrucou ele. — Eu estou no comando. Você vai vir comigo e Julie pode ficar em casa e falar no Snapchat ou no Instagram com suas amigas, ou seja lá o que os adolescentes fazem.

— Ótimo plano — concordou Julie, com um olhar de agradecimento.

Camille ficou indecisa. Ela realmente queria sair de casa. Ela realmente queria tomar um drinque na taverna Skipjack.

— Tem certeza de que você está bem?

— Positivo. Ficarei ainda melhor quando você parar de se preocupar.

— Eu nunca vou parar de me preocupar.
— Nós estamos saindo. — Billy pegou a bolsa de Camille e lhe entregou. Depois ele a conduziu pela porta. — Vamos andando até a vila — sugeriu. — A noite está fantástica.

A aproximação do verão preenchia o ar da noite. O resquício do calor do dia emanava pelas calçadas de cimento, e as cores do pôr do sol brilhavam no canal e na baía. O ar já tinha cheiro da estação seguinte — madressilvas desabrochando, grama cortada e o cheiro forte e vivo das ondas do mar. O céu estava claro e lindo, e as risadas e conversas que emergiam da multidão na vila eram repletas de energia.

Fundada por holandeses e ingleses três séculos antes, Bethany Bay era a combinação do charme do velho mundo daquelas culturas. Os telhados duas águas sobrepostos e as antigas casas coloniais mesclavam-se com a paisagem marítima que cercava a cidade. Era um retrato autêntico de um local que havia sido bem tratado pelo tempo, mantendo as características do passado no cerne de sua alma.

A Primeira Quinta-feira era um evento agitado, quando os moradores locais saíam para socializar e os chegados desfrutavam do charme da pequena cidade. Visitantes das cidades grandes — Washington D.C., Dover, Bethesda e até de Nova York e Nova Jersey — vinham com antecedência para passar o fim de semana. Bethany Bay não era tão popular quanto Rehoboth e Onancock, mas, para aqueles que se esforçavam para chegar àquele lugar remoto, as recompensas eram muitas. O desenvolvimento fora limitado pelo fato de a região inteira ser rodeada por uma reserva natural, e a parte central da vila consistia em estruturas tombadas e registradas.

O som de uma banda tocando no coreto num amplo gramado dava um toque festivo à noite. Luzes, penduradas nas cerejeiras e liquidâmbares, cercavam a estrutura, criando um clima irresistível.

A cidade à beira-mar era o cenário da infância de Camille, um ninho onde ela se sentia segura. Um refúgio. O lugar onde ela tinha construído sua vida logo após uma tragédia indescritível.

E, ainda assim, às vezes parecia um forte de muros altos em que ela estava presa, incapaz de sair.

Por um breve período, as festividades da cidadela a distraíram. Billy e ela entraram em várias lojas e galerias que se espalhavam pela rua principal. A arte ia de objetos que beiravam o kitsch até originais sofisticados e outros que eram puro encantamento. Na Beholder, a galeria de Queene, melhor amiga de sua mãe, eles saborearam balas de caramelo de amêndoa e conferiram as últimas novidades — cenas de natureza impressas em cobre ou alumínio. A galeria ocupava um espaço que havia sido uma alfândega no século XVIII. A entrada cheia de luz e a lareira enorme criavam o cenário perfeito para expor artes plásticas.

— São hipnotizantes — disse Camille para Queenie. Olhando por cima do ombro, ela viu a jovem assistente de Queenie flertando sem cerimônias com Billy, o que não era de surpreender. Ele era aquele tipo de homem bonito que fazia gravata-borboleta e óculos de tartaruga parecerem sexy, por quem as mulheres ficavam doidas. — Eu não sou a única hipnotizada.

— Ele é um belo partido. Sua mãe e eu sempre nos perguntamos por que vocês dois nunca...

— Eu gostaria de conhecer o artista — interrompeu Camille.

— Claro — respondeu Queenie. — Eu estava esperando que você passasse por aqui hoje. Você e Gaston têm muito em comum.

— Gaston. Ele é francês?

— De Saint-Malo. Você vai amá-lo.

Ela pegou Camille pela mão e a puxou pelo meio de uma multidão aglomerada até um homem elegante de cabelo claro, vestindo uma camiseta listrada e um cachecol fino.

— Gaston — chamou Queenie. — Essa é Camille, filha da minha melhor amiga.

O homem levantou o olhar e, quando a viu, seus olhos brilharam, o que a deixou feliz por ter tomado banho e se maquiado antes de sair.

— Oi — disse Gaston, estendendo a mão. — Muito prazer em conhecê-la.

Camille percebeu que ele lutava para falar inglês, então respondeu em francês:

— Suas fotos são realmente belíssimas. Parabéns pela exposição maravilhosa.

Um sorriso iluminou o rosto dele:

— Você também é francesa?

— Meu pai é. Ele me criou falando sua língua materna.

— Ele deve ser do sul — sugeriu Gaston. — Provença? Consigo ouvir o sotaque em cada palavra que você fala.

A parte sudeste da França tinha um dialeto e uma cadência bastante específicos, comparáveis ao som único das pessoas da região de Chesapeake, uma mistura de sotaques e termos arcaicos.

— Ei, vocês dois. Parem de ser tão estrangeiros e excludentes — disse Queenie.

— Nós somos estrangeiros — retrucou Gaston com uma piscadela.

— Camille também trabalha com fotografia — acrescentou Queenie. — Ela contou?

Camille podia sentir o cheiro de uma armação a quilômetros de distância. Sua mãe, as amigas e as meias-irmãs abominavam o status de uma mulher solteira do jeito que a natureza tem horror a um vácuo. Às vezes, parecia que sua mãe tinha recrutado a cidade inteira para arranjar um namorado para a filha. Por nenhum motivo aparente, os pensamentos de Camille se voltaram para Malcolm Finnemore, o cliente explosivo e que não servia para namorar.

— Desculpe — disse Camille para Gaston em francês. — Ela sempre tenta me arranjar com qualquer homem que vê pela frente.

— Não se preocupe — respondeu ele, também em francês. — Eu sou artista. Todo mundo sabe que é perigoso sair com artistas. — Ele sorriu e voltou a falar em inglês. — Então... você gosta de fotografia?

— Sim.

— Ela é especialista em filmes e impressões antigas — explicou Queenie. — Fico tentando convencê-la a fazer uma exposição aqui na Beholder.

Uma das assistentes de Queenie se aproximou.

— Desculpe atrapalhar — disse ela. — Temos um comprador para a foto grande.

Queenie entrou imediatamente em ação, apertando o cotovelo de Gaston e o conduzindo até a grande obra que ocupava o que, um dia, havia sido o local de uma lareira.

Camille aproveitou a oportunidade para puxar Billy da assistente com cara de cachorro babão, e os dois voltaram para a rua.

— Ei! — exclamou Billy. — Ela era bonitinha.

— Todas as meninas de 20 anos são bonitinhas.

Ele a encarou com olhos ressentidos, de brincadeira.

— Desde quando as meninas de 20 anos são novas demais para mim?

— Nós temos 36 — lembrou ela.

— Nesse caso, você deveria aceitar a minha proposta de casamento. Eu faria você feliz.

— Para onde vamos agora? — perguntou Camille, ignorando a sugestão dele. — Na Ooh-La-La?

— Você é que manda — disse Billy. — Não vejo sua mãe faz um tempão. Além disso, Rhonda sempre serve aqueles minicroquetes de caranguejo. Parece que um anjo soltou um pum na sua boca.

— E por que será que eu nunca casaria com você? Você é muito irritante.

— Vamos até lá antes que os puns de anjo acabem.

A loja estava alegre, reluzente e convidativa, como sempre. Localizado em uma casa de tijolo coberta de hera, que no passado fora o ateliê de uma modista, o estabelecimento tinha uma vitrine dupla de frente para a rua. Como de costume, as vitrines estavam lindíssimas, uma mistura de estilo praiano e chique continental. Apesar do nome meio cafona, a mãe de Camille tinha um gosto extraordinário, e sua meia-irmã Britt tinha um olho bom para design.

Cherisse enchia o lugar de coisas extremamente interessantes — artigos para casa únicos, utensílios de sommelier, rolos de massa de vidro, cortinas estampadas trabalhadas, papéis e canetas Clairefontaine com a textura perfeita. Camille tinha praticamente crescido dentro daquela loja, ouvindo Edith Piaf e Serge Gainsbourg enquanto ajudava sua mãe a arrumar um conjunto de cristal de apoio de facas, uma edição de colecionador de Mille Bornes ou o baralho de Stap Op, um jogo holandês de cartas com temática de ciclismo.

Nos anos 1990, a primeira-dama fora fotografada dentro da loja comprando um conjunto fabuloso de talheres Laguiole, e os negócios decolaram. Socialites da capital e até algumas celebridades viraram clientes fiéis. Houve citações em revistas nacionais, reportagens em publicações especializadas em viagem e blogs de compras mencionando os tesouros da Ooh-La-La e a descrevendo como uma parada obrigatória.

Camille devia sua própria existência à loja. Embora nunca tivesse se dado conta de fato enquanto crescia, seus pais se casaram por motivos comerciais e objetivos. O pai dela, Henry, estava em busca de um casamento para conseguir cidadania. Cherisse, quinze anos mais jovem que ele, precisava de um investimento para abrir a loja com que sempre sonhara. Ambos queriam um filho desesperadamente, tão desesperadamente que acreditaram que o desejo em comum de ter uma casa e uma família era um tipo de amor. Em determinado momento, tiveram que admitir — primeiro para eles mesmos, depois um para o outro e por fim para Camille — que, não importava o quanto amassem a filha, o casamento não estava dando certo.

Quando Camille tinha 8 anos, eles se sentaram com ela e contaram, simples assim.

O divórcio dos pais foi, como o mediador descreveu, bizarramente civilizado. Com o passar dos anos, Camille se acostumou a dividir seu tempo entre duas casas. Algum tempo depois da separação oficial, Cherisse conheceu Bart, e foi quando Camille enfim aprendeu o que era amor verdadeiro. Os olhos da sua mãe se iluminavam quando ele entrava em casa. O toque firme da mão de Bart nas costas dela. Um milhão de pequenas coisas que simplesmente não estavam ali, ou nunca estiveram, entre sua mãe e seu pai.

Ela era grata por seus pais se darem bem. Bart e Henry eram cordiais sempre que se encontravam. Mas, apesar dos esforços, a ruptura de décadas de sua família parecia um ferimento antigo que ainda doía às vezes. Quando Camille pensava em Julie, imaginava o que era mais difícil, ver sua família se separar por um divórcio ou perder o pai ou a mãe completamente.

Cherisse, pelo menos, tinha prosperado em sua nova vida. Ela e Bart tiveram mais duas filhas juntos, Britt e Hilda. Tinham comprado a casa ao lado da Ooh-La-La, transformando-a numa propriedade-irmã, a Brew-La-La, o melhor café da cidade. Durante o ensino médio, Camille cuidava da loja enquanto suas duas meias-irmãs mais novas brincavam no pequeno jardim interno.

Hoje em dia, Camille trabalhava nos bastidores com o contador, Wendell, um surfista e skatista insaciável que financiava sua paixão com um emprego de contador. Apesar do cabelo bagunçado e das gírias do surfe, ele era inteligente, intuitivo e meticuloso. A equipe de vendas consistia em Rhonda, que também era uma excelente cozinheira, e Daphne, uma nova-iorquina com um passado misterioso.

Britt era a negociante oficial e vitrinista. Cherisse estava a cargo de "voar e comprar". Duas vezes ao ano, ela ia à Europa encontrar os objetos adoráveis que haviam posto a loja no mapa. Antes de perder Jace, Camille a acompanhava nessas viagens, mergulhando nas paisagens de Paris, Amsterdã, Londres e Praga. Aqueles dias inesquecíveis eram uma verdadeira caça ao tesouro para mãe e filha.

Após a morte de Jace, Cherisse insistia para que Camille fosse junto nas viagens, como sempre fizera, mas a filha se recusava. Ela nunca mais pegou um voo, e só a ideia de colocar os pés num avião a deixava em pânico. Camille nunca mais escalou uma montanha nem fez uma trilha de bicicleta, nem rafting, nem surfou, nem fez kitesurf. Ela não ia a lugar algum além das curtas viagens de carro para Washington D.C. a trabalho. Ela tinha passado a definir o mundo como um lugar perigoso, e seu trabalho era ficar atenta e manter Julie em segurança.

Camille tinha fracassado de forma terrível naquele dia e jurou jamais cometer o mesmo erro de novo.

Rhonda os cumprimentou na entrada da loja com uma bandeja dos famosos croquetes de caranguejo.

— Eu nunca vou abandoná-la — disse Billy, servindo-se de três iguarias.

— Promessas, promessas... — brincou Rhonda. — Vocês dois, entrem. Nós estamos tendo uma excelente noite. A alta temporada vai começar a bombar.

A mãe de Camille estava fazendo o que amava, cumprimentando os clientes, tratando até os chegados como amigos queridos. Billy foi ao encontro dela.

— Oi, maravilhosa — disse ele, dando um abraço rápido nela.

— Oie — respondeu Cherisse, sorrindo. Foi quando percebeu Camille. — Que bom que você veio. Como está Julie?

— Ela nos expulsou de casa — respondeu Camille. — Ela está bem, mãe. Obrigada por ir ao hospital. Eu estava um caco.

— Não estava não. Ou eu perdi alguma coisa?

Você perdeu quando eu desabei na frente de Malcolm Finnemore, Camille pensou, mas respondeu simplesmente:

— Agora estou bem.

Billy observou uma mesa antiga com uma poncheira em formato de polvo gigante.

— A loja está linda, como sempre.

— Obrigada. Você viu as novas fotos de Camille? Não consigo mantê-las no estoque. Já vendi quatro só hoje.

Cherisse indicou três fotos novas, emolduradas e expostas em uma parede de ripas de madeira.

Camille havia extraído a imagem do meio de um daguerreótipo antigo de Edgar Allan Poe. Impressas em papel de algodão, as fotografias tinham uma qualidade assombrosa, eram evasivas e assustadoras como seus poemas. Ao lado das fotos havia exemplares do trabalho da própria Camille. Ela não tirava mais muitas fotos, portanto aquelas já tinham alguns anos. Ela usara uma grande Hasselblad antiga, que capturava cenas locais com uma precisão quase hiper-realista.

Quando Jace ainda estava vivo, Camille havia acompanhado uma das excursões da escola de Julie à Casa Branca. Tinha sido um daqueles dias em que cada foto parecia ter sido polvilhada com pó mágico, desde libélulas sobrevoando perfeitamente um lago do Kennedy Garden ao instante congelado de duas meninas dando as mãos enquanto corriam pela colunata leste, capturadas entre colunas brancas perfeitas.

— Eu amo essa — disse uma turista que observava as fotos. — É uma bela foto do Jardim das Rosas, na Casa Branca.

— A artista está aqui — intrometeu-se Billy, empurrando Camille para a frente.

— É muito instigante — falou a mulher. — Parece que a foto foi tirada antigamente.

— Elas são de seis anos atrás. Eu estava fotografando com uma câmera antiga naquele dia — respondeu Camille.

— Minha filha tem uma coleção enorme de câmeras antigas — completou Cherisse. — Ela mesma faz a revelação e a impressão.

— É fantástica. Vou levar essa aqui para uma grande amiga que ama fotografias antigas também.

A mulher sorriu, pegando a foto do Jardim.

Camille ficou lisonjeada e sentiu uma onda de orgulho, desejando que Jace estivesse vivo para ver.

"Talvez esse seu hobby vire algo algum dia", ele costumava dizer para ela.

—... no verso — a mulher estava dizendo.

— Desculpe — falou Camille. — O que você disse?

— Pensei se você poderia escrever uma mensagem no verso — repetiu ela. — Para Tavia.

— Sem problemas.

A mulher parecia um pouco excêntrica, embora fosse muito gentil. Camille pegou uma caneta e incluiu uma pequena dedicatória e sua assinatura no verso da foto.

— Vamos beber — disse Billy quando ela terminou. — Posso ficar vendo você receber várias cantadas na Skipjack.

— Ótimo plano — respondeu Camille, fazendo uma careta.

Os homens não davam em cima dela, coisa que ele sabia.

Os dois caminharam até a taverna rústica, uma construção de tijolo do século XIX próxima ao píer de pesca. O pessoal lá era simpático e animado, espalhando-se pelo deque sobre o mar.

— Sou só eu — murmurou Billy, observando as pessoas —, ou nós conhecemos pelo menos a metade das pessoas aqui?

— São as vantagens de crescer numa cidade pequena — respondeu ela.

— Ou as desvantagens. Há pelo menos duas mulheres aqui com quem já transei. Devo cumprimentá-las ou fingir que não as vi?

— Você deveria pedir uma bebida para mim e pagar a conta, porque eu tive um dia péssimo. — Camille foi até o bar. — Vou querer um *dark'n'stormy* — pediu ela ao bartender.

— Camille, oi — disse uma mulher vindo atrás dela.

Camille tentou não se encolher de forma perceptível. Ela conhecia aquela voz, carregada de sotaque de colégio interno e falsidade.

— Oi, Courtney — respondeu ela.

A ex-mulher de Drake Larson usava um vestido colado de neoprene e tinha um sorriso duro no rosto. Anos antes, ela havia sido um dos chegados, do tipo que deixava Camille insegura. Camille nunca conseguira ser tão descolada, tão educada, tão sofisticada quanto os jovens que vinham das cidades maiores. Um dos motivos de ter se esforçado tanto para se destacar nos esportes era para encontrar uma forma de ofuscar os chegados.

— Eu não esperava vê-la aqui hoje — falou Courtney. — Vanessa me contou que Julie sofreu um acidente terrível hoje de manhã.

— Ela está bem agora — retrucou Camille, na esperança de não ter parecido defensiva.

— Ah, que bom saber disso. Não posso imaginar deixar Vanessa em casa depois de ela sofrer uma concussão.

— Como você sabe que ela teve uma concussão?

Courtney pareceu nervosa.

— Foi o que Vanessa ouviu falar. Mas então Julie deve estar bem, já que você está bebendo com um homem.

Ela olhou para Billy, que pagava as bebidas.

— Julie está bem, e Vanessa pode ligar para ela se quiser — completou Camille.

— Vou passar o recado — disse Courtney. — Mas Vanessa está ocupada hoje. Ela e os amigos estão no coreto, assistindo à banda. Talvez você possa mandar uma mensagem para Julie e dizer a ela para ir até lá encontrá-los.

— Julie resolveu ficar em casa — explicou Camille.

— Sabe como é — Billy se intrometeu —, relaxando e sendo incrível.

— Entendo. Bem, suponho que ela tenha chegado naquela fase esquisita — implicou Courtney, dando um gole em seu *dirty martini*.

Billy dirigiu-se à mulher diretamente:

— Algumas pessoas nunca saem dela.

Courtney respirou fundo, ignorando-o ou sem entender o recado.

— Crianças. Elas mudam tão rápido nessa idade, não é? Vanessa e Julie costumavam ser tão amigas, mas ultimamente não parecem ter muito em comum.

— Você acha? — perguntou Billy.

— Vanessa anda muito ocupada com os treinos de líder de torcida. Julie também vai ser líder de torcida?

Julie prefere fazer um canal nos dentes, pensou Camille.

— Julie não gosta de ficar nos bastidores — respondeu Billy.

— Ela devia tentar ser líder de torcida — insistiu Courtney. — Ela tem um rosto *tão* bonito, e os treinos são um exercício excelente. Seriam uma ótima maneira de Julie entrar em forma.

Camille podia sentir Billy prestes a explodir de raiva e logo lançou um olhar para ele.

— Nossas bebidas estão prontas.

Enquanto eles levavam seus drinques para o deque, Camille ouviu Courtney contar para alguém sobre as últimas conquistas de Vanessa. Ela sabia que não deveria deixar os comentários daquela mulher a irritarem, mas não conseguiu se controlar, principalmente quando olhou para o outro lado da vila e viu um grupo de crianças dançando e se divertindo. Vanessa, a loura toda animada, era o centro das atenções. Julie parecia não pertencer mais. E Camille não fazia ideia de como consertar aquilo.

Quatro

Camille chegou em casa sentindo-se um pouco melhor depois de interagir com as pessoas na vila e tomar dois drinques. A luz do quarto de Julie estava acesa, e Camille podia vê-la pela janela, olhando para a tela do computador, que parecia ser seu canal principal de socialização. Camille desejou que esse autoisolamento fosse só uma fase e até tinha a intenção de restringir o tempo de tela de Julie, mas naquele momento não estava a fim de brigar.

Ela entrou e largou a bolsa. O filme ainda estava na pia, junto com os copos de shot. Ao arrumar a bancada, tentou se livrar dos resquícios daquele dia. Tinha perdido um cliente. Essas coisas aconteciam, o estrago já estava feito, e o mundo não acabaria por isso.

Obrigado por nada. Finnemore era um babaca, Camille pensou, falando desaforos para ela daquele jeito. É claro que ela tinha decepcionado o cara, mas isso não era motivo para ele ser grosso daquela maneira. Homens bonitos achavam que podiam se safar das situações sendo maldosos. Camille estava brava por se sentir atraída por Finnemore e por deixar que o ataque de raiva dele a incomodasse.

O farol de um carro iluminou a frente da casa e os pneus agitaram as pedrinhas da entrada. Camille olhou para o relógio — nove horas da noite —, foi até a varanda da entrada e acendeu a luz. O coração dela acelerou. O sr. Professor Rabo de Cavalo estava de volta.

— Você esqueceu alguma coisa? — perguntou Camille quando ele saiu do carro.

— Minha educação — respondeu ele.

Mas que...?

— O quê?

— Você bebe vinho? — indagou Finnemore.
— Bastante. Por que a pergunta?
Ele mostrou uma garrafa de rosé, o vidro com gotículas de suor.
— Um pedido de desculpa. Está gelado.
Camille conferiu o rótulo — um Domaine de Terrebrune, de Bandol.
— É um belo vinho.
— Comprei na lojinha de vinhos da vila.
Ela assentiu.
— Grand Crew. Meu pai era um dos fornecedores. Ele já está aposentado.
— Então ele era da indústria do vinho.
— Tinha uma empresa de importação e distribuição em Rehoboth. E por que nós estamos tendo essa conversa?
— Eu vim me desculpar. Estava no meio da ponte e comecei e me sentir mal por ter gritado com você, então dei meia-volta e aqui estou.
Camille percebeu que estava olhando para ele como se fosse uma estudante do ensino médio apaixonada pelo professor. Ela corou, tentando disfarçar a expressão boquiaberta e a atração que sentia.
— Ah. — Ela fez um som esquisito. — Você quer entrar?
Camille segurou a porta aberta.
— Achei que nunca fosse me convidar.
Na cozinha, ela pegou duas taças e um abridor. O que ele estava fazendo ali?
— Na verdade, você esqueceu isso. Seus óculos escuros.
Camille entregou para ele.
— Ah, obrigado.
Ele abriu o vinho e serviu. Os dois levaram as taças para a sala e se sentaram no sofá. Finnemore ergueu a taça na direção dela.
— Então... pedido de desculpa aceito?
Camille deu um gole do vinho, sentindo o sabor leve e frutado.
— Aceito. Mas ainda me sinto mal pelo seu filme.
— Eu sei. Você cometeu um erro, e eu deveria ter sido mais compreensivo.
Ele tocou levemente no braço dela.

Tá certo, talvez Finnemore não fosse tão babaca. Camille olhou para o local exato onde ele tinha encostado em seu braço. Por que aquele estranho, cujo filme raríssimo ela havia destruído, estava sendo carinhoso daquele jeito? Enquanto o observava, Camille tentava desvendar a resposta.

— Eu nunca estraguei um projeto dessa forma — disse ela.
— O que aconteceu?
— Estava indo tudo bem, até que recebi uma ligação do hospital dizendo que minha filha tinha sido levada de ambulância para lá. Larguei tudo e saí correndo.
— A menina que conheci hoje mais cedo? Caramba! Ela está bem?
— É. Sim, Julie está bem. Está lá em cima agora, na internet, seu lugar favorito.
— E o que aconteceu?
— Ela estava em uma aula de salvamento. A maioria das crianças daqui faz esse curso no nono ano. Ela bateu a cabeça e foi carregada por uma correnteza.

Uma nova onda de pânico percorreu o corpo de Camille enquanto imaginava o que poderia ter acontecido.

— Graças a Deus ela está bem.

Camille assentiu, abraçando os joelhos.

— Eu fiquei com tanto medo. E me segurei até... até você aparecer. Que sorte a sua, chegar aqui bem na hora que eu desabei.
— Você devia ter dito algo na hora. Se eu soubesse que você saiu correndo porque recebeu uma ligação dizendo que sua filha estava no hospital, não teria sido tão idiota.

Finnemore sorriu para Camille, e o coração dela pulou dentro do peito.

Pelo menos ele estava reconhecendo que tinha sido um idiota.

— Bem, obrigada por se desculpar, professor Finnemore.
— Me chame de Finn.

Ela deu outro gole de vinho, olhando para ele por cima da borda da taça.

— Você tem cara de Finn.
— Mas não de Malcolm?

— Isso mesmo. Malcolm é totalmente diferente.
Ele riu, espalhando charme pelo ambiente.
— E como é isso?
— Ah, é careta. Acadêmico. Gravata-borboleta e sapato marrom.
Finn riu mais alto.
— Você me reduziu a um clichê, então.
— Eu admito.
— Quer saber como imaginei que você fosse? — Sem esperar pela resposta, ele apoiou o cotovelo no encosto do sofá e virou-se para Camille. — Cabelo comprido escuro. Olhos escuros grandes. Uma gata de camiseta listrada vermelha. — Finn riu da expressão dela. — Eu dei uma olhada no seu site.

Ah. No site dela tinha uma foto dela e de Billy na aba "Sobre nós". Mas uma gata? Ele realmente tinha dito *gata*? De todo modo, provavelmente estava decepcionado, pois naquele momento especificamente Camille não estava nada parecida com a mulher da foto.

— Você é igualzinha à foto — afirmou Finn.

Espere. Ele estava dando em cima dela? Não. Não era possível. Ela deveria ter olhado o site *dele*. Professores de história têm site?

Camille percebeu um movimento no rosto dele, uma expressão que não conseguiu captar.

— Vá em frente — disse Finn. — Você pode olhar meu perfil no seu celular. Você sabe que quer fazer isso.

Ela corou, mas fez exatamente isso, digitando o nome dele na tela. As informações que encheram a página de resultados a surpreenderam.

— Segundo o Google, você se formou na Academia Naval dos Estados Unidos e é ex-oficial do serviço de Inteligência. Hoje é professor de história em Anápolis, famoso por rastrear a proveniência de soldados desaparecidos e recuperar informações para suas famílias. Você é especialista em análise de fotos antigas.

— Então nós temos algo em comum. Se você em algum momento se deparar com algo misterioso em uma foto, eu posso dar uma olhada.

Camille não conseguia decidir se a autoconfiança dele era sexy ou irritante. Na seção "pessoal" do site, dizia que ele tinha sido casado com a "jornalista premiada Emily Cutler" por dez anos e agora estava divorciado. Ela não leu essa parte em voz alta.

— Eu sou famoso? Quem diria.

Ele se aproximou e olhou para a tela do telefone.

— Não sou eu que estou dizendo. É a Wikipedia. É verdade?

— Mais ou menos. — Finn sorriu. — Não sei sobre a parte de ser "famoso". Nunca fiz nada de renome. Talvez a escolha desse vinho excepcional. Saúde. — Ele encostou a borda de sua taça na dela e deu um gole. — Quer dizer que seu pai era da indústria do vinho?

— Ele era um especialista. Cresceu no sul da França.

— Então nós temos mais uma coisa em comum. Eu estou trabalhando na França. Dando aula da Universidade de Aix-Marseille em Aix-en-Provence.

— Papai nasceu nessa área, numa cidade chamada Bellerive. Fica às margens do rio Var... Você conhece?

— Não, mas já dirigi pela margem do rio Var e por toda a costa. É fantástica, relativamente sem turistas — afirmou ele. — Vinhedos, campos de lavanda e sol. Você costuma visitar essa área?

— Nunca estive lá.

— Jura? Você precisa ir. A vida de ninguém está completa até que se vá ao sul da França.

Camille não queria discutir o assunto com ele.

— Então terei que garantir a minha existência por bastante tempo.

— Brindemos a isso. — Finn olhou para a cristaleira do outro lado da sala. — Você coleciona câmeras?

— Sim. Comecei a tirar fotos no instante em que descobri o que era uma câmera, e depois encontrei uma Hasselblad numa feirinha de antiguidades que acabou sendo um tesouro. Eu aprendi sozinha a fotografar com ela. E isso despertou um interesse por câmeras antigas.

Camille não conseguia lembrar a primeira vez que tinha segurado uma câmera nas mãos nem a primeira vez que tinha olhado através de uma lente, mas a paixão pela fotografia parecera se renovar todos os dias. No entanto, essa paixão tinha morrido junto com Jace e, desde então, ela nunca mais fotografara nada.

— Eu descobri como recuperar uma câmera basicamente por tentativa e erro. Foram muitos erros. Muitas noites debruçada sobre uma lupa com luz, mas eu amo fazer isso. O pai de Billy trabalhou na indústria de filmes, revelando as filmagens brutas, e, quando nós éramos pequenos, ele mostrava para nós as técnicas e equipamentos antigos para conseguir fazer o processo com filmes velhos.

Finn apontou para as duas fotos angulares e incomuns do farol de Bethany.

— Aquelas fotos são suas?

— Uma delas, sim. Eu encontrei um filme antigo dentro de uma câmera. Essa, aliás, é uma das minhas coisas favoritas: trazer imagens de volta à vida. Essas fotos foram tiradas durante uma tempestade em 1924, e eu achei tão arrebatadoras que fiz uma reprodução com a minha câmera. — E então Camille confessou: — Eu não tiro mais fotos. Trabalho na câmara escura revelando o trabalho dos outros.

Ela olhou de soslaio para a Leica antiga no armário de vidro perto da lareira. Estava parada ali havia cinco anos. Ninguém além de Camille se lembrava da última vez em que usara aquela câmera — para tirar uma foto de Jace, momentos antes de ele morrer. Ela guardou a câmera e nunca mais encostou nela. O filme ainda estava dentro do aparelho, já que ela só havia usado parte dele naquele dia. Camille não conseguia juntar coragem para revelá-lo.

Alguns segundos de silêncio se passaram. Ela não sabia por que tinha admitido aquilo para o homem. Talvez porque sentisse saudade de fotografar. Camille costumava tirar fotos, caminhar durante horas em suas viagens com uma câmera preciosa batendo no esterno. Desaparecia quando saía para capturar uma imagem, expor seus segredos, registrar um momento. Aquilo estava no passado, e ultimamente ela não ia mais a lugar algum. Já havia fotografado Bethany Bay tantas vezes que estava imune ao charme e à beleza do local.

— Pelo que posso ver, você é bastante talentosa — afirmou Finn. — Por que parou de tirar fotos?

— Acho que acabei ficando ocupada com outras coisas. — Ela não conseguia decidir o quanto deveria contar, pois não sabia o que era aquilo. Um encontro social? Um pedido de desculpa? — Grande parte são serviços de digitalização.

— Quer dizer que você trabalha com Billy Church, o cara que te indicou?

Camille ficou pensando na maneira como Finn fazia perguntas. Será que estava curioso para saber se ela estava disponível ou não? Não. Homens como ele não pensavam no status de mulheres como ela.

— Nós somos sócios — respondeu Camille. — Crescemos juntos aqui em Bethany Bay. Não se ganha muito dinheiro com isso, portanto nós dois temos outros trabalhos. Billy trabalha no Arquivo Nacional e eu sou dona de uma loja na vila.

— Você tem uma loja?

Camille assentiu.

— Minha mãe abriu uma loja anos atrás, e hoje nós somos sócias. — Ela percebeu que Finn não tinha tirado o braço do encosto do sofá. — Eu realmente queria ter conseguido ajudá-lo hoje — acrescentou ela.

— Era um tiro no escuro.

— Sou especialista em trabalhar no escuro. — Camille olhou para ele e desejou profundamente que *de fato* estivesse parecida com a foto que estava em seu site, e não com uma mãe preocupada, cujo dia havia sido um caos. — Você tem ideia do que poderia haver no filme?

Ela presumiu que fosse algo relacionado ao trabalho de Finn como professor de história.

Ele ficou quieto por alguns instantes. Camille começou a se sentir constrangida de novo. Será que não deveria ter feito aquela pergunta?

Finn deu um gole de vinho.

— Sabe as iniciais no rolo do filme?

— RAF — respondeu Camille, lembrando das letras no rolo amarelo e perto. — É de Royal Air Force, a Força Aérea Britânica?

— Richard Arthur Finnemore. Meu pai.

— Ah! Fotos antigas de família?

Ela retraiu-se. Para Camille, os projetos mais comoventes eram os pessoais. Os clientes traziam seus filmes misteriosos para ela, desesperados por uma última memória dos seus entes queridos, ou de um tempo da vida quase esquecido. Recuperar essas lembranças lhe dava um senso de propósito, embora, quando mostrasse os resultados aos clientes, eles normalmente caíssem em prantos.

Finn pôs sua taça na mesa e pressionou as pontas dos dedos. Tinha mãos bonitas, fortes, não aquelas mãos delicadas e finas que Camille imaginava em um professor universitário.

— Nós achamos que eram as últimas fotos que ele tirou antes de ser dado como desaparecido em uma missão no Camboja.

Ela demorou um minuto para digerir a informação.

— Desaparecido? Você quer dizer que ele estava lutando na Guerra do Vietnã?

— Ele não estava lutando, mas estava lá com uma equipe de estratégia e comunicação quando foi capturado. Era oficial da Inteligência e especialista em comunicação.

— A guerra não terminou em 1973?

— O Acordo de Paz de Paris encerrou o conflito no Vietnã naquele ano. O cessar-fogo não se aplicou a Camboja e Laos, portanto as perdas nesses dois países continuaram. E meu pai... nunca mais voltou. Eu nunca o conheci. Minha mãe estava grávida de mim quando ele partiu para a guerra.

Camille também pôs sua taça na mesa e se virou levemente para olhar para Finn. Viu um homem diferente daquele estranho raivoso que marchara em sua vida naquela tarde. Que ironia terrível, um soldado chegar ao fim de uma guerra e desaparecer enquanto os outros iam para casa.

Ela percebeu que não devia ser uma coincidência que a especialidade de Finn fosse encontrar soldados desaparecidos. E, mesmo assim, ele nunca encontrara o próprio pai.

— Deve ter sido um pesadelo para sua família. É tudo tão triste, Finn, eu sinto muito. Ainda mais agora que você me contou a procedência do filme. — Camille tentou imaginar o que aquele material deveria conter, as últimas fotos que Richard Finnemore havia tirado. — Você tem algum outro filme não revelado? Quer dizer, não que eu tenha lhe dado motivos para confiar em mim, mas, se tivesse outra coisa, qualquer coisa, eu ficaria feliz em ajudar.

Finn balançou a cabeça em negação.

— Só esse. Minha irmã mais velha encontrou em uma caixa com as coisas dele, guardada há uns quarenta anos.

— Por favor, diga a sua irmã e a toda sua família que eu sinto muito.

Uma mensagem de texto apareceu na tela do celular de Finn e ele olhou.

— Falando em família, é minha mãe me mandando cortar o cabelo amanhã.

Camille queria dizer a ele para não cortar o rabo de cavalo, porque era incrivelmente sexy, mas perguntou:

— Qual é a ocasião?

— Meu pai será homenageado com a Medalha de Honra.

— A Medalha de Honra? Isso não é... não tem que ser entregue pelo presidente?

Finn assentiu.

— É uma cerimônia na Casa Branca.

— Que incrível! Finn, que honra para sua família. E eu me odeio mais uma vez por decepcioná-lo. Queria poder dizer que vou compensá-lo, mas aquelas fotos são um caso perdido.

Ele deu de ombros, num movimento fatalista.

— Quando o pronto-socorro do hospital liga dizendo que sua filha está lá, você tem o direito de largar tudo para trás. — Finn apoiou as mãos nos joelhos. — Tenho que ir. Será um grande dia para minha família amanhã.

Camille caminhou com ele até o carro, certificando-se de que ele levasse os óculos escuros.

— Obrigada novamente pelo vinho — agradeceu ela.

— Vou ligar para você — disse Finn, virando-se na direção de Camille quando chegaram ao carro.

— O quê?

— Você sabe. Pelo telefone.

— Por quê?

— Para podermos bolar um plano.

— Um plano?

Camille estava falando como uma idiota quase monossilábica.

— Nós podíamos sair para jantar ou algo do tipo. Fico por aqui ainda mais alguns dias...
— Você quer dizer tipo um encontro?
— Não *tipo* um encontro. Só um encontro.
Ela sentiu o coração acelerar.
— Talvez não seja uma boa ideia.
— Você está saindo com alguém?
— Não, mas...
— Está desconfiada, então?
Camille sorriu.
— Tipo isso.
— Tudo bem. Eu sou muito mais legal do que fui hoje mais cedo. Vou ligar para você.
Finn encostou no braço dela, mas não de um jeito sensual. Apesar disso, aquele rápido toque despretensioso despertou em Camille algo bastante sexual, o que a surpreendeu completamente.
— Finn, não me ligue, está bem? Não me chame para sair. Eu sou... Eu não seria uma boa companhia.
— Que tal você deixar que eu faça esse julgamento?
— Não ligue — pediu Camille outra vez. — Desculpe de novo pelo filme. Dirija com cuidado.

Cinco

Desde que os pais de Camille se separaram, ela jantava com o pai toda sexta-feira, a não ser que ele estivesse viajando a trabalho. O que começou como uma forma de manter a relação dos dois acabou se transformando em uma tradição preciosa — um tempo em família, mesmo quando eram só uma família de duas pessoas. Toda sexta-feira depois da escola, Camille ia à casa do pai e eles jantavam juntos.

Eles conversavam em francês. Henry e Cherisse tinham concordado desde sempre que Camille deveria aprender as duas línguas, e assim ela cresceu perfeitamente bilíngue. No resto dos fins de semana que passavam juntos, os dois cuidavam da horta enorme que ele tinha, iam à praia quando o tempo estava bom ou visitavam os pontos turísticos de Washington D.C. Juntos, Henry e ela conheceram cada um dos museus do Smithsonian, o Zoológico Nacional, todos os monumentos, parques e fontes. O pai a levava para Paris durante duas semanas todo verão, e os dois se hospedavam em uma pequena *pension* aconchegante na Rue Bachamont. Durante a semana, Henry ia encontrar vendedores de vinho e Camille explorava a cidade fascinante com a família da *pension*.

O nascimento de Julie só aumentara a diversão. Julie e seu avô — ela o chamava de Papi, como uma criança francesa — tinham uma conexão especial. Os dois se adoravam, desde sempre. Graças a Henry, Julie falava francês muito bem. Ele lera para a neta todos os livros que também faziam parte das lembranças de infância de Camille — *Babar*, *Astérix, Le Petit Prince, Mon Petit Lapin* —, e os dois riam feito bobos com os filmes franceses que ele trazia de suas viagens. O avô era a figura paterna que Julie tinha perdido, e adorava aquele papel.

Havia duas regras nos jantares de sexta-feira que nunca mudavam. Primeiro, eles tinham que falar francês e ouvir a seleção musical de Papa. Segundo, tinham que cozinhar juntos em casa. Nada de sair para comer pizza ou cachorro-quente na rua.

A chegada do verão envolvia a atmosfera da tarde quando Camille e Julie chegaram para visitá-lo. Elas encontraram Henry na horta, colhendo verduras para a salada. O chapéu de palha e as botas de jardinagem poderiam ficar esquisitos em qualquer pessoa, mas, no pai de Camille, só o deixavam mais francês.

— Ah! — exclamou Henry, soltando a cesta no chão. — Vocês chegaram, meus amores. — Ele deu um abraço e três beijos em cada uma, um em cada bochecha e o terceiro no meio, do jeito francês. — Está uma tarde tão bonita, achei que poderíamos comer nossa entradinha do lado de fora. Podemos fazer *socca* na grelha.

— Parece perfeito.

Camille tirou a bolsa do ombro, aliviada por chegar ao fim de uma semana difícil. *Socca* era uma comida afetiva, uma panqueca simples feita de farinha de grão-de-bico, assada na grelha com cebolas caramelizadas e finalizada com flor-de-sal.

— Aposto que você é o único homem na cidade que tem uma panela de fazer *socca* — disse Julie em francês, pegando a frigideira chata de cobre pendurada perto da grelha externa.

Henry acendeu o fogo.

— E você é a única menina na cidade que sabe o que é uma *socca*. Eu aprendi a fazer olhando os vendedores de rua em Nice quando tinha a sua idade. Preciso de uns ramos de alecrim.

Julie foi até o canteiro de ervas procurar.

— O que eu posso fazer? — perguntou Camille.

— Lave as verduras da salada lá dentro. E traga o vinho quando voltar. Tem uma garrafa de água com gás para Julie.

Ela pegou a cesta e entrou na casa. A cozinha exalava um cheiro delicioso — algo estava cozinhando no vinho. Henry tinha comprado aquela casa histórica colonial no ano em que casara com a mãe de Camille. A casa tinha uma placa histórica e era um exemplo clássico da arquitetura típica do litoral, antigamente conhecida como "grande casa, pequena casa, colunata e cozinha." A construção original tinha se iniciado séculos antes como uma casa simples — a pequena casa. Conforme a família e a fortuna cresceram, foram construídas a colunata e a cozinha, e por fim a grande casa, uma estrutura de dois andares com três lindos quartos no andar de cima. Havia ainda uma varanda para pegar a brisa do oceano.

Juntos, Henry e Cherisse tinham reformado a casa, mantendo-se fiéis ao estilo tradicional. Mas, após o nascimento de Camille, a família não cresceu mais, e a maioria dos quartos ficou vazia. Em função do divórcio, Camille passara a maior parte de sua infância com a mãe, o padrasto e as duas meias-irmãs, reservando as sextas-feiras para Papa.

Cherisse declarara que não aguentava mais quartos antigos, tábuas barulhentas e afins, e ela e Bart se mudaram para uma casa moderna perto da praia. Havia sido uma infância atípica para Camille, peregrinando entre as duas casas, mas sempre se sentira amada e apoiada. Quando suas meias-irmãs nasceram, Camille jamais se sentiu excluída. Era algo normal. E era um normal bom, até ela perder Jace. Depois disso, o normal se tornara impossível de alcançar.

Então, ela fazia o que podia. Cuidava de Julie, passava tempo com os amigos e a família, trabalhava na loja e revelava fotos de outras pessoas. Não era a vida com que Camille tinha sonhado, mas era a única que fazia sentido para ela.

Ela colocou as verduras na pia e abriu a torneira. O encanamento gemeu e rugiu. Uma casa tão antiga era um eterno projeto de consertos. Camille já perguntara ao pai mais de uma vez por que ele precisava de tanto espaço.

— É casa demais para mim — concordava Henry prontamente —, mas eu amo coisas velhas.

Camille também, e no fundo ficava feliz por Henry ainda viver ali, embora às vezes se preocupasse que a manutenção fosse muito puxada para ele. Ela não gostava de pensar no pai sozinho naquela casa histórica imensa, cuidando da horta e cozinhando refeições maravilhosas para os amigos. Apesar de aposentado, Henry costumava levar amostras na Sala de Degustação da Grand Crew em noites de verão movimentadas. As pessoas o adoravam, com seu jeito ágil e especialista de servir e seu conhecimento profundo de vinhos.

Camille gostava de saber que o pai saía de casa de vez em quando, principalmente agora que o câncer dele tinha entrado em remissão. Ainda assim, ela se preocupava com o que aconteceria com Henry quando ficasse velho demais para cuidar daquela casa enorme.

Quando era jovem, Camille achava que seu pai ia conhecer uma mulher e trazê-la para morar com ele. Ela vislumbrava como seria ter uma madrasta, sempre com uma certa apreensão. Conforme foi crescendo e ficando mais velha, ela passou a querer que ele encontrasse alguém, do jeito que sua mãe tinha encontrado Bart, trazendo alegria como se fosse um manto cintilante.

Henry ainda era um homem bonito, mesmo aos 72 anos. Ele era estiloso e interessante... e muito francês. Também era um jardineiro de primeira e um excelente cozinheiro de receitas francesas. Era criativo e autoconfiante, e muito engenhoso. Às vezes, quando cozinhavam juntos, ele piscava para a filha e dizia:

— Eu seria um ótimo marido, não acha?

De tempos em tempos, Camille perguntava a ele:

— Papa, por que você nunca se casou de novo?

Após a morte de Jace, Henry fez a mesma pergunta:

— Por que *você* nunca se casou de novo?

Aquilo a calou completamente. Depois daquela conversa, Camille nunca mais perguntou ao pai por que ele vivia sozinho, porque agora ela entendia. Depois que Jace partiu, todo mundo esperava que Camille seguisse a vida, inclusive ela mesma, o que não aconteceu. Cinco anos depois, parecia não haver espaço no coração dela para nada além de luto. Era a única constante em sua vida, e Camille sabia que havia uma parte de si — obviamente irracional — que não queria deixar o luto ir embora, pois isso significaria perder Jace por completo. Apegar-se à tristeza impedia que ele desaparecesse para sempre. Camille sabia — do ponto de vista intelectual — que aquela não era a maneira mais saudável de se viver o luto, havia frequentado meses de terapia para chegar a essa conclusão. No entanto, ter consciência disso não a ajudou a seguir sua vida. Ela nunca tinha se casado de novo porque passou a acreditar que amor nenhum valia a dor da perda.

Após emergir da névoa turva do choque e do luto, Camille criara do zero uma vida, para ela e para a filha, que fazia sentido na maior parte do tempo. A exceção eram os momentos em que ela se sentia tão sozinha que seu coração parecia um poço sem fundo.

Sua vida amorosa era, em geral, bem patética. Todas as relações tinham sido curtas — extremamente curtas — até Drake Larson. Eles ficaram juntos durante seis meses antes de Camille admitir o fracasso.

As pessoas diziam que ela era uma mulher atraente. Tinha o cabelo e os olhos escuros do pai, e a maçã do rosto protuberante e os lábios carnudos da mãe. Mas, quando se olhava no espelho, Camille não via uma mulher bonita, mas sim uma que estava constantemente preocupada, que vivia dentro de uma tristeza da qual não conseguia sair e que se arrependia do quão ousada e leviana tinha sido um dia.

Talvez nos assuntos do coração, Camille seguisse os passos do pai. Talvez seu destino fosse se casar apenas uma vez.

Ela chacoalhou as verduras na peneira, tentando ao mesmo tempo afastar a onda de melancolia e os resíduos de uma semana terrível. Na sequência, Camille pegou o vinho e a água com gás e levou lá para fora em uma bandeja.

— A horta está linda este ano — disse ela, olhando para o jardim oval ao sul da casa.

— Coloquei mais duas fileiras de tomates esta semana — afirmou Henry, apontando para as estacas no final da plantação. — Brandywine e Belga Rosa Gigante. Tomate cultivado em casa nunca é demais, né?

— Exatamente. Os seus são os melhores, Papa.

— Venha, vamos sentar — sugeriu ele, apontando para uma pequena mesa de café no pátio de cimento.

A *socca* estava pronta, crocante nas bordas e cheirosa por causa da cebola e das ervas. Ele serviu o vinho rosé gelado da Provença, a escolha tradicional para harmonizar com a *socca*, e a água com gás para Julie.

— *Santé* — disseram todos, erguendo os copos.

— Todo dia sobre a terra é um bom dia — declarou seu pai.

— Nunca fui muito fã desse ditado — retrucou Camille. — É tão mórbido.

— Depois do meu ano infernal — disse Henry para elas —, nunca foi tão verdadeiro. Agora que o tratamento terminou, estou determinado a viver minha vida.

O diagnóstico do pai fora um golpe devastador. A quimio e a radioterapia subsequentes tinham sido desgastantes, mas o objetivo fora alcançado — o câncer estava em remissão. Um ano antes, quando Henry estava no auge da doença e do tratamento, Camille quis se mudar para a casa dele com Julie, para ajudá-lo a segurar aquela barra, mas ele não quis saber. Henry valorizava demais sua privacidade e independência.

Ele insistira que o jantar de sexta-feira fosse mantido. Algumas vezes, durante aquela época terrível, Camille e Julie prepararam um *croque monsieur* ou uma omelete com pesto e espinafre enquanto Henry ficava deitado, tremendo debaixo de um cobertor de lã. Pelo bem da filha, Camille tentava não demonstrar como estava louca de preocupação e apavorada com a possibilidade de perder o pai. Eles passaram por tudo com muita determinação e a ajuda de um cuidador chamado Lamont Jeffries. Lamont morou com Henry naquele período e havia se mostrado de um valor inestimável, mantendo a casa e a horta organizadas, cuidando de Henry e lidando com todas as indignidades dolorosas do tratamento de câncer. Ele continuava vindo toda semana visitar Papa e fazer alguns trabalhos na casa e no jardim.

Henry foi desligar a grelha, se movendo com cuidado, um resquício da doença e do tratamento. Antes de ficar doente, ele era gloriosamente jovem — esbelto e elegante como um homem dez anos mais novo, com o cabelo farto e apenas um ou outro fio branco. Depois da quimioterapia, o cabelo de Henry havia crescido totalmente branco, cor de neve. Ele continuava bonito, embora não fosse mais o homem enérgico e robusto de quem Camille se lembrava. Havia algo frágil nele.

— Como está se sentindo? — perguntou ela.

— Estou bem — respondeu o pai com um sorriso de satisfação. — Estou me sentindo bem. Você já estudou o termo "em remissão"? Em francês, é a mesma coisa. Significa o fim dos sintomas, mas também significa perdão.

— Que bom, Papi. Fico feliz que você esteja se sentindo bem de novo — falou Julie.

— Sempre me sinto melhor quando estou com você, *choupette* — disse ele para a neta, pondo os copos na bandeja. — Você é a parte mais bela da minha semana.

Julie sorriu para o avô de um jeito especial, que ela reservava só para ele.

— Que fim de tarde fantástico — concluiu Henry. — Julie, sinto falta de ver seus amigos. Por onde eles andam? Você sempre os trazia aqui.

A menina olhou para o chão, batendo o pé no cimento.

— Ocupados, acho.

— Diga a eles para aparecerem com mais frequência, agora que o verão está chegando.

Julie deu de ombros discretamente.

— Claro.

— Os patinhos da Madeline vão nascer na semana que vem — lembrou o avô, apontando para a cerca no canto do jardim. — Traga seus amigos para ver os filhotinhos.

— Tá bem. Talvez. Vamos entrar para jantar.

Julie pegou a bandeja, e todos foram juntos para a cozinha.

— Tenho certeza de que esse cheiro maravilhoso é de *bouillabaisse* — afirmou Camille.

— Você acertou. Os frutos do mar das docas locais estavam excelentes essa semana.

— Qual é a ocasião especial?

— Toda vez que estou com minhas duas meninas adoráveis é uma ocasião especial.

Julie se jogou no sofá e pegou o celular.

— O que você está vendo, tão obcecada por essa telinha? — perguntou ele.

A menina deu de ombros, sem nem olhar para o avô.

— Existe todo um mundo aqui. É por isso que se chama a Grande Rede Mundial.

— O mundo está por aí afora — retrucou Henry, apontando para a vista da janela. — Sou um homem velho, mas sei a diferença.

— Guarde seu celular — mandou Camille. — Sem telas durante as refeições.

— Eu sei, eu sei.

Camille também ficava imaginando o que fazia Julie ficar tão absorvida naquele pequeno retângulo de luz. A todo momento havia novos aplicativos e jogos, e sua filha era conhecida por ser uma nerd da tecnologia. Não era de admirar que a vida da menina parecesse um tédio. No mundo das telas, tudo o que uma pessoa tinha que fazer era assistir. A participação era opcional — a tela criava um escudo ou uma barreira. Você podia observar as coisas de uma distância segura. Se seu mundo fosse uma pequena tela, não precisava sentir medo nem descontrole, tampouco precisava lidar com o mundo à sua volta.

— Como podemos ajudar? — perguntou Camille ao pai.

— Vocês podem fazer a salada e arrumar a mesa. Vou mostrar a Julie como fazer um *rouille*.

Os dois fizeram uma maionese picante com azeite, alho, açafrão e pimenta-caiena, espalhando-a em fatias de pão grelhado que iriam por cima do ensopado de peixe. Em seguida, Henry coou o caldo cheiroso em pratos de sopa e finalizou com as fatias de pão.

Camille suspirou de prazer diante daquele jantar de elegância típica. O caldo tinha sido feito com tomates frescos, azeite, erva-doce e cebola, e brilhava com a cor do açafrão.

— Papa, você é demais. Está delicioso.

— O segredo é lavar o peixe na água do mar — contou ele. — Quando eu cheguei nos Estados Unidos pela primeira vez, trabalhei num restaurante em Cape May, e toda sexta à noite meu trabalho era lavar o peixe. Era um bom restaurante, mas a carta de vinhos era patética.

— Foi quando você resolveu importar vinhos? — indagou Julie.

— Sim, mas demorei um tempo. Eu era muito jovem e bastante ignorante. Mas pesquisei muito e trabalhei duro, e então fundei minha empresinha.

— Você cresceu gostando de vinho? — perguntou a menina. — Porque eu não consigo gostar.

— Ah, mas você vai, uma hora ou outra. Você é neta de um francês, não tem escolha.

Julie sorriu.

— Tá bem.

Eles terminaram a refeição com a salada. Henry pressionou a palma das mãos na mesa como impulso para levantar.

— Fico feliz por sermos só nós três hoje — anunciou ele. — Precisamos conversar sobre algo.

Camille sentiu o estômago revirar. Havia um tom negativo na voz do pai? A última rodada de exames não tinha sido boa?

— Está tudo bem, certo?

— Sim. Pare de se preocupar. Você se preocupa demais. Tenho uma coisa para mostrar para vocês — completou ele. — Recebi uma entrega especial hoje.

Henry as conduziu até a sala, onde havia uma lareira e uma vista para a baía se projetando sobre a cerca de hera. A sala era decorada com um estilo minimalista e chique que combinava com a arquitetura da casa rústica e antiga. Acima da lareira havia um quadro que Camille sempre admirara, de uma região do sul da França chamada Calanques — as enseadas altas e rochosas ao longo da costa do Mediterrâneo azul-escuro. O pintor tinha conseguido capturar a qualidade da luz profunda e dourada que Camille sempre associava à Provença, apesar de nunca ter ido para lá. O que Finn havia dito? *A vida de ninguém está completa até que se vá ao sul da França.* Ela tinha que admitir que a solidão deixava sua vida incompleta, de fato, mas ir à Provença não era a solução.

No meio da sala havia uma caixa de papelão com vários adesivos da alfândega colados.

— O que é isso? — perguntou Camille.

— Chegou hoje à tarde da França. Foi madame Olivier que enviou para mim.

— Espere. O quê? — Camille estava confusa. — Quem é madame Olivier e por que ela está mandando algo para você?

— Ela mora em Sauveterre, a casa da minha família em Bellerive. É uma casa antiga, e parte do teto afundou. Quando estavam esvaziando o sótão para fazer a reforma, ela encontrou um baú cheio de pertences antigos da minha mãe, e achou que eu gostaria de ficar com eles.

O rosto de Julie se iluminou.

— Sua mãe, Lisette?

— Sim. Lisette Galli Palomar. — Henry abriu um sorriso tímido.

— Eu nunca a conheci.

— É muito triste ela ter morrido quando você era bebê — disse Julie.

— É mesmo. Eu já era órfão horas depois de nascer.

— E seu pai? Você nunca fala dele — perguntou a neta.

Camille prendeu a respiração. Havia um tempo, Papa contara a ela, de um jeito bastante vago, que o pai dele tinha morrido quando Lisette ainda estava grávida, mas, quando Camille insistiu para ouvir os detalhes, Henry apenas disse que não sabia praticamente mais nada sobre a situação. Ele não contava quase nada sobre sua vida no vilarejo no sul da França. Tinha ido embora aos 18 anos para tentar a vida nos Estados Unidos.

— Eu também nunca o conheci — respondeu Henry. — Meu pai morreu bem no fim da guerra na Europa.

— Ele morreu na guerra então? Era soldado?

— Na verdade, ele era o *maire* da cidade de Bellerive.

— Você nunca me contou que ele era prefeito — reclamou Camille.

— E o que tem dentro do baú? — indagou Julie.

— Ainda não abri, estava esperando vocês.

— Ai, meu Deus, não acredito que você esperou. Vamos abrir. — Julie já estava em cima do pacote. Ela e Camille viraram a caixa de papelão e puxaram o baú para o lado de fora. Estava velho e gasto, o tipo de coisa que as pessoas guardavam no sótão ou no porão e depois se esqueciam. — Está trancado? Como abre?

Henry pegou uma carta escrita com uma letra tremida.

— A madame diz que a chave sumiu faz muito tempo. Nós teremos que quebrar o fecho, como ladrões.

— Legal.

Julie também gostou da ideia.

Camille deu um passo para trás, profundamente intrigada. Era a mesma sensação que tinha na câmara escura no momento em que a imagem aparecia. Expectativa. Descoberta. Uma pontada de medo.

Eles cortaram a fechadura enferrujada no meio da tampa e então abriram os fechos nas laterais. A tampa estava presa, e os três precisaram de muita força e spray de óleo lubrificante para abrir. Por fim, ela desemperrou com um rangido de dobradiças enferrujadas.

O cheiro de poeira, velhice e lavanda seca preencheram o ambiente. O baú estava revestido com papel de seda, fazendo chover pequenos flocos secos pelo chão. Havia uma bandeja na parte superior com uma coleção de coisas comuns e prosaicas — panos amarelados, bordados à mão com flores e rendados nas extremidades, envolvendo um conjunto de vaidades que incluía um espelho de mão, um pente e uma escova.

Julie pegou cada item e separou.

— Papi, você reconhece alguma dessas coisas?

— Não. — Henry fechou os olhos. — Esse cheiro... lavanda. Ele me transporta para o passado. Minha tia Rotrude costumava espirrar água de lavanda nas roupas de cama enquanto as passava.

— Rotrude? Que nome estranho — afirmou Julie.

— Ela era irmã do meu pai. Foi ela que me criou em Sauveterre. No fim da guerra, éramos só nós três: Rotrude, sua filha Petra e eu.

Ao longo dos anos, Henry contara a Camille somente alguns flashes de sua infância. Sua tia, ele dizia, não era uma pessoa agradável. Sua prima Petra era dez anos mais velha que ele, e Henry perdera o contato com ela depois que foi embora da França. Àquela altura, ambas já tinham falecido.

Eles separaram todos os itens, um por um — roupas, livros e mapas antigos, algumas ferramentas, revistas francesas dos anos 1940, um canivete Opinel feito à mão. Camille observou um distintivo de pano. Era um brasão com asas, desgastado nas pontas, como se tivesse sido costurado a alguma outra coisa. Havia três volumes antiquíssimos de livros do Sherlock Holmes em inglês.

— Alguém falava inglês na casa em que você cresceu? — perguntou Julie.

— Não — respondeu Henry. Ele abriu um dos livros, em que se lia na página de rosto: *Da biblioteca de Cyprian Toselli*. — Eu não reconheço esse nome — afirmou ele, pondo o livro de lado. Na sequência, puxou um calendário amarelado de 1945 e observou a imagem de cima, que parecia uma foto colorizada. — Essa é a cidade onde cresci, Bellerive.

Camille e Julie se aproximaram. Na parte superior do calendário havia uma linda cidade montanhosa que parecia medieval. No topo da montanha, emergindo no meio como o miolo de uma flor, havia uma igreja com o telhado de ardósia circundando uma torre principal. As pequenas ruas descem em espiral até uma costa de falésia, onde o rio se encontrava com o mar. Era uma típica foto de plano geral, e as cores pintadas à mão romantizavam o cenário de céu e mar, dando à cena um olhar sonhador.

Enquanto Camille e Henry observavam a imagem do calendário, Julie procurava imagens recentes do local em seu celular. A cidade parecia tão charmosa e bucólica quanto havia sido no passado, escondida no meio da paisagem ensolarada e rochosa da região do Var.

— Parece ser quase igual — disse a menina. — Quando foi a última vez que você esteve lá, Papi?

— Fui embora da vila em 1963 — respondeu o avô.

— E nunca mais voltou! — exclamou Camille. Henry nunca tinha nada a dizer sobre o passado, e ela só sabia alguns detalhes esparsos.

— Isso é... Uau! Você já pensou em voltar para visitar?

— Não. Às vezes sinto falta do meu país, da comida e do ritmo da vida de lá. Na minha idade, acho que a nostalgia é normal.

— Vejam só — chamou Julie, puxando um envelope enorme. Na parte da frente alguém tinha escrito FOTOS HENRI PALOMAR. Ao abrir o envelope, ela indagou: — Esse não era seu nome antigo?

Ele assentiu.

— Prefiro a versão americana, Henry Palmer. — Então franziu a testa ao olhar o envelope. — Essa é a letra de Rotrude.

Julie retirou as fotos de dentro e seus olhos se iluminaram.

— Fotos suas, Papi!

Camille se inclinou para a frente, tão fascinada quanto a filha. Henry tinha vindo para os Estados Unidos quase sem nada, sem fotos e memorabilia do passado. A mais antiga estava datada de 1948. Era de um garotinho de olhos grandes e cabelo cacheado escuro, rosto oval, com as maçãs do rosto protuberantes, um nariz fofo e a boca séria. Ele estava parado ao lado de uma menina adolescente vestindo uniforme escolar e com o cabelo repartido em duas tranças louras.

— Essa era minha prima Petra — lembrou Henry.

— Olha como você era fofo! — exclamou Julie.

— Mas tão sério — completou Camille, analisando a foto com atenção.

Em seu trabalho, ela era treinada a inspecionar uma fotografia com olhos de detetive. O que estava acontecendo naquele momento em que o obturador da câmera fechou e abriu? Henri estava com um olhar de alguém repreendido, os lábios tristes, os olhos com cílios grandes vagamente constrangidos, como se tivesse sido flagrado fazendo algo errado. Seus ombros estavam levemente retraídos, as mãos dentro do bolso da jardineira, e havia uma pequena distância entre ele e a menina ao seu lado, como se estivessem relutantes em encostar um no outro.

— Consigo ver um pouco da Julie nesse garotinho doce — afirmou ela.

Os dois tinham em comum um jeito vulnerável, talvez por ambos terem sido machucados pelo mundo numa idade tenra. Camille observou o cenário, um muro de pedras esburacado, algumas plantas perdidas, um portão quebrado e uma casa enorme. Ela imaginou o que Finn acharia da foto e logo se repreendeu por deixar sua mente divagar sobre ele.

Havia somente outras três fotos, e Camille ansiou por mais. Ninguém se importava em tirar fotos desse garotinho tão adorável?

Uma foto do colégio mostrava Henri sorrindo sem um dente da frente, o que indicava que ele devia ter uns 6 ou 7 anos. E havia uma foto dele vestindo uma bata longa, andando em fila com meninos e meninas de roupas semelhantes.

— Formatura? — perguntou Julie.

— Primeira comunhão. Era uma coisa importante naquela época.

Camille percebeu uma sombra embaixo de um dos olhos e a pálpebra inchada.

— Parece que você tinha brigado com alguém.

— Será? — O pai deu de ombros. — Não lembro.

A boca dele tremeu um pouco, e Henry passou o dedo sobre o rosto sombrio e machucado daquele garoto em procissão. Camille ficou pensando quais lembranças aquela foto tinha despertado.

— Tem mais uma — falou Julie, olhando para a foto de um rapaz corpulento parado na frente do mesmo muro esburacado. — É você, Papi? Não parece muito com você.

Henry olhou para a foto amarelada.

— Sim, esse sou eu. Eu devia ter mais ou menos a sua idade, ou talvez um ou dois anos a mais.

Naquela última foto, ele parecia outra criança. Suas roupas eram grandes demais, o corte de cabelo era terrível, estava mais pesado e ele tinha um olhar distante. Parecia extremamente desconfortável. Camille só tinha conhecido seu pai esbelto e lindíssimo, de um jeito que chegava a ser irritante.

Henry sorriu para Julie como se estivesse lendo os pensamentos da neta.

— Eu passei por uma fase. Foi quando me chamavam de *bouboule*.
— O que significa? — indagou a menina.
— Rechonchudo. Balofo.

Julie olhou para o menino da foto.

— Já ouvi coisas piores. — Ela pegou uma pasta grossa amarrada com um fio. Na parte da frente tinha uma etiqueta que dizia *Lisette*. — O que você acha que tem aqui? — A menina desamarrou o fio e inspecionou o conteúdo. — Mais fotos! Talvez essas sejam fotos da sua mãe.

As fotografias retratavam uma cidade pequena de interior. Havia fotos de objetos aleatórios e paisagens de fazendas, montanhas, de um rio que desaguava no mar, barcos de pesca, rostos, feiras de rua, galpões e choupanas de pedra, cenas do dia a dia.

Camille ficou chocada com a qualidade das fotos. Diferente dos retratos de Henry, aquelas composições eram sofisticadas, com as imagens perfeitamente nítidas e reveladas por um profissional.

— Essas são incrivelmente boas — afirmou ela — Você sabe quem tirou?

Henry balançou a cabeça.

— Não me lembro de ninguém tirando fotos. Talvez Lisette as colecionasse.

— São muito boas. Alguém tinha um ótimo olhar e uma excelente câmera. — O verso das fotos estava sem indicação de local e data. Camille devolveu as fotos com cuidado à pasta sanfonada. — Queria vê-las com calma depois.

— Claro — afirmou o pai.

Eles continuaram vasculhando o conteúdo do baú e se depararam com um caderno de desenhos feitos de nanquim. Os traços eram simples, mas mostravam maturidade e controle, não pareciam o trabalho de uma criança. Eles retratavam diversos cenários campestres — uma antiga fazenda de construção de pedra, campos e pastos, muros de pedra e prados rochosos.

— Suas ilustrações? — perguntou Camille.

— Não. Não me lembro desses desenhos. Olhe como o papel é antigo. Está praticamente se desfazendo. E aqui... mais fotos.

Henry pegou um aglomerado de fotos em um bolso no fim do caderno. Pareciam ser imagens que serviram de referência para os desenhos.

— Acho que essas foram tiradas pelo mesmo fotógrafo das fotos da pasta Lisette — sugeriu Camille. — Têm o mesmo estilo.

— Você acha que são fotos de lugares reais? — indagou Julie.

— Com certeza. Essa é Sauveterre, nossa fazenda perto de Bellerive. Sauveterre significa "porto seguro". É um tipo de fazenda chamado de *mas*, muito comum nessa parte do mundo. Foi minha casa até eu vir para os Estados Unidos.

— É linda — completou Camille, arrumando as fotos em fileira em cima da mesa de centro.

— Uma típica *mas* é uma comunidade em si, quase inteiramente autossuficiente. Tudo o que a família precisava era produzido lá: vegetais, leite, carne, uvas, azeitona... Tinha até um lagar que usávamos para fazer vinho das nossas próprias uvas.

— Que legal! — exclamou Julie. — Você acha que ainda existe?

— Sei que sim, embora a casa principal aparentemente precise muito de uma reforma. Os Olivier alugaram a fazenda desde que eu vim para cá.

Camille franziu a testa.

— Alugaram? Da sua prima?

Henry balançou cabeça.

— De mim.

Ela ouviu as palavras, mas não pareciam reais.

— Espere aí. Você está dizendo que tem uma fazenda na França?

— Tenho a escritura oficial guardada em um cofre.

Camille olhou para as fotos.

— Você ainda é dono desse lugar. Por que nunca me contou?

— Eu raramente penso nisso. Sauveterre só me pertence no papel, porque, sinceramente, os Olivier têm um arrendamento praticamente eterno daquele lugar. O aluguel só rende um valor modesto, suficiente para pagar os impostos e a manutenção. E, com a história do telhado ruindo, imagino que vá gerar alguma despesa.

— Mas você é *dono* do lugar.

Camille estava impressionada.

— A propriedade está na família Palomar há gerações, e, após a morte do meu pai, foi colocada em meu usufruto até que eu fizesse 18 anos. — Henry passou os dedos sobre o desenho de um panorama detalhado do *mas*. — Sauveterre será sua um dia.

— Uau! — falou Julie. — Isso é demais, uma fazenda na França. Papi, por que você não quis morar lá? Por que veio para os Estados Unidos? E por que nunca voltou para visitar?

— Quantas perguntas! É como se, de repente, eu tivesse valor — acrescentou ele, brincalhão.

Julie segurou a mão do avô.

— Você sempre teve valor. E eu acho você incrível. Essa coisa toda do baú é demais. É como desvendar um quebra-cabeça sobre você, Papi.

Era o primeiro lampejo de entusiasmo que Camille via na filha havia anos. E não era um simples lampejo, mas uma faísca de verdade. Julie parecia estar amando as coisas antigas, até os objetos mais mundanos como uma tesoura de costura, um chapéu com uma pena, uma caneta-tinteiro e um pote de nanquim manchado de tinta azul-turquesa.

Camille viu algo escondido no meio das páginas de um dos livros de Sherlock Holmes — não era um marcador, mas um santinho do tamanho de uma carta de baralho, com a reprodução da cabeça de Cristo. Era uma imagem familiar, um retrato com uma luz incandescente ao redor do rosto e do cabelo. Ela sabia que já tinha visto aquilo em algum lugar. Ela virou o santinho e ficou surpresa ao ver uma oração impressa em inglês, e não em francês, e IMPRESSÃO EM OFFSET CHICAGO escrito em letras pequeninas na parte de baixo, ao lado de DISTRIBUÍDO POR USO.

Na ponta havia algo escrito à mão, mas a tinta estava tão gasta que não dava para decifrar o que era. Camille separou o papel para analisar melhor depois.

E então algo chamou sua atenção no baú. Ao se inclinar para ver, ela puxou para o lado uma toalhinha de linho rendada e um par de sapatos femininos empoeirados. Debaixo dele havia uma espécie de caixa oval escura, do tamanho de uma caixa de sapato, com a tampa firme encaixada e uma fivela desgastada. O objeto não era luxuoso, mas simples, com o revestimento de couro sintético todo empoeirado. Na tampa, havia um símbolo que instigou sua memória. Uma letra *E* estilizada com um desenho floral ao lado de um raio. Onde ela tinha visto aquilo?

Uma pequena onda de intuição passou por Camille, parecida com a sensação que sentia quando estava trabalhando com uma foto antiga e percebia que estava à beira de descobrir algo maior.

— Papa — chamou ela, com a voz um tom acima de um sussurro enquanto pegava a caixa, que parecia pesada. — Você reconhece isso?

Henry deu de ombros, de um jeito bem francês:

— Abra.

Camille pôs a caixa sobre os joelhos e passou a mão sobre a tampa, o que fez um leve barulho de guizo. Era bem pesada. Presa a ela também havia uma plaquinha de bronze com as letras CT gravadas.

— As iniciais de alguém? — perguntou ela.

— Não que eu saiba — respondeu Henry. E então, completou: — Ah. Aquele nome na folha de rosto dos livros. — Ele apontou para a coleção do Sherlock Holmes. — Cyprian Toselli. Não faço ideia de quem seja.

— Mãe, o que tem nessa caixa?

Julie pulava como uma garotinha. Era revigorante vê-la demonstrar uma emoção diferente de mau humor.

— Vamos descobrir.

Ela soltou os fechos, levantou a tampa e retirou uma toalhinha de algodão grosso de cima.

— É uma câmera! — exclamou Julie. — Que legal. Parece bem antiga.

Camille ficou fascinada.

— É uma Exakta. Nunca tinha visto uma dessas antes.

Ela pegou a câmera e a girou nas mãos. E então olhou para o pai. Ele estendeu as mãos com a palma para cima.

— Monsieur C.T.? — E então esfregou o queixo, olhando para a câmera. — Ou talvez minha mãe gostasse de tirar fotos. — Henry abriu um sorriso melancólico. — Talvez venha daí seu talento para fotografia. — Ele se recostou, observando Camille inspecionar o achado memorável. — Minha mãe sempre foi um mistério para mim. Gostaria de tê-la conhecido.

Camille colocou a câmera de lado e segurou a mão do pai.

— Gostaria de tê-la conhecido também, Papa. Queria que todos nós a tivéssemos conhecido. É tão triste.

— Que estraga-prazeres, mãe — interrompeu Julie. — Nós estávamos superanimados com a câmera.

— Tá certo. — Camille pegou a câmera de volta. — Nós temos um mistério bem aqui. O que sei sobre as câmeras Exakta é que eram feitas na Alemanha e que eram artigos de luxo, a primeira câmera reflex monobjetiva. Acho que esse modelo é dos anos 1930. Posso dizer, por essa saída, que é do primeiro modelo com sincronismo de flash embutido. — Ela inspecionou o objeto intacto. — Uau. Isso poderia ser uma peça de museu. É uma raridade.

— Vou escrever para madame Olivier e agradecê-la pela caixa de surpresas — disse Henry.

— *Ça alors* — falou Camille, tocando no bobinado de filme com o polegar.

Ela sentiu uma leve resistência. Julie debruçou-se para ver.

— O que foi?

— Acho que tem um filme aqui dentro.

Seis

Finn já tinha frequentado um número considerável de cerimônias ao longo da vida. Depois que seu pai desaparecera no Camboja, sua mãe tinha se tornado ativista de desaparecidos de guerra, e ele tinha muitas lembranças de cerimônias soturnas para reconhecer as poucas vezes em que a verdade sobre o sumiço de um pobre soldado vinha à tona.

Mais tarde, conforme a mãe avançava nas patentes do Corpo Diplomático, chegando ao posto de embaixadora quando Finn tinha 12 anos, houve cerimônias para comemorar, condecorar e designar, todas cheias de pompa e circunstância. Quando ele estava no ensino médio, houve mais algumas — a nomeação dele para a Simulação da ONU, o Boys State*, a sociedade de honra. Até a alta patente dos escoteiros, Eagle Scouts.

Houve cerimônias de incorporação, quando ele e suas duas irmãs foram admitidos na Escola Naval. E então as cerimônias de nomeação quando concluíram. Sua cerimônia de passagem de comando como oficial da Marinha.

E houve também sua cerimônia de casamento. Era para ser o começo de um "felizes para sempre". Finn tinha conseguido alcançar a parte do "felizes" durante um bom tempo. Infelizmente, ele e Emily tinham ideias diferentes quanto ao "para sempre".

"Estou grávida", disse ela no dia do aniversário de casamento de dez anos deles. Emily estava aos prantos quando contou para ele.

E então, antes de o coração de Finn ter uma chance de vibrar de surpresa e alegria, ela lançou a bomba:

---

* Programa nos Estados Unidos voltado a estudantes do Ensino Médio, focado em ensinar o funcionamento da política e do governo estadunidenses. (N.E.)

"Não é seu."

— Perfeito — disse a voz de uma mulher atrás dele, trazendo Finn de volta daquela lembrança dolorosa.

Ele se virou e viu uma ruiva linda em um vestido azul justo, com um crachá de imprensa da Casa Branca. Por um breve instante, ela encostou a ponta da língua no lábio superior.

— O quê? — perguntou ele, embora soubesse exatamente a resposta. — Qual parte está perfeita? A parte que vou poder conhecer a presidente porque meu pai desapareceu na guerra?

— Não seja desagradável — disse ela. — Quis dizer você em seu uniforme. Você está completamente perfeito. Imagino que não deva usá-lo faz tempo. Como você está?

— Bem. — Finn a observou por um tempo. — E você, Emily?

— Bem também. Ocupada, mas eu adoro. Não há um único dia fraco de notícias por aqui.

Emily era uma jornalista com uma série de prêmios no currículo. Na verdade, o maior deles tinha sido um Prêmio Richard Arthur Finnemore por correspondência de guerra. A distinção, em memória do pai de Finn, honrava a reportagem de destaque do ano na área de conflitos internacionais. Na ocasião, eles ainda estavam casados, e Finn costumava dizer às pessoas: "Emily ganhou o troféu, mas eu que saí com o verdadeiro prêmio". No fim, ela acabou não fazendo jus à frase.

Agora ele olhava para a ex-esposa e não sentia nada além de uma leve sensação de familiaridade. Era estranho como o amor que um dia havia preenchido a vida de alguém pudesse simplesmente desaparecer, como uma nuvem no vento. Para onde iam aqueles sentimentos? Talvez se dissolvessem no éter ou se transformassem em algo útil, como sabedoria, experiência de vida ou determinação para evitar que o coração se envolvesse daquele jeito de novo.

Finn sabia que se isolar emocionalmente não era a melhor forma de lidar com o estrago que Emily lhe causara. Mas ter essa consciência e fazer algo a respeito eram duas coisas completamente diferentes.

— Fique parado — disse Emily. — Você não está tão perfeito assim. — Com um movimento familiar, ela levantou a mão e ajeitou a parte de trás do colarinho dele. — Você acabou de cortar o cabelo.

— Confesso que sim. Uma hora atrás, eu tinha um rabo de cavalo.
Emily deu um sorriso melancólico.
— Nossas vidas estão diferentes hoje. Como vai a França?
Finn poderia falar durante horas sobre o sol e a comida, a história, as pessoas, a paisagem. O vinho. Mas não o fez.
— Está ótima — foi tudo o que respondeu. — E parabéns por esse trabalho. Sei que você se esforçou muito para chegar até aqui.
Ele conseguiu dizer aquilo sem nem uma pitada de ironia. Quando descobriu sobre o caso extraconjugal de Emily, Finn estava pronto para arrancar a cabeça do cara. Agora ele via de um jeito filosófico. O caso mostrou a Finn exatamente quais eram as prioridades dela, que, por sua vez, expunham exatamente o que ele precisava evitar se algum dia fosse idiota o bastante para se apaixonar de novo.
Finn observou a Sala Leste da Casa Branca, onde o evento aconteceria. Toda a família estava lá, assim como os amigos e colegas que conheciam Richard Finnemore, incluindo os quatro sobreviventes cujas vidas ele salvara ao se render ao inimigo. Ao lado do palco havia um cavalete com uma foto emoldurada enorme do pai de Finn vestindo o uniforme oficial — um estranho que o filho jamais conhecera.
— Não consigo me acostumar com a semelhança entre vocês — disse Emily.
Finn olhou para o retrato, tentando se ver no rosto daquele homem que havia desaparecido. Às vezes, ele conseguia identificar a semelhança — algo no formato do queixo, talvez, e definitivamente os olhos. Gostaria de tê-lo conhecido, ele pensou, fazendo uma pequena saudação. Finn havia procurado pelo pai em álbuns de fotos antigos e em alguns rolos de filmes caseiros velhos de Super 8. Richard parecia estar sempre sorrindo. As pessoas diziam que ele era um homem que amava a vida, a família e o país, valores que Finn tentou disseminar a vida toda. No entanto, quando seu casamento acabou, ele percebeu que não iria alcançá-los sozinho.
Um burburinho se espalhou pela sala e todos foram direcionados às cadeiras. Finn e suas irmãs foram encaminhados até a primeira fileira com sua mãe. Ela se aproximou e acariciou os joelhos do filho rapidamente. Finn sabia que ela ficaria emocionada hoje. Todos ficariam.

Uma onda de energia anunciou a chegada da presidente. O público se levantou, então um silêncio se alastrou pelo público enquanto todos se sentavam. Ela cumprimentou os presentes, acrescentando boas-vindas especiais às famílias dos três homens que seriam homenageados naquele dia. Finn quase não reconheceu o próprio nome quando ela o identificou como tenente-comandante Malcolm Arthur Finnemore. Fazia tanto tempo que ele não respondia àquele título. Uma outra vida, com certeza.

A presidente fez um resumo eloquente das ações heroicas dos quatro homenageados, todos recebendo a honraria postumamente. A voz dela titubeou ao falar sobre a triste realidade da cerimônia — que os valores que todos estavam reunidos para celebrar, a coragem e a generosidade, vinham dos momentos de guerra mais terríveis, que exigiram um sacrifício irrevogável.

— No pior momento da vida desses homens, cada um deles conseguiu evocar o seu melhor. Cada um incorporou a essência da coragem. Não é o fato de serem destemidos, mas a rara habilidade de confrontarem o medo. Esses heróis demonstraram ousadia, demonstraram o treinamento que receberam e deram tudo de si pela vida de seus colegas soldados. Nós somos livres por causa deles.

A mãe de Finn recebeu a Medalha de Honra em uma caixa com tampa de vidro. As lágrimas previstas surgiram, principalmente após o término da cerimônia, quando os sobreviventes do Camboja se aproximaram. Alguns deles se lembravam de Richard Finnemore com uma clareza fotográfica. Em um momento decisivo que homem nenhum deveria viver, o pai de Finn tinha conseguido tirar uma última foto, baixar a guarda e se render, de alguma forma distraindo seus inimigos por tempo suficiente para que sua equipe fugisse. A liberdade de um único homem, sua vida, em troca de outras quatro.

Com um bolo enorme na garganta, Finn andou até as fotografias expostas ao lado do palco. Uma colagem de soldados corajosos e sorridentes no auge de suas vidas havia sido feita especialmente para a cerimônia. Algumas das imagens relatavam a carreira do pai, de egresso da Escola Naval ao cargo de estrategista de combate e especialista em comunicação, enviando informações dos conflitos de países como Vietnã, Laos e Camboja.

Finn imaginou o que deveria conter no rolo de filme que ele havia confiado a Camille Adams. Imagens brutais de vilas devastadas pela guerra? Fotos de reconhecimento? Fotografias de colegas de equipe na missão? Droga, ele gostaria de ter conseguido vê-las.

Ainda assim, não podia ficar bravo com a mulher, dadas as circunstâncias do contratempo. Embora fosse essa a justificativa que ele dera para si mesmo, o verdadeiro motivo pelo qual não conseguia ficar bravo com Camille era porque ele nunca tinha conhecido ninguém como ela. Após uma primeira impressão conturbada, Finn tinha percebido que se sentia confortável ao lado dela, ouvindo e conversando de um jeito totalmente natural. Era comum que, ao lado de mulheres, houvesse uma tensão no ar — vamos ou não vamos? Mas com Camille a tensão era diferente, uma mistura de aconchego e atração, não de incerteza.

Parte dele queria conhecê-la melhor, o que era estranho, pois, após ter seu ego destruído pela experiência com Emily, Finn tinha se tornado um mulherengo, indo em busca de mulheres que não fossem complicadas, não tivessem demandas emocionais e se satisfizessem com uma relação física. A dinâmica funcionou para ele durante muito tempo, mas o instinto lhe dizia que não seria o caso com Camille Adams.

Mas aquilo não importava. Finn estava voltando para trabalhar na França, e a vida dela era aqui nos Estados Unidos, criando a filha adolescente, tocando sua loja, fazendo o que quer que fizesse na cidade de praia agradável e remota em que vivia.

Embora soubesse que seus caminhos provavelmente não se cruzariam de novo, ele cogitou a ideia de entrar em contato com Camille outra vez, apesar da insistência dela de que não estava aberta a revê-lo. Finn era arrogante o bastante para achar que poderia persuadi-la. *Vamos tomar um drinque. Sair juntos.* Mas não, afinal qual seria o sentido disso? Provavelmente tornaria o fim inevitável ainda mais frustrante.

Mas, nossa, ela despertava algo diferente nele, e Finn não sabia exatamente por quê. Camille permanecia nos pensamentos dele, lembrando-o de que a vida era mais do que sair com mulheres e transar. Ele nunca tinha sentido nada parecido antes, nem mesmo com Emily.

Camille não queria que Finn ligasse para ela, então ele não deveria ligar. Mas quando foi que o "não deveria" o impedira de fazer algo? *Péssima ideia*, pensou ele. Uma coisa que Finn sabia bem era o momento de se afastar. Quando partir sozinho numa boa.

Aquela era uma dessas situações. Sim, Camille Adams era intrigante e muito bonita, com camadas que Finn desejava explorar. Desde seu divórcio, ele havia se fechado para o tipo de sentimento que ela inspirava. Mas os olhos doces e os lábios suaves de Camille, o jeito com que ela se iluminava quando falava da filha e do trabalho — essas coisas expunham brechas no muro que ele havia construído ao seu redor. Não. Finn recobrou suas defesas. Ele não faria nada à distância.

A especialista em fotografia formosa, triste e preocupada ficaria onde ele a tinha posto: numa conexão perdida.

Assim, quando seu celular vibrou no bolso da farda para avisar a chegada de uma mensagem, Finn ficou chocado ao ver o nome do remetente: Camille Adams. Camille "Não me ligue" Adams. Camille "Eu não seria uma boa companhia" Adams.

Camille "Eu nem sequer sei como sou sexy" Adams.

— Fico imaginando se fiz a coisa certa — disse Camille para Cherisse e sua meia-irmã Britt. — Acho que eu não devia ter mandado aquela mensagem sobre as fotos que encontrei na câmera antiga de Papa.

As três estavam sentadas no Brew-La-La, onde se encontravam toda segunda-feira à tarde para tomar um café, falar de negócios e pôr a conversa em dia.

Às vezes, Hilda, a filha mais nova de Cherisse e Bart, juntava-se a elas. Hilda ainda estava na faculdade, e naquele momento estava fazendo um intercâmbio em Cape Town.

A loja era especializada em comidas locais — *Kaiserschmarrn* com frutas vermelhas maceradas, croissant recheado de patê, sanduíche de presunto Taylor para os visitantes de Jersey. Camille sempre escolhia uma *tartine* com manteiga e geleia de morango.

— Por que está achando isso? — perguntou Britt. — Acha que ele ainda pode estar chateado por você ter destruído o filme dele? Ou porque ele é gato e solteiro? — Ela virou a tela do seu notebook para elas na mesa. — Quer dizer, vejam só.

As fotos estavam no site do jornal *Washington Post*, acompanhando uma reportagem sobre a cerimônia da Medalha de Honra.

— Estou vendo. — As bochechas de Camille ficaram quentes. Ela pensava demais em Finn e dizia para si mesma que ele era a encarnação de uma péssima ideia: bonito demais, convencido demais... tudo demais. — Ele realmente está diferente com o cabelo curto.

— Mas não menos gato — garantiu Britt.

A mãe delas desceu a página até uma foto da mãe de Finn recebendo a caixa da medalha da presidente.

— Ele tinha um pai louvável, não? O homem se entregou para salvar os colegas e nunca mais foi visto.

— As fotos que destruí poderiam ser uma pista do que aconteceu — explicou Camille.

— Pare com isso — repreendeu Cherisse. — É uma pena, mas aconteceu. Não adianta ficar se torturando por isso.

— Você está certa. Mas, mesmo assim, eu me sinto esquisita em pedir ajuda a ele sobre as fotos de Lisette. O filme que encontramos na câmera antiga do Papa é de 1945. Eu consegui revelá-lo sem problema algum, mas destruí o último rolo de filme que o pai de Finn tirou na vida.

— Acontece — completou sua mãe.

— Ele ficou decepcionado. É ainda pior do que ficar bravo. Eu detesto decepcionar as pessoas.

— Você devia sair com ele e pagar a conta como pedido de desculpa — sugeriu Britt, ainda olhando para a tela do notebook. — Ele é lindo, formado em Anápolis e professor. O que há de errado?

— O fato de que ele mora a mais de cinco mil quilômetros de distância — lembrou Camille.

Britt respirou fundo.

— Ah, é, tem isso.

— Resolvi que não vou sair com ninguém durante um tempo — contou Camille. — Drake foi muito bom para mim, mas simplesmente não deu certo. É como se algo dentro de mim estivesse estragado.

— Isso é loucura. — Cherisse esfregou o ombro da filha. — Não há nada errado com você. Nada estragado. Términos são sempre difíceis. Não ouse perder a esperança.

— Não estou perdendo a esperança. Estou desistindo dos homens.

— Deixe-me ver as fotos de novo — pediu a mãe. — Estou tão impressionada.

Camille abriu a tela de seu notebook e elas olharam juntas as fotos tiradas setenta anos antes. Eram oito no total.

As três observaram cada uma das imagens: uma cidade; uma ponte quebrada; os escombros de um prédio; uma clareira ao lado de um riacho; um homem esquelético; seu rosto olhando para longe da câmera; seus ombros encolhidos, sem esperança. A última foto era a mais perturbadora: uma mulher lindíssima no final da gravidez, que olhava para um espelho de corpo inteiro emoldurado, com a câmera encostada na barriga distendida.

Era um autorretrato de Lisette. Ela parecia sublime, como uma fada. Embora a foto fosse em preto e branco, era evidente que seu cabelo era louro.

— Eu tenho tantas perguntas — disse Camille. — Papa não soube me contar nada das fotos, pois obviamente foram tiradas antes de ele nascer. Eu achei que, se as mostrasse para Finn, ele poderia me dizer como descobrir mais coisas.

— Então você definitivamente tem que mostrar a ele — opinou Britt. — De todo modo, você poderia entrar em contato com inúmeros especialistas, mas pensou nele.

— Ele é o único especialista em França pós-guerra que eu conheço — protestou Camille. Atrapalhada, ela mudou de assunto. — Mãe, Papa falava de Sauveterre?

Cherisse balançou a cabeça.

— Não muito. Eu sabia da propriedade da família. Ele contou que havia um inquilino com um aluguel de longo prazo, e nós nunca mais falamos disso.

— Como você não conversa uma coisa dessas com seu marido? — indagou Britt. — Se Wylie escondesse uma coisa dessas de mim, não consigo nem imaginar o que mais ele deveria estar ocultando.

Cherisse respirou fundo.

— Henry não escondeu de mim, porque ele não tinha muito o que dizer sobre isso. Em uma das nossas viagens a trabalho para a França, eu sugeri que visitássemos Bellerive, mas ele me olhou como se eu fosse uma doida. Disse que ir até uma pequena vila na região do Var seria uma grande perda de tempo e que ficaríamos totalmente entediados. — Ela deu outro suspiro. — Seu pai é um homem singular e extremamente reservado. O coração dele sempre foi um mistério para mim. Eu era jovem e ingênua o bastante para acreditar que nós ficaríamos mais próximos com o tempo, mas, em vez disso, nós nos afastamos. Acho que nunca o conheci de verdade.

— Ele não é um mistério — discordou Camille. — Ele só é... Papa. — Ela olhou para a foto de Lisette. — E teve uma mãe que nunca conheceu. Ela parece tão triste. *Eu* fico triste em pensar que ela jamais viu o filho crescer.

— É terrível que ele tenha nascido órfão — lamentou Britt. — Será que o fato de ter sido criado pela tia o perturbou muito?

— Ele disse para mim e Julie que sua tia Rotrude não era uma mulher carinhosa — respondeu Camille. — Ela guardava rancor de Papa porque era uma viúva de guerra com uma filha para criar, enquanto ele, seu sobrinho ainda bebê, era o dono de Sauveterre por lei. Quando Papa fez 18 anos, eles não podiam mais pagar os impostos, então ele alugou o lugar para uma família chamada Olivier e Rotrude teve que se mudar. Papa veio para os Estados Unidos e nunca mais voltou.

Cherisse fez um sinal para o barista pedindo mais uma rodada de café.

— Muito bem, meninas, vamos falar de negócios. O verão está logo ali. O horário de verão na loja começa na semana que vem. Será nossa melhor temporada.

Camille sabia que a mãe não estava exagerando. Os negócios estavam prosperando na Ooh-La-La graças ao burburinho dos turistas em busca de sol, aos moradores abastados e aos corretores poderosos de Washington D.C. que fugiam para Bethany Bay no fim de semana. Os chegados afluentes tinham construído casas luxuosas em meio ao centro da cidade e às vilas de pescadores da península. Camille tinha crescido observando seus costumes. Sempre pareciam de um grupo distinto, dirigindo carros europeus pela ponte da baía de Chesapeake ou pelas estradas e túneis que cruzavam a região de Hampton Roads, onde aviões de carga e submarinos nucleares eram tão comuns quanto pescadores em seus barcos velejando em busca de ostras.

Os vendedores e restaurateurs de Bethany Bay ficavam todos muito felizes em satisfazer as necessidades dispendiosas dos turistas da Filadélfia e de Nova York, oferecendo viagens de veleiro e jantares no mar, passeios de pesca e artigos para casa luxuosos das butiques.

— Nós aparecemos mais uma vez na *Time Out* — disse Britt, mostrando a elas a menção na tela do notebook. — "Apesar do nome peculiar, há algo de mágico na Ooh-La-La, com sua fusão irresistível de charme francês, design moderno sofisticado e objetos locais."

— Eu trocaria esse nome peculiar, se pudesse — respondeu Cherisse. — Mas ele pegou, e agora nós estamos presas a ele. Eu inventei Ooh-La-La quando era uma menina boba.

— Você ainda é uma menina boba — brincou Britt. — Você sempre será uma menina boba.

— Isso me mantém jovem. Bem, vamos focar, então. Precisamos garantir os itens de venda certa no estoque. Queremos que as pessoas entrem na loja para dar uma olhada e saiam com alguma coisa sem a qual não podem viver. A pergunta é: que coisa é essa?

— Acho que será o jarro gorgolejante de novo — respondeu Britt. — Sei que não é novidade, mas tem todas aquelas cores chamativas.

As jarras, em formato de peixes e cisnes estilizados, faziam um som característico de gorgolejar ao se despejar o líquido no interior. Tinham sido o item mais vendido no ano anterior.

— Será que fizemos um pedido grande o suficiente? — perguntou Cherisse. — Estou com o mesmo receio sobre os saca-rolhas Laguiole e os sabres para espumantes. Desde que saiu aquela matéria sobre Laguiole autênticos serem bem melhores que as imitações, eles têm vendido rápido.

— Acho que estamos bem servidas de itens de mesa — disse Camille. — A louça Lena Fretto também será um sucesso de vendas. Não tem em nenhuma outra loja. Bom trabalho, mãe.

Ser dona de uma loja de artigos para casa era ao mesmo tempo arte e negócios. Por um lado, tudo tinha que ser posto no papel — o custo do item *versus* o valor de venda. Essa era a parte dos negócios. Mas, por outro, cada escolha era muito pessoal. O que os clientes gostariam que estivesse ao seu redor? O que queriam levar para casa e usar ou apreciar todos os dias? O que queriam compartilhar com os amigos? Toalhas de linho irlandesas? Taças de champagne de cristal báltico? Potes de vidro que podiam ser convertidos em comedouros para pássaros?

A escolha certa significava animação e lucros. Significava clientes felizes contando aos amigos sobre aquela loja charmosa em Bethany Bay. Significava melhores condições dos fornecedores. Significava que as mulheres Adams e Vandermeer conseguiriam alimentar suas famílias e pagar seus impostos.

A escolha errada — aquela aposta certeira que acabava sendo uma bola fora — significava promoções paralelas na calçada, seções de descontos e vendas a preço de custo. Elas tentavam evitar a influência de representantes nas feirinhas que Cherisse frequentava, mas oferta e procura não era uma ciência exata. De vez em quando, eram surpreendidas com um excesso de ornamentos de jardim duvidosos. Até hoje, a prateleira de promoções continha as frigideiras próprias para fazer bolinhos *aebleskiver* trazidas na última temporada, colheres para servir absinto, pinças para aspargos e o apontador de lápis em forma de cenoura ao qual elas tinham certeza de que ninguém iria resistir.

As três tomaram algumas decisões sobre as compras de outono e inverno e terminaram o encontro com um calendário de eventos para o verão.

— Você deveria fazer uma tarde de "encontro com o artista" na loja, com as fotos de Lisette — sugeriu Britt para Camille. — Vai saber, talvez você conheça alguém.

— Qual parte do "não quero mais namorar" você não entendeu? — perguntou Camille.

Ela gostava de conversar com as pessoas sobre seu trabalho, sobre as fotos que revelava de filmes antigos. Na época em que fotografava com as câmeras vintage, suas reproduções eram sucesso de vendas. Mas aquilo estava no passado. Ela não tinha mais vontade de tirar fotos.

— Vou dar uma olhada na minha agenda e falo com vocês.

Elas saíram do café e atravessaram a rua até o Marina Park, onde o marido de Britt, Wylie, tomava conta dos filhos deles, Zoe e Van.

— Mamãe!

As crianças avistaram Britt e correram na direção dela, ambas implorando para subir em seu colo.

— Ei, e nós? — perguntou a mãe de Camille. — É a nossa vez.

— Vovó! Tia Camille!

Camille pegou sua sobrinha no colo e ganhou um abraço apertado.

— Eu amo o jeito que você fala, sempre com pontos de exclamação. Você está com cheiro de casquinha de sorvete — disse ela.

— O papai comprou sorvete pra gente!

— Logo antes do almoço! — confessou Van.

Camille o pegou no colo em seguida.

— Você está com cheiro de hamster.

— Estou? Legal!

— Como foi a reunião de estratégia? — perguntou Wylie.

— Já estamos prontas para o verão. — Britt ficou na ponta dos pés e deu um beijo no marido. — Obrigada por cuidar dos pestinhas.

— Vamos fazer algo neste fim de semana? — sugeriu Camille. — Se vocês estiverem livres.

Britt fez uma boca triste.

— Nós adoraríamos, mas já temos compromissos. Encontros das crianças e partidas de futebol. Vamos combinar outro dia, pode ser? Mando uma mensagem para vocês.

— Pode ser.

Todos caminharam juntos à beira-mar de mãos dadas, como bonequinhas de papel.

— É fofo demais. Eu amo ser avó.

— Eu amo ser tia. É mais fácil do que ser mãe, não acha?

— Você era uma criança fácil — respondeu sua mãe. — Como está Julie?

O estômago de Camille revirou. Em pouco tempo, sua filha alegre e divertida, que jamais havia lhe dado um segundo de preocupação, tinha se tornado uma criança problemática.

— Nada fácil. Passa o tempo todo sozinha, não quer conversar sobre nada e parece bem introspectiva. Eu a convidei para comprar roupas de verão, mas ela disse que odeia fazer compras porque odeia sua aparência.

Cherisse abaixou o tom de voz:

— Ela ficou bem gordinha.

— Você acha que não percebi, mãe? Você acha que *ela* não percebeu?

— Eu sinto muito por ela. Ela é uma menina tão bonita.

— E o quanto você acha que isso ajuda? — Camille se sentiu impotente, irritada. — Estou tentando convencê-la a fazer exercícios e a comer direito, sem transformar essas questões de autoimagem em um problema. É um assunto delicado.

Embora não tivesse dito à filha, Camille não comprava mais nenhuma *junk food*. Bebidas diferentes de água eram coisa do passado. Biscoitos e ultraprocessados não apareciam mais no cardápio. A própria Camille tinha perdido dois quilos nesse processo de manter os doces e besteiras longe.

— Julie está passando por um momento difícil e é esperta o suficiente para saber disso. Ela mal entrou na puberdade, enquanto as outras meninas parecem modelos de lingerie. Embora eu saiba que aparência não importa, Julie quer pertencer ao grupo. E eu quero que ela se sinta confiante para ser a pessoa que é.

— Eu entendo — falou Cherisse. — Você está fazendo o melhor que pode. Eu também quero que ela se sinta bem com o próprio corpo. Julie está numa idade tão difícil.

Camille assentiu, o estômago dando voltas. Quando as coisas não iam bem com a filha, tudo ficava mal.

— Espero que ela tenha uma semana melhor. Para falar a verdade, ela mudou muito nesses últimos seis meses. Não só sua aparência, mas sua atitude. Ela não suporta ir à escola e as amigas não frequentam mais a nossa casa. Às vezes, acho que ela não me aguenta mais também.

— Julie é uma adolescente. Esse é o trabalho dela. Que tal mandá-la para a loja amanhã à tarde, depois da escola? Vou passar um tempo com ela e levá-la para jantar lá em casa.

— Pode ser uma boa ideia, mãe. Obrigada. — Camille estava mesmo grata, mas aquilo significava uma noite vazia para ela. — De vez em quando, eu penso em como será depois que Julie tiver a própria vida. Quem me fará companhia?

— Você não quer ouvir minha resposta — lembrou Cherisse. — Camille, sinto muito que as coisas não deram certo com Drake, mas...

— Eu sei, eu sei. — Elas já tinham tido aquela conversa inúmeras vezes. A independência de Camille tinha se tornado uma espécie de isolamento. — Está tudo bem, talvez eu adote um cachorro. Não, um gato. Dá menos trabalho.

— Quem sabe se você parasse de esperar o homem perfeito chegar e saísse da sua câmara escura... — sugeriu a mãe.

— Eu *gosto* de me fechar na minha câmara escura.

— E eu gosto da ideia de todas as minhas filhas viverem relacionamentos maravilhosos e gratificantes. — Cherisse ajeitou o cabelo de Camille para trás, como fazia desde que a filha era uma menina. — Desculpe, vou ficar quieta. Aquele não é Stan Fenwick?

Cherisse fez sombra nos olhos com a mão e se virou para a área de piquenique. Havia uma família de cinco pessoas ao redor de uma mesa, aproveitando uma refeição sob o sol. O som de risadas e conversas se espalhava pelo ar.

— É, sim. Meu Deus, olha como os filhos dele estão grandes!

Stan foi o primeiro homem com quem Camille saiu, um ano após a morte de Jace. Stan era ótimo, um cara gentil e educado, que desejava um relacionamento. Ele queria casar com ela, ser um pai para Julie e formar uma família. Camille não estivera pronta para aquilo, nem perto daquilo, para falar a verdade. Agora, olhava para Stan e sentia uma pontada de inveja da vida alegre que ele havia construído com outra pessoa. Inveja... mas nada de arrependimentos.

O celular de Camille vibrou e ela checou a tela.

— Ai, ai.

De repente, ela sentiu um aperto no peito, seguida de uma palpitação esquisita.

— O que foi? — perguntou Cherisse.

— O professor Finnemore quer me encontrar.

Sete

*F*inn não sabia o que esperar diante das mensagens enigmáticas de Camille Adams. Ela queria encontrá-lo para mostrar algumas fotos que tinha revelado de um filme encontrado em uma câmera antiga. As fotos haviam sido tiradas na França pós-guerra, o que imediatamente despertou o interesse dele. Quando ela saiu do táxi na frente do restaurante em Georgetown, Finn prendeu a respiração. Droga. Camille o fazia se sentir como o Lobo Mau.

— Pare de me olhar assim! — exclamou ela.

— Você está muito bonita — elogiou ele.

Aquelas pernas. Finn ficaria pensando naquelas pernas durante todo o voo de volta para Paris. Mas o que o interessava mais que suas pernas eram seus olhos castanhos, grandes e dóceis. Uma sensação de inquietude se espalhou dentro dele. Finn estava acostumado a manter as coisas simples e objetivas, e sabia instintivamente que Camille Adams era complicada.

— Está certo — disse ela —, levando em consideração como eu estava vestida quando nos conhecemos...

Finn não se lembrava do que ela vestia naquele dia, mas certamente não era uma saia justa e sandálias de salto alto.

— Obrigado por vir até mim — disse ele.

— Pensei que, já que eu sou a cliente dessa vez, eu deveria vir ao seu encontro.

— Você não é uma cliente — retrucou Finn. — Eu não tenho clientes. Sou professor, portanto tenho alunos.

Ah, meu Deus, pensou ele. *Por favor, seja minha aluna, Camille.*

— Não posso contratar seus serviços?

O vento levantou o cabelo escuro sedoso de Camille, balançando-o para fora da curva do pescoço.

Finn queria afundar seu nariz ali e inspirar profundamente. Ele queria...

— Não — respondeu ele. — Minha consultoria é de graça.

— Então você tem que me deixar pagar o almoço.

— De jeito nenhum. Nem pense nisso.

Camille abriu a boca para protestar, e ele ergueu a mão.

— Não é um encontro — disse Finn. — Está bem? É um almoço e eu vou pagar, ponto-final. Vamos lá, Camille. Deixe-me ser só um pouquinho legal com você.

Ela relaxou os ombros e sorriu para ele. Ficava ainda mais bonita quando sorria.

— Eu adoraria deixá-lo ser legal comigo. — Camille olhou para os dois lados da rua elegante e luxuosa. — Sempre gostei desse bairro — acrescentou. — Tem algo especial na atmosfera daqui.

— Concordo. Ele me lembra as minhas ruelas favoritas de Paris. Quando foi a última vez que você foi para lá?

— Quando ainda estava na faculdade. — Ela mudou a direção do olhar. — Não viajo mais tanto, então... — Camille não terminou a frase. Em vez disso, pareceu lembrar de algo e olhou para Finn com aqueles olhos brilhantes deslumbrantes. — O que o fez pensar no Arnaud Loves Patsy?

— Está na moda, eu sei, mas segue tendo minha pegada favorita.

— Que é qual?

— É silencioso. Dá para conversar de verdade aqui. — E, para o próprio espanto, Finn queria aquilo com ela. Suas irmãs intrometidas ficariam chocadas. — Então achei que seria um bom lugar para falarmos das fotos que você encontrou. Além disso, é mais perto do aeroporto do que Anápolis. Vou pegar o voo das nove da noite.

— Ah! Para onde?

— Marselha. De volta ao trabalho.

Camille hesitou, olhando para Finn com uma expressão que ele não conseguiu decifrar. Não era decepção. Alívio?

— Então vamos começar.

Finn deu um passo para o lado e fez um gesto para ela passar à sua frente nos degraus de pedra cinza do prédio dos anos 1880. Um par de luminárias que pareciam vitrais iluminavam a entrada.

— Como está sua filha? Julie, não é? — perguntou ele, rezando para ter acertado o nome da menina.

— Ela está bem, obrigada por perguntar. Você encontrou nós duas em um dos nossos piores dias.

— Ainda me sinto mal com aquilo. Construí toda a minha carreira repatriando soldados desaparecidos e normalmente sou melhor em lidar com pessoas que estão em seus piores dias.

— O filme era muito importante para você. Eu também me sinto mal.

Camille o olhou de um jeito calmo por um instante. Naquele momento, Finn percebeu que ela o desarmou e não conseguiu descobrir por quê. Talvez...

— Professor Finnemore. — O maître o cumprimentou com uma leve reverência. — Sua mesa é por aqui.

Ela sorriu delicadamente. Meu Deus, Finn estava ficando louco com aquele sorriso.

— É um amigo seu? — Quando Camille viu o local especial da mesa, semicerrou os olhos com um olhar suspeito. — Óbvio.

Eles foram conduzidos a um banco estofado em curva, em uma mesa intimista de frente para uma janela com vista para a baía — um canto superprivativo, reservado para clientes VIP.

— Minha mãe vem muito aqui — afirmou Finn. — Ela faz parte do Corpo Diplomático.

— Eles devem achá-la o máximo.

— Todo mundo a acha o máximo.

— Inclusive o *Washington Post*. Eu li a cobertura da cerimônia para o seu pai. Que momento incrível para a sua mãe e toda a sua família.

— Foi mesmo. Ver os sobreviventes, os homens da equipe de reconhecimento do meu pai... Todos eles têm a idade que meu pai teria, cercados pelos filhos e netos... foi bastante especial. Após a cerimônia, eles entregaram à minha mãe uma coleção de cartas que tinham escrito.

Camille o fitava do outro lado da mesa. Tudo bem, talvez ela não estivesse o *fitando*, porque aquilo passava a ideia de romance, mas Finn sabia que ela estava prestando atenção nele.

— Deve ter sido bonito — disse ela. — Mas ao mesmo tempo difícil para a sua família.

— Você está certa, foram as duas coisas. Nós fomos para a casa da minha mãe e do meu padrasto depois, ficamos bêbados e lemos as cartas — lembrou Finn. — Isso talvez soe desrespeitoso, mas foi... Bem, nós bebemos brindando ao meu pai em cada gole, choramos e ficamos juntos.

— Que bom que você passou um tempo com sua família. — Camille juntou as mãos em cima da mesa e seguiu olhando nos olhos dele. — Conte-me sobre ela.

Merda. Agora era *ele* que estava fitando. Finn gostava dela. Não só porque ela era bonita, mas porque era... interessante. Legal. Camille não se encaixava no molde do tipo de mulher com quem Finn costumava sair. Ela o fazia desejar algo além de um encontro casual. Fazia-o querer conhecê-la melhor. E mais do que isso, Camille o fazia querer que ela *o* conhecesse melhor.

— Vejamos. Um resumo. Quando meu pai desapareceu, minha mãe tinha três filhos: minhas irmãs Margaret Ann e Shannon Rose, e estava grávida de mim. Ela conheceu meu padrasto quando estava numa missão na Bélgica — contou Finn. — Rudy tinha dois filhos do primeiro casamento, Joey e Roxy, e ele e minha mãe tiveram mais dois, meus irmãos Devon e Rafe.

— Uau, é um belo clã.

— Ainda mais hoje em dia, que somos todos adultos e temos filhos.

— Você tem filhos?

— Eu não, mas todos os outros têm. Ser tio é quase uma profissão para mim.

Depois de ter ficado arrasado por causa de Emily, Finn não tinha certeza se servia para a vida em família. Suas irmãs ficavam dizendo que era porque ele ainda não tinha encontrado a mulher certa. Sentado ali, almoçando com Camille Adams, Finn imaginava se... não. *Não*.

— Seu padrasto também é do Corpo Diplomático?

Ele balançou a cabeça.

— Rudy é jornalista. Ele foi correspondente de todos os grandes jornais que você possa imaginar. E toca guitarra que é uma beleza. Quando morávamos em Frankfurt, ele tinha uma banda com os amigos chamada Os Acompanhantes.

— Nome curioso...

— É uma designação oficial para os cônjuges de pessoas em postos do governo. No Corpo Diplomático, quase todo mundo tem um. — Um garçom veio servir mais água com uma jarra de cristal. — Enfim, em resumo, essa é minha família. Quero ouvir da sua.

Finn estava impressionado, pois realmente queria aquilo. Queria saber tudo sobre ela.

— Meus pais se divorciaram quando eu tinha 8 anos, então eu passava os fins de semana com Papa e o resto do tempo com minha mãe e meu padrasto, Bart. Tenho duas meias-irmãs. Britt é casada e trabalha conosco na loja e Hilda está na faculdade. Papa nunca se casou de novo. Quando eu era jovem, até que gostava disso, porque eu sempre achava que uma madrasta seria algo assustador. Acho que li muitos contos de fadas.

— Contos de fada são fantásticos. Uma vez eu dei uma aula sobre o contexto histórico dos contos de fada. Madrastas e padrastos têm uma péssima reputação.

— Verdade. Meu padrasto, Bart, é sensacional. É pescador de ostras.

— E seu pai é sommelier. Vocês devem comer como reis.

— Isso é bem verdade. Papa e eu jantamos juntos toda sexta à noite. É uma tradição. E em geral falamos apenas francês quando estamos juntos, pois queria que minha filha falasse como uma nativa. Na verdade, uma nativa de Languedoc, portanto não a típica...

— Você quer dizer que ela fala como no sul da França? — disse Finn em provençal, o sotaque que aprendera após sua última temporada como professor.

Camille arregalou os olhos.

— Tá bem, agora você está se mostrando.

Sim. Ele estava.

— Você deveria ir a Aix-en-Provence.

A ideia de passear com ela pela França parecia incrivelmente tentadora.

Ela olhou para baixo.

— Como eu disse, não costumo viajar muito.

— Por quê?

Camille fez uma pausa e deixou escapar um suspiro.

— Você tem um voo para pegar hoje à noite.

— História longa?

Finn queria ouvir todas as histórias dela. Principalmente enquanto descansava na cama com ela após uma noite de...

O garçom voltou para anotar as bebidas. Camille pediu um copo de chá com limão extra.

— Vamos dar uma olhada no cardápio — sugeriu ela, abrindo o menu. — Caramba. Você realmente não precisava fazer isso.

A culinária era uma fusão da comida de alma de Patsy e da cozinha clássica francesa de Arnaud.

— Nós dois precisamos comer. É meu último dia nos Estados Unidos por um bom tempo. O melhor que posso fazer é torná-lo prazeroso.

— Finn colocou o cardápio de lado. — Você tem algum restaurante favorito na cidade?

Camille fez que não com a cabeça.

— Não sou muito de *foie gras* e queijo Reblochon. Em Bethany Bay, nós ficamos felizes com caranguejo da região e água gelada com fatias de pepino. — As bochechas dela ficaram vermelhas. — Estou revelando minhas origens de cidade pequena, não é?

— Então fiz uma escolha ruim.

— Nada disso. O camarão com polenta branca parece delicioso.

— E só para você saber, sou a favor dos locais.

— Embora seja um chegado.

— Um o quê?

— É como os locais chamam os visitantes da cidade.

— Que servem *foie gras* em suas festas. — Finn pediu os bolinhos de caranguejo e pepinos frescos de acompanhamento. — Vou dividir — garantiu ele, apreciando o sorriso tímido de Camille.

Seu prazer se esvaiu ao perceber uma mesa cheia de corretores poderosos de D.C. do outro lado do salão. Entre eles estava a lobista com quem Finn havia ficado uma vez não muito tempo depois de se divorciar. Não fora seu melhor momento. Ele se virou de repente, encarando Camille.

— O que foi? — Ela limpou os lábios com um guardanapo. — Tem algo no meu rosto?

— Estava pensando em uma coisa.

— Em quê?

— Por que você está solteira?

— Oi?

— A maioria das mulheres como você é casada.

— Mulheres como eu?

Camille estreitou os olhos, desconfiada.

É, aquilo saiu errado.

— Inteligentes, interessantes, legais... Só fiquei imaginando por que você está solteira. Seu divórcio foi recente?

— Não sou divorciada. Meu marido faleceu — respondeu ela, apertando os lábios.

— O quê? — Merda. Finn não esperava por isso. — Digo, ouvi o que você disse...

— Isso sempre cria um momento constrangedor — disse ela.

Merda. Merda. Merda.

— Desculpe por trazer esse assunto à tona. Só imaginei... Foi... Quando ele faleceu? — Finn se deu conta de que estava gaguejando. Não havia nenhuma frase de efeito nem de consolo para aquela situação.

Camille hesitou e respondeu:

— Faz cinco anos.

Isso era levemente menos bizarro. Cinco anos parecia tempo suficiente.

— Caramba. Ele era do Exército?

Finn pensou nas fileiras infinitas de alabastro no Cemitério de Arlington. Todos os homens que ele conhecia que tinham morrido jovens estavam a serviço do país.

— Não — respondeu ela. — Foi um acidente.

— Sinto muito pela sua perda. E pelo que Julie jamais conhecerá. Tenho certeza de que você deve estar ouvindo isso há cinco anos, mas realmente sinto isso, Camille.

Merda, pensou ele de novo. Um divórcio era uma coisa, mas uma morte? Sem palavras, Finn encostou na mão dela. Uma sensação louca percorreu seu corpo. Ele não fazia ideia do que se passava na cabeça de Camille, mas ela olhou para baixo, na direção das mãos dos dois, e delicadamente recuou.

— Obrigada. Eu acho... que talvez você entenda a situação de Julie. Por ter crescido sem o pai.

— Sim e não. Eu tive um padrasto desde os 2 anos de idade. Minhas irmãs, principalmente Margaret Ann, sentiam muita falta do meu pai, mas elas acabaram se adaptando. Espero que sua filha se adapte também.

— Ela parece resiliente — afirmou Camille. — É o que eu espero. Espero que ela não carregue tristeza o tempo inteiro, todos os dias.

— Espero que você também não — completou Finn. — Digo, perder seu marido deve ter sido um pesadelo, e eu sinto muito que isso tenha acontecido com você, mas ele vai continuar morto por bastante tempo e não há nada de errado em virar a página.

— É uma maneira bem franca de expor as coisas.

— Desculpe. Eu fico atrapalhado diante de mulheres deslumbrantes. E mulheres deslumbrantes e com histórias trágicas... é ainda mais...

— Mais o quê?

— Atrapalhado.

Finn estava parecendo um gênio.

Camille aliviou o momento com um sorriso.

— Você acabou de me chamar de deslumbrante?

— Sim. E de trágica. Além de inteligente e interessante. Eu poderia continuar...

— Melhor não.

— Tá bem.

Normalmente, Finn era bom com as palavras, porém naquele momento tudo estava saindo do jeito errado. Talvez fosse porque com Camille Adams ele não quisesse usar cantadas, mas sim *conquistá-la*.

Aquela era uma sensação nova e excitante. Altamente inesperada, porém incontestável.

Finn passou o guardanapo nos lábios de novo.

— Verdade seja dita, eu sempre achei que encontraria alguém. Era o que eu queria. Depois de alguns anos, namorei algumas pessoas. Julie ainda era pequena, e eu adorava a ideia de ter família. Queria ter mais filhos, uma família maior para Julie, e comecei a me sentir solitária sendo solteira. — Camille deu um gole em sua água. — Além disso, eu queria transar.

— Você está me fazendo pensar que eu não deveria estar de partida — concluiu ele.

— Essa não é a questão. O que estou tentando explicar... Eu desisti de namorar. Eu me dediquei demais à minha última relação. Nós dois realmente tentamos, mas simplesmente não estava dando certo, e eu percebi que nunca daria. Fico imaginando se fui eu... ou ele... ou se nós dois simplesmente não funcionamos juntos. E me dei conta de que não ligo para namoros. Não é para mim. — Camille tamborilou os dedos na mesa. — Portanto, estou me retirando da pista. Ou de campo. Enfim.

— Como você pode não estar na pista? Nós acabamos de nos conhecer.

E a história de querer mais filhos?, pensou ele. *E de querer transar?*

— Muito engraçado — retrucou ela, claramente presumindo que Finn estava brincando. — Vamos terminar de comer e eu vou lhe mostrar o que me trouxe até aqui.

Então tá bom. Finn decidiu não insistir. Se ele pressionasse demais, Camille iria desaparecer. Ele sabia disso porque, quando uma mulher dava em cima dele, era *ele* que sumia.

Finn recuou e aproveitou a refeição excelente, olhando para ela enquanto tentava não ser óbvio demais. Havia a atração repentina e natural que era apenas indiscutível, mas não era só isso. Camille era fascinante, com aqueles olhos escuros profundos e pele delicada, e o jeito inconsciente que ela mordia o lábio enquanto o ouvia falar.

— É isso o que eu tenho — falou Camille durante uma pausa, após terminarem de comer. — Sou muito boa em olhar fotografias antigas, mas a opinião de um especialista seria importante. — Ela explicou a procedência das fotos. Um baú enorme com artigos e fotografias antigas tinha sido entregue ao pai dela, diretamente da vila onde ele havia crescido, a maior parte envolvida em muito mistério. — Você entende de câmeras?

— Um pouco. Provavelmente não tanto quanto você.

Camille abriu sua bolsa no banco entre eles e lhe entregou uma câmera antiga com um formato peculiar, enquanto abria um notebook.

— É uma Exakta dos anos 1930. E estava com um filme dentro.

Finn se derreteu todo naquele momento. A coisa que achava mais sexy em uma mulher era paixão — não só no sentido mais comum. Aquilo era básico. Mas paixão que vinha da alma, quando algo a excitava. No caso de Camille Adams, era sua animação com câmeras e filmes antigos. Aquilo a transformava, fazia seus olhos brilharem, e ela se iluminava inteira. Já era uma mulher atraente, mas, quando falava sobre seu trabalho, era... algo mais.

—... oito fotos — concluiu ela.

Finn percebeu que a estava encarando feito bobo e se forçou a ouvi-la.

— Meu pai diz que são fotos de Bellerive, a cidade onde ele nasceu, e uma fazenda chamada Sauveterre, onde cresceu. Parece que a praia fica em uma região chamada Calanques, mas ele não reconheceu esse casal.

Camille lhe mostrava as fotos no computador. A costa era absolutamente linda, repleta de falésias enormes, com areia clara e fofa no meio. Havia uma cesta de vime e o que parecia ser uma maca improvisada, que havia sido carregada para a rebentação. Um homem e uma mulher estavam na água se entreolhando e sorrindo de mãos dadas.

— Meu chute é que um deles não podia andar e foi levado para dentro d'água na maca — explicou Camille. — O que acho impressionante é a qualidade das fotos. Essa é uma câmera muito boa, mas as fotos são bastante profissionais. Nós achamos que podem ter sido tiradas por uma pessoa chamada Cyprian Toselli. — Ela apontou para as iniciais impressas na bolsa da câmera. — Havia alguns livros que traziam esse nome dentro. Mas, quando vi essa última foto, pensei que outra pessoa pudesse ter feito os registros.

Camille abriu outra imagem em seu notebook. Era uma foto composta lindamente por uma mulher grávida muito jovem diante de um espelho antigo. Uma janela oval replicava o formato do espelho, a curva da sua barriga e o desenho da maçã de seu rosto. O jogo de luz e sombra dava um ar drama e mistério à cena.

— Essa é a última foto do rolo, e a mais fascinante para mim. É um autorretrato da mãe do meu pai. Fiquei surpresa e comovida ao ver essa imagem. Acho que significa que as fotos foram tiradas pela avó que eu nunca conheci. Isso me faz sentir... uma conexão ainda mais profunda, acho.

— Ela é... Uau! Ela parece você. Uma versão loura de você.

— Fico lisonjeada, já que ela tem 20 anos de idade nessa foto. E é muito bonita.

— Como eu disse, ela parece você. Ou você se parece com ela.

— O nome dela era Lisette Galli Palomar — acrescentou Camille.

— Acho que ela parece triste na foto. Assombrada.

Ela tinha as mesmas bochechas delicadas, os lábios carnudos e a pele lisa de Camille. Os olhos... sim, Finn pensou. Ele podia ver uma tristeza ali.

— Você sabe por quê?

— A guerra tinha acabado havia pouco tempo e ela tinha ficado viúva. E morreu no parto logo após tirar essa foto. Fora isso, não sei nada sobre ela. Nem meu pai. Mas sei, por experiência, que ficar viúva... sim, isso assombra uma pessoa.

Finn tirou os olhos da foto e se deteve no rosto de Camille. Observando o autorretrato da avó, ela também parecia assombrada.

Camille clicou na tela para aumentar as outras imagens.

— Queria entender o que vejo nessas fotos. Achei que, com o seu conhecimento da França durante a guerra, você pudesse me ajudar a descobrir o contexto.

— Fico feliz que tenha entrado em contato comigo. — Isso, de fato, era a paixão *dele*, descobrir os mistérios do passado. Finn observou o cenário outra vez. — Está vendo essa cabana de pedra? Se chama *capitelle* ou *borie* e é comum naquela área, normalmente em campos distantes. São usados como abrigo, como uma cabana de pastor ou para guardar ferramentas. Nessa outra foto, a cabana foi destruída. — Ele examinou a imagem comovente, pedras e escombros espalhados ao redor de uma construção arruinada, com um buraco no meio. — Isso deve ter sido causado por um bombardeio aéreo.

— Fico imaginando por que ela tirou essa foto. É uma bela composição, com esses arbustos e uma espécie de riacho ao fundo.

— Sim. E... — Um detalhe em outra foto chamou a atenção de Finn. — Opa.

— O quê?

Ele ampliou a imagem na parte que continha uma pilha de destroços.

— Está vendo essa ponte?

— Foi destruída também. Na guerra?

— Provavelmente. Preciso conferir as informações, mas tenho quase certeza que foi uma operação dos Aliados que ocorreu aqui em 1944.

— Foi na vila de Lisette? Em Bellerive?

— Como eu disse, preciso checar. — Finn abriu a imagem de um mapa no celular. — A cidade era perto da ZQ, zona de queda, de uma invasão dos Aliados chamada Operação Dragão, quando a área foi libertada dos alemães. Foi uma operação aérea imensa, mas a maioria das pessoas nunca ouviu falar desse episódio, pois foi completamente ofuscado pelo Dia D, que ocorreu uns meses depois. Essas fotos são um achado.

Um pequeno sorriso se abriu no rosto de Camille.

— Tem dias que eu amo meu trabalho.

O garçom trouxe o cardápio de sobremesas, Camille recusou, mas pediu outro copo de chá. Em seguida, ela mostrou a Finn um santinho com uma oração e um distintivo de tecido.

— Essas coisas estavam no baú junto com a câmera. Faz ideia do que sejam?

— Essa é *Cabeça de Cristo*, de Warner Sallman — respondeu ele, reconhecendo a imagem no santinho. — Uma organização não governamental chamada USO imprimiu milhões desses cartões para distribuir para os soldados durante a guerra.

— Fico pensando como isso foi parar nas coisas da minha avó francesa.

— O distintivo talvez possa explicar — contou Finn. — Essa tocha com asas poderia estar costurada no casaco do uniforme de algum desbravador, um soldado americano paraquedista.

— Você diz um homem que saltou de um avião? Isso seria incrível. Um americano?

— É. — De repente, ocorreu-lhe algo. Finn encostou na tela e desceu até o autorretrato da jovem mulher. — Olhe esse ponto no ombro do vestido dela.

— Achei que fosse um broche ou algo do tipo.

— Olhe mais perto.

Ele deu um zoom no objeto.

— É o distintivo do desbravador. — Camille recostou na cadeira, alternando o olhar entre o distintivo e a imagem de sua avó. — Acho que estou no meio de um mistério familiar.

— Está mesmo. Que legal, Camille.

— Queria que você não tivesse que partir. — Ela colocou os dedos sobre os lábios. — Quer dizer...

— Eu também.

Um impulso puro e desgovernado se instalou em Finn, que se inclinou para a frente e delicadamente pôs a mão no rosto de Camille. A pele dela era tão sedosa, o cabelo tinha cheiro de flor. Ela não se mexeu nem recuou, apenas olhou para ele. E então seu olhar mudou de foco para a boca dele, e Finn a beijou lentamente, os lábios dele tocando levemente nos dela, sentindo-a. A boca de Camille era quente, macia e deliciosa, com o gosto doce do chá. Ainda assim, ela não se mexeu, mas sua respiração leve sinalizou surpresa, e talvez, se Finn estivesse percebendo direito, um pequeno prazer.

— Depois disso — sussurrou ele contra os lábios dela —, eu não preciso de sobremesa.

— Olha — sussurrou Camila de volta —, seria uma péssima ideia começarmos alguma coisa.

— Como assim?

— Porque você está indo embora. E eu sou...

— Deliciosa — completou Finn. — É isso o que você é.

— Para! — Camille se mexeu no banco, afastando-se dele. — Já disse que não estou interessada em namorar.

O beijo tinha sido leve e rápido, mas, ao mesmo tempo, perigosamente íntimo. *Essa é uma má ideia*, disse Finn para si mesmo. Ele não podia se envolver com aquela mulher. Pondo de volta a armadura ao redor de seu coração, Finn voltou ao seu eu de costume.

— Então nós podemos só nos divertirmos um pouco. Troco minha passagem e fico mais um pouco.

Camille olhou para ele com doçura e, num movimento rápido, encostou a ponta da língua no lábio superior. Só o suficiente para o enlouquecer.

— Você sabe — disse ela em uma voz baixa e sexy —, fiquei pensando em você também, do mesmo jeito que você pensou em mim. Fiquei pensando por que você está solteiro.

A-há. Ele a faria comer na palma de sua mão logo, logo.

— Ah, é?

Camille sorriu. Lábios úmidos, olhos lascivos.

— Mas eu descobri.

— Descobriu?

— Você é um mulherengo. As mulheres não estão *nada* a fim de mulherengos.

Droga, pensou Finn, surpreso ao sentir uma alfinetada com as palavras dela. Ele escondeu a decepção com um sorriso lacônico.

— Vamos fazer um não encontro, então. Você vai amar não sair comigo.

— Por quê?

— Porque eu vou tratá-la bem. Vou fazer amor com você, e nós não precisaremos nos envolver e transformar tudo em algo sério, mas ainda assim será incrível.

Camille corou.

— Muito engraçado. Eu vou indo. Obrigada pelo almoço.

Uma semana depois do encontro com Finn, Camille não conseguia parar de pensar nele — o toque das mãos dele e o sorriso lento e sexy que bagunçavam completamente os pensamentos dela. O timbre de sua voz ao se aproximar para dizer algo. O brilho em seus olhos quando ele se animou ao ver as fotos antigas. E depois o beijo. Aquele beijo.

Camille se pegou olhando pela janela, sonhando acordada, tocando os lábios. Finn a tinha beijado, e ela não queria que ele tivesse parado. Era o tipo de beijo que Camille queria aprofundar e explorar, ver onde ia dar, porque fora diferente de todos os outros beijos. Uma pena que estivessem num local público, onde tinham que se comportar.

Na verdade, ainda bem que era um local público, pois isso a pouparia de fazer algo totalmente idiota. Camille dissera a Finn de forma bastante explícita que era uma péssima ideia os dois começarem algo. Ainda assim, isso não a impedira de pensar nele desde então.

Ela fez algo que nunca tinha feito antes e foi fuçar a vida dele na internet. Finn não era um grande usuário de redes sociais, mas Camille encontrou diversos artigos que ele havia escrito e leu todos, como se contivessem o segredo da vida. Um dos artigos era particularmente comovente. Ao trabalhar com um laboratório criminal francês, Finn havia ajudado a identificar os restos mortais de três soldados americanos que haviam desaparecido durante a Segunda Guerra Mundial.

Sentada diante de sua mesa no pequeno escritório nos fundos da Ooh-La-La, Camille ouviu barulhos no café ao lado. O Brew-La-La estava aberto desde cedo, servindo café próprio e artesanal de grãos torrados para aqueles que madrugavam, os que partiam cedo para o trabalho e os pescadores que saíam para a baía. Os barulhos e chiados da máquina de espresso profissional da Itália lembraram-na de que ela precisava de manutenção. Camille tinha uma reunião marcada com um representante de vendas.

Ainda assim, não importava o quanto Camille tentasse se concentrar no trabalho, a tentação de abrir uma nova aba de pesquisa sobre o professor Malcolm Finnemore era grande demais. Finn era uma má influência, sem dúvidas, e já a tinha incitado a procurá-lo no Google. O que mais ele a aliciaria a fazer?

Ela sentiu algo forte e novo, mas não estava pronta para admitir para ninguém, tampouco para si mesma. As últimas palavras dele a

perseguiam: *Vou fazer amor com você, e nós não precisaremos nos envolver e transformar tudo em algo sério, mas ainda assim será incrível.*
Não tão incrível quanto se apaixonar. Nada é tão incrível quanto isso, refletiu.
Camille se sentiu traída pelos próprios pensamentos. Apaixonar-se era a última coisa que queria. Seu histórico de namoros fracassados era prova disso. Às vezes, quando ela não se aguentava, pensava nas coisas que a estavam impedindo. Diferente de muitas mulheres solteiras, Camille não tinha sido machucada por um relacionamento ruim. Pelo contrário, seu casamento havia sido maravilhoso, talvez maravilhoso até demais. Ela nunca mais queria se aproximar daquele jeito de um homem de novo, pois a dor da perda era simplesmente um preço alto demais a pagar.
Quando o celular tocou, Camille deu um pulo, como se fosse culpada de algo.
Colégio Bethany Bay apareceu na tela, e Camille atendeu rapidamente.
— Aqui é Helen Gibbons, secretária do sr. Larson — disse a voz do outro lado da linha.
Camille tensionou o corpo e ficou em alerta.
— Julie está bem?
— Sim, não é uma emergência, sra. Adams. Porém, o sr. Larson gostaria de marcar uma reunião com a senhora assim que possível.
Camille olhou sua lista de afazeres, colada na parede ao lado do computador. Era uma lista longa, que ela levaria o dia inteiro para cumprir. Rhonda tinha acabado de abrir a loja e estava arrumando algumas peças na calçada para servirem de chamariz para os turistas no fim de semana, e Camille tinha prometido ajudá-la.
— Posso chegar em quinze minutos — disse ela.
Telefonemas da escola de Julie não costumavam deixá-la preocupada. Em geral, eram mensagens animadas de um professor ou treinador para que Camille soubesse que Julie tinha o boletim acima da média, tinha ganhado uma medalha em alguma corrida ou estava recebendo um prêmio de bom samaritano.

Nos últimos tempos, ela passara a receber ligações de "O que está acontecendo com a Julie?". Julie tinha se metido em confusão de novo. Tinha matado aula. Suas notas estavam caindo.

Além do desconforto desses encontros, havia o fato de que Drake Larson era o motivo de Camille ter desistido de namorar pessoas. Pois mesmo com um cara legal como ele, suas emoções eram mornas. Sentimentos não podiam ser extraídos do ar ou confeccionados a partir de um corte de tecido. Se não surgissem aos poucos, como uma fotografia se revelando com produtos químicos, ou se não arrebatassem com a força de um tsunâmi, simplesmente não era para ser, e ela não podia forçá-los.

Talvez esse fosse o motivo de Camille estar pensando em Finn. Ele era um tsunâmi, com certeza. O que ela precisava lembrar era o que permanecia depois que a onda passava — escombros e destruição, e uma perda irrecuperável.

A secretária da escola a conduziu até a sala de Drake. O lugar era tão limpo e organizado quanto o próprio diretor. Ele era o oposto de um tsunâmi. Sua mesa era um cenário impecável de ordem, sem nem um mísero cabo de energia para estragar a cena. Na parede atrás dele havia seus diplomas, assim como um trio de momentos icônicos dos tempos de escola — uma jaqueta de couro do time do colégio pendurada em um armário, o sino antigo que ainda tocava para as crianças na escola todos os dias, e uma foto da equipe de salva-vidas em ação.

De pé atrás da mesa estava Drake — todo arrumado, com as calças e a camisa engomadas, a expressão sóbria e profissional.

— Obrigado por vir tão de última hora — disse ele.

— Imagina. Fiquei feliz que você ligou. Estou tão preocupada com Julie ultimamente.

Drake fez um gesto para ela se sentar na cadeira de frente para a mesa. Após um término com uma conversa bastante difícil, ele havia prometido a Camille que não guardaria ressentimentos, mas ela sabia que ele ficara magoado, e se sentia péssima por isso. *As pequenas feridas que causamos um no outro, mesmo que sem intenção, não podem ser ignoradas*, pensou ela.

— Julie e a sra. Marshall estarão conosco em breve.

A sra. Marshall era a psicóloga da escola.

— Após aquele dia no pronto-socorro, achei que você não ia mais me assustar — disse Camille. — O que está acontecendo?

— Ah, elas chegaram — exclamou Drake, olhando por cima de Camille. — Nós temos que conversar. E depois todos nós precisaremos procurar juntos uma solução.

Camille se levantou e foi para o lado, enquanto a sra. Marshall entrava na sala com Julie a tiracolo. A menina estava usando seu típico "uniforme", com calça jeans larga e camiseta, tênis velho e cabelo bagunçado. No passado, Julie adorava se vestir com roupas fofas e se arrumar. "É porque eu sou um quarto francesa", ela costumava dizer, falando um francês quase perfeito. "Sou muito *dans le vent*."

Muito descolada. Mas aquilo já fazia um ano. Agora era como se Julie tivesse parado de se importar com sua aparência. Ela não parecia chateada nem arrogante ao se sentar em uma cadeira de metal dobrável encostada na parede, somente conformada. Camille praticamente não a reconhecia.

Ela virou-se para a filha.

— O que houve? Fale comigo, Jules.

— Eles dizem que eu fiz algo com Jana Jacobs.

— Como assim você "fez algo"? — Camille fez uma expressão intrigada. — Preciso de uma explicação melhor do que essa.

— Teve um jogo de futebol hoje de manhã, sabe, como todas as manhãs. E eu joguei a bolsa dela na lama.

— De propósito ou sem querer? E por que havia uma bolsa em um jogo de futebol?

— Jana e seus pais já vieram conversar comigo — afirmou Drake.

Troy e Trudy Jacobs nunca foram as pessoas favoritas de Camille. Os dois eram advogados e tinham um escritório familiar de advocacia. Sofriam de complexo de superioridade e não gostavam de nada que julgassem diferente. Uma vez, Trudy disse a Camille que não podia ir à Ooh-La-La porque a pequena seção de livros da loja continha livros banidos pelas escolas. Camille não fazia a menor questão de vender nada para ela.

— Eu pedi desculpas a Jana — falou Julie.

— Os Jacobs concordaram em não a processar, contanto que Julie fique longe da Jana.

— Processá-la? Pelo quê? Camille estava chocada.

— A bolsa está destruída.

— É um episódio litigável — explicou a sra. Marshall.

— Assim como Julie quase morrer afogada na aula de educação física — retrucou Camille, espumando de raiva —, mas eu não vou à polícia por isso.

O rosto de Drake ficou vermelho.

— Nós estamos aqui para discutir o incidente de hoje.

— Vou garantir que Julie dê a ela uma bolsa igual.

— Aquela bolsa idiota custa uns quinhentos dólares — disse Julie.

— Então você não deveria tê-la destruído.

— Eu não...

— Vamos focar no problema maior — sugeriu a sra. Marshall. — Julie não anda se dando bem com os outros alunos. Ela está faltando às aulas e suas notas estão caindo. Nós passamos bastante tempo tentando melhorar a situação, mas só está piorando. — A psicóloga virou-se para a menina. — Você pode nos dizer por que esses incidentes continuam acontecendo?

Julie olhou de volta para a mulher com uma expressão completamente neutra.

— Não, senhora, não posso.

— Fala sério, Jules — disse Camille, frustrada com sua filha difícil. — Nós estamos ficando sem opção aqui.

— Sobre opções — interrompeu Drake —, você já pensou em outras escolas?

— Que outras? Só existe uma escola em Bethany Bay, esta aqui. Se não der certo, o que você sugere?

A sra. Marshall entregou a ela um panfleto brilhante com um cartão grampeado.

— Nós todos queremos encontrar uma maneira para que você se desenvolva e seja bem-sucedida na escola. Você poderia começar olhando outras opções.

Camille olhou intrigada para o panfleto, que mostrava um grupo de garotas sorridentes em uniformes engomados.

— Internato? Você quer dizer que ela moraria em outro lugar? Longe de casa? Longe da família?

— Parece o máximo — exclamou Julie. — Onde eu faço a matrícula?

— Internato? — O pai de Camille sacudiu a terra dos rabanetes franceses que tinha acabado de colher no jardim, preparando-se para o jantar de toda sexta. — Você disse a eles que isso está fora de cogitação?

— Eu não disse nada — respondeu ela. — Ainda estou tentando me acostumar com a ideia de que minha filha está indo mal na escola.

— De onde veio essa ideia besta?

— Vamos pedir que a Julie explique — sugeriu Camille.

Julie chegou alguns minutos depois e praticamente lançou sua bicicleta na calçada na frente da casa do avô.

— Papi! — exclamou a menina, e então aparentemente leu a expressão no rosto de Camille. — Ah, ela está contando sobre o meu dia terrível.

— Na verdade, eu estava sugerindo que você contasse ao Papi. Porque eu certamente não sei explicar.

Julie respirou fundo.

— Foi durante o futebol de manhã. Jana Jacobs estava sendo grossa, então eu chutei a bolsa chique dela. Não achei que fosse estragá-la, e provavelmente não estragou. Ela só queria que eu me desse mal.

— Você sabe como é receber uma ligação da escola dizendo que sua filha está se comportando como uma vândala? — perguntou Camille, frustrada.

— Na verdade, não — respondeu Julie, emburrada. — Sinto muito. Eu pedi desculpas a Jana. Vou trabalhar na loja da vovó até ganhar dinheiro suficiente para comprar outra. Não sei o que mais posso fazer.

— *Mon dieu*, por que você fez uma coisa dessas? — questionou Henry.

A menina hesitou.

— Você não entenderia.

— Eu a desafio. Faça-me entender.

— Eu sou uma otária — falou Julie, contraindo os olhos de raiva.

— Uma otária gorda, quatro olhos e com aparelho freio de burro. Isso é tudo o que qualquer um enxerga quando olha para mim.

Henry olhou para a neta com um olhar firme.

— Há quanto tempo esse bullying está acontecendo?

Julie olhou de volta para ele.

— Não conheço essa palavra, *rudoyer*.

Camille disse em inglês:

— Significa "bullying". Mas quem falou em bullying?

— Ninguém — respondeu seu pai. — Mas eu sei como é sofrer bullying, e posso ver que é o que está acontecendo com Julie.

— Você quer dizer que Julie está fazendo bullying com os outros?

— Quero dizer que ela está sofrendo bullying.

— Isso é verdade? — indagou Camille, virando-se para a filha.

Julie nunca havia reclamado nem mencionado nada disso. Se alguém a estava ameaçando, ela teria dito. Não teria? Camille sentiu uma pontada de dúvida.

— Como isso pode ser verdade?

— Não é verdade — respondeu Julie, olhando para longe. As bochechas dela ficaram vermelho-sangue. — Papi, isso é ridículo.

Camille sentiu um arrepio de medo. Era a sensação estranha na barriga que ela sentia toda vez que sabia que sua filha não estava contando a história inteira.

— Julie...

— Papi não sabe o que está falando. Não quero falar sobre isso, tá bem? — explodiu Julie.

Agora Camille estava preocupada. Por que, de repente, Julie tinha virado alvo de chacota? Ela não podia mais ignorar o fato de que o ano da filha não estava indo bem, mas achava que eram os tropeços normais da adolescência. No passado, Julie tinha muitos amigos e era convidada para eventos — aniversários, encontros, passeios de bicicleta. Ultimamente, não havia mais convites. Quando Camille sugeria que a menina ligasse para alguém, chamasse uma amiga para dormir em casa, fosse para Rehoboth para os passeios e jogos em Funland, Julie refutava a ideia imediatamente. Tudo isso eram sintomas, Camille se deu conta. Meu Deus, como ela não tinha visto? Por que não tinha percebido? Achava que soubesse tudo sobre a filha, mas agora parecia que havia um ponto cego imenso.

— Tem alguma coisa acontecendo — afirmou Camille. — Julie, eu preciso que você me conte.

— Já falei, foi uma coisa idiota em um jogo de futebol estúpido.

— Não estou falando sobre hoje. Quero dizer em geral. O que está acontecendo no colégio? Você adorava ir para a escola, tirava notas boas e contava tudo o que acontecia para mim.

— Eu contei tudo.

Camille olhou para Henry. Ele estava observando a neta com uma expressão muito peculiar, cujo significado ela não conseguia captar. O olhar dos dois se cruzou, e então Julie desabou em lágrimas, lágrimas de frustração e raiva.

— Eu não falei nada porque você estava namorando Drake Larson, mas, quando não deu certo, Vanessa virou todo mundo contra mim, inclusive a imbecil da Jana Jacobs.

— Não!

Camille estava horrorizada.

— Você acha que eu estou inventando? Acha que eu queria que isso acontecesse? — Julie enxugou os olhos.

— Achei que você e a Vanessa fossem amigas.

— Ela só era legal comigo porque o pai dela a obrigava.

Camille sentiu uma onda de culpa. Vanessa era bonita, inteligente e popular, além de uma grande influência da escola. Ela deveria ter desconfiado do que estava acontecendo.

— Então o problema é a Vanessa e a Jana? Jules, fale comigo. Preciso saber o que está realmente acontecendo.

— Esquece. Se você fizer um barraco e começar a acusar as pessoas, tudo vai ficar ainda pior para mim.

— Eu preciso saber de tudo para ajudar você.
— Eu pedi a sua ajuda? Não tem como me ajudar. A escola inteira me odeia, e eu odeio todo mundo também. — Os olhos de Julie se encheram de lágrimas de novo, e ela colocou a mão por baixo dos óculos para enxugá-las. — Eu posso ir para um internato, como a sra. Marshall sugeriu?
— Você não vai morar longe. De jeito nenhum.
— Você sempre diz não para tudo. — Julie se jogou em uma das cadeiras do jardim. — Podemos deixar esse assunto para lá e falar de outra coisa?
— É óbvio que não — respondeu Camille, pegando o celular.
Henry segurou a mão da filha e gentilmente pôs o aparelho de lado.
— Julie está certa. Quanto mais você tentar intervir, pior as coisas vão ficar para ela. É assim que o bullying funciona.
— Como você sabe como o bullying funciona? — Camille lançou um olhar raivoso para o pai.
Henry apoiou a cesta de legumes no chão e se sentou ao lado da neta, fazendo um gesto para Camille se juntar a eles. Ele pôs a mão de Julie entre as suas e a segurou com carinho. Ela tentou puxar a mão de volta, mas Henry a colocou sobre o joelho dele, expondo as unhas achatadas e totalmente roídas da menina.
Camille ficou enjoada. A filha não roía as unhas. Quando aquilo tinha começado? E por que Camille não tinha percebido?
— Está vendo essa mão? — perguntou Henry, com delicadeza.
Mais uma vez, Julie tentou puxá-la, o rosto ficando vermelho.
— Papi...
— Eu tinha a mão igualzinha, provavelmente quando tinha mais ou menos a sua idade.
Julie parou de resistir e olhou para o avô.
— Eu também fui vítima de bullying quando era criança. Na verdade, isso aconteceu durante toda a minha infância, mas principalmente quando eu era adolescente.
— Você nunca me contou isso — afirmou Camille.
— Não são memórias agradáveis de revisitar, mas estou contando a você agora porque quero que você e Julie sintam que podem confiar no que tenho a dizer.

— Por que você sofria bullying? — indagou Julie.

— Alguém que comete bullying não precisa de motivos. Algumas coisas nunca mudam, e uma delas é a crueldade que pode dominar um grupo de adolescentes.

Julie abraçou os joelhos perto do peito e apoiou o queixo em cima deles.

— Sinto muito que isso tenha acontecido com você, Papi. Sei que você não merecia.

— E eu digo o mesmo para você. — Henry passou o dorso da mão no rosto da neta, delicadamente. — Você é tão bonita, minha querida.

Camille sorriu e engoliu a vontade de chorar presa em sua garganta. O amor dos dois sempre fora tão forte e sincero. Henry tinha tomado conta de Julie enquanto Camille trabalhava, ensinando à neta francês e suas técnicas culinárias favoritas. Foi com ele que Julie aprendera a chutar uma bola de futebol e a cantar as músicas antigas preferidas do avô.

— Conte para nós, Papa — pediu Camille em voz baixa.

Ele se inclinou para a frente, apoiou os cotovelos nos joelhos e observou ao redor. Após alguns instantes, olhou para cima e disse:

— Eu sofri bullying durante toda minha juventude, até quando era novo demais para entender o que estava acontecendo.

— Por que com você, Papi? — perguntou Julie.

— Por causa de quem eu era — respondeu ele. — Por causa de quem meu pai era.

— O prefeito da cidade, não foi isso o que você contou? — indagou a menina. — Ele morreu em combate? Foi um herói de guerra?

Henry olhou para a neta com uma expressão que Camille nunca havia visto no rosto do pai.

— Meu pai não foi herói algum — respondeu ele, com a voz baixa, quase sumindo. — No fim da guerra, ele foi morto por ser um colaborador.

— Meu Deus! — exclamou Camille, incrédula. — Você nunca me contou isso.

— Não era exatamente motivo de orgulho, não acha? Não gosto de anunciar que sou filho de um colaborador nazista. Eu cresci em uma vila onde meu pai era tido como um monstro.

O estômago de Camille se revirou.

— Papa... jura?

Henry assentiu, com uma expressão tensa.

— Esse é um segredo que guardei durante minha vida inteira. A vergonha que nossa família carrega por décadas. Eu nunca contei a vocês porque não queria que você ou Julie fossem assombradas por isso também.

Camille tentou organizar sua mente com aquela revelação.

— Então seu pai era um colaborador? Ou seja, ele andava com os nazistas durante a guerra.

— Sim. De acordo com todos que o conheciam, meu pai era bastante tirano. Quando os nazistas chegaram, ele mesmo se apresentou. Ele perseguiu judeus e traiu os soldados da resistência, permitindo que a cidade fosse transformada em um estado escravo para os alemães. Praticamente todas as famílias de Bellerive sofreram, e muitas morreram, por causa de Didier Palomar. Após a libertação pelos Aliados, a *épuration sauvage* se instaurou, um período de vingança selvagem. Palomar foi amarrado a um tronco e baleado, enquanto sua mulher grávida assistia.

— Baleado? Você quer dizer executado?

— Não. Ele não recebeu um julgamento oficial. Era um justiçamento, um vilantismo, mas imagino que o desfecho teria sido o mesmo se tivesse ido à julgamento.

— E Lisette testemunhou a morte... — concluiu Camille.

— Ela também era uma colaboradora? — perguntou Julie. — E sua tia Rotrude?

— Isso eu não sei responder. Gosto de pensar que elas se opuseram ao nazismo assim como qualquer outro cidadão francês respeitável. E, quanto a mim, cresci carregando a humilhação e a culpa dos atos do meu pai. Foi por isso que sofri bullying. As crianças na escola me odiavam porque diziam que meu pai era responsável pelo sofrimento, pela desgraça e pelas mortes sofridas por suas famílias durante a guerra.

Camille se aproximou e pegou a mão dele.

— Não acredito que você nunca me contou nada disso.

— Ninguém gosta de falar de coisas pelas quais se envergonha — disse Henry baixinho.

— Mas essa vergonha não é sua — retrucou Camille. — Era dele, de Didier.

— A mamãe tem razão — concordou Julie. — Você não era nem nascido quando tudo isso aconteceu. Você não teve nada a ver com a ocupação nazista, certo?

— Sei que provavelmente não faz sentido para vocês, mas precisam entender como eram as coisas em Bellerive. Uma vila minúscula onde todo mundo se conhece. A guerra estava fresca na memória de todos, e havia lembretes dela onde quer que se olhasse: prédios reduzidos a escombros, buracos de bala nos muros, crateras de bombas. Meu sobrenome era Palomar, e eu era o herdeiro da propriedade do meu pai. Eu era um lembrete da amargura e da tragédia causadas por Didier Palomar. Imaginem só na escola, eu sentado ao lado de um garoto cujo pai havia sido levado embora e morto no meio da rua a mando do meu próprio pai. Não posso dizer que teria me comportado de maneira diferente.

— É sério? — Julie arregalou os olhos de medo. — Seu pai ordenava que as pessoas fossem mortas a tiro?

— Foi o que me disseram. Algumas histórias provavelmente eram inventadas, mas não há como negar que, quando os alemães ocuparam a cidade, Didier Palomar era o fantoche deles, delatando seus vizinhos para demonstrar apoio ao nazismo. E, embora meu pai tenha pagado o preço no fim, os moradores da vila ainda exigiam justiça. O sangue dele corria em minhas veias, um lembrete ambulante das coisas que ele havia feito.

— Isso realmente aconteceu? — questionou Camille, perplexa. — Papa, isso é inacreditável.

Henry juntou as mãos, como se estivesse rezando, e fitou o chão.

— Palomar era visto como um monstro. Aparentemente metade das famílias da cidade sofreram com as inúmeras traições dele.

— Mas isso não justifica as crianças baterem em você — retrucou Julie.

Ele pôs a mão sobre a dela.

— Nós já sabemos que uma coisa é certa: aquele que faz bullying age pelos motivos mais inconsistentes. Agora, minha querida, vá olhar os filhotes de pato que nasceram hoje de manhã. Sua maman e eu vamos começar a fazer a comida. Vá, e durante o jantar nós falaremos de coisas mais alegres.

Por algum motivo, os pensamentos de Camille se voltaram para Finn. Ela queria contar a ele sobre Didier Palomar para ver se ele conseguiria descobrir mais informações sobre o prefeito de Bellerive. Finn havia prometido visitar a cidade para ver se podia ajudá-la a entender os detalhes nas fotos de Lisette. Agora Camille queria que ele descobrisse mais coisas sobre Didier, *seu avô*, pensou ela com repugnância.

— Eu odeio vê-lo sofrer — disse ela, seguindo Henry para dentro de casa. Aquele era o motivo de ele ter ido embora de Bellerive, adotado a grafia em inglês de seu nome e começado uma vida nova. — Eu odeio o fato de isso ainda o machucar, tantos anos depois.

— Tento não pensar nisso nunca, mas não temos como nos desvencilhar de certas memórias. O baú enviado por madame Olivier despertou muitas lembranças.

— Queria que você tivesse me contado sobre isso.

— Era muito sombrio.

— Mas, se você tivesse falado algo, talvez sua dor tivesse sido amenizada. Esconder as coisas pode lhe fazer muito mal, Papa. Você já cogitou conversar com alguém sobre isso? Digo alguém como o psicólogo que frequentei depois que Jace...

Henry respirou fundo.

— Olhe, toda a terapia que você fez depois da morte de Jace também não adiantou muito. Você ainda não se aventurou para fora do nosso mundinho seguro aqui.

As bochechas de Camille ficaram vermelhas, queimando com a verdade que o pai dissera.

— Porque é o nosso mundo. Porque é seguro.

Ele apontou com o olhar na direção do jardim.

— Você não pode mais dizer que é seguro, não agora.

Camille sentiu uma onda de preocupação.

— Você está certo. O que vou fazer com relação a Julie? Eu estou me sentindo péssima por ela. Só quero ir até lá e arrancar a cabeça de alguém.

— O que, é claro, não vai funcionar, a não ser que você queira que as coisas piorem. Quando eu tinha a idade de Julie, o padre da vila morreu e um mais jovem assumiu a paróquia. Ele percebeu o que estava acontecendo e tentou punir as crianças que me atormentavam. Você pode imaginar o resultado, né?

— Tornou tudo ainda pior — respondeu Camille. — E o que eu faço, então? Eu a obrigo a revidar? Envio minha filha para o internato? De jeito nenhum.

— Eles são fofos demais, Papi — interrompeu Julie, com os olhos brilhando ao entrar em casa. — Eu amo filhotinhos de pato. — A menina foi até a pia para lavar as mãos. — Sinto muito que as crianças na sua cidade tenham sido más com você.

Henry serviu vinho de um decantador e deu a Julie um copo de água com gás.

— Isso foi há muito tempo. Talvez... tempo suficiente. *Santé* — exclamou ele.

Camille percebeu um certo brilho nos olhos do pai quando ele disse aquilo. Tempo suficiente para quê?

— Papa, o que está havendo?

— A dra. Ackland me liberou para viajar.

— Que legal, Papi — comemorou Julie. — Você está planejando uma viagem?

— Você não vai viajar coisa nenhuma — interrompeu Camille.

— Eu vou, *choupette* — respondeu Henry. — Eu decidi passar o verão em Bellerive.

Não, pensou Camille. Nada disso. Ela não podia deixar que ele fosse perambular do outro lado do oceano com a saúde frágil daquele jeito. Era longe demais.

— Por que você vai visitar um lugar cheio de lembranças ruins?

— A casa está em um estado terrível, e eu preciso cuidar da minha propriedade.

— Você nunca cuidou — retrucou Camille. — Você disse que os Olivier cuidavam da manutenção.

— Sim, mas já passou da hora de eu me responsabilizar pelo local. Uma cratera em um telhado de ardósia não é pouca coisa. Quando vi as coisas enviadas por madame Olivier... Agora estou determinado a visitar Bellerive e quem sabe confrontar essas memórias tristes de um passado distante.

— É muito longe — resmungou Camille. — Você não está bem para fazer uma viagem desse porte. E se acontecer algo?

— Eu tenho responsabilidades. E preciso ir agora, neste verão.

Henry não acrescentou "antes que eu morra", mas estava implícito. Seu câncer estava em remissão, embora pai e filha soubessem que a possibilidade de uma recidiva fosse extremamente alta. A equipe de médicos tinha os alertado.

Camille tentou não entrar em pânico.

— Você deve fazer exatamente o que deseja, é claro. Mas tem certeza de que a médica liberou? Você disse a ela que pretende cruzar o oceano e visitar uma pequena vila na França? Ela está de acordo com isso?

Ele desviou o olhar.

— Papa.

— Aposto que você não contou para ela — Julie se intrometeu.

— Ainda é muito cedo — protestou Camille. — Você não pode sair pegando um avião por aí sozinho.

— E é por isso, minha boneca, que quero que você e Julie venham para a França junto comigo durante o verão.

— Legal! — exclamou Julie.

A reação de Camille foi abrupta e visceral.

— Fora de cogitação.

— Por que fora de cogitação? — perguntou a menina.

— É muito longe e nós não podemos ficar tanto tempo fora.

Camille sentiu o estômago revirar de medo. Ela não ia a lugar algum havia séculos. Sabia que era irracional, mas a simples ideia de entrar em um avião fazia o sangue congelar em suas veias.

— Mãe, nós temos que ir — falou Julie.

— Nós nunca perdemos um verão em Bethany Bay. É a melhor época do ano.

Julie riu.

— Você está brincando, né? Eu faria qualquer coisa para sair daqui.

— Jules, a resposta é não. Papa, espero que você entenda.

— Se vocês não forem comigo — concluiu Henry —, eu terei que ir sozinho.

Ótimo. Se ela não quisesse ir, enviaria seu pai idoso em uma missão maluca de revisitar o passado. *A filha do ano*, pensou Camille. *Sou eu mesma*.

— Vamos encontrar outra pessoa para ir com você. Lamont toparia no primeiro instante.

— Não — retrucou ele. — Lamont, não. Ele vai ficar aqui cuidando da casa enquanto eu estiver fora.

— Mãe — falou Julie. — Nós *temos* que ir.

— Temos mesmo — concordou o avô.

— Quando podemos partir? — indagou a menina, praticamente pulando na cadeira.

— Papa — disse Camille. — Você não pode simplesmente declarar que vamos para a França sem me consultar.

— Considere essa a consulta.

— Obrigada. Infelizmente, nós não podemos ir, Papa. Eu tenho trabalho...

— Já pensei nisso. — Henry levantou a mão aberta. — Sua mãe concorda que você deveria tirar férias da loja no verão. Ela e a equipe vão dar conta das atividades durante toda a temporada este ano.

— Espere, você falou com a minha mãe? — Camille se ouriçou.

— Ela concorda completamente comigo. Isso já está resolvido. Já falei com Billy também. Ele disse que pode cuidar de qualquer projeto que surgir e contratou um estagiário.

— Ele me contou do estagiário, mas não disse o motivo. Aquele rato safado. Pensei que ele estivesse brincando. Ele é louco se acha que um estagiário pode simplesmente chegar e começar a revelar filmes.

— Não foi assim que você começou?

Camille não respondeu.

— Já reservei nossas passagens. Já está tudo planejado.
— Não, não está nada planejado. Você não pode simplesmente fazer planos sem mim. Papa, nós não podemos ir.
— Meu Deus, mãe. — A voz de Julie soou raivosa. — Essa é sua resposta para tudo: não. "Nós não podemos." Toda vez é isso.
— É perigoso e irresponsável. — Camille levantou e começou a tirar a mesa, fazendo movimentos bruscos e irritados. A ideia de uma viagem, mesmo uma que seu pai ansiava, era apavorante para ela. — Escute. Nós não podemos simplesmente ir. Nossos passaportes provavelmente estão vencidos.
— Não estão nada — retrucou Julie. — O meu está em dia. Eu sempre olho.
— Então você já sabe que o meu vai vencer no mês que vem — afirmou Camille.

Logo antes de Jace morrer, elas fizeram um novo passaporte apenas para Julie, para que pudessem levá-la para passar o Natal na Jamaica. Aquela viagem nunca aconteceu, e desde então os passaportes estavam guardados no fundo de uma gaveta de tralhas.

— Podemos renovar o seu — falou Julie. — É tão difícil assim?

Oito

Camille foi até a biblioteca, pegou uma penca de livros e pôs a pilha em uma mesa de madeira comprida. A biblioteca da cidade sempre havia sido um lar fora de casa para ela, um lugar de segurança, preenchido por um silêncio reconfortante e isolado e o cheiro estranhamente tentador de livros. Ficava perto do centro da cidade, em um prédio antigo de tijolos do fim do século XVIII, preservado com orgulho por uma comunidade generosa.

Depois que seus pais se divorciaram, ela costumava ir até lá para se perder nas páginas dos livros que a transportavam para longe daquele mundo novo e estranho de duas casas. Com a morte de Jace, Camille não encontrava mais conforto, mas ia à biblioteca em busca de sinais de que havia algum tipo de vida para ela além do luto. Após o diagnóstico de câncer de Papa, tinha encontrado livros que lhe ensinaram sobre a graça inesperada em ajudar um ente querido durante uma doença. Agora ela precisava de outra coisa: um jeito de atravessar as águas turbulentas da adolescência.

Camille estava tentando decidir em qual livro mergulhar primeiro quando um grupo de alunos do ensino médio adentrou o recinto, ganhando um "shhh" da bibliotecária. A maioria deles ficou quieta, lançando as mochilas em cabines de estudo ou em estações de computador. Camille avistou Vanessa Larson e Jana Jacobs entre os adolescentes, as duas maiores responsáveis pelo bullying com Julie. *Ótimo*. Ela tentou ignorar a presença das duas, mas, alguns instantes depois, ouviu um burburinho de sussurro sarcástico e percebeu um movimento no canto do olho. As meninas estavam sentadas diante de uma mesa do lado oposto das prateleiras que iam até o teto.

— Eles estão *super* olhando para nós — sussurrou Vanessa.
— Quem?
— Travis Mundy e Dylan Olsen. Não, não olhe agora! Aja naturalmente.
— Eles estão no último ano. Não estão olhando para nós — sussurrou Jana de volta.
— Estão, sim. Fique olhando. Só não deixe que eles percebam. Aposto que eu consigo que eles nos deem uma carona até o Shake Shack.

Algumas coisas sobre o ensino médio nunca mudavam. As duas eram as meninas bonitas e populares, magras e estilosas, jovens cuja beleza estava começando a desabrochar. E talvez experimentando seu primeiro gostinho de poder.

— Meus pais me *matariam* se eu entrasse num carro com um garoto — constatou Jana.
— Então vamos garantir que eles não descubram.
— É para estarmos estudando, lembra? Vir à biblioteca e ficar na sala de estudos do último ano é um privilégio que podemos perder se fizermos alguma besteira.

Vanessa respirou fundo.
— Tá bem, deixa pra lá. Não sei o que vou fazer se bombar em álgebra.
— Você vai ser obrigada a ir para escola durante o verão, é isso o que vai acontecer — respondeu Jana.
— Vai ser péssimo, nem posso pensar nisso.
— Então vamos garantir que isso não aconteça.
— Como vou fazer isso? O sr. Bristol é um nazista. Ele distribui quatro versões de cada prova para que ninguém possa colar. Ai, meu Deus, por que sou tão burra em matemática?

As meninas mais bonitas muitas vezes são as mais inseguras, pensou Camille.

— Ele não dá aula de reforço à tarde? — perguntou Jana.
— Sim, mas ninguém vai, é muito tosco. Mas eu terei que fazer alguma coisa. Eu me recuso a ceder um mísero segundo do meu verão para estudar álgebra. Minha mãe está organizando uma festa na praia para comemorar o fim das aulas.

Camille começou a sentir um ímpeto de raiva. Vanessa estava sonhando com um verão mágico em Bethany Bay, enquanto tudo o que Julie queria era fugir. Ela detestava a ideia de que Vanessa tinha virado todo mundo contra a filha — e que a própria Camille estivera desatenta a isso.

Enquanto namorava Drake, ela conhecera Vanessa um pouco. A menina sabia ser manipuladora e, quando queria algo do pai, jogava com a boa vontade dele, lembrando-o da tristeza que sentia por causa do divórcio. E um divórcio *era* triste, mas Camille suspeitava que Vanessa sabia usar direitinho a cartada da família desfeita.

Camille deixou de prestar atenção nas meninas e se concentrou nos livros — *A vida secreta dos adolescentes. Puberdade tardia. Bullying e além*. Ao examinar aqueles volumes, ela percebeu que Julie estava demonstrando sintomas clássicos de uma vítima de bullying: notas baixas, problemas de comportamento, isolamento do grupo de amigos.

Como eu não reparei?, pensou Camille, mergulhando ainda mais fundo na culpa em cada página que lia. Havia muita informação para absorver. Ela reduziu sua seleção de livros para quatro, além de um volume sobre as vilas da região do Var, pois seu pai se recusava a abandonar a ideia de passar o verão em sua cidade ancestral.

A caminho da mesa da bibliotecária, Camille parou perto da mesa onde Vanessa e Jana estavam fofocando atrás de livros de matemática levantados.

— Olá, Vanessa — disse ela em voz baixa. — Jana.

— Ah, oi, Camille.

Vanessa se acomodou direito na cadeira, com os olhos semicerrados em uma expressão de desafio.

Jana se remexeu na cadeira.

— Ah, oi, sra. Adams.

— Queria que você soubesse que eu sinto muito pelo que aconteceu com sua bolsa outro dia — falou Camille. — Imagino que Julie tenha lhe dado um cheque para cobrir os custos de uma nova.

— Sim, ela me deu.

Jana olhou rapidamente para uma bolsa nova roxa em cima da mesa.

— Era uma peça única — Vanessa se intrometeu. — Uma Tonya Hawkes original.

Camille manteve a expressão neutra.

— A nova me parece bem bonita, Jana.

— Mas não é a mesma — reiterou Vanessa.

— Não, não é. — Camille apoiou sua pilha de livros, pressionou a palma das mãos em cima da mesa, inclinou-se para a frente e falou mais baixo do que nunca. — Julie não queria que eu falasse nada com você, pois ela acha que você vai tornar as coisas ainda piores para ela, mas tenho certeza de que você jamais faria uma coisa dessas. Quero que saiba que o seu complô contra a minha filha vai acabar.

— Não sei o que ela disse, mas não tem complô algum. — O rosto de Vanessa ficou de um vermelho escaldante.

Certo, pensou Camille.

— Bom saber — disse ela. — Nesse caso, não preciso me preocupar com nenhuma retaliação contra Julie, certo?

Antes de esperar por uma resposta, Camille pegou os livros e seguiu para a mesa principal da biblioteca. Quando entregou seu cartão, percebeu que a voluntária na mesa era Trudy Jacobs.

O dia só melhorava.

— Oi, Trudy.

— Oi, Camille.

Trudy parecia sempre uma mãe em um programa de TV, a roupa, a maquiagem, as unhas feitas, o cabelo.

— Acabei de encontrar com Jana. Eu disse a ela o quanto eu e Julie nos sentimos péssimas pela bolsa.

Trudy passou o cartão de Camille na máquina e o entregou de volta.

— Jana ficou realmente chateada. As pessoas não costumam implicar com ela.

Implicar? *Ah tá*.

— Julie pediu desculpas — afirmou Camille. — Tenho certeza de que as duas vão se dar bem assim que esquecerem essa história.

Trudy pressionou os lábios enquanto escaneava os livros de Camille. Ela viu o momento em que Trudy examinou atentamente os títulos escolhidos, pois pressionou os lábios ainda mais forte. *Não ouse dizer nada*, pensou Camille.

Trudy não abriu a boca. Os voluntários da biblioteca eram treinados para não comentar as escolhas dos usuários. Mas a expressão dela foi fria e distante ao entregar a pilha de livros para Camille.

— Boa sorte com tudo isso — afirmou ela.

— E o que eu fiz? — perguntou Camille a Cherisse e Britt na reunião de segunda-feira. Mãe e filhas estavam tomando lattes e comendo bolinho de limão em uma mesa do lado de fora, para aproveitarem a manhã de verão reluzente. — Fiz exatamente o que Julie me pediu para não fazer. Falei para aquelas meninas darem um tempo.

— É claro que você falou. — Cherisse partiu um bolinho ao meio. — Você está fazendo seu trabalho de mãe.

— E se isso se virar contra ela? E se elas forem ainda mais malvadas com Julie só porque eu me meti na história?

— Eu acabo com elas — respondeu Britt de forma objetiva. — Às vezes essa é a única maneira que um agressor entende.

— Eu gostaria que fosse simples assim. — Camille deu um gole no café. Ela não estava com apetite para comer bolo. — Eu jamais esperaria que Julie fosse vítima de bullying. Queria saber como ajudá-la. Como não percebi o que estava acontecendo até agora?

— Porque sua filha está no ensino médio — respondeu Cherisse. — É função dela esconder as coisas de você.

— Jura? Nós fizemos isso?

— Ah, mal tenho dedos para contar.

— Mas eu teria contado para você se um grupo de garotas estivesse implicando comigo.

— Não tenha tenta certeza disso.

Camille girou seu relógio no pulso inúmeras vezes.

— Eu só queria resolver isso para ela.

Cherisse cobriu a mão da filha, impedindo o gesto nervoso.

— Talvez você precise recuar e deixar que Julie resolva isso sozinha.

— Isso não é justo. É como lançá-la na jaula dos lobos. Meu Deus, meninas adolescentes podem ser terríveis.

— E muito fortes. Olhe para nós três. Nós todas enfrentamos barras pesadas na vida.

— Se você perguntasse a Julie o que ela quer fazer, o que ela diria? — perguntou Britt.

Que nós deveríamos ir passar o verão na França. A resposta apareceu sem ser convidada na mente de Camille. Desde que Henry tinha dado a ideia, Julie só falava naquilo. Já Camille estava em dúvida, passando noites acordada e se perguntando: *Devo ir ou ficar? Será que devo acompanhar meu pai em uma jornada ao seu local de infância ou devo me ater à vida que construí com tanto cuidado para mim?*

Por um lado, era só durante o verão. Por outro, era do outro lado do mundo. Para alguém que não viajava, era quase outro planeta.

— Ela está nessa loucura que Papa inventou de irmos visitar a vila onde ele cresceu — disse Camille. — Que eu já sei que você está a par, como ele já contou.

— Contou mesmo — retrucou Cherisse. — É uma ideia maravilhosa.

— É um absurdo! Não vou arrastar ele e Julie para a França durante o verão inteiro.

— Se alguém aqui está sendo arrastado — incluiu Britt — é você. Além disso, "arrastado" e "França" não combinam na mesma frase.

Cherisse tocou na mão de Camille.

— Seu pai tem que fazer o que ele quiser.

Camille sentiu uma vontade repentina de chorar, e seu estômago revirou. Ela sabia exatamente em que a mãe estava pensando.

— Estou com medo de que algo aconteça a ele.

— E se acontecer, ele vai lidar com isso — afirmou Cherisse. — Você e Julie o ajudarão.

— Eu não posso ajudá-lo se ele estiver na França.

— Então vá junto, ora — exclamou Britt. — Só vá. Se ela está sofrendo bullying, tirá-la daqui durante o verão talvez não seja uma má ideia. Sinceramente, Cam, essa ideia parece um sonho perfeito. Só para você saber, se alguém me disser que tenho que passar o verão na França, não vou reclamar.

Porque você acorda todo dia ao lado de um homem incrível e de dois filhos, pensou Camille. *Não fica tendo pesadelos de maridos caindo e morrendo.*

— Você pode encontrar com o Professor dos Sonhos quando estiver lá — acrescentou Britt.

— Nada de namorar, lembra? — Camille olhou com uma cara feia para a irmã.

— Então só transe com ele. O homem é maravilhoso — confessou Britt.

— Mãe, você está ouvindo o jeito que ela fala comigo? — perguntou Camille à mãe delas.

— Ela só está cumprindo seu papel de irmã. Filha, você demorou muito tempo para chegar ao ponto de se abrir para namorar. Não se feche agora. Você finalmente conheceu alguém que faz seus olhos brilharem quando nós implicamos e falamos dele.

— Meus olhos não estão brilhando. — Os olhos brilhantes de Camille entregaram sua mentira. — Eu nem acho que gosto tanto dele assim. Eu nem sequer penso nele.

— Tenho certeza de que pensa. E deveria mesmo. Ele mora em Aix-en-Provence. Não fica ao lado de Bellerive?

— Não faço ideia — respondeu Camille. Quarenta e sete quilômetros de distância, para ser precisa. Ela já tinha olhado no mapa várias vezes. Várias dezenas de vezes. — Se houver algum tempinho para passear, será com Papa. E eu ainda não decidi se vou mesmo.

Cherisse limpou a boca com um guardanapo.

— Seu pai acabou de terminar um tratamento de câncer. É isso o que ele quer fazer. Não acho que você tenha escolha.

— Tem certeza de que esses são os formulários certos? — perguntou Julie a Tarek, sentada ao lado dele na calçada do lado de fora do correio.

— Sim. — Ele mostrou o formulário em branco para que ela visse.

— Tudo o que precisa fazer é preenchê-lo, pegar a assinatura da sua mãe e pagar a taxa de emissão, e você terá o passaporte renovado em duas semanas.

Julie observou os papéis.

— Jura? Então é melhor começarmos logo.

O *nós* pareceu escapulir da boca dela. Desde o fiasco no futebol, ela e Tarek estavam meio que andando juntos, como sobreviventes de um naufrágio em uma jangada.

Ela ainda se contorcia ao pensar na partida de futebol que havia incitado aquele episódio idiota da bolsa. A confusão tinha começado no jogo de manhã. Era muito comum que as crianças ficassem chutando a bola no jardim na frente da escola antes das aulas começarem. Futebol era um esporte importante no Colégio Bethany Bay, e todo mundo sabia jogar.

Mas nem todo mundo jogava bem como Tarek. Ele era sensacional e fazia jogadas incríveis com muita velocidade, além de ser bom em qualquer posição que jogasse. Qualquer um provavelmente pensaria que uma criança assim seria popular com todo mundo, só que não era o caso. Tarek era diferente e vinha de um país estrangeiro. Era tão bom jogando futebol que era quase impossível tirar os olhos dele. Naquela manhã, quando ele fez um gol driblando o imbecil do namorado da Jana Jacobs, Rolfe, Jana chamou Tarek de terrorista e mandou que ele voltasse para o país de onde viera.

Como estava jogando como centroavante, Julie ouviu a ofensa e viu o olhar de Tarek enquanto ele saía do campo. E viu também a bolsa chique de Jana em um banco ao lado de uma poça de lama enorme e bastante chamativa. Ela queria empurrar a própria Jana na poça, mas se conformou em fazer isso só com a bolsa mesmo, sem se dar conta de que a menina transformaria aquilo em um caso federal.

— Você precisa de uma foto para o passaporte e do antigo passaporte da sua mãe. Você tem?

— Eu nem sequer contei a ela que estou fazendo isso.

— Ela vai ficar brava?

— Ela fica dizendo que nós não podemos ir, mas acho que está mudando de ideia. E eu tenho, sim, uma foto que a gente pode usar. Minha mãe e Billy tinham um serviço de foto para passaporte. Encontrei uma no computador dela.

— Tem que estar no formato certo. Uma foto cinco por cinco centímetros, com a cabeça no meio.

— Tenho certeza de que está nesse formato — disse Julie. — Como você sabe isso tudo?

Foi como se uma sombra encobrisse o rosto de Tarek.
— Nós tivemos que abandonar tudo. Tudo que tínhamos e todos os nossos documentos importantes também. Felizmente, meus pais tinham cópias digitais e salvas on-line.

Julie tentou imaginar como havia sido para ele abandonar sua casa, seu bairro, sua cidade... seu pai.

— Eu sinto muito que isso tenha acontecido com você e sua família. Deve ter sido terrível.

— A pior parte é que meu pai ainda está preso. Minha mãe e a família que nos apoiou estão tentando conseguir a libertação dele.

— Como ele é, o seu pai?

Os olhos grandes e escuros de Tarek ficaram doces e amáveis.

— Ele é meu melhor amigo. E o melhor jogador de futebol que conheço. Aprendi todos os dribles com ele.

— Olha só, é a Julie Jumbo e o Lawrence da Arábia — gritou uma voz áspera.

Julie virou a cabeça. Vanessa Larson, Jana e outras três garotas a tiracolo estavam vindo na direção deles. Como sempre, elas andavam em bando, todas de calça jeans *skinny*, cabelo sedoso e personalidade maldosa.

— Ignore elas — disse Tarek.

— Claro — murmurou Julie.

— Vocês dois formam um belo casal — falou Vanessa, aproximando-se.

Julie queria desaparecer sem deixar rastros, mas não havia como escapar da fofoca daquelas meninas. Humilhação era como fogo, do tipo feito para um sacrifício humano.

— O Lawrence da Arábia é inglês — retrucou Tarek em voz baixa.

— Eu não sou inglês.

— Não, você é um terrorista, pelo que ouvi dizer. — Vanessa fez uma imitação tosca do sotaque dele. E então sacou o celular e tirou uma foto. — Vou postar essa foto para todos poderem ver como vocês são um casal fofo.

Julie ainda tinha um galo na cabeça, onde Vanessa tinha esbarrado "acidentalmente" durante a aula de salvamento. O galo pareceu latejar conforme sua raiva aumentava.

— E por que você faria isso? — perguntou Julie, irritada por ouvir sua voz trêmula. — Você não consegue cuidar da própria vida?

— Oh, olha quem está falando! — implicou Vanessa. — Foi você que contou para sua mãe um monte de mentiras sobre nós. Ela nos viu na biblioteca e disse que você falou para ela uma história nada a ver sobre estarmos implicando com você. Que *absurdo*.

Julie ficou gelada. Sério? Sua mãe realmente tinha falado algo com Vanessa? Depois de Julie implorar para que ela não fizesse isso? Tudo ia ficar pior. Muito pior.

Humilhada, ela levantou e juntou os formulários do passaporte.

— O que você tem aí? — perguntou Jana, pegando uma das páginas para ver.

— Ei...

— Olha, um formulário de solicitação de passaporte. Isso significa que você vai embora?

— Meu Deus, tomara! — exclamou Vanessa. Ela pegou o formulário e rasgou ao meio, e depois de novo, mantendo o olhar fixo no de Julie. — Infelizmente, eles não emitem passaporte para quem anda com terrorista. Ah, e é provável que sua mãe também não possa tirar, pois não se emite passaporte para assassinos.

— O que foi que você disse?

Julie ficou chocada. Barulhos escandalizados vieram das outras meninas.

Vanessa virou-se para elas.

— Ah, vocês não sabiam? Nunca pararam para pensar onde está o pai da Julie? A mãe dela o matou quando eles estavam viajando de férias. Deve ser por isso que ela nunca conseguiu arrumar outro marido.

Do canto do olho, Julie viu Tarek se levantar.

— Deixa pra lá — disse o menino em voz baixa.

Tarde demais. Julie largou os outros formulários, que flutuaram até o chão e se espalharam no asfalto. Tudo pareceu desabar, tudo exceto a cara impecável debochada da garota na frente dele. Julie avançou e deu um empurrão em Vanessa o mais forte que conseguiu.

Camille ouviu o som de uma mensagem de Julie no celular: *Fazendo dever de casa na biblioteca. Vou chegar atrasada para jantar no P.*
Dever de casa no último dia de aula? Estranho. Talvez Julie estivesse fazendo algum trabalho extra para melhorar o boletim. Em poucos meses, ela tinha ido de uma excelente aluna, para uma boa aluna, e por fim para uma aluna regular. Camille esperava que não fosse tarde demais para Julie recuperar suas notas. Ela ficou tentada a ligar para a filha, mas se segurou. Estava tentando não se intrometer muito.

Camille tinha passado o dia ocupada com trabalho e louca para checar seus e-mails pessoais. Sim, ela e Finn estavam trocando e-mails. Ela se convencera de que os dois estavam apenas trabalhando juntos na pesquisa para Papa, descobrindo mais informações sobre as fotos encontradas no baú de Lisette. A verdade, que Camille mal admitia para si mesma, era que ela gostava de trocar mensagens com Finn. Ele era engraçado, divertido e muito bom na arte do flerte. O fato de estar tão longe funcionava para ela, que não precisava se preocupar em ter ou não uma relação. Flertar era apenas uma diversão inofensiva.

O e-mail na sua caixa de entrada era um bom exemplo: *Assunto: você está em meus pensamentos às 3h da manhã.*

A ideia de Finn pensando nela às três da manhã era ridiculamente excitante. Camille ficava lembrando para si mesma que tudo o que queria era descobrir mais informações sobre Lisette e seu mundo durante os anos de guerra. Talvez dessa forma seu pai desistisse da ideia de viajar correndo para Bellerive e se contentasse com uma chamada de vídeo com a família que cuidava de sua propriedade na França. Talvez ele — e ela e Julie — pudessem ficar em segurança em Bethany Bay, como faziam todo verão.

Embora, no caso de Julie, Bethany Bay não fosse mais um lugar seguro.

As preocupações faziam Camille perder o sono. Ela esperava que a filha só estivesse passando por uma fase e que pudesse começar de novo agora que o verão estava chegando. Camille já tinha dado início a esse projeto. Julie tiraria o aparelho fixo dos dentes, que seriam substituídos por um aparelho móvel para usar somente à noite. Ela também ia trocar os óculos da menina por lentes de contato. Camille sabia muito bem que aquilo não seria solução para tudo, mas talvez ajudasse Julie a ganhar mais confiança em si.

Ela serviu-se de uma taça de vinho e se sentou com o notebook.

PARA: cadams@oohlala.com
DE: mfinnemore@usna.mil.gov
ASSUNTO: você está em meus pensamentos às 3h da manhã

Oi, Camille,
No fim das contas, Bellerive estava definitivamente na zona de queda da Operação Dragão. Fui até lá ontem para dar uma olhada, encontrei a propriedade do seu pai e tirei algumas fotos. É um baita lugar, entre as montanhas e o mar. Vou enviar as fotos mais tarde. Você precisa ver. Um charme rústico, ensolarado. Tudo o que falta é uma taça de vinho... e tu. Ou seria ti? Sei lá. Você entendeu o que eu quis dizer.

Um beijo,
Finn
[Este e-mail está SEM CLASSIFICAÇÃO.]

— Você foi a Bellerive! — exclamou Camille para a tela. — Uau, você foi à vila de Papa. — Ela ficou absurdamente feliz por ele ter se dado o trabalho de ir até lá. A outra coisa que a deixou feliz foi a parte sobre ela. — Você é um paquerador, professor Finnemore, é isso o que você é.

PARA: mfinnemore@usna.mil.gov
DE: cadams@oohlala.com
ASSUNTO: RE: você está em meus pensamentos às 3h da manhã

Finn,
Obrigada pelo relatório do trabalho de campo. Você foi muito além das expectativas. Estou me sentindo culpada por não pagar pelo seu serviço. Estou doida para ver as fotos.

Um beijo,
Camille

Camille hesitou antes de apertar o botão para enviar. Queria ter certeza de que o e-mail soava como uma troca casual, nada além disso. Ela voltou e trocou a palavra *serviço* por *tempo*, e então enviou o e-mail.

EUFAÇOPESTO: Oi.

Camille franziu a testa. Quem era? Como não sabia, clicou no X para fechar a janela. Havia uma mensagem de trabalho de Billy Church: a Associação de Cinema de Tidewater estava recebendo fotografias antigas para uma exposição que seria inaugurada no início do ano seguinte. Ela não queria encontrar com ele para decidirem juntos o que inscrever?

É claro, respondeu. Ela adorava trabalhar com imagens antigas, e lançá-las para o mundo poderia desvendar mistérios por trás de algumas delas.

EUFAÇOPESTO: Ei, Camille.

Outra janela pop-up. Ela olhou, desconfiada.

EUFAÇOPESTO: É o Finn.

O coração dela acelerou, e Camille deu um gole rápido de vinho. Em seguida, clicou na caixa de resposta e começou a digitar.

DESTRA: Ah. Oie. Não reconheci seu nome de usuário. Eufaçopesto?
EUFAÇOPESTO: É.
DESTRA: Porque...
EUFAÇOPESTO: Porque "Trilhardário" não estava mais disponível.
DESTRA: Mas... pesto?
EUFAÇOPESTO: Na verdade, eu FAÇO pesto. Você deveria provar um dia desses, é incrível. Destra?
DESTRA: Consigo digitar com uma mão só. E a outra fica livre para segurar a taça de vinho.
EUFAÇOPESTO: Ah, que prático!

DESTRA: São realmente 3h da manhã aí?
EUFAÇOPESTO: Não mais. Recebeu meu e-mail?
DESTRA: Recebi. Achei muito legal você ter ido a Bellerive.
EUFAÇOPESTO: Acredite, não foi um sacrifício. Cidadezinha fantástica, saída de um conto infantil. Nós encontramos um restaurante ótimo no centrinho da vila.
DESTRA: Nós?

Camille ficou tensa. Parecia que ela estava tentando pescar detalhes da vida pessoal dele?

EUFAÇOPESTO: Eu e minha assistente de pesquisa, Roz.

Ela imaginou como era Roz. E então repreendeu-se por pensar nisso.

DESTRA: Legal que você tenha uma assistente.
EUFAÇOPESTO: Comi uma salada niçoise sensacional de almoço, atum fresquíssimo, saído do barco, e de sobremesa sorvete de mel servido em uma casquinha feita de croissant doce.
DESTRA: Parece letal.
EUFAÇOPESTO: Você está perdendo. Precisa conhecer esse lugar.
DESTRA: Você parece meu pai falando.
EUFAÇOPESTO: Isso é um péssimo sinal. Não quero parecer seu pai.

Opa, pensou ela. *Isso saiu do jeito errado.*

DESTRA: O que quis dizer é que ele está insistindo que quer voltar para visitar a vila.
EUFAÇOPESTO: Ele deveria. O que o impede?

Eu, pensou Camille, mas não queria dividir essa informação com Finn.

DESTRA: Ele acabou de fazer um tratamento de câncer. A médica o liberou para viajar, mas eu fico preocupada...

EUFAÇOPESTO: Então venha com ele. Traga sua filha.
DESTRA: Agora você REALMENTE parece meu pai. Ele anda dizendo que nós temos que ir com ele.
EUFAÇOPESTO: Vocês deveriam. Aposto que ele ia amar mostrar a vocês essa parte do mundo. Sei que eu amaria.

Rápido, mude de assunto, Camille.

DESTRA: Ei, você me mandou aquelas fotos que tirou?
EUFAÇOPESTO: Sim, acabei de mandar.

Ela ouviu o barulhinho da notificação do e-mail.

DESTRA: Estou animada! Vou dar uma olhada agora... Não deveria estar te segurando acordado.
EUFAÇOPESTO: Eu gosto de ficar acordado até tarde com você. Seria ainda melhor se estivéssemos tendo essa conversa pessoalmente.
DESTRA: Estou olhando as fotos agora...

Finn tinha razão. A cidade era extremamente charmosa — prédios antigos de pedra, ruas estreitas, uma igreja gótica enorme. O tempo estava maravilhoso: céu azul e limpo, tudo iluminado pela luz do sol. Videiras e malvas por toda parte.

Havia uma moça jovem em algumas fotos. Ela tinha cabelo liso e sedoso, olhos escuros enormes e vestia despretensiosamente uma blusa sexy e calça cápri. Parecia uma modelo de alta costura. Será que era a assistente?

Camille não ficou surpresa que ele tivesse uma assistente que se parecia com uma modelo.

— Sai dessa, Camille — sussurrou ela. — Veja as fotos.

EUFAÇOPESTO: Quando você chegar aqui, lembre-me de levá-la a um museu em Vaucluse. Tem um acervo enorme dos anos de guerra.

— Quando eu chegar aí? — perguntou Camille ao quarto vazio. — Você quer dizer, nunca? E por que você presumiria que eu vou à França?

Ela voltou sua atenção para as fotos. A imagem mais arrebatadora era um retrato antigo colorido à mão de um homem com cabelo louro claro e olhos azuis determinados.

> EUFAÇOPESTO: Reconhece esse cara?
> DESTRA: Não. Deveria?
> EUFAÇOPESTO: Encontrei nos arquivos da cidade. Didier Palomar, prefeito de 1937 a 1945. A legenda diz "Maire de Bellerive".
> DESTRA: Espere aí. O quê?
> EUFAÇOPESTO: Tenho quase certeza de que é o marido de Lisette. O que faria dele seu avô, certo?
> DESTRA: Nunca vi uma foto dele.
> EUFAÇOPESTO: Diga oi para o seu *grand-père*.

Camille sentiu um calafrio ao olhar para a foto. Cada fio de cabelo estava no lugar. Os olhos, os lábios finos, o rosto comprido, o queixo firme em um ângulo altivo.

> DESTRA: Segundo meu pai, ele era um colaborador. O homem mais odiado da vila. Você descobriu se ele foi realmente baleado em 1945?
> EUFAÇOPESTO: Não. Nós podemos investigar isso quando voltarmos a Bellerive.

Nós. Ele quis dizer ele e a modelo?

Camille pôs a foto de Lisette ao lado da tela e observou as imagens lado a lado. Seus avós olhavam de volta para ela através de décadas — dois estranhos a quem ela estava indissociavelmente ligada. Lisette era linda, de aparência muito mais jovem que Didier, com cabelo elegante e traços delicados quase hipnotizantes. Didier, nem tanto. Mesmo em um retrato com o intuito de se gabar, ele tinha olhos azul-claros bem estreitos, cabelo louro fino e...

Camille prendeu a respiração e observou melhor, olhando de uma foto para outra. Lisette e Didier. Ela não podia ter certeza pela foto de Lisette, pois era em preto e branco, mas os tons da foto sugeriam que a mãe de seu pai tinha cabelo louro claro e olhos claros. Lisette e Didier Palomar eram louros como vikings.

E então, Camille pegou uma foto de seu pai — tirada logo após a chegada dele nos Estados Unidos. Na foto, ele tinha só 18 ou 19 anos, idade próxima à de Lisette. Camille comparou os traços. Assim como a mãe, Henry tinha lábios carnudos, maçãs do rosto protuberantes, olhos separados e queixo marcado. Diferente dela, ele tinha cabelo preto cacheado, olhos castanhos profundos e pele de tonalidade mais escura.

Entre Didier e Henry, ela não conseguia ver semelhança alguma.

E mais perturbador ainda era o fato da cor da pele de Henry — e a de Camille, e a de Julie, portanto — ser completamente diferente da dos pais dele.

A questão a intrigou. Como aquelas duas pessoas com traços arianos tinham tido um filho com a cor de pele de Henry? Havia algum outro galho na árvore genealógica da família?

Camille repousou sua taça de vinho e pegou a câmera antiga, sentindo o peso nas mãos. E então olhou para Lisette.

— Quem era você? — perguntou ela em francês. — Em que você estava pensando naquele momento? Por que parece tão triste?

Camille tentou imaginar as histórias que habitavam a mente de Lisette no momento de apertar o botão, capturando um momento sombrio, e passou bastante tempo estudando cada detalhe da imagem. Com base no estágio de gravidez de Lisette, as fotos do rolo deviam ser as últimas fotos que ela havia tirado.

EUFAÇOPESTO: Oi? Perdi você?

Enfeitiçada pelas fotos, ela não respondeu a mensagem. Camille ergueu a câmera antiga na altura dos olhos e olhou dentro do visor, imaginando o que se passava na cabeça de Lisette ao tirar a foto. Ainda em francês, ela disse:

— Queria tê-la conhecido. O que você teria me contado? Que segredos você está escondendo?

Parte II
A região do Var

O que faz da fotografia uma invenção estranha é que seus materiais primários são luz e tempo.

— JOHN BERGER, CRÍTICO DE ARTE INGLÊS

Nove

Bellerive, região do Var, França
1941

Lisette Galli estava com a câmera maravilhosa do dr. Toselli nas mãos.
— O senhor está me dando? Não vai ter como voltar atrás!
O velho dr. Cyprian Toselli, seu chefe, levantou a mão.
— Considere um presente especial pelo seu aniversário de 16 anos.
Ela sorriu.
— Eu fiz 16 anos há três meses.
— Você sabe como sou esquecido. É minha câmera favorita, e seria uma tristeza pensar nela guardada na bolsa, sem ser utilizada. Infelizmente, não posso mais usá-la.
O dr. Toselli, um fotógrafo habilidoso com muitos anos de experiência, estava lentamente ficando cego. Veterinário por profissão, havia planejado passar sua aposentadoria tirando fotos e revelando-as em sua câmara escura. Agora, ele mesmo passaria esse tempo no escuro.
— Ela é muito boa — disse Lisette. — Não posso aceitar.
Ah, mas ela queria. Durante os dois últimos anos, ela cuidara da casa e do jardim em troca de um pequeno salário. Quando o dr. Toselli percebera o interesse da menina por fotografia, dera-lhe aulas, as quais ela absorveu como uma esponja do mar vendida no cais de Bandol.
— Lisette, eu ficaria muito feliz em saber que minha câmera favorita está em suas mãos talentosas, capturando imagens do jeito que eu lhe ensinei. Os momentos da vida são efêmeros e imprevisíveis. Nós pre-

cisamos capturar os melhores e guardá-los em segurança no coração. Se não aprendeu nada comigo até agora, precisa aprender isso.

As palavras do dr. Toselli trouxeram lágrimas aos olhos da menina. Os dois irmãos mais velhos de Lisette tinham morrido havia pouco tempo na Batalha da França. Étienne havia servido como *chasseur alpin*, ligado a um regimento de soldados que seguia a pé pelas montanhas. Ele fora atingido enquanto defendia uma posição estratégica na região nordeste da Linha Maginot. Roland, talvez de forma ainda mais trágica, morrera após uma luta com membros de sua própria unidade militar, que o acusaram de uma perversão vergonhosa que ela mal entendia o que era. Lisette havia feito alguns retratos deles antes de partirem para a guerra e agora estimava aquelas imagens com todo o coração.

Ela mordeu os lábios.

— O senhor é bondoso demais.

— Pelo contrário, sou um homem egoísta. Estou ávido pelo prazer que sinto ao ajudá-la a aprender a fazer algo que amei a minha vida inteira. Além disso, não confio nos soldados italianos. Desde que eles tomaram a nossa pequena vila, algumas coisas têm desaparecido. Sei que você vai manter minha câmera em segurança.

Lisette tremeu, lembrando-se de como os italianos marchavam pelas ruas, clamando vingança pelos camaradas que haviam sido mortos durante a invasão. Embora tenham ocupado as vilas com casas de veraneio de aristocratas ricos ingleses e parisienses, os soldados não pouparam os cidadãos comuns. Uma ordem para amenizar a situação havia sido estabelecida recentemente, graças a uma trégua entre a Comissão Italiana de Armistício e os oficiais locais. Mas ninguém em Bellerive confiava nos soldados.

A invasão italiana foi um ataque terrível à França, que já havia tentado defender sua região nordeste da Alemanha — e perdido. No mês de junho anterior, Paris tinha sido bombardeada em plena luz do dia e então declarada *"ville ouverte"*, cidade aberta, aos alemães, e o novo líder, marechal Pétain, assinara o armistício. Enquanto lia as notícias para o sr. Toselli, Lisette descobriu que o mundo inteiro condenava tal ação. O presidente dos Estados Unidos, monsieur Roosevelt, declarara que "a mão que portava um punhal cravou-o nas costas de seu vizinho." A França fora dividida em duas partes — a Zona de Ocupação no norte e a então chamada Zona Livre no sul. Mas não havia liberdade alguma, apenas uma autoridade estrangeira distinta a quem responder.

Lisette guardou a câmera na bolsa e fechou o zíper, observando as iniciais CT gravadas na tampa.

— Nesse caso, farei exatamente o que o senhor manda. Vou tirar fotos fantásticas com sua câmera e guardá-la em segurança, sempre.

Ele estendeu a mão para afagá-la, mas o primeiro movimento se perdeu no ar. Lisette moveu discretamente a mão para a frente, para que ele conseguisse tocá-la. O gesto gentil trouxe lágrimas aos olhos da menina. Ao longo dos últimos anos, o sr. Toselli vinha perdendo gradualmente a visão para uma doença chamada degeneração macular. Ele lhe contara que a cegueira ia se fechando, como a abertura de uma lente de câmera, estreitando o campo de visão até o ponto em que ele parecia estar olhando por um túnel cada vez menor.

— Suas fotos são excelentes, com seu olhar atento para os detalhes da vida cotidiana. Prometa que vai continuar treinando. A câmara escura está aqui para você usar, sempre.

A câmara escura dentro da despensa da cozinha era um laboratório perfeito e completo, com ampliador, papel especial, substâncias químicas e água potável sempre fresca.

O sr. Toselli era um homem carinhoso, e Lisette o teria ajudado de graça, mas ele insistia em pagar um salário à jovem aprendiz. Compreendia muito bem as dificuldades da família dela e acreditava na dignidade do trabalho.

— Não sei como agradecê-lo, monsieur. O senhor é muito generoso.

— Muito bem — concluiu ele. — Fico feliz que resolvemos isso. Que horas são?

Lisette olhou para o lado de fora pela janela, para um relógio enorme acima da estação de trem.

— Cinco e meia.

— Perfeito. Acho que vou tomar um drinque e depois, talvez, ler um capítulo do nosso livro antes de você ir embora.

— Claro. Vou preparar em um instante.

Ela guardou a bolsa da câmera dentro de sua cesta de palha e, em seguida, serviu precisamente dois dedos de licor Ricard em um copo alto e adicionou uma pedra de gelo do suprimento precioso no freezer. Devido às privações da guerra, era difícil conseguir refrigeração, mas o sr. Toselli tinha um motivo especial: estava produzindo uma droga secreta — penicilina — para o front de guerra. Com seu histórico médico e científico, e o equipamento de sua clínica veterinária, ele sabia exatamente o que fazer, e Lisette estava ávida por ajudá-lo a titular o medicamento e mantê-lo escondido.

Se os invasores descobrissem, seu suprimento seria confiscado, e ele, provavelmente, preso. Lisette achava maravilhoso que aquele senhor idoso pudesse contribuir com a França e, desde o início, guardara seu segredo. Os soldados da ocupação o viam como um velho inofensivo, sem jamais perceber o que acontecia bem debaixo do nariz deles.

— Vamos até o jardim — sugeriu ele. — Eu adoro sentir o sol no meu rosto.

— Claro. Estou indo atrás do senhor.

Toselli pegou o livro que Lisette estava lendo para ele e colocou debaixo do braço, então atravessou uma pequena sala de estar até o jardim atrás da casa. Ele esbarrava nas coisas no caminho — o espaldar de uma cadeira da cozinha, a lateral de um armário, o cabide do corredor com seu chapéu, bengala e guarda-chuva. Lisette era meticulosa e mantinha tudo exatamente no devido lugar. Ajudá-lo a organizar a casa havia se transformado em uma missão, de modo que ele conseguisse encontrar tudo de que precisasse.

Ela sempre fora boa aluna e, sob a tutela de Toselli, aprendera coisas muito além das disciplinas ensinadas pelas freiras na escola local. Muitas vezes ele dizia a Lisette para diminuir o tempo das tarefas de limpeza e jardinagem para poder ler mais. Os dois amavam ler todo tipo de coisa — romances e peças de teatro, contos clássicos de heróis e vilões, poesia e notícias sobre a situação do mundo em meio às coisas terríveis que estavam acontecendo. Embora Bellerive tenha se rendido de forma pacífica quando o Exército italiano marchou sobre a ponte e ocupou a *mairie* e o tribunal da vila, os tempos eram sombrios. As notícias de verdade eram encontradas nos jornais clandestinos distribuídos misteriosamente pela região, contando a triste realidade aos compatriotas: os nazistas tinham tomado Paris. Houve prisões, confrontos e deportação de judeus e estrangeiros, e, segundo o dr. Toselli, a única coisa que postergava a chegada dos nazistas à região do Var era a presença dos italianos.

— É muito triste ter que escolher um invasor ou outro — disse ele.
— Vamos optar por não ler as notícias hoje. Afinal, está tudo censurado. Prefiro saber do sr. Holmes.

Toselli tinha um projeto especial com Lisette, compartilhar com ela seus tesouros mais queridos — uma série de livros sobre Sherlock Holmes, um detetive inglês brilhante que desvendava crimes misteriosos. Os livros eram todos em inglês. Quando começaram a ler *Um estudo em vermelho*, a menina teve muita dificuldade com as palavras estrangeiras e com a tortura da pronúncia, mas Toselli fora imensamente paciente e encorajador, e ficou encantado com a melhora rápida dela. O livro da vez era o terceiro volume da série, uma história chamada *O cão dos Baskerville*.

Lisette lia uma cena em que Sherlock Holmes estava de pé no corredor de uma mansão, observando os ancestrais dos Baskerville, quando percebeu a semelhança entre a família e refletiu sobre a nova prima que chegara havia pouco tempo.

— Essa semelhança entre a família realmente existe? — perguntou a menina, ao terminar de ler. — Ou as pessoas veem somente o que desejam?

O monsieur sorriu para ela.

— Isso é parte do quebra-cabeça, não acha? Não é mistério algum de onde você veio. Você é tão branca e com o cabelo tão liso quanto sua querida mãe. Que provavelmente está em casa preparando o seu jantar. É hora de ir.

Lisette pôs o livro na mesa de centro, ao lado da lente de aumento dele. Toselli ainda conseguia ver coisas impressas com uma luz bem forte e uma lente, e talvez pudesse querer ler mais tarde. E então ela se despediu, pegou suas coisas e saiu pela rua ensolarada.

Antes de entrar no casebre de seus pais, ao extremo sul da cidadela, ao lado da ponte, Lisette ainda tinha mais um afazer. Era sábado, e ela precisava parar na igreja da vila para fazer sua confissão semanal.

O interior da igreja estava escuro e gelado. O chão e as paredes de pedras antigas amplificavam o som dos passos de Lisette enquanto ela caminhava até um corredor lateral, na direção do confessionário de madeira com gárgulas e grifos esculpidos. Havia algumas freiras e idosos presentes, uns sentados em genuflexórios, outros ajoelhados na frente do altar, com a cabeça abaixada em contemplação. Ela foi até o confessionário e inclinou-se para ver se estava ocupado.

Estava vazio, e Lisette entrou, passando pela cortina, ajoelhando-se e fazendo o sinal da cruz.

— Perdoe-me, padre, pois eu pequei...

Ela esperou o padre Rinaldo responder, com o pensamento distante. Devia ser um tédio para o padre, ouvir aquelas faltas sem muita importância. Ela simplesmente não era interessante o suficiente para ter algo substancial para confessar. E, embora provavelmente só a ideia em si configurasse pecado, Lisette sabia que, se algum dia fizesse algo interessante o suficiente para garantir uma confissão, jamais iria admitir.

Talvez ela devesse contar ao padre sobre a culpa que sentia por não conseguir ajudar mais os pais. Seu pai, um canteiro talentoso, havia sofrido um acidente grave no ano anterior e estava confinado em uma cadeira de rodas, de modo que o sustento da família dependia da caridade dos vizinhos e da Igreja. Às vezes, Lisette ouvia sussurros ansiosos durante a noite. Logo seriam despejados do casebre, pois não podiam mais pagar as contas. A mãe temia que eles acabassem pedindo esmola, ou coisa pior. A ameaça de serem presos pairava no ar. Havia uma possibilidade de irem para um abrigo em Marselha, um futuro aterrorizante para seu pai, um homem tão orgulhoso.

Talvez ela devesse confessar um crime do coração. Ela havia deixado Jean-Luc d'Estérel beijá-la, diversas vezes, e provavelmente se apaixonaria. Ele era incrivelmente lindo, com olhos grandes e escuros contornados por sobrancelhas grossas, maxilar protuberante e um belo nariz adunco. Jean-Luc era judeu, então era provável que a Igreja condenasse o romance pecaminoso dos dois.

— *Monseigneur*? — sussurrou Lisette após alguns minutos.

Ainda sem resposta do padre. Um instante depois, ela ouviu um leve ronco.

Lisette respirou fundo.

— Está certo, então. Meus pecados são completamente entediantes.

Ela murmurou o Ato de Contrição em latim e saiu do confessionário. Nada de penitências naquela semana.

Carregando sua bolsa de palha, Lisette saiu da igreja e caminhou pelas ruelas estreitas da vila. Sua família tinha um casebre perto da ponte que passava sobre o rio. O vizinho de porta costumava ficar a cargo das comportas que controlavam o fluxo da água, mas ele havia sido despejado pelos soldados invasores, uma vez que a ponte era um ponto estratégico importantíssimo. Desde então, os sacos de areia formavam uma barragem improvisada ao redor da estrutura para protegê-la no caso de bombardeio. Um ano antes, um bombardeio era a última coisa que passaria pela cabeça de Lisette. A ponte, que era apenas uma maneira de chegar de um lado a outro do rio, havia se tornado um alvo de bombas, um prêmio pelo qual as forças opostas lutavam.

Ela cometeu o erro de pegar um atalho passando pelo Bar Zinc, um ponto de encontro dos soldados. Não muito tempo antes, a vila era um lugar seguro, repleta de rostos familiares e comida e vinho em abundância das fazendas e vinícolas dos arredores. Agora Bellerive era cheia de boatos sussurrados, negociações do mercado paralelo, estrangeiros armados espalhados pelas ruas. Um grupo deles estava reunido em uma mesa na calçada e inevitavelmente a viu. Um som de assobios italianos emergiu.

Lisette fingiu não ouvir as vozes roucas e os barulhos de beijo, mas um deles bloqueou seu caminho.

— Aonde você está indo, brotinho? — perguntou ele em um francês ruim. — O que está carregando dentro da cesta?

A câmera. Lisette trouxe a cesta mais para perto do corpo, na esperança de que as folhas dos temperos e das verduras do jardim do dr. Toselli escondessem a bolsa preciosa da câmera.

— Por favor — disse a menina em voz baixa. — São só alguns vegetais para os meus pais.

— Muito bem, então junte-se a nós para uma taça de vinho.

O soldado era moreno e musculoso e vestia um uniforme pardo molhado de suor. Ele colocou a mão no braço de Lisette.

Ela puxou, como se tivesse sido queimada, tentando não entrar em pânico.

— Não me toque. Monsieur — acrescentou a jovem.

— Nós estamos aqui para protegê-la. Isso não é maneira de demonstrar gratidão. — O soldado pegou o braço de Lisette de novo.

Ela olhou ao redor, na esperança de um garçom ou de um transeunte ajudá-la.

— Deixe-me em paz — disse Lisette em voz alta.

— O que é isso? — perguntou uma voz suave, em francês.

Ao se virar para trás, Lisette viu Didier Palomar, o prefeito da cidade. Monsieur Palomar era dono de um belo *mas* chamado Sauveterre, uma propriedade ancestral da família cercada por campos, vinhedos, prados e córregos que desaguavam no mar. Na missa de domingo, ele era uma presença altiva em suas roupas chiques, cabelo louro e olhos acinzentados firmes, que chamavam atenção. Porém, era francês e tinha uma posição de autoridade, um aliado muito mais confiável do que os soldados estrangeiros beberrões.

— *Monsieur le maire*, eu só estou tentando seguir meu caminho para a casa dos meus pais. Não tenho nenhuma intenção de causar confusão.

— Muito bem, então eu mesmo irei acompanhá-la.

Ele disse algo aos soldados em italiano. Alguns deles fizeram gestos grosseiros, mas logo voltaram a beber.

— Você é a filha de Albert Galli, não é? — perguntou Didier enquanto os dois desciam uma rua íngreme e sinuosa.

— Sim, senhor.

Lisette estava abalada após o encontro com os soldados. Sua voz soava fina e suas pernas cambaleantes mal suportavam o peso do corpo. Monsieur Palomar colocou a mão no cotovelo dela.

— Seu nome é Lisette.

Ela se perguntou como que ele sabia.

— Sim, senhor — respondeu ela novamente.

— Você cresceu e virou uma bela moça. É melhor ficar longe dos soldados.

— Eu ficarei — disse Lisette, embora sentisse um ressentimento profundo.

Que direito eles tinham de se mudar para aquele vilarejo pacífico, que não tinha causado mal algum além de estar no meio do caminho entre as ambições de Hitler e Mussolini?

Lisette e Didier Palomar chegaram ao casebre, e ela hesitou na porta de casa, lutando entre o orgulho e as boas maneiras. Ela era uma Galli, então as boas maneiras falaram mais alto.

— O senhor gostaria de entrar para tomar um drinque? — perguntou ela.

— Muito gentil de sua parte — respondeu ele, e segurou a porta aberta para Lisette passar.

— Maman, Papa, nós temos visita — avisou ela, avistando-os no pequeno jardim atrás da casa, um oásis que seu pai construíra com um cerco de pedra e um pequeno lago. — É monsieur Palomar.

O prefeito apareceu no jardim, apertando a mão do pai e da mãe de Lisette.

— Por favor, sente-se — disse o pai.

— Vou trazer algo para beberem — emendou a mãe.

— A senhora é muito gentil, mas não preciso de nada — explicou monsieur Palomar. — Eu só quis garantir que a jovem chegasse em casa em segurança.

Lisette ficou de pé no interior escuro da casa, tirando os vegetais da cesta de palha e escondendo a câmera debaixo da lixeira. Naqueles dias, nenhum lugar era seguro. Toda casa era vulnerável, não só porque os soldados podiam invadir, mas também por causa dos ataques aéreos.

— O senhor tem que nos deixar servir-lhe uma bebida — insistiu sua mãe. — Sei que foi proibido pela autoridade central, mas eu faço o meu próprio *vin maison*, uma ratafia deliciosa de pêssegos e ervas.

Monsieur Palomar fez uma pausa, então assentiu com a cabeça.

— Sendo assim, é claro. Vejo de onde sua filha traz essa natureza bondosa.

Maman foi apressada até a cozinha enquanto os dois homens conversavam.

— Pegue a jarra bonita, Lisette — disse Maman. — Certifique-se de que não tenha nenhuma mancha.

Enquanto Lisette inspecionava a jarra, Maman pegou o vinho com infusão de ervas do refrigerador. Ela franziu a testa, e Lisette percebeu que a mãe gostaria de poder proporcionar mais fartura para o prefeito. No entanto, o gosto de manteiga, leite, queijo e carne era uma memória distante para a família Galli. Maman cortou algumas fatias de pão e pegou uma concha de azeitonas da reserva preciosa e minguante deles. As azeitonas eram a comida preferida de Papa. Maman deve ter percebido a expressão de Lisette.

— Palomar é um homem muito importante. E sabe como lidar com os italianos. Ouvi dizer que a fazenda dele ainda tem vacas leiteiras e porcos.

As fazendas locais foram obrigadas a abrigar e alimentar os soldados. Regras restritas de racionamento estavam em vigor, e a escassez de comida estava desenfreada. A atividade militar havia destruído os modos tradicionais de transporte por mar, as balsas de rio e as ferrovias. A maior parte dos trabalhadores tinha ido para a guerra ou estava escondida, portanto não havia gente suficiente para cuidar do plantio, nem gasolina para fazer o maquinário funcionar. Mesmo no interior, o reforço da alimentação por meio de caça, plantio de gramínea para alimentar os bichos ou produtos locais era controlado, o que significava que toda a produção tinha que ser entregue e redistribuída pelas autoridades. Até a hora de tomar um drinque havia sido proibida, embora nas casas particulares as regras fossem difíceis de serem impostas.

Lisette pegou os copos pesados e baixos de bebida. Na parte de dentro da porta do armário da cozinha havia fotos que ela tirara dos irmãos antes de seguirem para a guerra. As fotos ficavam escondidas, pois os moradores da vila estavam cada vez mais cautelosos com qualquer demonstração explícita de patriotismo. Os soldados eram paranoicos e suspeitavam que todos fossem *maquisards*, os maquis, lutadores da resistência, cujas táticas de guerrilha e rede de comunicação secreta transformava-os em inimigos temíveis.

Lisette deu uma olhada em monsieur Palomar. Com a janela aberta do casebre parecendo uma moldura ao seu redor, ele parecia tranquilo e confiante, com os cotovelos apoiado nos joelhos para conversar com Papa.

— Palomar é muito bonito, não acha? — indagou Maman.

Lisette ficou vermelha de vergonha.

— Se você está dizendo... Para um homem mais velho.

— Ele não é tão mais velho, deve ter uns 30 anos — concluiu Maman. — E é viúvo, tão jovem.

— A mulher dele morreu?
— Sim, no ano passado. Madame Picoche disse que ela se afogou nos Calanques. O mar é muito bravo lá. Vamos ser especialmente gentis com monsieur Palomar.

Ao pegar a bandeja, Lisette seguiu a mãe até o jardim.

— *Voilà* — falou o pai com um sorriso no rosto. — Um brinde para celebrar a noite.

Maman serviu a todos, e eles juntaram os copos para um *salut*. Lisette sempre achou que havia algo mágico nesses instantes raros dourados de sol, exatamente quando o dia se transformava em crepúsculo. Antes do acidente de seu pai, esse momento marcava a transição de um dia de trabalho para o lazer da noite. Ele tirava sua calça de trabalho e tomava banho no chuveiro externo, cantando "Dis-moi, Janette" ou outra canção antiga. Quando Lisette e os irmãos eram pequenos, Maman dava limonada para eles, e a família se reunia e aproveitava o momento especial enquanto se reconectava com Papa.

Ela sentia orgulho em ver o pai agora, mantendo sua dignidade, apesar de tudo o que havia perdido — os filhos, o trabalho, o movimento das pernas —, ao conversar com o prefeito da cidade. Os dois falaram das coisas que pairavam na cabeça de todo mundo naqueles dias — a invasão dos italianos, a guerra com a Alemanha no norte do país, a escassez de comida, os ataques aéreos.

Lisette tomou seu *vin maison* aos poucos, saboreando o gosto das ervas. Ela não comeu nenhuma das azeitonas, sem querer acelerar o fim do suprimento de comida. Monsieur Palomar parecia bastante cordial, mas havia algo diferente nele, e ela não conseguia entender o quê. E então ele a pegou olhando-o fixamente, ofereceu um sorriso gentil e um brinde com a ponta do copo, e Lisette repreendeu-se. Aquele era o homem que a salvara dos soldados estrangeiros, afinal de contas.

— E como você conseguiu lidar tão bem com tudo isso? — perguntou Papa.

— Albert — reprimiu a mãe. — Ele é um convidado. Não seja grosseiro.

— Não tive a menor intenção de ser grosseiro — esclareceu ele.

— E não foi — respondeu monsieur Palomar. — Tenho o compromisso de proteger nossa vila. Às vezes, isso significa estar diante de escolhas terríveis. Ceder e evitar derramamento de sangue, ou resistir e convocar um massacre. Eu não tenho nenhuma predileção por ceder, mas que outra opção nós temos? Nosso orgulho nacional pode estar ferido, mas ele não sangra como os nossos cidadãos.

— Nós temos sorte em ter um prefeito que entende isso — concluiu Maman.

A luz do dia começou a desaparecer, e os sinos do toque de recolher soaram.

— Eu preciso ir. Minha irmã Rotrude vai me matar se eu chegar atrasado para o jantar. — Monsieur Palomar levantou-se, e seu rosto pareceu atormentado de tristeza. — O marido dela faleceu na batalha um mês após eu perder minha mulher, então ela e sua filhinha voltaram para Sauveterre. Seria um lugar calmo e tranquilo, se não fossem os italianos se abrigando lá.

— Há soldados morando debaixo do seu teto?

Monsieur Palomar assentiu.

— Eu não tive escolha. Rotrude reclama da falta de educação deles, e eles bebem nosso vinho como se fosse água. Todo o grenache da minha falecida mulher já se foi. Eu sentia certo conforto em beber o vinho que ela havia feito.

— Nós sentimos muito pela sua perda — disse Papa.

— E eu a de vocês. Infelizmente minha mulher nunca me deu filhos, portanto só posso imaginar a dor de perder os seus. — Monsieur Palomar jogou os ombros para trás e olhou para Lisette. Seus olhos a esquadrinharam dos pés à cabeça. — Veja só, fiz com que todos ficássemos completamente lastimosos. Esperemos tempos melhores, certo?

— Mais manteiga do monsieur Palomar? — perguntou Lisette, sentando-se à mesa de jantar.

Durante o último ano, o prefeito vinha abastecendo-os com alguns tesouros raros, como manteiga, queijo, bacon, café e vinho, reforçando as porções miseráveis permitidas pelo sistema de racionamento. Ele e Papa tinham virado amigos, e Palomar sempre dizia que ajudaria a família caso eles precisassem de qualquer coisa.

— Ele tem sido muito generoso — disse Maman, servindo a cada um uma tigela de sopa e um pedaço de pão com uma camada de manteiga fresquinha.

Papa recitou um rápido *bénédicité*, e eles ergueram os copos. Só havia água para beber, pois o vinho racionado era pouco e terrível. A escassez de comida ficava pior a cada semana. As pessoas estavam comendo os cavalos que não conseguiam mais alimentar. Sopas e ensopados feitos de vegetais não davam sustância. Se um pescador conseguisse uma boa pesca, o pescado era exigido e usado para alimentar os soldados, em vez de distribuído à população.

Lisette forçou-se a comer devagar, embora a fome doesse em sua barriga. Era assustador ver as bochechas magras e o cabelo cada vez mais fino de Maman e Papa. O dr. Toselli, tão jovial e robusto quando ela começara a trabalhar para ele, estava com aspecto doente, e sua visão pior do que nunca. A menina tinha parado de aceitar o salário por seus serviços, embora ainda o visitasse todos os dias para manter a casa arrumada, conversar, e ler com ele, insistindo que as aulas de inglês eram pagamento suficiente.

Além das aulas, ele continuava a ensiná-la a arte da câmara escura, e a obsessão dela por fotografia crescia. Lisette ajudava Toselli com a produção de penicilina também, embora ele a advertisse sobre o que aconteceria caso ela fosse descoberta. Mas a jovem não se importava. Se seus esforços apoiassem a guerra contra a Alemanha e a Itália, valeria o risco. Ela tinha até convencido Maman a cultivar melões no jardim, apesar de não ter dito o porquê — eram a melhor coisa para cultivar o mofo que alimentaria o antibiótico.

— Delicioso — disse Papa.

Ele bateu as migalhas de pão do guardanapo no prato de sopa e tomou a última colherada, para não desperdiçar nada.

— Nós temos sobremesa hoje. Outro presente do *monsieur le maire*. — Maman levantou a tampa da manteigueira e revelou não manteiga, mas...

— Chocolate! — exclamou Lisette. — Maman, isso é chocolate?
Ela assentiu.

Papa cortou o pedaço escuro e brilhante em três porções.

— *Bon appétit*, meus amores — disse ele.

Lisette mordeu seu pedaço, fechando os olhos para saborear o prazer delicioso. Chocolate! Nem se ouvia falar dessa maravilha nos últimos tempos. Ela se sentiu quase tonta com o sabor.

— Ele quer cortejar você — disse Papa. — Pediu minha permissão.

Lisette arregalou os olhos.

— O quê? Quem?

— Monsieur Palomar gostaria de cortejá-la — repetiu Papa. — Sua mãe e eu demos nossa aprovação.

O gosto do chocolate transformou-se em amargor na boca de Lisette.

— Isso é absurdo — retrucou ela. — Palomar é velho demais para mim. Eu nem sequer o conheço, e nem quero.

— Ele tem sido incrivelmente bondoso com a nossa família — falou Maman.

— E eu aprecio muito isso, mas já tenho um namorado, Jean-Luc d'Estérel.

— Isso é uma paixonite adolescente — disse Maman. — Você já é uma moça agora. E, além disso, ele é judeu.

— Assim como a mulher do Mussolini.

— Como você soube disso?

— Eu ouço coisas. Sei de coisas.

— Então deveria saber que os alemães estão vindo para destituir os italianos e prender os judeus. Se Jean-Luc sabe o que é bom para ele, vai dar um jeito de sumir.

— A mãe dele está doente — contou Lisette. — Ele não pode abandoná-la. E o marechal Graziani ordenou que Jean-Luc trabalhe para ele, pois é a única pessoa em Bellerive que sabe operar as trocas da ferrovia e as comportas do rio. — Ela sabia que Jean-Luc odiava ter que prestar serviços para a força militar ocupante. — Não quero nada com Didier Palomar — concluiu, sentindo-se enojada ao olhar os pedaços de chocolate restantes no prato.

Maman segurou as duas mãos da filha.

— Não temos mais dinheiro para o aluguel. Teremos que deixar nossa casa no fim do mês.

— O quê? Quando vocês souberam disso?

Lisette alternou o olhar entre seus pais. Papa estava sentado em um silêncio estoico, com a expressão petrificada.

— Recebemos o aviso há algumas semanas.

— Então preciso encontrar uma maneira de conseguir algum dinheiro — concluiu Lisette, com o coração batendo em desespero. — Sei falar inglês, ler e escrever também, além de cozinhar, limpar e costurar. Certamente conseguiria um emprego em Aix ou em Marselha.

— Nem pense nisso. Coisas terríveis acontecem com meninas jovens que vão para a cidade grande.

— Mais terrível do que ser cortejada por um homem que nem conheço?

Lisette retirou-se da mesa às pressas e saiu porta afora, ignorando os sinos do toque de recolher. Ela correu até sentir dor na lateral da cintura. Tinha que contar a Jean-Luc o que estavam planejando para ela. Juntos, eles pensariam no que fazer.

Sem ar e pressionando a lateral do corpo, Lisette chegou ao pequeno apartamento em cima da loja de um sapateiro, abriu a porta e entrou. Ele estava sozinho, debruçado sobre algo na mesa. Quase caiu da cadeira de susto.

— Lisette — falou Jean-Luc, colocando-se de pé. — Eu não estava esperando você.

— Eu tive que vir — explicou a menina. — Meus pais querem que eu me case com Didier Palomar.

— O prefeito?

— Ele vem abastecendo nosso estoque de comida. Achei que fosse um gesto de bondade, mas o que ele queria era ganhar a aprovação do meu pai. Agora nós seremos despejados porque não temos mais dinheiro. Se eu me recusar a casar com Palomar, nós teremos que pedir esmola na rua.

— Calma — pediu Jean-Luc, segurando os braços dela e a olhando fixamente. — Lisette, não se desespere.

— Não consigo evitar. Temos só até o fim do mês. — Ela respirou fundo, lembrando-se de que um surto não resolveria a situação. —

Desculpe — acrescentou, olhando ao redor do pequeno apartamento.
— Como está sua mãe?
— Descansando. — Jean-Luc apontou com a cabeça para o quarto ao lado. E então abaixou o tom de voz: — O médico disse que não há mais nada que se possa fazer, exceto mantê-la confortável.

De repente, isso fez com que os problemas de Lisette fossem empurrados para o fundo da cabeça.
— Jean-Luc, sinto muito. Como posso ajudar?
— Sendo você. Ficando aqui.

Ele acariciou o rosto dela. O toque dele era sempre muito delicado.

Jean-Luc fora o primeiro garoto — o único garoto — que ela havia beijado. Um dia talvez se apaixonasse por ele, do jeito que as pessoas se apaixonavam nos filmes, com o *éclat* cego da paixão.

Lisette ouviu um estalo suave, parecendo fogo. Em seguida, olhou para a mesa em que ele estava sentado e a primeira coisa que percebeu foi uma mala grande com um monte de fios, botões e interruptores. Era um rádio caseiro.

Ela olhou para Jean-Luc, sentindo seu rosto empalidecer.
— Meu Deus. Você está trabalhando para os partisans.*

Lisette ouviu o canto de um curiango e depois o ruído que ela estava esforçando-se para identificar, um assobio baixinho. Ela se levantou da cama, vestiu rapidamente uma blusa e uma bata e desceu na ponta dos pés, descalça, até a porta. Então parou, prestando atenção no som de seus pais — o barulho doce do quase-ronco de Papa, a respiração profunda de Maman.

E saiu de casa. A rua estava escura, o silêncio interrompido pelo curiango e pela água do rio passando debaixo da ponte antiga de pedra. O cheiro de magnólias, ciprestes e plátanos espalhava-se com a brisa. As regras de blecaute proibiam até a mínima iluminação dos postes de

---

* Partisan era o nome dado para um integrante do Francs-Tireurs et Partisans (FTP), uma organização paramilitar que lutava contra os nazistas. Partisans era um dos vários grupos de resistência que compunham os maquis. (N.E.)

rua ou das janelas, e Lisette ficou parada um instante, deixando que os olhos se ajustassem à escuridão. Ela conseguiu distinguir a sombra volumosa da igreja no topo da vila e o perfil íngreme da ponte ali perto. Em seguida, pegou a cesta de comida e as botas e atravessou a ponte.

— Aqui. — Um sussurro. Jean-Luc d'Estérel esperava com sua bicicleta ao lado da torre da ponte. — Alguém viu você?

— Acho que não.

Ele foi até Lisette e lhe deu um beijo firme na boca. O coração dela acelerou ao sentir o gosto e o cheiro dele.

— Tem certeza de que quer fazer isso? — perguntou Jean-Luc.

— Tenho. Só queria que você tivesse me deixado ajudar antes.

Ela calçou as botas.

— Esse trabalho é perigoso, Lisette, não pode cometer nenhum erro. Um partisan foi preso essa semana em Marselha, e Louis disse que ele foi torturado de maneiras que não quero nem descrever para você. Pelos *franceses*.

O amigo de Jean-Luc, Louis Picoche, parecia saber de tudo. Ele confiava em um pequeno e unido grupo que sabia guardar segredos.

— Aqueles que se aliam ao regime de Vichy e ao governo de Pétain não são franceses — sussurrou Lisette, sentindo a raiva do desprezo.

— Nós não seremos pegos. Estamos no meio do nada, longe da cidade grande.

Os dois andaram até a fronteira da cidade, falando em sussurros enquanto Jean-Luc empurrava a bicicleta, tomando cuidado para não deixar que fizesse barulho nas pedras. Quando chegaram ao trilho do trem que seguia até a costa, eles subiram na bicicleta, Lisette sentada no banco e Jean-Luc pedalando. Segurando-se na cintura dele, ela se sentiu completamente eufórica com o ar batendo no rosto e o corpo musculoso dele sob suas mãos. A escuridão só exacerbava o sentimento. Finalmente, depois de sentir tanta raiva dos soldados da ocupação, Lisette tinha uma oportunidade de fazer algo.

Eles se encontraram com Louis em um campo largo e vazio, no meio de centenas de metros de calanques imensas de granito que se projetavam sobre o mar. Quando era pequena, em dias quentes de verão, Lisette e seus irmãos iam até o local depois de terminarem suas atividades e aproveitavam as praias de areia fina escondidas entre falésias altíssimas. Papa a tinha ensinado a nadar na água azul-celeste.

Depois do acidente, foi Lisette que se tornou a professora. O pai tinha se afundado em uma melancolia terrível, alternando entre fúria e desespero diante do que ele chamava de "corpo inútil". Ela tinha pedido ajuda dos amigos de Papa. Eles o puseram dentro de um carrinho, trouxeram-no até a praia e o carregaram para dentro d'água. Lisette segurou a mão do pai enquanto ele boiava, encorajando-o a nadar. Vê-lo redescobrir o prazer de sua leveza na água a encheu de alegria, e as idas à praia tornaram-se um programa recorrente. Maman levava baguetes e algo colhido no jardim para um piquenique, e às vezes, durante algumas horas, eles esqueciam o que tinha acontecido com os meninos, esqueciam o acidente de Papa, e esqueciam que as tropas estrangeiras haviam ocupado a cidade. Lisette havia tirado algumas fotos dos pais na praia para guardar de recordação.

Aquela noite, não havia como esquecer. Louis não dissera a eles o que esperar. Jean-Luc tinha explicado que quanto menos os partisans soubessem, melhor. Não haveria nada para confessar sob tortura, se alguém fosse capturado.

— Eu daria tudo para fumar um cigarro agora — falou Louis, andando de um lado para o outro. — Mas não podemos correr risco nem acendendo um fósforo.

Ele jogou a cabeça para trás e olhou para o céu negro vazio.

— E onde você arrumaria um cigarro decente? — perguntou Jean-Luc. — Não me diga que está comprando no mercado paralelo.

— Eu não tenho nenhum — admitiu Louis. — Só gostaria de ter. Você sabe que eu nunca negocio com os colaboradores. Aqueles que lucram com a guerra são tão terríveis quanto os nazistas. — Ele parou de falar e inclinou a cabeça para o lado. — Ouçam.

Lisette ouvia o barulho das ondas, mas de repente percebeu outra coisa.

— É um motor.

— Um avião — afirmou Jean-Luc. — Eles estão lançando coisas de paraquedas?

— Sim. Suprimentos. Ajudem-me a mover essas pedras.

Louis ajoelhou no chão e começou a mover algumas pedras enormes de uma pilha. Jean-Luc e Lisette se juntaram. Debaixo das pedras havia uma tela quadrada. Louis arrastou-a para o lado e pegou uma caixa ou uma bolsa de alguma coisa.

— O que é isso? — perguntou ela.

— É um transponder — respondeu Louis. — Isso diz a eles onde a zona de queda está. — Ele abriu a tampa com dobradiças da caixa, ligou alguns dispositivos e o equipamento emitiu um som crepitante.

— Acho que está funcionando. Agora a gente espera.

Eles se deitaram na grama e olharam para o céu. A noite estava clara, e o céu, repleto de estrelas. O tempo passava devagar. Jean-Luc segurou a mão de Lisette e apertou firme. Ela sorriu na escuridão, mas uma pontada de tristeza percorreu seu corpo. Quando eles começaram a sair, tudo parecia tão simples. Agora, em vez de encontros em festivais da cidade e na praia, eles estavam cometendo atos ilícitos juntos.

— Lá — sussurrou Louis. — Estou vendo algo.

Os três viram uma sombra no céu. Foi ficando maior, flutuando, e eles correram para pegá-la enquanto atingia o solo. Era um pacote grande amarrado com fitas. Louis abriu, enquanto Lisette e Jean-Luc fechavam o paraquedas. O coração da menina batia acelerado enquanto eles levavam todos os pacotes para o carrinho.

— Nós precisamos correr — falou Louis, escondendo o transmissor.

Eles puxaram as pedras de volta para onde estavam e empurraram o carrinho até um abrigo de pedras. Ali, abriram o pacote com munição, armas e granadas de mão. Outros partisans, a quem Lisette não conhecia, utilizavam as armas que "caíam do céu" contra os inimigos.

— Bom trabalho. Logo os italianos vão partir na direção das montanhas — murmurou Louis.

— E o que vai acontecer? — perguntou Jean-Luc. — Os alemães vão vir.

— É por isso que estamos montando um estoque de armas — respondeu Louis. — Vamos. Precisamos voltar antes do amanhecer.

Ele desapareceu, saindo em alguma direção, enquanto Jean-Luc e Lisette pedalaram de volta para a cidade. Naquele momento, a escuridão parecia um fardo, o silêncio preenchido com o som das rodas nas pedrinhas. Lisette segurou com firmeza em Jean-Luc, e os dois desceram da bicicleta ao se aproximarem da vila.

Um cachorro latiu em algum lugar e eles se esconderam, mas eventualmente conseguiram chegar até a rua que dava na ponte.

— Vou esperar aqui até saber que você está em casa em segurança — disse Jean-Luc.

O som de passos fez com que eles ficassem parados onde estavam. Dois soldados apareceram do nada.

— O que vocês dois estão fazendo na rua a essa hora? — indagou um deles. — O toque de recolher ainda não acabou.

A boca de Lisette ficou seca, e ela se sentiu tomada de culpa.

— Nós... senhor...

— Ela é minha namorada — respondeu Jean-Luc. — Nós só queríamos ficar juntos.

— Ela é uma gracinha — falou o soldado. — Talvez você possa dividi-la.

Jean-Luc entrou na frente dela.

— Nunca. Nós não queremos problemas.

— Vocês já causaram problemas, meu amigo. — Um dos soldados segurou Jean-Luc pelo braço. — Qual é o seu nome? Vou levá-lo para ser interrogado.

— Ele não fez nada de errado — acrescentou Lisette.

— Então, não tem nada com o que se preocupar, certo? Vá para casa, garota. Não desrespeite o toque de recolher novamente.

Os dois soldados levaram Jean-Luc e carregaram-no para a ponte, na direção da prefeitura. Jean-Luc lançou um olhar para Lisette, que, sem dizer uma palavra, significava que era para ela cooperar. A menina estava apavorada por ele, mas o que podia fazer?

Lisette continuou ali de pé, paralisada. Seu peito estava a ponto de explodir de pânico. O que aconteceria com Jean-Luc? E a pobre mãe dele, acamada naquele apartamento precário? Ela imaginou Jean-Luc sendo torturado. A administração central garantia que todos os cidadãos soubessem o que estava por vir para os partisans: espancamento, fome, privação de sono, ameaças à família, deportação.

Ela subiu na bicicleta e pedalou o mais rápido que conseguiu para Sauveterre, o *mas* de Didier Palomar.

Dez

*L*isette passou com cuidado ao redor da poça de cal no pátio da escola de ensino básico. Seu marido, Didier, tinha mandado pintar o teto de branco com uma cruz vermelha no meio, um sinal para que os bombardeios aéreos evitassem aquele alvo. Em tese, o símbolo internacional era para ser usado somente em hospitais, mas ninguém fez nenhuma objeção. Lisette desejou que todos os prédios e casas da vila pudessem ser marcados com a cruz vermelha.

Com uma cesta de maçãs do pomar de Sauveterre, ela entrou no prédio. Ajudar as crianças lhe dera um senso de missão. As vozes infantis recitando as cartilhas se espalhavam pelo ambiente. A irmã Marie-Noelle recebeu Lisette com um sorriso, acompanhando-a até o refeitório. A escola se tornara mista, devido à escassez de professores. Havia um retrato do marechal Pétain pendurado na parede, e todos os dias as crianças tinham que cantar uma canção que começava com "*Maréchal, nous voilà...*". Todo mundo tinha que fingir lealdade ao regime de Vichy.

— Muito obrigada, madame Palomar — disse ela. — As crianças são muito gratas à sua generosidade.

— Gostaria de poder fazer mais — admitiu Lisette.

— Até mesmo os menores gestos ajudam. Alguém viu a senhora?

Lisette balançou a cabeça em negação. Cada migalha de comida deveria ser entregue às autoridades, mas a maioria dos moradores da vila se recusava a cumprir essa ordem. Graças ao status de esposa do prefeito, ela podia contar com a vista grossa dos soldados. Lisette pôs a cesta em cima de uma mesa do refeitório, onde um grupo de pequeninos estava em fila, aguardando o almoço. O olhar no rosto das crianças quase a deixava feliz por ter concordado em se casar com Didier.

Quase.

Lisette não podia se permitir pensar muito naquele último ano, desde que havia se casado com Didier. Sem a ajuda dele, Jean-Luc teria sido torturado e morto, e os pais dela teriam sido despejados. Tudo o que Didier havia pedido em troca era a mão da jovem em casamento. Até o padre da paróquia havia apoiado o plano, dizendo-lhe que era uma bênção conseguir proteger aqueles que ela amava, embora significasse sacrificar os próprios sonhos.

Naqueles tempos, o mundo não era feito para coisas como amor e romance. As pessoas precisavam ser práticas. Jean-Luc tinha sido solto para cuidar da mãe e trabalhar na ferrovia. Lisette e os pais agora viviam em segurança no enorme e ancestral *mas*, onde sempre haveria comida suficiente para todos. Quanto a Lisette, ela aprendera a guardar seus segredos e a se esquivar do controle dos soldados.

O casamento foi uma cerimônia civil breve. Uma comemoração extravagante não teria sido adequada, levando em conta o teor dos tempos. A consumação do casamento na cama foi simplesmente tolerável, um exercício estranho e mecânico do corpo. A paixão sufocante que ela havia lido em romances proibidos jamais aconteceu. Talvez não fosse o destino dela. Ainda assim, às vezes, nas profundezas do silêncio da noite, Lisette virava de costas para Palomar, olhava para as estrelas pela janela em arco e sonhava.

— Pegue esses também — disse Lisette para a freira, entregando-lhe uma cartela de cupons de comida racionada. — Foi um bom ano de colheita, mesmo sem os trabalhadores de campo daqui.

Ela pôs a mão no bolso do avental, alheia à sua pele ressecada e cheia de calos e às unhas quebradas. Didier era orgulhoso demais para trabalhar na plantação; ele julgava ser algo inferior ao seu cargo de prefeito, mas Lisette era prática demais para deixar que a colheita estragasse, abandonada. Ela e a mãe, assim como a irmã de Didier, Rotrude, e até sua sobrinha pequena, Petra, tinham enveredado pela plantação.

— Deus lhe abençoe, madame — disse a irmã Marie-Noelle.

— Voltarei amanhã — prometeu a jovem.

Enquanto carregava sua cesta vazia do lado de fora, um menino pequeno correu até Lisette e envolveu os bracinhos finos ao redor da cintura dela.

— Obrigado pelas maçãs — agradeceu ele, o rosto virado para cima e os olhos brilhando. — São as minhas preferidas.

Lisette sorriu para ele, tirando com delicadeza o cabelo dos olhos do pequeno. O toque daquela criança aqueceu seu coração, fazendo-a lembrar que havia um único assunto com que ela e Didier concordavam — eles queriam ter um bebê. Às vezes, ela achava uma estupidez querer trazer uma nova vida para um mundo repleto de perigos e incertezas, mas desistir do sonho de formar uma família seria desistir da esperança.

Seu coração estava mais leve enquanto ela pedalava de volta para casa. Na fronteira da cidade, havia uma subida e uma estrada de terra que levava ao *mas* — o lar que agora dividia com seus pais, Didier, Rotrude, a pequena Petra e uma equipe de empregados reduzida. Meia dúzia de soldados estavam alojados em uma ala distante da casa, mas, na maior parte do tempo, eles ficavam isolados enquanto cumpriam suas funções.

Sauveterre era uma fazenda bonita e antiga, principalmente no outono. Os muros cor de ocre refletiam uma luz dourada no fim da tarde, e sombras se espalhavam pelos campos. Não era surpresa alguma que pintores como Cézanne e Van Gogh, Chagall e Deyrolle tivessem passado tanto tempo nessa região, capturando as cores brilhantes que se alternavam na paisagem acidentada.

Em diversos locais do caminho, Lisette parava e descia da bicicleta, deixando-a encostada nos arbustos, e pegava sua câmera da cestinha de palha da frente. Tirar fotos com a câmera maravilhosa de Toselli lhe trazia satisfação de maneiras que ela não conseguia descrever. Era um grande refúgio, o instante em que ela esquecia de tudo e só via as imagens pelo visor ou dava vida a elas na câmara escura. Lisette se perdia nas fotos dos campos de lavanda, nas ruínas de pedras, nos tomilhos selvagens, nas fotos em movimento de uma revoada de borboletas ou de crianças brincando. No começo, Didier não gostou do passatempo da esposa, mas, quando ela fez um retrato dele e coloriu à mão para incluir no arquivo da cidade, ele cedeu. Lisette se sentia muito grata por aquilo tudo, pois sua câmara escura guardava muito mais do que fotografias de moradores e paisagens locais. Ela produzia fotos para as carteiras de identidade falsificadas dos partisans.

Lisette nunca se preocupou que o marido pudesse descobrir, até porque ele não era um homem difícil. Didier era feito de ganância e vaidade, e uma certa superfície charmosa que parecia bondade, e passava os dias desfilando pela cidade, em busca de questões administrativas para resolver. Desde a ocupação, a administração municipal havia passado para as mãos do marechal, mas Palomar gostava da ilusão de controle, ostentando o dinheiro e a influência política de sua família, e levando o crédito por manter a paz na cidade.

Ela tirou duas fotos — uma do carvalho esculpido pelo vento, que parecia apontar o caminho para Sauveterre, e outra dos amontoados de feno recém-recolhidos, alinhados em rolos perfeitos, prontos para serem estocados nos celeiros ou *bories*.

Com cuidado, Lisette guardou a câmera e seguiu para casa, acenando para Rotrude enquanto levava a bicicleta para dentro do galpão. A cunhada observou a cesta de colheita vazia amarrada atrás da bicicleta, mas não disse nada. Assim como Lisette, ela era a favor de preservar o máximo possível dos alimentos sem chamar atenção.

Uma onda de fumaça e o som de metal estalando indicavam que Papa estava trabalhando na fornalha. Ele fazia qualquer coisa que conseguisse de sua cadeira de rodas, ajudando em tudo na fazenda, desde amolar facas e tesouras e separar as uvas dos cachos a consertar ferramentas. Ficava satisfeito em se sentir útil.

Lisette lavou o rosto e as mãos na torneira do lado de fora, saboreando a água fria, doce e limpa do poço. Na cozinha, sua mãe conversava com Muriel, a empregada, e moía trigo no moedor para o pão do dia seguinte. Maman amava aquela cozinha enorme e ensolarada, com as panelas de cobre brilhantes e o chão e as superfícies de azulejos provençais. Vê-la em segurança e alegre deixou Lisette feliz. Mesmo um ano depois de terem deixado o casebre humilde na cidade, parecia um pequeno milagre acordar de manhã e servir leite aos pais, ainda morno, recém-ordenhado da vaca, ou preparar para eles um omelete de ovos frescos.

— Como posso ajudar? — perguntou ela, vestindo um avental.
— Muriel pescou dois peixes hoje — respondeu Petra, entrando na cozinha. — Eu não gosto de peixe.
— Tem coelho também — acrescentou Rotrude. — Muriel é uma boa caçadora.
Embora fosse estritamente proibida a posse de arma de fogo, as autoridades permitiam tacitamente a caça de alguns animais.
Petra subiu na mesa e mostrou um punhado de flores silvestres.
— Lisette, você me ajuda a fazer uma coroa?
Lisette sorriu.
— Claro. Veja só: você faz um laço com o caule e depois passa o outro caule por dentro do laço, assim.
O cheiro picante de lavanda se alastrou pelo ar.
— Não deveríamos desperdiçar lavanda silvestre — repreendeu Rotrude. — É importante para fazer remédio para os soldados.
Petra olhou para as flores em cima da mesa.
— O remédio não ajudou meu pai, não é?
Assim como o irmão de Lisette, o pai de Petra tinha sido morto na primeira leva de batalhas.
Rotrude arfou.
— Não, mas ele ia querer que nós estivéssemos abastecidas, não acha?
— Essas flores já foram colhidas, então não devemos desperdiçá--las — falou Lisette, ganhando um sorriso da sobrinha.
Naquela noite, no jantar, Didier fez um anúncio importante:
— Chegou uma mensagem pelo rádio na prefeitura. Os Aliados invadiram a África do Norte francesa.
— Os alemães vão reagir — falou Papa.
— Sim. — A expressão de Didier era sombria. — Para nós, isso significa que os italianos estão fora. Os alemães vão assumir a ocupação. Disso não há dúvida.
Por pior que fosse estar sob o controle dos italianos, todo mundo sabia que com os alemães seria mil vezes pior.
— Os alemães mataram meu pai — disse Petra baixinho, encostando em sua coroa de flores murchas.

— Quando, Didier? — perguntou Rotrude, com os olhos arregalados.

— Logo. Nós precisamos encontrar uma forma de nos darmos bem nessa troca — afirmou Didier.

Lisette puxou o dr. Toselli pelo braço, para que ele pudesse segurar nela e os dois fossem embora da reunião da prefeitura. Era um dia horrível de fevereiro, o vento mistral uivava raivoso pela paisagem. A vila inteira e os solares nas redondezas haviam sido orientados a se proteger do vento violento do Norte, mas, em determinados dias, mesmo os muros de pedra virados para o Sul não eram proteção suficiente.

Durante a reunião da prefeitura, as autoridades alemãs haviam sido formalmente instituídas como chefes de Bellerive. A vila ocupada estava em polvorosa com os boatos. Eles iriam prender os judeus e punir qualquer um que tentasse resistir. Iriam se apossar das propriedades e plantações sem aviso prévio e sem autoridade legítima. Em algumas cidades, os nazistas transformaram sinagogas em bordéis para atender às tropas. Bellerive não tinha nenhuma sinagoga, mas todos sabiam que os soldados estavam à caça de mulheres.

Qualquer pessoa que ofendesse os ocupantes alemães pagava um preço cruel. A simples posse de uma arma — mesmo que antiga e enferrujada no celeiro — resultava em pena de morte. Os alemães tinham dizimado vilas inteiras como represália por ações de guerrilheiros.

— É melhor você voltar para Sauveterre com sua família — falou o dr. Toselli. — Posso voltar para casa sozinho.

— Eu falei a Palomar que acompanharia o senhor até sua casa — afirmou Lisette ao amigo.

— Eu tenho d'Artagnan para me guiar.

Ele segurou a coleira do lindo cão-guia com uma das mãos. Um amigo que contratara os serviços veterinários de Toselli anos antes tinha sido generoso e doado o cão treinado.

— D'Artagnan não se incomoda comigo — garantiu Lisette. — Além disso, eu quero parar para visitar Jean-Luc e dar meus pêsames. Ele era muito devoto à mãe.

Toselli assentiu.

— Então vamos juntos, se não tiver problema.

— Claro. Tem certeza de que está bem agasalhado?

— Sou mais forte do que pareço, madame — disse ele com grande formalidade, arrancando um sorriso raro de Lisette enquanto seguiam a caminho da casa de Jean-Luc.

Jean-Luc cumprimentou-os com dois beijinhos.

— Estou sendo recrutado — afirmou ele.

— O que isso significa?

— Fui chamado pelo STO, o *Service du Travail Obligatoire*. Trabalho forçado para a Alemanha. — O jovem cuspiu no chão. — Eles nunca vão me levar.

— Você pode se safar de algum jeito?

— Não se ficar aqui.

— E agora que sua mãe se foi... — sugeriu Toselli.

Jean-Luc assentiu.

Lisette sentiu um nó na garganta.

— Nós sentiremos sua falta. Mas entendemos.

— Você acha que Palomar vai manter a paz por aqui, do jeito que fez com os italianos? — perguntou Jean-Luc.

— Ele disse que ia dar um jeito de se dar bem com os alemães — respondeu a jovem.

Às vezes, a complacência de seu marido com os invasores a incomodava, mas Lisette nunca dizia nada a respeito. Ela não queria deixá-lo alerta, pois Didier não podia descobrir a verdade sobre seu trabalho com fotografia para os partisans e sua parceria com Toselli no laboratório, fabricando penicilina.

Talvez Didier também estivesse engajado em algum trabalho secreto. Talvez, enquanto parecia cooperar com os invasores, seu marido, na verdade, estivesse ajudando a resistência. Uma vez, ele havia dito que acreditava na importância de manter os amigos por perto e os inimigos ainda mais. Quem sabe não fosse esse o motivo de ter concordado quando o novo marechal alemão alocou um oficial e três tenentes em Sauveterre.

Lisette voltou para casa naquela tarde e se deparou com uma agitação no pátio. Para seu horror, o jardim tinha sido tomado por soldados alemães, rindo e bebendo o vinho de Sauveterre como se fosse água. Alguns soldados de uniforme marrom faziam malabarismo com granadas.

Ela correu até eles.

— Parem com isso agora mesmo. Vocês são visitas na nossa casa. Eu os proíbo de se comportarem desse jeito.

— Calma lá — falou o coronel von Drumpf, girando seu vinho em um cálice. — Nós estamos fazendo uma pequena comemoração em homenagem à promoção do seu querido marido.

O grupo de alemães abriu caminho e lá estava Didier, vestido dos pés à cabeça de uniforme, boina preta, uma camisa preta e vermelha e calça combinando — a farda característica da Milícia Francesa, a odiada polícia de Vichy: homens franceses prendendo homens franceses para tentar salvar a própria pele.

— Não estou entendendo. — Lisette temia *estar* entendendo e se sentia enojada. — Que tipo de promoção?

— Você ouviu o coronel. Nós estamos comemorando — falou Didier, passando o braço ao redor dela, um gesto mais de posse do que de afeto.

— Ele é o capitão da Milícia Francesa — respondeu von Drumpf. — Jurou proteger e cumprir a lei. E que belo casal vocês dois formam — acrescentou ele. — Ambos com essa cor branca adorável. Espero que sejam abençoados com muitos filhos belos.

Era chocante ouvir os nazistas falarem de seu ideal de cabelo louro e olhos azuis. Pareciam obcecados com a noção de raça pura ariana, referindo-se a humanos como gado, selecionados por seus traços físicos.

Lisette sentiu Palomar apertá-la com força, embora a expressão dele não tivesse se alterado. Até então, eles não tinham conseguido conceber um bebê — e não por falta de tentativa da parte do marido. Didier a procurava quase toda noite, mas todo mês era uma decepção. Não havia alma ou prazer no ato, somente uma triste sensação de que havia uma finalidade.

— Vá pegar sua câmera, *chérie* — mandou Didier. Os lábios e dentes do marido estavam manchados de vinho. — Você pode fotografar esse momento para a posteridade.

Lisette recuou, horrorizada, mas de alguma maneira conseguiu manter a expressão neutra.

— Só um instante — disse ela e apressou-se para dentro de casa, correndo até o banheiro a tempo de vomitar.

⚘

— Não estou me sentindo bem — disse Lisette para Didier no domingo. — Não irei à missa.

— De novo? — Ele olhou para ela, incomodado. — As pessoas vão achar que você está andando por aí sem se confessar.

— Talvez elas achem coisa pior — retrucou Lisette, sem conseguir se conter. Ela andava fingindo estar doente para evitar encontrar com as pessoas de Bellerive. Na igreja, sentia vergonha sob os olhares raivosos dos moradores da vila.

— O que quer dizer com isso?

Didier deu uma boa olhada em seu uniforme ridículo no espelho.

Lisette não respondeu. A verdade era que seu marido tinha virado o homem mais odiado e temido da cidade. Agora que Didier estava abertamente do lado dos nazistas, ela não podia fingir que ele era leal aos franceses. Ele era o pior tipo de colaborador, trocava informações sobre os guerrilheiros da resistência por favores políticos e financeiros. Lisette almejava contar aos vizinhos que não tinha nada a ver com a escolha de Palomar de se juntar à Milícia Francesa, mas todo mundo entendia que, por ser a mulher dele, a jovem também compartilhava da mesma visão.

No dia seguinte, ela foi à escola fazer sua entrega de sempre e levou uma cesta de uvas que havia colhido de um dos vinhedos que não eram mais cultivados devido à falta de mão de obra. A irmã Marie-Noelle foi recebê-la na entrada do prédio.

— Obrigada, madame, por sua generosidade. — O rosto da freira parecia tenso, e ela não olhou Lisette diretamente. — Sinto muito, mas não posso convidá-la para entrar.

— Qual é o problema? — perguntou Lisette. — Está tudo bem?

A irmã Marie-Noelle olhou fixo para o chão.

— O padre Rinaldo foi acusado de envolvimento com a resistência e foi levado embora. Tememos pela vida dele.

Lisette prendeu a respiração.

— O quê? Onde? Ele está bem?

— Ninguém sabe.

— Como posso ajudar? — indagou Lisette, com a cabeça a mil.

— É melhor a senhora ficar longe daqui — respondeu a freira, com a voz soando quase como um sussurro. — Estão agindo por ordem da Milícia. — Ela fez o sinal da cruz. — O padre Rinaldo foi acusado pelo seu marido, o prefeito.

Lisette sentiu como se tivesse levado um soco no estômago.

— Eu não sabia disso — sussurrou ela. — Eu sinto muito.

— É melhor você ir embora — falou a freira.

Lisette deixou as uvas e pedalou o mais rápido que conseguiu para a prefeitura. Era por isso que tinha recebido tantos olhares de ódio mais cedo, quando tinha ido de bicicleta à vila. Ela largou a bicicleta no pátio dos escritórios municipais e foi em busca de Didier. Encontrou o marido em sua sala, cercado de envelopes e arquivos com papéis e documentos nazistas.

— É isso o que você faz o dia inteiro, então? — indagou Lisette, derrubando tudo da mesa dele com o braço, cheia de raiva. — Fica espionando seus amigos e vizinhos, pessoas que conhecemos a vida inteira?

Didier se levantou às pressas.

— Cale a boca.

— É o que tenho feito há tempo demais. Tentei acreditar que você estava fazendo a coisa certa por Bellerive, mas agora sei que não é verdade. Você é tão ruim quanto os nazistas. É pior, porque esse é o seu povo.

— Você não faz ideia do que eu passo tentando proteger tudo isso e a cidade inteira.

Palomar se levantou e ajeitou a postura, tentando se passar por íntegro — mas falhando — enquanto dava a volta na mesa para encarar Lisette.

— Então proteja a cidade — sugeriu ela. — O padre Rinaldo foi levado embora porque você o traiu. Madame Fortin desmaiou de fome na igreja ontem enquanto você entornava um monte de vinho com o coronel von Drumpf.

O braço de Didier voou. Num primeiro momento, Lisette nem sequer percebeu o que a atingira, tampouco que havia levado um tapa. Ela simplesmente se deu conta de que estava no chão, vendo estrelas e pressionando a mão no rosto. Ninguém jamais havia batido nela. Foi como seu primeiro mergulho na água das falésias dos Calanques — peculiar, aterrorizante. Lisette ficou de pé e recuperou o fôlego.

— Monstro! Você não tem direito...

— Vou fazer o que eu quiser.

— Eu vou denunciá-lo — retrucou Lisette, com a raiva queimando mais que seu rosto.

— Para quem? — perguntou ele. — Para as autoridades? Fique à vontade, seria eu mesmo.

A cabeça da jovem estava a mil por hora. Onde seria seguro agora? Didier deve ter adivinhado os pensamentos da esposa.

— Você não tem segurança alguma. Seu pai aleijado não pode ajudar. Você pode contar a ele, mas isso só o levaria à loucura, já que não pode fazer nada por você.

Com a mão no rosto queimando, Lisette recuou, horrorizada.

— Eu achava que você era um homem que tinha algumas qualidades. Agora...

— Agora o quê? — questionou Didier. — A essa altura, você já deve saber que qualquer um pode ser levado. Qualquer um. Até mesmo seu pai.

— O quê? — Um calafrio percorreu o corpo dela. — Meu pai não tem nada a ver com os partisans. Você não seria...

— Ele é amigo de longa data de Raoul Canale, um elemento conhecido do FTP.

Os Francs-Tireurs et Partisans eram muito temidos pelos nazistas, porque conheciam o território e eram especialistas em sabotagem e assassinatos. Até uma mísera suspeita significava que um partisan poderia ser preso e morto.

— Papa e monsieur Canale eram parceiros de *pétanque*, jogavam juntos no parque, só isso — afirmou Lisette, tentando esconder o pânico.

— É melhor rezar para que nenhuma informação nova sobre seu pai venha à tona — avisou Didier com frieza. Ele segurou o queixo da esposa, seus dedos beliscando-a. — Se você não tiver um filho logo, será tão inútil para mim quanto seu pai. Tão inútil quanto minha primeira mulher, e veja só como as coisas terminaram para ela!

Lisette não se permitiu se acovardar.

— Você está me ameaçando?

— Preciso?

No silêncio da câmara escura de Toselli, Lisette ergueu o rolo de um filme do banho de substâncias químicas. Eram as fotos que havia tirado na iniciação de Didier à Milícia Francesa. Ao olhar os homens sorridentes e uniformizados, posicionados no jardim de Sauveterre, ela finalmente entendeu a própria situação. Estava completa e inexoravelmente ligada a Palomar. O marido tinha total poder sobre ela.

Lisette mantinha sua sanidade montando um diário secreto de fotos, capturando imagens e as revelando, incluindo legendas e as mantendo em caixas de madeira para guardar tabaco, cuidadosamente etiquetadas por data. Ela recortava as fotos com tesoura de costura e escrevia os textos com uma caneta-tinteiro, com tinta turquesa. Suas caminhadas solitárias pelos vinhedos e pelas plantações, assim como por praias e rios, tornaram-se uma espécie de consolo.

Jean-Luc tinha desaparecido, e ela não sabia seu paradeiro. Provavelmente estava morto, mas Lisette não queria pensar naquilo. Louis Picoche estava na clandestinidade. Ela tinha ouvido dizer que ele era uma figura-chave dos maquis da região do Var — um bando de guerrilheiros dedicado a conquistar a libertação da França a qualquer custo.

Organizar as fotos havia trazido certa satisfação a Lisette. A jovem gostava da sensação de ordem e controle, embora falsa, e a atividade lhe dava algo para fazer durante as muitas noites em que passava insone. Ela datou com esmero sua última foto revelada — 17 de maio de 1944 — e a guardou dentro da caixa. As fotos eram uma memória dos seus dias, bons e ruins. Se fosse abençoada com um bebê, seriam uma forma de mostrar a ele ou ela como era o mundo durante aqueles tempos assustadores. Lisette se recusava a considerar a ideia de que uma criança poderia se parecer, em qualquer instância, com Didier.

Quando recebeu uma mensagem secreta alguns dias depois, ela incinerou imediatamente o bilhete codificado e entrou em ação. O pedido era uma série de fotos da costa, da perspectiva do campo da igreja.

Algo estava prestes a acontecer. Era tudo o que Lisette sabia.

— Aonde você vai? — questionou Didier quando ela prendeu sua cesta à bicicleta.

— Vou me confessar — disse ela.

— Para quê? Você parou de ir à igreja.

— Porque todo mundo nos odeia por sermos colaboradores. Mas ainda preciso ser perdoada, agora mais do que nunca — falou ela em voz baixa, para que só o marido a ouvisse.

A reação dele foi uma cara de raiva silenciosa. Lisette sabia que Didier não bateria nela na frente dos soldados.

Da torre da igreja, a paisagem parecia ilusoriamente pacífica. Ela fez as fotos solicitadas e tirou o filme da câmera, deixando-o no local designado. Não estava com pressa alguma para ir para casa e, portanto, pegou o caminho mais longo até Sauveterre, que passava por uma floresta bonita que beirava o rio. Havia pouca luz para uma boa foto.

Quando ouviu o barulho de um avião acima, Lisette olhou rapidamente para o céu. Aquele barulho era comum naqueles dias — os alemães patrulhando a região, os Aliados procurando alvos estratégicos para bombardear, como pontes e galpões de munição. Algo chamou a atenção dela, um pedaço de pano no chão, meio coberto de folhas secas e mato. Lisette o levantou e encontrou um pacote de lona com cordas cortadas. Seu coração acelerou ao reconhecer as palavras gravadas em inglês — PRIMEIROS SOCORROS. Havia uma pequena embalagem de papelão com a etiqueta MODELO CARLISLE DO EXÉRCITO DOS EUA, que continha ataduras e uma seringa com a palavra *morfina*.

Lisette largou a bicicleta apoiada em uma árvore e deu uma volta lenta pela área. Alguns outros itens estavam espalhados por ali — mais pedaços de lona, uma fivela, um broche de metal. O mato tinha marcas de pisadas. Ela ficou imóvel, ouvindo. O vento frio assobiava por entre as árvores e espalhava as folhas e o mato seco. Lisette reparou uma mancha escura no tronco de uma árvore. Sangue?

Seus braços se arrepiaram inteiros. Sua respiração ficou curta e nervosa. Ela andou por uma trilha vaga que adentrava a mata e levava a um riacho. Ao segui-lo, Lisette se deparou com desnível perto da água, cercado de galhos quebrados e folhas.

Mais sangue. Seu corpo todo tremia. Lisette moveu um galho para o lado — e paralisou.

Um homem estava deitado dentro do buraco, coberto de terra e vestido com um uniforme de paraquedista e um capacete amassado na cabeça. Ele tremia tanto que Lisette podia ouvir o bater dos dentes, e estava com uma arma engatilhada apoiada no joelho, apontada diretamente para ela.

— Não se mexa — disse o homem. — Não faça barulho. Não me obrigue a atirar em você.

Parte III
Bethany Bay

Na fotografia, existe uma realidade tão sutil que se torna mais real que a realidade.

— ALFRED STIEGLITZ

Onze

—*E*stou confusa com uma coisa — disse Camille ao pai.
— Bem-vinda à realidade — falou ele, vagando pela cozinha. O jantar de sexta seria especial naquela noite. Era o fim do ano escolar e eles fariam o prato preferido de Julie: pizza rústica assada na churrasqueira. A massa estava descansando numa bandeja, pronta para ser aberta e transformada numa crosta caseira, estufada e crocante, sempre supervisionada pelo olhar especialista de seu pai.
Camille tinha levado seu tablet com as imagens e a pesquisa que estava fazendo sobre Bellerive e Sauveterre.
— Você reconhece isso? — Ela mostrou a ele o retrato colorido à mão que Finn havia lhe enviado. — É do arquivo municipal, e aparentemente é uma foto de Didier Palomar.
Seu pai bateu a farinha das mãos e pôs os óculos de leitura. Ele se retraiu visivelmente enquanto observava a foto.
— Nunca vi essa fotografia.
— É por isso que estou confusa. Se a coloração está correta, então ele era um homem louro de olhos azuis.
— Deve ter sido mesmo. A irmã dele, Rotrude, também tinha a pele e os olhos claros, se bem me lembro.
— Sua mãe, Lisette, também era. Quer dizer, pelo menos parece, no autorretrato que fez. — Camille olhou para o rosto do pai e depois novamente para Didier. — Se ele e a esposa eram louros, como você nasceu com cabelo cacheado e olhos castanhos?
Ele franziu a testa.
— Não sei nada sobre meus avós, de nenhum dos lados. Talvez a coloração mais escura venha deles.

— Olha, não entendo muito de genética, mas sei que olhos castanhos são um traço dominante. Duas pessoas com olhos azuis não conseguem ter um bebê de olhos castanhos, conseguem?

— O que quer dizer que...

— O que quer dizer que... E se Didier não era seu pai?

— Ah, era, sim. Por isso que herdei Sauveterre. Eu era seu único herdeiro.

— Seria possível que seu pai biológico fosse outra pessoa?

— Certamente. Tudo aconteceu antes de eu existir, *chérie*. Com soldados estrangeiros comandando a vila e pegando tudo o que queriam, as mulheres ficavam grávidas e tinham filhos deles.

— Você não quer saber?

Um desejo distante suavizou o olhar de Papa.

— Se eu descobrisse com certeza... *mon dieu*, isso mudaria tudo. Mas como poderíamos saber isso ao certo?

— Podemos fazer um teste de DNA. É um procedimento simples hoje em dia. Digo, eu sei que é um tiro no escuro, mas se houvesse algo de Didier... uns fios de cabelo, quem sabe?

— Ele morreu há setenta e três anos, e foi enterrado em uma cova sem identificação depois que foi executado.

— Mas... suponha que exista algo... um item pessoal, talvez uma escova de cabelo ou uma peça de roupa...

Ele balançou a cabeça.

— Parece impossível. Como poderíamos achar algo assim? E como saberíamos que o material genético é de Didier? Nós podemos ir a Sauveterre e procurar — sugeriu Papa, lançando um olhar dissimulado para a filha.

De novo isso. Ele ainda estava determinado a fazer a viagem para a França.

— Vamos ligar para madame Olivier e pedir a ela para procurar no sótão onde ela encontrou o baú — falou Camille.

— É de madrugada lá.

Ela ouviu o barulho da bicicleta de Julie do lado de fora e saiu para cumprimentá-la.

— Oie — disse ela, animada. — Você passou de ano? Está oficialmente no ensino médio? Ai, meu Deus. — Camille abriu mais a porta e Julie entrou. — O que aconteceu? Você caiu de bicicleta?

— Não aconteceu nada.

Julie manteve o olhar para baixo ao entrar na casa.

— Isso não é nada. — Camille segurou a filha pelos ombros. — Sente-se. Diga o que está acontecendo.

Julie se sentou na ponta do sofá. Sua mochila estava em frangalhos. A camiseta que vestia estava rasgada de um lado, e a calça jeans, suja de grama e terra.

Papa se aproximou e se sentou ao lado da neta.

— Nos conte — pediu ele.

Por alguns instantes, Julie ficou imóvel.

— Seu rosto... — Horrorizada, Camille levantou o queixo de Julie. — Como você fez esse machucado na bochecha?

— Eu... foi um acidente — murmurou Julie. — Eu estou bem.

— Não está não — retrucou Camille, com raiva. — Quem fez isso com você?

— Ninguém. Esquece, mãe. Por favor.

— Eu não vou esquecer, e você vai começar a falar.

Camille olhou para o pai. A expressão dele demonstrava arrependimento.

— Meu amor, conte-nos. Nós não podemos ajudá-la se você não falar.

— Não tem nada para contar, ok? — respondeu Julie. — Você quer saber quem fez isso? Todo mundo, essa é a resposta. Todo mundo me odeia. E, se você quer ajudar, me mande para milhares de quilômetros longe daqui.

— Foi a Vanessa? — indagou Camille. — A Jana? Vou ligar para a polícia.

— Ah, que ótima ideia — exclamou a menina. — Vamos me transformar em um caso federal. Mãe, você só está piorando as coisas. Você já piorou tudo quando gritou com a Vanessa na biblioteca.

Papa pegou uma bolsa de gelo do freezer.

— Coloque isso na sua bochecha, *choupette*.

Nauseada de pânico, Camille pegou o celular. Julie segurou a mão dela.

— Tá bem. Quer mesmo saber? As pessoas estão espalhando fofocas, e eu fiquei irritada e entrei numa briga.

— Que tipo de fofocas? — exigiu Camille. — E por quê?

— Você sabe por quê. Todo mundo acha que você fez o sr. Larson de idiota, e as fofocas começaram sobre... — Julie parou de falar.

— Sobre o quê?

— Sobre você, tá bem? Eu não queria dizer nada porque é um monte de merda e você não precisa ouvir.

— Ouvir o quê?

Camille estava atenta agora. Fofocas sobre ela?

— As pessoas estão dizendo que você matou meu pai! — confessou Julie.

Um silêncio profundo caiu sobre eles. Camille sentiu como se tivesse levado um soco no estômago e não conseguisse respirar.

— Que coisa absurdamente idiota de se dizer — comentou Papa. — Quem inventaria uma idiotice dessas?

— Não importa quem foi. E eu sei que é mentira, mas é o que as pessoas estão dizendo, e é por isso que eu entrei em uma briga.

Indignada, Camille pegou o celular de novo.

— Isso já foi longe demais. Eu vou denunciar tudo para a polícia.

— Mãe, eu estou te implorando. — Julie tomou o celular da mão de Camille. — Talvez, se você não agisse como se a forma como meu pai morreu fosse um grande segredo, as pessoas não fariam fofoca e não inventariam mentiras.

— Não é um segredo. Eu só não gosto de falar sobre isso, porque é doloroso.

Julie lançou um olhar fulminante para ela e depois para Henry.

— Vocês são iguaizinhos, sabiam disso?

— Não sei o que quer dizer — falou Camille.

— Vocês dois viveram coisas horríveis e se recusam a falar sobre elas.

— Isso faz muito sentido. Quando você ficou tão sábia? — questionou Henry.

Julie fungou.

— Tenho 14 anos. Eu sei de tudo.

Camille olhou para os dois e viu dor e frustração.

— Eu achei que estivesse protegendo você, e sim, a mim mesma também, superando o passado.

— Não estou culpando você, mãe. Nem você, Papi.

— Nós sabemos — respondeu Henry. — Se abrir é um processo arriscado, mas se manter fechado cria um tipo específico de dor. — Ele tocou no joelho de Julie. — Talvez essa sábiazinha se saia melhor do que nós, não acha? Talvez ela aprenda a ter mais equilíbrio.

Camille pegou o celular de volta.

— Julie, eu respeito completamente o que você está dizendo e não quero piorar as coisas, de jeito nenhum. Mas você precisa entender que não vou ignorar isso. Não posso.

Agora foi Henry que pegou o celular dela e o pôs de lado.

— Vamos conversar mais sobre isso e decidir o que fazer. Mas não hoje. Vamos ter um jantar agradável e falar sobre outra coisa.

Julie apoiou a cabeça no ombro do avô.

— Obrigada, Papi. Sim, vamos fazer isso. Por favor.

Henry encontrou o olhar de Camille sobre a cabeça de Julie. Camille estava possessa de raiva com o que estavam fazendo com sua filha, mas não fazia sentido fazer um alvoroço naquela noite.

Quando Julie foi lavar as mãos, Camille arrumou um prato de aperitivos e alguns drinques. Alguns minutos depois, ela ouviu Henry e a neta conversando, e o murmúrio dos dois foi acalmando seus nervos. Papa sempre tivera um efeito apaziguador em Julie. Agora que Camille sabia que ele também tinha sofrido bullying, entendeu por que seu pai havia sido tão sensível à situação da menina.

Camille estava passando noites em claro, imaginando por que não tinha percebido antes. Todos os sinais estavam presentes, e ainda assim ela não se dera conta. O isolamento, o ganho de peso, as notas ruins na escola. Como ela pôde não ver? Será que era tão alheia à própria filha?

Ela sentiu uma pontada familiar de arrependimento, algo que a havia assombrado durante toda a vida de Julie: a forma como tudo teria sido tão diferente se Jace estivesse vivo. Será que ele seria calmo e compreensivo, como Papa? Feroz e protetor? Amável e afetuoso?

Camille não sabia como ele teria lidado com uma adolescente, apesar de imaginar que o marido teria feito um trabalho espetacular.

Será que Jace teria impedido que Julie virasse vítima de bullying? Havia algo que Camille poderia ter feito? Ela se sentiu terrível ao saber que sua filha preciosa saía de casa todos os dias e entrava em uma jaula de leões na escola. A questão sobre ser pai ou mãe é que existem milhões de maneiras de errar. Às vezes, Camille se sentia como se estivesse dirigindo no escuro e só conseguisse enxergar a luz dos faróis. Ela nunca sabia o que estava por vir até que se deparasse com seja lá o que fosse.

Às seis horas da manhã do dia seguinte, Camille encontrou Drake no estacionamento do porto da cidade, pois queria falar com o ex-namorado antes que ele saísse para sua corrida matinal. A área de lazer do porto incluía uma pista de corrida e de bicicleta, um parquinho, sombras de árvores, vistas para água e uma chance digna de ter uma conversa particular. Em uma cidade do tamanho de Bethany Bay, aquilo podia ser algo desafiador. Ele chegou com dois cafés em uma bandeja da Brew-La-La e um sorriso no rosto.

Camille não tinha mencionado o motivo do encontro.

— Oi — disse ele.

— Oi.

— Não acredito que mais um ano escolar acabou. Cara, os dias simplesmente voam.

Eles se sentaram em um banco com a vista da marina. Drake entregou um café para ela — com leite desnatado e baunilha, do jeito que ela gostava.

Camille imaginou se o ano tinha voado para Julie. Era mais provável que os dias tivessem parecido intermináveis.

— Obrigada — agradeceu ela.

— O melhor café da cidade.

Camille assentiu, saboreando o primeiro gole e desejando sentir a mesma atração que ele dizia sentir por ela. Um dos motivos pelos quais Camille tinha tentado tanto que as coisas dessem certo com Drake era porque ele parecia ser um paizão — era diretor do ensino médio da escola, treinador do time de basquete e tutor de um cão. Ela havia até fantasiado, quando os dois ficaram juntos pela primeira vez, que as meninas seriam melhores amigas.

— Obrigada por me encontrar — disse Camille.

Drake virou-se para ela e olhou dentro dos seus olhos.

— Sinto saudade de você.

— Drake...

— Eu sei, Camille. Só queria tirar isso do meu peito.

A declaração a deixou inacreditavelmente triste. Ela não sentia saudade dele. Talvez sentisse falta da sensação de esperança e possibilidade que sentiu quando eles começaram a namorar.

— Drake, eu daria tudo para não termos essa conversa. A Julie está sofrendo bullying na escola, e vocês falharam em protegê-la. E Vanessa parece ser a líder da gangue.

As palavras saíram de uma só vez, de tão ansiosa que ela estava para terminar logo.

— Opa! — exclamou ele, afastando-se dela no banco. — Espere um instante. Onde você conseguiu essa informação?

— Você deveria ter visto o estado em que a Julie chegou da escola ontem.

Drake ficou quieto por um momento, então pegou o celular e mostrou uma foto.

— Algo parecido com isso?

A foto na tela mostrava Vanessa com o cabelo todo bagunçado, o rosto marcado, a gola da blusa rasgada e torta, como se alguém a tivesse segurado pelo pescoço.

— Drake, isso é...

— De ontem. E acredite, ouvi a mesma história da Vanessa.

— Espere... Ela contou a você que é ela que está sofrendo bullying?

Drake assentiu.

— E eu ainda tive o bônus da mãe dela gritando comigo também.

Camille recostou no banco.

— Era tão mais simples quando a história só tinha um lado.

— Bem-vinda ao meu mundo.

— E agora?

— Agora nós juntamos todo mundo: nós, as meninas e um mediador. A psicóloga da escola pode ajudar. E então tentamos entender a história verdadeira, o problema real, e como resolvê-lo.

Camille permaneceu em silêncio, bebendo o café.

— Prefiro ser afogada sob tortura.

— Estou aberto a outras ideias.

— É simplesmente tão insano, nossas meninas brigando feito delinquentes por nada. É... constrangedor. Estou com vergonha por elas.

— Essa fase da vida delas é difícil mesmo, e, quando ainda há um desafio extra, como um divórcio ou um pai ausente, as coisas ficam ainda mais complicadas.

Camille não gostou de *pai ausente*. Soava como se tivesse escolha. Mas ela entendeu o que ele estava dizendo.

— Digamos que a gente faça esse encontro superanimador com as meninas. Qual seria o objetivo?

— Obviamente, nós adoraríamos que elas se desculpassem e se tornassem melhores amigas para sempre.

— Obviamente.

— A realidade é que nós podemos exigir que elas se respeitem e que, sobretudo, deem espaço uma para outra. "O que os olhos não veem, o coração não sente" costuma dar certo para adolescentes da idade delas. Sei que é difícil achar espaço em uma cidade pequena como essa. É provável que se esbarrem na praia, ou no cinema, ou no centro da cidade. Podemos estabelecer algumas regras...

— E elas são ótimas com regras — comentou Camille. Sua filha era uma vítima? Ou, de alguma forma, era parte do problema? Nenhum dos cenários era aceitável. Ela estava irritada com Julie por não ter lhe contado a história toda. Ao mesmo tempo, estava cética quanto à versão de Vanessa também. — Está bem. Vamos nos reunir o quanto antes.

Camille detestava confrontos. Ela só queria resolver logo isso.

— Julie está livre daqui a algumas horas?

Julie observou seus seios no espelho. De acordo com as meninas que implicavam com ela no vestiário toda vez que a viam trocando de roupa, ela não tinha seios. Só gordura.

A menina mostrou a língua para o espelho e vestiu um top esportivo. Camille tinha comprado um sutiã comum para ela com um pouquinho de bojo, mas era desconfortável e a deixava ainda mais insegura do que o normal. O top meio que segurava tudo no lugar. Julie se olhou de novo e vestiu uma calça jeans velha e uma camiseta. Para sua surpresa, a calça estava um pouco larga, e a camiseta, um pouco apertada. Sua mãe insistia que seu corpo estava mudando desde o Natal, quando Julie finalmente menstruou pela primeira vez. Pelo menos aquilo foi um alívio. Até então, ela era a única menina do nono ano no planeta que ainda não tinha ficado menstruada.

Julie respirou fundo, fechou a calça jeans, calçou um chinelo e desceu para ver seu celular. Ela tinha ouvido a notificação de uma mensagem de texto enquanto se vestia. Tinha dormido demais, o que a deixava com a cabeça meio lenta. Mas era o primeiro dia de liberdade das férias de verão, e esperava-se que os alunos dormissem até tarde, não? Só que a liberdade mais parecia uma prisão para a menina. Ela não tinha amigos. Não podia ir à praia nem dar uma volta pela cidade, pois não queria encontrar Vanessa nem Jana nem as discípulas delas, um pelotão que incluía praticamente todo mundo da turma.

Ela encontrou seu celular e viu uma mensagem de sua mãe: *Me encontre no Surf Shack, 10h30 em ponto.*

Pode ser que sua mãe estivesse voltando atrás. Talvez tivesse percebido que nadar e surfar não eram o fim do mundo. Julie subiu na bicicleta e pedalou o mais rápido que conseguiu até a praia. Uma das coisas mais legais da cidade era a rede de ciclovias pavimentadas para caminhadas e bicicletas, que parecia uma montanha-russa ao longo das dunas. Quando Julie era mais nova e ainda não tinha se transformado na menina gorda odiada por todos, ela e as amigas costumavam pedalar durante horas e terminavam suas aventuras no Surf Shack.

Era o melhor lugar de encontro de Bethany Bay, localizado na entrada da praia. Eles serviam cones de batata frita e cachorro-quente, bebidas enormes e geladas, café e cerveja ao redor de um bar aberto que tinha balanços em vez de banquetas. Havia um anexo com mesas de piquenique e uma loja de surfe que oferecia aluguel de pranchas e aulas.

Quando entrou no anexo e viu sua mãe, a sra. Marshall, Vanessa e Drake Larson, Julie percebeu que tinha caído numa emboscada.

— Vamos todos nos sentar — disse Drake, gesticulando na direção de uma mesa.

Vanessa vestia uma calça jeans *skinny* e uma blusa *cropped*, e seu cabelo brilhava, como se tivesse acabado de sair do salão. Uma quantidade exagerada de curativos cobria seu antebraço, que ela mantinha dobrado como se estivesse quebrado. A menina tinha um dom para maquiagem, Julie tinha que admitir, mas quantidade nenhuma de gloss labial cor de cereja poderia suavizar o sorriso irônico no rosto de Vanessa ao lançar um olhar fulminante para Julie. Ela tentou revidar a expressão, escondendo o medo que sentia de Vanessa, uma mestre da manipulação.

— Acho que o motivo desse encontro é óbvio — disse a sra. Marshall.

— Nós não criamos nossas filhas para brigarem — falou Camille.

— Vocês são melhores do que isso.

— Eu concordo — confirmou Drake. — Vocês não vão mais agir como delinquentes. Nós não vamos permitir as brigas, os insultos nem as ameaças on-line. Não deixaremos que vocês façam fofoca e espalhem mentiras.

Julie se manteve calada e se desconectou de si mesma durante aquela conversa entediante, refletindo sobre o conflito da aula de salvamento. Tudo o que ela queria era pertencer a algum lugar, e Vanessa tinha destruído tudo. Julie não podia afirmar com certeza que tinha sido Vanessa que havia atingido sua cabeça com uma prancha, mas a cara de raiva da ex-amiga era a última coisa de que ela se lembrava antes de ser sugada pela correnteza. E depois teve a história da bolsa, que nunca teria acontecido se Jana Jacobs tivesse ficado com aquela bocona enorme calada. E depois o incidente com Tarek... está bem, talvez Julie pudesse ter lidado melhor com a situação, mas, quando elas chamaram seu único amigo de terrorista, ela meio que perdeu a cabeça.

— ... nem aqui para debater quem começou nem como nem quando. Isso acaba aqui e agora — sua mãe estava dizendo.

— Não sou só eu — falou Vanessa. — Eu não posso ser responsável pela forma que as outras meninas agem.

— Se há outras pessoas envolvidas, nós vamos resolver com elas também — completou Drake, sem expressar emoção.

— Eu tenho uma pergunta para você — disse Camille para Vanessa. — De onde você tirou a ideia de que eu matei meu marido?

Vai, mãe!, pensou Julie. As coisas estavam melhorando.

Vanessa ficou branca.

— O que... Por que está me perguntando isso?

— Porque você espalhou uma mentira que minha mãe matou meu pai — respondeu Julie. — Não negue.

— Não preciso negar, porque isso nunca aconteceu. — Vanessa fez uma expressão inocente e confusa. — Julie, por que você inventou uma coisa dessas? É muito maldoso.

— Eu não inventei. Por que eu diria algo assim sobre a minha própria mãe?

— Estou pensando a mesma coisa — retrucou Vanessa.

— Então você não vai se importar se nós dermos uma olhada no seu celular, só para garantir — sugeriu Julie.

Vanessa apertou a boca, e por um instante, Julie achou que a tivesse encurralado. E então a menina curvou os lábios como um emoji de sorriso perfeito.

— Tanto faz. Se quiserem fuçar meu celular, vão em frente.

Vanessa era realmente uma mestra. Ela tinha apagado as pistas. *Tá certo*, pensou Julie, semicerrando os olhos ao extremo e recusando-se a desviar o foco. Ela deixaria Vanessa vencer dessa vez e assumiria a responsabilidade pela briga.

— Vanessa — disse a mãe dela —, quando eu encontrei você e Jana na biblioteca outro dia, pedi que você me garantisse que não haveria retaliação alguma com a Julie. Não é o caso aqui, certo?

— Ai, meu Deus, não. Não quero que achem que comecei algo só porque Julie destruiu a bolsa da Jana.

— Eu não teria destruído se vocês tivessem ficado de boca fechada sobre Tarek.

— Ninguém disse nada sobre Tarek — retrucou Vanessa. — Você está inventando isso também.

— Quem é Tarek? — perguntou Camille.

— Opa. — Drake ergueu a mão. — Nós vamos parar com o disse-me-disse e seguir adiante.

Julie tinha certeza de que havia sido a única a perceber o olhar sorrateiro de Vanessa.

A sra. Marshall pigarreou.

— Está certo. Em vez de reviver tudo isso, vamos escolher um caminho para seguir. Vamos falar sobre o verão. Vanessa, você não estava falando que seria voluntária no Clube Infantil?

— Sim, senhora. Eu amo trabalhar com crianças.

Ah, pelo amor de Deus, pensou Julie. *Não me façam trabalhar com Vanessa no verão.*

A sra. Marshall se virou para ela.

— E a Julie?

— Vou passar o verão todo fora — respondeu Julie rapidamente, antes que sua mãe pudesse falar. — Na França, com minha mãe e meu avô.

Ela não olhou para Camille, mas podia sentir o olhar fulminante dela.

— Ah, mas que ótimo — reclamou Vanessa. — Ela me *ataca* e agora ganha uma viagem para a França como *recompensa*?

Era a vez de Julie lançar um olhar arrogante do outro lado da mesa. Camille fez um som abafado.

— Não é isso...

— Esplêndido! — A sra. Marshall juntou as mãos. — Eu ia sugerir que as meninas deveriam mesmo passar um tempo separadas. Vamos nos comprometer aqui e agora que vocês vão viver o melhor verão possível. E, em setembro, nós não esperamos que sejam amigas, mas que se tratem com respeito, e distância, se for o caso.

Julie desviou a atenção do sermão. Ela só queria que aquele encontro acabasse. Finalmente, e graças a tudo que era divino, terminou.

Julie sabia que Camille tinha ficado muito incomodada por ela ter levantado o assunto da França, mas não lamentava ter falado.

— Vejo você em casa — disse a menina, sorridente, e subiu na bicicleta antes que alguém pudesse pará-la.

Quando chegou no topo das dunas, ela avistou o carro de sua mãe estacionado em casa. Ótimo. *Que comece o sermão.*

E então ela viu Camille caminhar até a caixa do correio no fim da rua. Julie talvez nunca admitisse, mas realmente detestava decepcionar sua mãe. Às vezes, quando lhe assistia andando sozinha daquele jeito, a menina era invadida por uma tristeza. Ela sabia que Camille estava solitária, que a mãe queria ter um marido e uma família, como todo mundo. Mas nada de bom tinha acontecido com os caras que ela tinha namorado.

Houve um lapso de esperança quando Camille conheceu aquele cara, Finn. Ele despertou algo nela, algo que Julie nunca tinha visto. Mas ele foi embora e sua mãe ficou sozinha de novo. Aquilo fazia Julie se sentir terrível, porque Camille era o máximo. Ela era muito bonita, e não era só a filha que achava isso. Um monte de gente falava.

Às vezes, diziam isso para Julie com uma expressão de surpresa: "Sua mãe é uma mulher tão bonita", e na surpresa estava a parte que as pessoas eram educadas demais para dizer: "Sua mãe é tão bonita, mas o que aconteceu com você?"

Aparelho dentário, pensava ela. *Óculos.* Eles podem até ser fofos em outras garotas, mas não em Julie. Nela, eles simplesmente pareciam ainda mais toscos. Camille tinha dito que, agora no verão, Julie conseguiria trocar por um aparelho móvel para usar só à noite, e que iria substituir os óculos por lentes de contato também. Julie mal podia esperar.

Quando voltou da caixa de correio, Camille estava furiosa. Segurava uma pilha de envelopes e ergueu um envelope grosso coberto com selos oficiais que dizia *Departamento de Estado dos EUA*. Ela jogou o envelope em cima do balcão da cozinha.

— Que negócio é esse?

— Ah, que bom — disse Billy Church, descansando no pátio da casa de Henry. — Você renovou seu passaporte.

Camille ainda estava furiosa com aquilo.

— Eu não renovei nada — relatou ela, olhando para o melhor amigo, o pai e a filha. — Você fez isso pelas minhas costas.

Julie deu um chute no chão e continuou olhando para baixo.

— Sou culpado, confesso — disse Papa, dando de ombros, sua marca registada gaulesa.

— Você fez isso sem minha permissão. Isso é crime. Você enviou meus documentos e minha foto sem meu consentimento. Você falsificou minha assinatura.

— Porque você não assinaria, e o tempo era precioso — respondeu Papa, calmo.

— Você está ficando boa demais em falsificar minha assinatura — disse Camille para Julie. — Primeiro, a autorização da aula de salvamento, e agora isso. Você está de castigo.

— Já estou de castigo de tudo — retrucou Julie.

— Bem, agora está ainda mais.

— Beba seu vinho — interveio Papa. — Não há mal nenhum em renovar um passaporte.

— Sem meu consentimento? Vocês passaram dos limites. Essa é a minha vida, e Julie é minha filha.

— Já está feito — concluiu Billy. — Agora você tem um passaporte novo, e o mundo não acabou.

— Essa não é a questão.

— E qual é a questão, mãe? — perguntou Julie, finalmente olhando para cima. — Papi quer ir para a França. Eu quero ir. Até a sra. Marshall falou que a gente deveria ir. A única coisa que nos impede é você.

— Tenho meus motivos.

Camille afastou sua taça de vinho. Seu pai havia feito um belo jantar para eles, mas ela não estava com fome.

— Nenhum desses motivos faz sentido — afirmou Julie. — Mãe, por favor. Não me obrigue a passar o verão todo aqui. Eu odeio essa cidade. Odeio tudo nela.

— Não odeia nada. Bethany Bay é a sua casa. É o lugar a que pertencemos.

Seu pai fez seu típico barulho francês — *pah* — e passou o braço ao redor de Julie, dando um beijo na cabeça da neta. Os dois foram para o jardim juntos, conversando com a familiaridade íntima que sempre tiveram.

— É só durante o verão — falou Billy. — E é pelo seu pai. Você falou que ele está querendo resolver algumas coisas por lá. Ele não merece fazer as pazes com o passado?

— Claro que sim, mas por que temos que nos instalar lá durante o verão inteiro?

— Porque vai ser fantástico. Pense como vai ser bom para Julie ver o mundo. E fazer amigos. Ainda mais depois dessa história do bullying.

— O que estou ensinando a ela? A fugir ao primeiro sinal de confusão? Isso não é deixar que os agressores vençam?

— Se você estivesse enviando sua filha para um campo de trabalho forçado nas Ilhas do Mau, talvez. Mas é a França. É uma vitória para Julie, não para as meninas más. — Billy pegou as mãos dela. — Escute. Eu conheço você, Camille, e sei que a coisa mais importante na sua vida é o bem-estar da Julie. Imagine como seria uma merda para ela passar o verão inteiro aqui.

— Quero que ela ame esse lugar — admitiu Camille, olhando pela janela. — Do jeito que nós amávamos.

— Então tire-a daqui por um tempo. Ela vai voltar com uma nova perspectiva do lugar de onde veio.

Ao observar seu pai e sua filha juntos, Camille se viu ficando sem desculpas. Papa parecia tão frágil, apesar de muito determinado a fazer a tal da viagem. Seu medo neurótico de sair de sua zona de conforto estava começando a afetar Julie. Racionalmente, ela sabia que eles tinham razão. Julie merecia o tipo de infância que Camille tinha tido, explorando lugares e viajando, sem ser impedida por uma mãe que havia sido abalada por uma tragédia de um jeito irreversível.

Talvez Billy estivesse certo, uma mudança radical era necessária. Talvez a forma de salvar sua filha fosse deixá-la abrir suas asas e explorar o mundo.

Doze

DESTRA: Estou sendo raptada.
EUFAÇOPESTO: Devo me preocupar? O que houve?

Camille olhou para a tela do computador. Ela e Finn tinham entrado em uma rotina de conversar on-line e trocar e-mails regularmente. Diariamente, na verdade. E, apesar de ficar constrangida só de pensar naquilo, as conversas digitais dos dois eram a melhor parte de seu dia. O que aquilo dizia sobre ela, que a relação mais envolvente em sua vida naquele momento era com um cara a milhares de quilômetros de distância?

DESTRA: Meu pai e minha filha estão convencidos de que nós iremos passar o verão em Bellerive.
EUFAÇOPESTO: Acredite, há lugares piores para se passar o verão do que a região do Var. Mal posso esperar para você ver a região. Você vai amar. Por que está se sentindo raptada?
DESTRA: Porque estou sendo obrigada a fazer algo contra minha vontade. Nos últimos tempos, não tenho gostado tanto de viajar.

Patético, Camille, pensou ela. *Ele vai achar que você é muito tosca. Provavelmente já está achando.*

EUFAÇOPESTO: Você parece a minha avó...
DESTRA: Ai.
EUFAÇOPESTO: ...mas se parece com uma aeromoça.
DESTRA: Ai duas vezes. De que década você é? 1960?

EUFAÇOPESTO: Você está tentando mudar de assunto. O que há de tão ruim em vir me visitar?

DESTRA: Não estou indo visitar você.

EUFAÇOPESTO: Ai.

DESTRA: Estou indo ajudar meu pai a resolver questões na propriedade dele. E talvez algumas coisas do passado.

EUFAÇOPESTO: Então como eles a raptaram? Só para saber, caso eu precise fazer isso um dia.

DESTRA: Eles renovaram meu passaporte sem minha autorização E minha assinatura. Falsificação completa. Crime federal.

EUFAÇOPESTO: Como conseguiram uma foto para passaporte?

DESTRA: Muito fácil. Tenho todo o esquema na minha casa. Meu amigo Billy e eu tínhamos um serviço de foto para passaporte instantânea quando começamos nossa empresa. Julie encontrou um arquivo no formato exato no meu computador.

EUFAÇOPESTO: Julie me parece esperta. Como a mãe.

DESTRA: E então meu pai comprou as passagens. Primeira classe na Air France. Tenho certeza de que custaram uma fortuna.

EUFAÇOPESTO: Ó, que tortura! Diga ao seu pai para, POR FAVOR, me raptar.

DESTRA: Enfim... foi minha maneira prolixa de contar que iremos passar o verão em Bellerive.

EUFAÇOPESTO: Você não faz ideia de como fico feliz com isso.

DESTRA: Jura? Por quê?

EUFAÇOPESTO: Porque eu te beijei, e foi legal, e eu não consigo parar de pensar em você.

DESTRA: Eu nunca sei quando você está falando sério ou brincando.

EUFAÇOPESTO: Então você vai ter que me conhecer melhor e descobrir.

DESTRA: Ou você pode logo me dizer.

EUFAÇOPESTO: E onde está a diversão nisso? Tudo bem, vamos contar um ao outro um fato sobre nós. Eu começo. Sei pedalar bicicleta de costas. Muito bem.

DESTRA: Estou impressionada. Minha vez? Não entro em um avião há cinco anos.

EUFAÇOPESTO: Uau, por que não? Medo de voar?

Medo de tudo, pensou Camille, já arrependida do rumo que a conversa tinha tomado.

DESTRA: É.
EUFAÇOPESTO: Existe remédio para isso.
DESTRA: Já consegui uma receita. Julie está muito animada. Agora me sinto culpada por nunca a ter levado em uma viagem como essa.
EUFAÇOPESTO: Ela vai amar aqui. Como é o francês dela?
DESTRA: Fluente. Ou quase. Ela teve um ano difícil na escola, então será bom que ela saia daqui por um tempo.
EUFAÇOPESTO: Difícil como?
DESTRA: Conflitos com outras crianças. Não sei ao certo se ela sofreu ou fez bullying.

Ela hesitou. Estava contando bastante sobre si para aquele homem. Ficou pensando por que era tão fácil se abrir com ele. Provavelmente a distância. O filtro da tela do computador.

DESTRA: Lá vai mais uma, mas não sobre mim. Meu pai sofreu bullying quando era criança em Bellerive. Foi massacrado porque o pai dele era um colaborador.
EUFAÇOPESTO: Caramba. A guerra foi algo bastante pessoal em algumas cidades pequenas como Bellerive.
DESTRA: Fico pensando nas fotos que vi até agora. Meu pai tem cabelo escuro e olhos castanhos. Pele de coloração mais escura. Tanto o pai como a mãe dele pareciam ser brancos. Cheguei até a pensar em fazer um teste de DNA.
EUFAÇOPESTO: Cada vez mais curioso. Já fiz muitos testes de DNA com o meu trabalho.
DESTRA: Jura? Por quê?
EUFAÇOPESTO: Para identificar restos mortais. Bem mórbido. Mas ajudou com a repatriação de soldados desaparecidos. Olha, eu tenho uma aula para dar. Falamos por aqui mais tarde? Ou, melhor ainda, pessoalmente?

Camille sentiu um arrepio de animação. *Calma*, disse para si mesma. A viagem era para Papa e Julie, e para resolver as coisas. Não para flertar com Finn.

> DESTRA: Tá bem, eu te aviso quando estivermos a caminho de Paris, e depois para Marselha.
> EUFAÇOPESTO: Mal posso esperar para te ver.

Munida de ansiolíticos, músicas relaxantes e qualquer outro truque para conseguir sobreviver à sua neurose, Camille embarcou no avião no aeroporto de Dulles com o pai e a filha. Apesar de todo o preparo e apoio, ela não conseguiu bloquear a memória da última vez em que pegou um avião, quando voltara das férias viúva e tivera de contar à filha ainda pequena que ela nunca mais veria o pai de novo. Julie tinha implorado para ir junto com eles na viagem, mas Jace havia decidido que seria uma viagem romântica, uma segunda lua de mel. Apesar de não terem contado a Julie, os dois estavam tentando ter outro filho. As primeiras palavras da menina ao ouvir sobre a tragédia foram: "Isso não teria acontecido se ele tivesse me deixado ir junto". Camille imaginou se sua filha se lembrava de ter dito aquilo.

Julie e Henry eram o oposto dela. Os olhos dos dois brilhavam de animação enquanto se preparavam para o longo voo até Paris. Papa as tinha mimado ao contratar assentos que reclinavam completamente e viravam uma cama, vinham equipados com minitelas de cinema e incontáveis opções de bebidas e comidas. Embora gostasse dos confortos da humanidade, Camille se preocupava que Henry não estivesse sendo muito econômico com dinheiro porque sabia que seu tempo era curto. Mas não sabia como abordar o assunto com o pai.

Julie estava fascinada por cada detalhe do voo. Ela se parecia mais com a Julie de antes, uma menina que encarava o mundo com um olhar maravilhado. Apesar de seu nervosismo, Camille tinha que admitir que aquela aventura talvez fosse exatamente o que o pai e a filha precisavam. E talvez, pensou ela, sentindo-se grogue do remédio que tinha tomado na decolagem, pudesse ser o que *ela* precisava — uma mudança.

Mal posso esperar para te ver.

Camille tinha passado tempo demais tentando descobrir o que Finn quisera dizer com aquilo. Será que era porque ele estava animado em desvendar o mistério do passado do pai dela? Estava animado para vê-la? Ou era uma fala qualquer sem importância?

Ela pensou em Finn e no beijo deles, revivendo o momento inúmeras vezes em sua mente. Tinha sido o tipo de beijo que fazia tudo parar ao redor — até o tempo. Até o medo.

Mas o tempo passou, o medo a dominou, e depois do beijo eles se afastaram. Finn tinha seguido com sua vida, uma vida bem distante de Bethany Bay. E agora os dois iam se ver de novo. E aí? Mais beijos? Uma faísca? Ela não se considerava muito boa com fogo. Normalmente era ela que acabava se queimando.

A música lenta e agradável que tocava no fone de ouvido, bloqueando os sons externos, junto com o remédio para dormir e a vibração constante da turbina do avião a levaram para um estado esquisito de sonolência — não era um sono profundo, mas ela também não estava totalmente acordada. Camille sentia as turbulências e os chacoalhões do voo, enquanto alternava entre tensionar e relaxar cada músculo do corpo. Estava levemente consciente de seu pai e Julie assistindo a um filme de comédia francesa nos monitores acoplados ao assento. Além disso, ignorava os anúncios abafados da tripulação e, na maior parte do tempo, suprimia as fantasias negativas que se passavam em sua cabeça — a possibilidade de um acidente aéreo, a ideia de pousar em uma cidade enorme e estrangeira e se lançar no desconhecido. Mas, ao longo do voo, sua mente ficava voltando à única coisa em que não conseguia parar de pensar — o "E depois, o que mais?" com Finn.

No meio da repetição da memória daquele beijo, ela despertou, ainda um pouco grogue, conforme as luzes se acenderam e todas as janelas se abriram ao longo da cabine. Camille se mexeu em seu assento e esfregou os olhos. Julie estava olhando para a mãe.

— Foi bem divertido, não é, mãe?

Camille se ajeitou, sentindo culpa ao pensar se algum resquício do sonho permanecia em seu rosto.

— O quê?

— O voo. Caramba.

Camille tentou despertar completamente e afastar a sensação grogue. Então, ela se lembrou de que Julie nunca tinha andado de avião. Elas tinham viajado de carro e de trem, mas nunca tinham ido de avião a nenhum lugar. Voar era uma das coisas que a deixavam doente de ansiedade. Além disso, todo verão ela planejava uma viagem sem graça, previsível e relaxante para locais como Smoky Mountains, Gettysburg, Atlantic City, Savannah.

Agora que tinham chegado na França, Camille sentiu uma pontada de culpa por deixar que seus medos impusessem limites a Julie.

— O que você achou? — perguntou ela. — Gostou?

— Demais, você não tem ideia. Foi a melhor noite da minha vida.

Papa sorriu e afagou o braço da neta.

— Você não dormiu muito.

— Eu sei. Estou animada demais.

Camille respirou fundo, aliviada, quando o avião aterrissou no aeroporto Charles de Gaulle.

— Nós estamos em Paris — sussurrou Julie, com os olhos brilhando enquanto esperava sua vez de passar pela Imigração.

A menina pegou o celular.

— Ei, meu celular não pega — afirmou ela.

— Você não vai precisar de celular aqui — retrucou Camille.

Julie semicerrou os olhos e abriu a boca para reclamar.

Camille ergueu a mão.

— Quando você passa o verão na França, não tem direito a reclamar por causa do celular.

Julie recuou.

— Bem... Se pensarmos desse jeito... — refletiu ela.

— É o jeito que vamos pensar.

O trecho seguinte da viagem, um voo de uma hora até Marselha, passou num piscar de olhos. O aeroporto era pequeno e moderno, e Papa alugou um carro, um Renault Twingo compacto cor de uva. Camille amava o som da língua falada ali. Era o sotaque francês do seu pai, provençal. Comparada às multidões apressadas no Charles de Gaulle, a vida caminhava a passos lentos no Sul, até no aeroporto e no quiosque de aluguel de carro.

Quando já estavam na estrada, Camille olhou pela janela, maravilhada com a paisagem espetacular e as vilas pitorescas, com suas praças cheias de sombra e fontes de água que subiam a alturas impossíveis. Na viagem de carro de uma hora, eles passaram por desfiladeiros imensos repletos de pinheiros, carvalhos verdíssimos, oliveiras e parreiras, cerejeiras e nogueiras.

Julie acompanhou assiduamente a rota no mapa, falando em voz alta os nomes dos vilarejos e marcos históricos por onde passavam — um castelo aqui, um aqueduto ali, igrejas e bosques milenares beirando as águas. Os campos de girassol, linhaça e lavanda estavam começando a florir, os vinhedos estavam prosperando com uvas novas verdinhas, e o céu era de um tom de azul maravilhoso. Papa ligou para madame Olivier para informar a previsão de chegada deles.

— Ela está fazendo um lanche especial para nós — disse Henry. — Eu não a vejo desde que fui embora de Bellerive. Ela era uma jovem noiva aquela época. Agora tem uma neta, Martine, um ano mais velha do que você, Julie. Tenho certeza de que ela está ansiosa para conhecê-la.

Pela primeira vez, Julie pareceu tensa.

— O quê? Você não me contou que tinha outra criança. Por que não me falou?

— Eu não sabia, madame Olivier acabou de me contar. É uma notícia boa. Você não vai ficar presa com um monte de adultos chatos.

— Talvez eu goste de ficar com adultos chatos.

— Agora você está ficando mal-humorada — falou Camille. — O *jet lag* é difícil, mas, quando chegarmos, seja educada. E lembre-se, foi você que implorou por essa viagem.

— E se essa Martine não gostar de mim?

— Que bobagem! — exclamou Camille. — Todo mundo gosta de você.

— Ah, tá. É por isso que estão me expulsando da escola.

— Ninguém está expulsando você da escola.

— Foi isso o que a Vanessa disse.

— E até parece que a informação dela é sempre confiável. Olha, nós estamos a meio mundo de distância daquilo tudo, então vamos aproveitar o lugar em que estamos.

Eles chegaram em um rotatória, e Camille reparou em uma placa indicando o caminho para Aix-en-Provence, o lugar onde Finn morava. A simples existência daquela placa causou um arrepio de nervoso nela. Mas eles passaram direto e seguiram em outra direção.

Papa foi ficando cada vez mais quieto, e, quando Camille olhou para a paisagem, percebeu o porquê. Uma placa na estrada indicava para uma vila no topo de uma montanha, um aglomerado de prédios de cores pastéis com a torre de uma igreja no meio: BELLERIVE 3,5 KM.

— Você está bem? — perguntou Camille bem baixinho.

— Estou. É muito estranho voltar aqui depois de tanto tempo.

— Estranho bom? Ou...?

— Estou feliz em voltar para casa.

Henry tinha ficado afastado por mais de cinco décadas, e ainda assim chamava o lugar de casa. Uma placa dava boas-vindas a UMA DAS VILAS MAIS BONITAS DA FRANÇA.

E era verdade. Camille ficou sem ar. Bellerive era ainda mais bonita ao vivo do que nas fotos que Finn tinha enviado e do que as outras imagens que ela encontrara na internet. Cercada de vinhedos e campos de oliveiras e nogueiras, a cidade havia sido construída ao lado de um rio. Ao atravessarem a ponte, Papa disse:

— Essa é a ponte Neuf. A original foi destruída quando os Aliados vieram libertar a cidade.

As ruelas em serpente, que espiralavam até a praça da igreja no topo do morro, por pouco não eram estreitas demais para o carro. Papa ia mostrando a elas as praças repletas de cafés e lojas charmosas, e na sequência apontou para *école maternelle* e para o *lycée*, onde tinha estudado quando menino.

Camille percebeu o olhar assombrado no rosto de Papa. Era terrível pensar nele como criança sofrendo bullying por coisas que o pai dele havia feito.

— Você odiava a escola, não era? — perguntou Julie em voz baixa. Quando Henry não respondeu, ela completou: — Eu sei como é. E talvez eles fossem maus com você sem motivo algum. A mamãe me mostrou a foto do tal Didier Palomar. Você não se parece em nada com ele. — Julie olhou pela janela para o colégio antigo de construção de pedra. — Você não tinha nenhum amigo?

— Eu... não. É, talvez um. — A expressão de Henry, de repente, ficou mais doce. — Ele era bem legal. Inteligente e carinhoso, embora ser meu amigo o transformasse em alguém nada popular entre as outras crianças. Eu sentia orgulho de chamá-lo de meu amigo. E então... eu fui embora para os Estados Unidos e nunca mais tive contato com ele.

— Por que não? — indagou Julie.

— A gente brigou por alguma coisa... não lembro exatamente o que foi. Não é patético? Eu me arrependo muito que a gente tenha se afastado sem se falar.

— E você vai tentar entrar em contato com ele agora? — perguntou Julie.

Henry olhou para a neta e sorriu.

— Camille, você precisa parar de deixar essa menina crescer. Ela está ficando esperta demais para um homem velho como eu.

— Pare de dizer que você é velho, Papi. E seu amigo? Você acha que vai conseguir encontrá-lo?

— Se acho? — Ele riu. — Claro que vou. Já consegui. Foi algo que aprendi com a minha neta muito habilidosa. Eu o encontrei nas redes sociais. No Facebook.

— Legal — comentou Julie. — Você entrou em contato com ele?

— Claro que não. Ele com certeza se esqueceu de mim.

— Ele ainda mora aqui? — perguntou a neta, com os olhos atentos de curiosidade.

— Acredito que sim. — Henry parou num cruzamento, pensou por um instante e então virou o carro em uma rua de paralelepípedo ensolarada. — Essa era a casa do Michel — disse ele, apontando para uma residência de pedra cercada de árvores com copas enormes, um pequeno jardim nos fundos e uma alfaiataria do lado, com uma placa de metal no formato de uma tesoura. — Ele era aprendiz de um alfaiate, e depois ficou com a loja.

— Você deveria visitá-lo — sugeriu Camille.

Henry balançou a cabeça.

— É uma situação do passado e dolorosa. Ele não me receberia bem.

— Como você sabe?

Papa não respondeu. Camille imaginou quais lembranças se escondiam dentro de seu pai. Mais tarde, depois que eles se instalassem, ela tentaria conversar com ele sobre aquilo. Eles dirigiram pelas ruelas estreitas da vila, passaram por portas antigas coloridas cravejadas de pinos de ferro, janelas circundadas por roseiras, malvas-rosas e gerânios, pessoas entrando e saindo de lojas com bolsas de palha nos braços. A atmosfera era muito charmosa, e era difícil imaginar como aquele local tinha sido tomado por nazistas e suas máquinas de guerra.

Após passearem pela cidade, os três seguiram por uma estrada estreita margeada por árvores e cercada de vinhedos e bosques. Nos campos, espalhavam-se cabanas de pedras rústicas e não lapidadas, muitas parcialmente destruídas e tomadas pela vegetação.

— Aquilo é Sauveterre — falou Papi, apontando para uma propriedade enorme ao longe, dominada por uma mansão de pedra.

Muros de pedra que refletiam a luz do sol cercavam plantações repletas de frutos. A casa ocre-clara, os campos cuidados e a floresta ao redor indicavam um estilo de vida caloroso e delicado, que remontava a uma época esquecida. A construção transparecia sua idade. Em um dos extremos da casa principal, uma lona azul cobria o teto cinza de ardósia. Era provavelmente onde o estrago tinha ocorrido, o que fizera com que madame Olivier enviasse o baú com os pertences de Lisette.

Eles passaram pelo portão enorme de ferro e pedra que ficava na entrada. Havia uma sequência de colmeias em um descampado ao longo de uma cerca viva alta, inúmeros galpões e celeiros, um galinheiro e um lago. O casarão era rodeado de jardins de lavanda, caminhos de passagem com glicínias e clêmatis, e um jardim ensolarado com móveis de ferro fundido e cadeiras confortáveis.

— Está basicamente igual — afirmou Papa. — Eu me lembro exatamente do jeito que está agora: a casa, o caminho entre as plantas, os campos vastos onde eu podia correr e me esconder, os galpões. Eu costumava ficar sentado durante horas vendo a *magnanerie*.

— O que é isso? — perguntou Julie. — Não conheço essa palavra.

— O galpão da seda. Nós criávamos bichos-da-seda.

— Eca. São minhocas de verdade?

— Larvas, a lagarta antes de virar borboleta. Eu passava a maior parte do meu tempo do lado de fora. Os jardins eram mágicos para mim, meu lugar especial, onde eu encontrava paz e silêncio.

— É incrível, Papa — falou Camille. — Tão antigo e tão lindo. Não acredito que essa propriedade é sua.

Coberta pelo sol da tarde, Sauveterre era um mundo à parte, com seus jardins, campos e vinhedos.

— Não é tão grandiosa quanto uma *bastide* — concluiu ele. — *Bastide* é uma mansão de verdade, quase um pequeno castelo. Ainda assim, ouvi dizer que Palomar tinha muito orgulho desse lugar, porque é o maior *mas* de Bellerive. Vejam como tudo é virado para o sul. Isso é para proteger a casa e os jardins do vento mistral. É um vento frio que vem do Norte nos meses de inverno.

Julie assentiu, sem disfarçar um bocejo.

— Alguém está caindo de sono — comentou Camille.

— Madame Olivier terá uma bela cama para você logo, logo.

Papa estacionou o carro na frente do que antigamente deveria ser uma cocheira. Assim que saíram e pisaram na entrada pavimentada, uma mulher sorridente veio correndo encontrá-los.

— *Alors, alors, bienvenue, tout le monde* — cantou ela, abrindo os braços. A mulher era tão charmosa quanto a própria casa. Vestia uma saia translúcida e uma blusa com um xale, e sorria de orelha a orelha ao envolver Papa em um abraço apertado e lhe tascar um beijo estalado em cada bochecha. — Esse é o meu querido Henri? — perguntou, dando um passo para trás, devorando-o com o olhar. — Olhe para você, velho como uma pedra, mas lindo como sempre.

— E a senhora está velha também, madame, mas não menos bonita. Como a senhora está?

— Me chame de Renée, por favor. Você não é mais um garoto, como era da última vez que nos vimos. E agora... — Ela olhou para Camille. — Essa é a sua filha fabulosa, certo?

Camille se viu envolvida num abraço apertado. Renée tinha cheiro de lavanda e cebola.

— Obrigada por nos receber — agradeceu Camille. — Este lugar é lindo.

— Lindo, porém decrépito, assim como eu — disse Renée. — Nós fazemos o máximo de manutenção que conseguimos, mas o trabalho de restauração num lugar antigo como esse não acaba nunca. Mas, para nossa alegria, o telhado desabou e nos reuniu aqui, não é? E essa é Julie, a maravilhosa *fillette*.

Julie parecia acabada da viagem, cansada e pálida, mas sorriu e acompanhou os abraços e beijos.

— Entrem e venham conhecer a família. Meu neto Nico vai trazer as malas de vocês para dentro.

As dobradiças de ferro da porta antiga rangeram. A impressão de Camille foi de estar respirando no passado. Podia claramente sentir a atmosfera de uma fazenda de centenas de anos atrás. A cozinha era um retrato do passado, com seus azulejos coloridos provençais, ganchos de panelas de cobre, armários repletos de louça e um fogão a gás que provavelmente era mais velho do que a própria madame. A luz adentrava pelas janelas, iluminando vasos de ervas e bandejas cheias de *socca* salgada, azeitonas, peixe com pimenta em conserva e tigelas de frutas silvestres frescas.

— Por aqui — chamou a madame. — Nós estávamos esperando. Vocês não precisam aprender nossos nomes todos de uma vez.

Ela deu uma piscadela.

As apresentações ocorreram de um jeito confuso, influenciadas pelo *jet lag*. Madame Olivier, a matriarca, tinha vindo para Sauveterre recém-casada. Desde então, ela e o marido, Jacques, tinham criado seis filhos, dois dos quais ainda moravam e trabalhavam no *mas*. A filha Anouk e seus dois filhos pequenos viviam ali, e o marido dela estava em uma missão de paz da ONU na África. Georges, o outro filho que ainda morava ali, era especialista em viticultura e cultivava uvas para o produtor de vinho local. Ele e sua mulher, Edithe, tinham quatro filhos, dois na universidade de Aix e dois ainda em casa — Martine, que tinha 15 anos, e seu irmão mais velho, Nico.

Camille observou a reação de Julie aos dois adolescentes. O sorriso da menina era forçado, e a postura, fechada — braços cruzados na defensiva. Martine, que parecia ter herdado a personalidade efusiva da avó, estava agindo de maneira oposta. Ela olhou para Julie.

— Isso é meio esquisito no início, né? Mas sou uma ótima amiga. Não vou decepcionar você. O Nico, talvez. Mas eu não.

As bochechas de Julie ficaram vermelhas.

— Não estou preocupada em me decepcionar.

— Os franceses acham que os americanos são muito exigentes. Eu arrumei nosso quarto especialmente para você.

— Nesse caso, talvez você nunca se livre de mim — falou Julie.

— Vamos fazer um tour rápido pela casa — sugeriu madame Olivier. — E assim vocês vão ver onde fica cada coisa.

Os móveis pareciam ter mais de cem anos — armários altos e bancos rústicos, quadros emoldurados enormes e espelhos com manchas de velhice. A sala de jantar exibia troféus de caça — javali selvagem e cervo —, uma raposa e uma família de tetrazes empalhados, todos levemente comidos por bichos e puídos. Julie se encolheu visivelmente.

— Eu tinha muito medo deles quando era pequeno — disse Papa para Julie. Ele se virou para a madame. — Espero que a senhora não tenha se sentido obrigada e guardá-los por minha causa.

Renée sorriu.

— Você quer dizer que nós podemos nos livrar deles?

— Claro que sim. Vou ajudá-los, assim que descansar um pouco.

Ela bateu palmas de animação.

— Minha nora, Edithe, sempre quis redecorar a casa. Ela é muito talentosa com essas coisas.

— Esse é o piano em que aprendi a tocar — afirmou Papa. — Ainda continua no mesmo canto da sala de música.

— Você ainda toca? — perguntou Martine.

— Pobre Henri, acabou de chegar — comentou Renée. — Não o faça tocar como um macaco de circo.

Papa simplesmente sorriu e se acomodou no banco do piano. Tocou uma melodia popular bastante conhecida, que ele às vezes tocava no piano em casa.

— Você conhece essa? — perguntou ele a Martine, enquanto seus dedos saltitavam nas teclas.

Em poucos instantes, todo mundo estava cantando "Dis-moi, Janette". Camille observou de longe, aproveitando o momento extraordinário.

Ela e Julie cruzaram o olhar, e as duas compartilharam uma expressão do tipo "Nós não estamos mais no Kansas". Julie deu de ombros e cantou junto, já que era uma música que ouvia desde pequena. No fim, Papa fez uma reverência exagerada.

— Nós amamos esse piano — afirmou a madame. — Espero que você nos presenteie com mais canções depois de descansar.

Renée apontou para um solário e uma biblioteca, sugerindo que explorassem quanto quisessem. Na sequência, conduziu as visitas pela escada principal e por um corredor irregular e barulhento no andar de cima. Os quartos — uma dúzia no total — tinham o pé-direito alto e janelas de vidro fosco. O encanamento e a eletricidade eram bem antigos, o que só aguçava a visualização de como tinha sido o lugar no passado. Havia uma espécie de dormitório para as crianças, e Julie e Martine dividiriam um quarto ensolarado com varanda.

— Uma varanda? — perguntou Julie. — Jura?

Martine assentiu, parecendo-se muito com sua avó.

— Nós somos muito chiques aqui, não acha?

— Isso confirma tudo. Eu realmente nunca mais vou embora.

Camille respirou fundo, sentindo um alívio secreto. Era tão bom ver Julie fazer amigos de novo. A menina já parecia mais feliz e animada, como não ficava havia tempos. Ela se livrara de seus incômodos como se fossem um casaco pesado de inverno.

— Qual era o seu quarto quando você era garoto, Papi? — indagou Julie.

— Ao norte, no fundo do corredor — respondeu ele, apontando.

Camille não entendeu o olhar de tristeza do pai, até que Julie correu até o fim do corredor a abriu a porta. O quarto era um armário de roupa de cama apertado e sem janelas, com lençóis e toalhas dobrados com esmero em prateleiras e sachês de lavanda seca pendurados nos cantos.

— Isso é muuuuito Harry Potter. Por que você tinha que dormir aqui? — perguntou a menina, espiando lá dentro.

— Os outros quartos eram da minha tia e da minha prima, e dos funcionários que trabalhavam na fazenda — respondeu ele.

Camille lembrou-se do que Papa tinha contado sobre a irmã de Palomar, Rotrude, que o criara depois da morte de Lisette. Rotrude não se conformava com o fato de que seu sobrinho herdaria a propriedade da família. Ela devia ter sido uma pessoa desprezível para tratar um garotinho de um jeito tão terrível.

— Agora nós temos para você um quarto com a janela voltada para o Sul — falou madame Olivier com a voz animada, mostrando a ele uma suíte clara e limpa, com uma cama confortável, flores frescas e uma lareira enorme. — Sei que você deve estar cansado, mas por favor, junte-se a nós para um lanche.

Todo mundo foi para um jardim adorável, cercado de primaveras e árvores com copas enormes fazendo sombra, o lugar perfeito para se reunirem para um lanchinho. Jacques fez um brinde gracioso, e bandejas com azeitonas, queijo, *tapenade* e *crostini* passavam de um lado para o outro. Um garotinho de uns 8 ou 9 anos foi até Papa e olhou-o de soslaio.

— Você é o dono de Sauveterre — afirmou ele.

— Isso mesmo, eu sou — replicou Papa.

— Você vai querer a casa de volta?

— Não seja mal-educado, Thomas — advertiu sua mãe, Anouk.

— Não, pequenino — respondeu Papa, tranquilo. — Essa é a casa da sua família há muitos anos, e não seria correto tirá-los daqui depois de tanto tempo. Além disso, estou velho demais para conseguir manter uma propriedade como essa funcionando. Só vim passar o verão. Tudo bem por você?

O garotinho pensou por um instante.

— Você sabe jogar futebol?

— Sei. Quando eu era pequeno, sempre fui o mais alto do time e era um ótimo goleiro. Talvez eu tente de novo enquanto estiver por aqui. *Você* sabe jogar?

Thomas assentiu.

— Então acho que você e eu seremos grandes amigos — concluiu Papa.

Ele sorriu para o garotinho de um jeito que fez Camille desejar que tivesse dado mais netos ao pai. Ele amava ser avô e era muito bom com crianças.

Ela olhou para a filha e, para sua surpresa — e felicidade —, viu Martine passar o braço ao redor de Julie e dizer:

— Tímida e cansada. Não é uma combinação perfeita.

— Não — admitiu Julie. — É tão óbvio assim que sou tímida?

— É só um chute. Eu seria tímida nessa situação. Mas não se preocupe. Você pode dormir cedo hoje. Seu francês é fantástico.

— Obrigada. Papi me ensinou, desde pequenininha.

— Vamos — sugeriu Martine. — Vamos até o meu quarto. Aspro, venha.

Ela bateu na perna e um cãozinho terrier saiu de debaixo da mesa e seguiu as meninas, todo animado.

O luxuoso lanche francês, com tudo fresquíssimo feito na fazenda, criava uma sensação de atemporalidade. Naquele mundo à parte, eles ainda produziam as próprias frutas, além de vegetais, vinho, carne, e até seda e mel. Após sua segunda taça de *vin maison*, Camille começou a se sentir... confortável. Quase relaxada.

Até que espiou seu celular. Diferentemente do aparelho de Julie, o dela pegava bem, já que tinha contratado um plano internacional.

A mensagem que apareceu na tela dizia: *Nova mensagem de Malcolm Finnemore.*

Treze

Quando viu Finn sair do carro — um Citroën velho conhecido como *deux chevaux*, "dois cavalos", graças à potência tosca do motor —, Camille se sentiu nervosa e ridícula. O *jet lag* tinha transformado os primeiros dias em Sauveterre num sonho fantasioso. Naquele dia, ela estava acordada desde as quatro horas da manhã, e a espera pela chegada dele tinha sido um exercício de paciência. Finn era o Natal, o último dia de aula e o aniversário dela reunidos numa coisa só.

Camille se sentiu como uma menina da idade de Julie com sua primeira paixão, o que era bobo e infantil, mas ela não conseguia conter o frio na barriga confuso e inegável. Ficava lembrando a si mesma que Finn não era homem para ela, mas seu eu ridículo não dava ouvidos.

— Então esse é o homem que vai desvendar os mistérios do passado do seu pai — disse Anouk.

Ela tinha mais ou menos a idade de Camille e, assim como o resto da família, parecia intrigada com a história de Lisette Palomar. Quando não estava cuidando dos dois filhos pequenos, Anouk era uma leitora ávida e devorava um romance por dia, daqueles que sempre têm um casal atraente na capa, abraçando-se de maneiras impossíveis, como em poses de ioga.

— Você escolheu bem — acrescentou. — Ele é lindo.

Eu sei. Camille deu de ombros.

— Ele conhece tudo sobre essa região durante os anos da guerra.

Camille sentiu as bochechas ficando vermelhas e, embora tentasse não sorrir, não conseguia se segurar.

— O amor lhe cai bem — afirmou Anouk, observando o rosto de Camille.

— Não faço ideia do que você está falando — retrucou ela.

Naquele momento, o som de uma briga surgiu do jardim de trás da casa, o tipo de bate-boca entre irmãos que parecia igual em todas as línguas. Anouk foi até lá investigar e Camille se adiantou, atravessando o pátio, para receber Finn.

Atrás dela, ela ouviu Anouk pigarrear, um som bastante convencido. *L'amour te va très bien. O que ela sabia sobre aquilo?*, pensou Camille, na defensiva.

— Bem-vindo a Sauveterre — disse ela para Finn.

Houve aquele momento constrangedor quando Camille não sabia o que fazer em seguida. Abraçá-lo? Dar um beijo na bochecha? Pular no colo dele e só se preocupar com as consequências depois?

Finn lhe ofereceu o mesmo sorriso devastador com o qual ela estava sonhando desde o dia em que se viram pela última vez.

— É bom encontrá-la nessa parte do mundo.

Ele não parecia estar nada constrangido ao puxá-la para um abraço. Tinha um cheiro tão bom — de ar fresco e suor masculino, algo que Camille nunca tinha achado muito sexy, mas que naquele momento inspirava ideias selvagens totalmente inapropriadas. Ela queria encostar o rosto na camisa francesa de Finn e ficar ali pela próxima semana.

— Como foi a viagem? — perguntou ele, soltando-a.

— Foi boa. Julie amou.

— Que bom, mas como foi a *sua* viagem? Você disse que não gostava de andar de avião. — Finn sorriu com a expressão de Camille. — Eu sei todos os seus segredos, lembra? Nós estamos trocando e-mails e conversando na internet, e eu andei estudando nossas conversas como se fosse uma pesquisa.

— Por que fez isso?

Finn a encarou por bastante tempo, e um arrepio passou por Camille.

— Você sabe por que — respondeu ele.

Ela decidiu não se estender no comentário.

— Entre e venha conhecer meu pai. E não, isso não é tão assustador quanto parece.

— Que bom. Porque pais normalmente me assustam.

— Você é engraçado.

— É verdade. Nenhum homem quer que um cara estranho dê em cima da sua filha, mesmo quando o cara estranho sou eu, e olha que eu sou demais.

— É isso o que você está fazendo? Dando em cima de mim?

— É isso o que você quer?

Sim. *Não*.

— Nós precisamos de regras?

— Nunca fui muito fã de regras.

— Vamos encontrar Papa. Acho que ele está nos vinhedos com os Olivier, dando uma de dono da propriedade.

— Eu gosto da propriedade. — Finn olhou ao redor, para os jardins abundantes. — É um lugar fantástico.

— Também acho, mas mal começamos a explorá-lo. As datas de fundação são dos tempos romanos, e a casa principal foi construída no século XVIII. E definitivamente aparenta a idade que tem. — Camille apontou para uma lona azul sobre a parte deteriorada no teto. — Aquele sótão passou uns cem anos sem nenhuma limpeza. E juro que o pessoal encontrou uma espécie de morcego que já está em extinção nos dias de hoje. É como entrar numa máquina do tempo.

O vinhedo ficava numa encosta em formato de trapézio do lado de fora dos muros de pedra. O final de cada fileira perfeitamente reta era marcado por uma roseira florida, como um ponto de exclamação. Funcionários com chapéus de palha encaixavam as novas mudas de parreira dentro dos cercados de treliça, e o pai de Camille parecia feliz em ajudar.

Henry e madame Olivier vieram cumprimentá-los.

— É como se eu nunca tivesse saído daqui — disse Papa, limpando as mãos em um lenço vermelho. — Estão me fazendo trabalhar como uma mula.

— Faça no seu tempo — falou a madame. — Foi você que insistiu.

— Ela sorriu para Camille. — Seu pai me conquistou com suas habilidades em jardinagem e na cozinha.

Papa estendeu a mão para Finn.

— Agora, seja educada e me apresente para o seu rapaz.

— Ele não é...
— Está bem. Não quero soar como a sua mãe.
— Papa, esse é o professor Finnemore. Finn, meu pai, Henry Palmer.
Finn sorriu e apertou a mão de Papa.
— Camille me mostrou as fotos da câmera da sua mãe — disse ele. Seu francês era delicado e charmoso, mais formal do que o dialeto local. — Com a sua permissão, eu gostaria de descobrir mais informações sobre ela.
— Claro. Eu também gostaria disso.
— Tudo começou com uma goteira no teto — explicou a madame. — Quando fomos ao sótão, encontramos uma série de coisas que estavam intocadas desde a guerra. Desde as duas guerras, na verdade. Venha, eu vou lhe mostrar.
Ela conduziu Finn pelo caminho até a casa e pelas escadas. Camille olhou para o pai.
— Como você está se sentindo? — perguntou ela baixinho.
— Eu costumava fazer as mesmas tarefas quando era garoto. Embora a tia Rotrude nunca me obrigasse a limpar o sótão.
Os três entraram na casa, onde madame Olivier os aguardava.
— Tive que fazer um intervalo da escavação histórica — falou Papa. — É mais agradável ficar lá fora no sol.
— Então você está se sentindo bem? — murmurou Camille, ciente de que ele não havia respondido à pergunta, e igualmente ciente de que ela estava se preocupando demais, fungando em seu pescoço.
— Hoje é um dia bom — respondeu Henry. — A preocupação com o amanhã só estragaria isso.
Os quatro subiram a escada. Camille podia ver Finn observando cada detalhe da casa antiga. O último lance de escada até o sótão era estreito e ziguezagueava até uma porta pequena em formato de arco. Quando a madame abriu a porta e revelou o cômodo, eles sentiram uma lufada de ar quente, carregando cheiro de poeira e velhice.
— É uma bela pilha de coisas velhas — disse ela. — Infelizmente, nada foi organizado. Rotrude não era muito boa com coisas de casa, nem os pais dela, pelo visto, e talvez nem os outros antes deles. Parece

que Rotrude apenas ia guardando algumas coisas aqui em cima e nunca mais se lembrava delas.

— A irmã de Didier Palomar, tia do Papa — explicou Camille para Finn. — Ela morou aqui como guardiã legal dele até ele completar 18 e se mudar para os Estados Unidos.

— Se eu soubesse que ela tinha deixado essa bagunça, teria ajudado a arrumar — falou Henry. — Minha tia sempre se ressentiu com o fato de que teria que deixar o *mas* para que os inquilinos pudessem entrar e acabou indo morar com a filha dela, minha prima Petra, que já era casada nessa época.

— Peço desculpas pela bagunça.

— Não é uma bagunça — retrucou Finn, com os olhos brilhando. — É o El Dorado.

A luz do sol entrava em feixes por entre as vigas, e era possível ver a poeira flutuando. Camille tentou não olhar diretamente para ele.

— Fico feliz que pense assim — respondeu madame Olivier. — Jacques e eu sempre esperamos que Rotrude mandasse buscar as coisas dela em algum momento, mas não foi o caso. Depois de um tempo, nós nos esquecemos disso.

— É compreensível — exclamou Camille. — Sua vida ficou muito ocupada por aqui, ainda mais com seis crianças.

Madame Olivier assentiu com um sorriso largo.

— Quando olho para trás, não consigo entender como nós conseguíamos administrar tudo naquela época.

— E agora vocês estão colhendo os frutos — concluiu o pai de Camille. — São rodeados por uma família linda. Eu sempre quis ter mais filhos, mas... — A voz de Henry desapareceu.

— Você nunca me contou isso — exclamou Camille.

Ele tirou um lenço branco do bolso e secou a testa.

— Você é uma alegria tão grande — disse Papa. — Queria ter tido umas dez de você.

Finn era alto demais para ficar de pé no sótão sem bater a cabeça.

— A senhora se incomodaria se nós levássemos um pouco dessas coisas para outro lugar? — perguntou ele para a madame.

— Se eu me incomodaria? Seria uma grande ajuda tirar as coisas daqui de cima para podermos fazer a reforma. Podemos levar tudo lá para baixo, para organizarmos. — Ela bateu a poeira das mãos. — Também podemos chamar as crianças para ajudar. Nico e Martine são excelentes trabalhadores, e imagino que Julie também seja.

— Que tal darmos uma olhada por aqui — sugeriu Finn — e então traçamos um plano?

Camille observou o sótão que se estendia de uma ponta a outra da casa.

— Tem coisa demais. Nós nunca conseguiremos olhar tudo isso.

— Conseguiremos, sim — garantiu Finn. — É como uma caixa de chocolates suíços para mim. É para isso que vim.

Claro que sim. Camille afastou-se dele, repreendendo-se por supor outra coisa.

— Não sei nem por onde começar.

— Simplesmente começando.

Camille pegou um balde antigo envernizado, com uma camada de poeira e repleto de teias de aranha.

— Sei.

— E depois chamamos a Vivi.

— Vivi?

— Vivienne. Minha arquivista.

— Você tem uma arquivista?

— Tenho. É como uma assistente de pesquisa, só que mais inteligente. Não conte para minha assistente de pesquisa que eu disse isso.

Finn sorriu.

— Você também tem uma assistente de pesquisa.

Camille lembrou dos e-mails.

— Roz. Ela é ótima, mas é melhor na frente de uma tela de computador.

Henry tinha começado a vasculhar as caixas e envelopes antigos, com a testa franzida. Ele levantou um lençol de uma pintura enquadrada e espirrou com a lufada de poeira. Era um retrato bastante sério de um homem em um uniforme — com a postura ereta, cabelo louro e olhos azuis ou cinzas. Uma pequena placa de metal indicava DIDIER PALOMAR. MILÍCIA FRANCESA, 1943.

— Vejam isso! — exclamou Henry. — Didier Palomar era vaidoso como um pavão, não acham?

— Uau! Ele era da Milícia? — Finn arregalou os olhos.

— Não sei o que é isso — afirmou Camille.

Madame Olivier estremeceu.

— Eram homens franceses que apoiavam e defendiam o regime de Vichy e os nazistas. Muitas pessoas acreditavam que eles eram piores do que os alemães porque tinham traído o próprio povo.

— E Didier Palomar era um deles. — Camille teve um calafrio, apesar do calor. — Papa, eu realmente não acredito que ele era seu pai biológico.

Henry ficou observando o retrato.

— Por mais que eu quisesse que isso fosse verdade, tenho medo de ser só um desejo, meu amor. — Ele olhou de volta para a fotografia.

— Isso mudaria tudo.

Camille imaginou o que ele quis dizer com aquilo. *Tudo?*

— Um teste de DNA poderia resolver, mas nós precisamos encontrar uma amostra. — Ela examinou a bagunça. — Quais são as chances de encontrarmos algo aqui?

— Você não precisa de uma amostra — afirmou Finn. — Você não acabou de dizer que existe uma prima... Petra?

— Seu namorado é um bom ouvinte — afirmou a madame.

— Ele não é meu namorado — retrucou Camille.

— Ainda não, mas vamos focar aqui — sugeriu Finn.

Henry assentiu.

— Minha prima Petra era cerca de dez anos mais velha do que eu e gostava de me atormentar quando eu era garoto. Imagino que ela já tenha morrido.

— E os filhos dela? — perguntou Finn.

— Sua prima nunca teve filhos — respondeu madame Olivier. — Mas ela ainda está viva. Achei que você soubesse.

— Não fazia a menor ideia — falou Henry.

Ele cobriu o retrato novamente com o lençol e virou-se para ela.

— Ela mora em Marselha — afirmou a madame.

— Sua prima está viva, Papa. Isso é algo muito importante — disse Camille. — Nós não precisamos nos preocupar em achar uma amostra do DNA do Didier.

— Camille está certa — concordou Finn. — Metade do seu DNA é da sua mãe e metade é do seu pai. E como seus pais tinham o DNA dos pais *deles*, você também tem um pouco do DNA dos seus avós.

— Petra e eu temos os mesmos avós de um lado da família — disse Henry, o entendimento chegando aos poucos em seu olhar.

— Portanto vocês terão cerca de doze por cento do mesmo DNA — explicou Finn.

— Você é muito inteligente — afirmou Camille.

— Eu sou professor, lembra?

— De genética?

— Tá bem, talvez eu só seja um gênio.

— E muito humilde. Podemos entrar em contato com ela? — perguntou Camille ao pai.

— Imagino que sim, mas não faço ideia se ela gostaria de nos receber, e menos ainda se vai querer nos ajudar fazendo um teste de DNA. — Henry fez uma pausa, olhando ao redor do sótão. — Petra e eu nunca fomos próximos. Ela era bem bonita e casou-se com um homem que tinha uma casa grande na cidade. Um conselheiro legal, acho. Nunca tive contato com nenhum dos dois quando eu era menor.

— Mas isso foi há muito tempo. Tenho certeza de que sua prima gostaria de ter notícias suas. — Madame Olivier olhou para Finn. Ele estava suando enquanto empurrava caixas até a porta. — Está ficando muito quente aqui — acrescentou.

— Concordo — afirmou Henry. — Se vocês não se importarem, vou descer para tomar algo gelado e descansar um pouco no jardim, me recuperar um pouco desse trabalho todo.

— Eu vou com você. Vamos ligar para sua prima Petra.

Depois que os dois desceram, Camille e Finn ficaram em silêncio por alguns instantes.

— Descobrir todas essas coisas sobre pessoas que já morreram há tanto tempo é estranho e interessante. — De repente ela percebeu como isso deveria soar para ele. — Finn, me desculpe.

— Não se desculpe. Você está certa. Quando penso no meu pai, imagino se o homem que eu vi nas fotos, o homem que minha mãe, minhas irmãs e meus avós conheceram é de alguma forma parecido com a pessoa que eu criei na minha cabeça. — Finn deu uma boa olhada no sótão, parado no meio de poeiras flutuantes nos raios de sol, parecendo curiosamente vulnerável. — E então eu me pergunto o quanto isso importa.

Julie se encolheu quando o galo cacarejou, como se estivesse dentro de seu ouvido.

— Como ele sabe que eu estava no meio de um sonho maravilhoso? — murmurou a menina.

— Sonho... — repetiu Martine, testando a palavra em inglês e pulando da cama. — Falei certo?

— São seis horas da manhã — retrucou Julie. — Nada está certo às seis da manhã.

— Você é engraçada. Vamos. Nós temos *des tâches ménagères*. Qual é a palavra em inglês para isso?

— Tarefas, acho. Ou talvez tortura. Quando Papi disse que nós vínhamos para Sauveterre, ele não me contou que era um campo de trabalho forçado.

— Vista-se — mandou Martine. — O trabalho passa mais rápido se começarmos cedo. Vejo você lá embaixo.

Julie se virou na cama e tentou se afundar no edredom. Era seu destino dividir o quarto com uma pessoa matinal. O cão de Martine, Aspro, subiu em cima dela e começou a cavar os lençóis com fúria. Martine se recusou a mandá-lo parar, e então Julie finalmente desistiu.

Martine já estava pronta, vestindo um short e uma blusa curta, o cabelo preso atrás com um lenço enrugado. Uma pulseira de couro ao redor do punho combinava bastante com a pele bronzeada da colega de quarto. Julie ficou intrigada se a menina tinha estudado a arte de ser naturalmente estilosa ou se as francesas simplesmente nasciam daquele jeito.

— Desço em cinco minutos — avisou Julie.

Ela arrumou a cama e se vestiu, depois saiu na varanda. Tudo bem, aquilo não era tortura. O nascer do sol sobre o vinhedo e o pomar deixava tudo dourado, e Julie entrou para pegar seu celular, que era útil somente para tirar fotos ali. Ela não tinha nenhum sinal da operadora e não havia Wi-Fi na casa. Para conseguir internet, elas tinham que ir de bicicleta até a cidade e entrar na biblioteca ou em um dos cafés. A menina estava conversando com Tarek por e-mail, trocando figurinhas sobre as aventuras de verão dos dois.

A varanda de pedra tinha marcas do tempo e era coberta por uma trepadeira enorme, que Martine dizia ser útil para entrar e sair de casa às escondidas. Elas ainda não tinham fugido para nenhum lugar, mas Julie estava ansiosa por esse momento.

Ela desceu a escada e encontrou Martine na cozinha com Thomas e sua irmãzinha, Célie. Martine tinha feito chá com leite e mel para eles, e todos dividiam uma tigela de melão e frutas vermelhas com um pouco de hortelã por cima.

Caramba, todo mundo ali acordava com as galinhas? O que aconteceu com dormir até mais tarde nas férias?

— Bom dia — disse Thomas em inglês.

— Bom dia para você. Você está me parecendo bastante animado, considerando o horário. — Julie se serviu de um pouco de chá e abriu uma pequena jarra de vidro de iogurte. — Sua prima está me obrigando a fazer tarefas, *des missions de routine*. Quer ajudar?

— Não. Mas Martine disse que nós temos que ajudar se quisermos ir à praia mais tarde.

— Nós vamos à praia?

— Você vai amar — respondeu Martine. — É linda, e a água é cristalina. Nós sabemos os melhores lugares para fugir das multidões.

— Parece fantástico. Vamos começar a fazer essas tarefas, então.

As crianças mais novas precisavam pegar ovos no galinheiro e espalhar comida para as galinhas.

— Tenho medo das galinhas — resmungou Célie. — Elas são más.
— Você é pior que elas — retrucou Thomas. — É só enxotá-las.
Julie e Martine foram trabalhar no jardim.
— Duas horas aqui, e depois estamos livres pelo resto do dia — explicou Martine. — E olhe, ainda temos um bônus.
Ela apontou para os três garotos que já estavam trabalhando.
Agora Julie entendia por que Martine não se importava em levantar cedo. O nome deles era Yves, Robert e André. Os três irmãos eram tão bonitos que Julie imaginou uma música tocando quando Martine os apresentou. E, no final das contas, música, na verdade, era o grande barato deles. Estavam trabalhando no verão para guardar dinheiro para a banda.
— Nós só estamos começando — falou Yves. — Ninguém paga para nos ouvir tocar.
— Mas eles são muito bons — completou Martine.
— Quando vamos poder ouvir vocês tocando? — perguntou Julie.
— Nós vamos participar da feira de sábado em Cassis, lá no fim do porto. Vocês deviam ir — sugeriu André.
Ele era o mais novo dos três, e o mais fofo, na opinião de Julie. Era muito estiloso, com uma bermuda larga e uma camiseta com dizeres em inglês sem sentido: TIME DE SKATE DE COMPTON 1982 CLÁSSICO, e cabelo castanho-claro bagunçado.
Os tomates precisavam ser amarrados, um trabalho que ela não se incomodava em fazer, prendendo as plantas em uma treliça feita de videiras antigas. André estava por perto, e algumas vezes ela o viu olhando para ela.
— Você é uma boa trabalhadora — disse ele.
— Essa não é minha primeira vez — respondeu ela em inglês. E depois explicou o significado em francês.
— Essa não é minha primeira vez — repetiu ele, com um sotaque pesado que fez os dois rirem.
— Eu ajudo Papi no jardim na casa dele — explicou ela.
— Que legal que você é dos Estados Unidos.
— Você acha? Nunca pensei nisso.
— Todo mundo aqui acha os Estados Unidos o máximo.

— Que engraçado. E nos Estados Unidos todo mundo acha que o legal é ser da França.

Julie ficou impressionada que ele, ou qualquer pessoa, achasse que ela era legal.

— Você mora aqui perto?

André assentiu.

— Na vila. Meus pais têm uma loja de roupas, e nós moramos em um apartamento em cima da alfaiataria do meu tio-avô.

Julie se lembrou de passar em frente à alfaiataria.

— Seu tio se chama Michel Cabret?

— Sim. — O menino pareceu surpreso. — Como você sabe?

— Ele era amigo do Papi quando os dois eram garotos.

Martine e Robert estavam na ponta de uma das fileiras, sorrindo um para o outro enquanto trabalhavam em lados opostos da treliça.

— Acho que eles estão... — Julie fez uma pausa. — Não sei a palavra para "flertando" em francês. Assim, ó.

Ela piscou os olhos e fez um suspiro romântico.

André deu uma risada.

— Você é engraçada. A palavra é *flirter*, igual em inglês.

— Soa melhor em francês. Tudo soa melhor em francês. — Julie voltou ao trabalho, mas continuou conversando com ele através da treliça. — Martine e eu vamos levar as crianças à praia hoje mais tarde — disse ela. — Como é a praia daqui?

— Fantástica. Espero que você não se importe em subir os Calanques.

— Calanques?

— É... Rochas bem íngremes que formam torres sobre o mar. Você tem que subir e escalar para chegar às melhores praias. Água cristalina e areia clara, e nada de multidões, porque é difícil de chegar. Você nada bem?

— Claro. Todo mundo na minha cidade nada bem. Nossa praia não tem penhascos. É plana e com bastante areia, perfeita para surfar.

— Você sabe surfar?

— Um pouco.

Depois que o pai da menina morreu, Camille não deixou Julie praticar mais. Era perigoso demais. Mas Julie e os amigos, naqueles tempos em que ela tinha amigos, tinham ido surfar mesmo assim, treinando em pranchas emprestadas, sentados na rebentação, esperando pelas ondas boas. Ela sentia saudade daqueles dias com os amigos. Sentia saudade de ter amigos.

Ela olhou pelo meio da treliça para André.

— Talvez a gente se encontre na praia mais tarde — disse ela.

— Claro. E na feira sábado?

— Em Cassis? — confirmou Julie. — É muito longe?

— Tem um ônibus da região que vai até lá. Martine vai te mostrar.

No final da manhã, Martine e os garotos realmente pareciam ser seus amigos. Julie não se importava por ter tido que ir até a França para encontrar amigos com quem pudesse sair. Até fazer tarefas no jardim era mais divertido do que qualquer coisa que ela fez nos últimos meses. Eles combinaram de se encontrar no ponto de ônibus da vila para irem à praia juntos. Anouk levou-os até a cidade com uma cesta de petiscos, toalhas e protetor solar, junto com instruções sérias para manter as crianças menores em segurança. Os três garotos apareceram, e o ônibus desceu por um vilarejo costeiro e um porto agitado com lojas de turistas e placas apontando na direção de trilhas que levavam à praia.

Penhascos de granito subiam por cima do Mediterrâneo, e a água era tão azul que os olhos de Julie doíam. Como prometido, a subida até chegar em picos remotos e radicais e enseadas com águas cristalinas era difícil. Uma descida irregular de pedras levou-os a uma praia de areia fina, com alguns poucos grupos de turistas e moradores locais deitados em toalhas ou almoçando na sombra. Julie estava empolgada demais para comer. Ela e Martine levaram os pequenos para a água, que gritavam de alegria enquanto brincavam nas ondas. Os meninos subiram em uma pedra alta para pular, e caíram na água gelada aos berros.

— Vamos tentar — disse Julie para Martine.

— É alto demais — respondeu Martine, fazendo sombra com a mão nos olhos.

— É por isso que é divertido — retrucou Julie.

— Vou ficar aqui com meus primos — falou Martine. — Nós estamos construindo um castelo de areia.

Julie subiu pelo caminho de pedra e parou em um platô que se estendia sobre a água, como uma plataforma de salto natural. Sua mãe daria um chilique se soubesse que a filha estava prestes a pular de uma falésia.

— Você quer mergulhar? — perguntou André.

Julie estava completamente extasiada.

— Claro que sim. — E então olhou para baixo. — Cruzes! — exclamou ela. — Não sei dizer isso em francês.

— Cruzes! — repetiu André, sorrindo.

— É mesmo muito alto.

— Uns dez metros — falou Yves. — A água é bem funda, você não precisa se preocupar.

— Cruzes — disse Julie de novo. Mas ela estava amando tudo naquele dia, e sabia que amaria aquilo também. — Eu vou primeiro.

A menina respirou fundo e caminhou até a beira da plataforma. A visão de cima para baixo a deixava tonta, mas a água era linda, os tons variados de turquesa e azul-escuro brilhando com a luz do sol. Julie sentiu a tensão na barriga, mas expulsou o medo do corpo. Depois de lidar com Vanessa Larson durante o ano inteiro, um mergulho de dez metros de altura seria como uma simples caminhada no parque.

Ela se virou e olhou de volta para os meninos. André assentiu com a cabeça em aprovação. Sua mãe estava sempre a alertando sobre não deixar que outros jovens a influenciassem a fazer coisas perigosas.

O que Camille não percebia era que ninguém precisa influenciá-la a fazer absolutamente nada.

Catorze

— As garotas Bond chegaram — anunciou Camille, olhando lá fora para o pátio enquanto Finn e as duas modelos saíam do *deux chevaux*.
— Garotas Bond? — perguntou Anouk, inclinando-se na janela. — Ah, você quer dizer aquelas garotas do filme do James Bond?
— Isso. Aquelas bonitas que dormem com ele e tentam matá-lo no final.
— Isso parece meu primeiro casamento.
— Eu não sabia que você tinha sido casada antes.
— Não fui. Ainda estou no meu primeiro casamento. — Anouk sorriu. — Vamos! Vamos lá conhecer sua concorrência.
— Elas não são minha concor...
O coração de Camille apertou quando, de repente, ela se sentiu desleixada e sem graça em seu vestido branco de algodão. Ela ficou vermelha, porque sabia que tinha escolhido a roupa só para Finn. Mas isso nem sequer importava naquele momento, pensou ela, seguindo Anouk para o lado de fora. Não havia como competir com Vivi, uma somaliana esguia que abriu um sorriso gentil enquanto Finn fazia as apresentações. Roz era britânica e tinha cabelo ruivo comprido, um corpo atlético musculoso e no mínimo uma dúzia de lápis apontados saindo do bolso de sua camisa. Os três conversavam em inglês enquanto descarregavam caixas de arquivo, notebooks e equipamento de fotografia do carro.
Camille levantou a mão.
— O nome é Adams. Camille Adams.
A piada era boba, mas ela não se aguentou.

Finn olhou para ela confuso. Anouk se intrometeu e perguntou se eles aceitavam algo para beber.

— Água seria ótimo — respondeu Vivi.

— Para mim também — completou Roz.

— "Batido, não mexido" — murmurou Anouk enquanto ia para a cozinha.

— Vocês duas têm algum tipo de piada interna? — perguntou Finn.

— Jamais — respondeu Camille. Em seguida, ela se virou para as visitantes. — Tá certo. Vamos começar?

Vivi encarou o projeto com uma paixão feroz. Antes de examinarem o material, era preciso preparar o local. Em pouco tempo, ficou claro que eles estavam diante de um enorme tesouro de informação, não só sobre a vida comum da fazenda e da vila, mas sobre um mistério fascinante enterrado profundamente no passado. Eles dividiram e marcaram o chão do sótão em um padrão quadriculado para registrarem o local original de cada objeto conforme removiam tudo de lá.

O vestido branco foi um fracasso colossal, percebeu Camille, após cinco minutos na função. Ela tinha se imaginado sentada na sombra de uma árvore com Finn, deleitando-se com recordações e peças antigas, enquanto bebiam limonada com gás e trocavam olhares um com o outro. Em vez disso, Camille logo viu seu vestido coberto de poeira, teias de aranha e entulhos.

Apesar do desafio indumentário, ela gostou de trabalhar com a equipe de Finn. As duas mulheres eram muito interessantes. Vivi era filha de um ministro da Cultura da Somália e era uma maratonista talentosa. Roz vinha de uma cidade industrial no oeste da Inglaterra e tinha aprendido suas técnicas de pesquisa ajudando seu avô, um encadernador notório.

— Como vocês duas vieram parar em Aix? — perguntou Camille.

— Ninguém "vem parar" em Aix — respondeu Roz, rindo. — É preciso focar muito nesse objetivo e não desistir até encontrar uma maneira de viver aqui.

— Você já esteve em Aix-en-Provence, né? — perguntou Vivi.

— Ainda não.

— Quando você for até lá, vai entender — falou Roz. — É lindo, tem um clima perfeito, comida e vinhos maravilhosos, música fantástica e muitos homens.

Tanto Vivi quanto Roz olharam para Finn, que tinha tirado a camisa e estava fazendo um intervalo para beber um pouco de água perto do poço. O corpo dele brilhava com pequenas gotas de água abrindo caminho e escorrendo na pele.

— Ai, meu Deus — falou Camille, reconhecendo a própria expressão ao vê-las o observando. — Vocês duas já dormiram com ele.

De certa forma, era um alívio. Camille já estava desconfortável com a atração que sentia por Finn havia tempos. Aquela era a desculpa perfeita para esquecê-lo. Ela não se tornaria a próxima conquista dele.

— Infelizmente, não — respondeu Vivi.

— Todo mundo *quer* dormir com o Finn — acrescentou Roz, ainda olhando para ele. — Quer dizer, fala sério. Mas ele tem esta qualidade infeliz.

— Ah, é?

Camille deu corda. Talvez ele fosse um mulherengo ainda pior do que ela suspeitava.

— Sim. Essa mania inconveniente de decência. Ele tenta manter em segredo para acharmos que ele é o bonzão, mas você vai ver. Ele é ridiculamente certinho.

Vivi assentiu.

— Ele é totalmente profissional, mantém distância dos colegas de trabalho e das alunas. Até das jovens sem-vergonha.

— Profissional? — Camille estava cética. — Ele flerta descaradamente.

— Ah, isso é só uma proteção — afirmou Vivi. — Ele tem essa barreira.

Roz concordou.

— Ninguém consegue encontrar um caminho para chegar ao coração dele, e esse tipo de coisa acaba virando um tédio depois de um tempo, não importa quão bonito ele seja quando está sem camisa.

— E, só para você saber, ele está realmente interessado em você — confessou Vivi.

— O quê? — As bochechas de Camille pegaram fogo. — Por que você está dizendo isso?

— Porque ele contou no caminho daqui — respondeu ela.

— Ele... o quê? O que ele disse?

— Que está superatraído por você e que quer dormir com você.

— Ele disse o quê? — *Meu Deus*, pensou Camille. *Que babaca!*

— Não, ele não disse isso — explicou Roz. — Mas tenho certeza de que ele quer. Só não esqueça que ele se recusa a se abrir e se apaixonar.

Elas trabalharam durante um tempo em um silêncio educado. Por fim, Camille não se aguentou, pois queria saber mais.

— Por que ele se recusa a se abrir?

Roz deu de ombros e fez algumas anotações em sua prancheta.

— Boa sorte para tentar arrancar uma resposta dele.

— Eu acho que tem a ver com a primeira esposa dele — sugeriu Vivi.

— Emily Cutler — completou Camille. — Ele nunca a mencionou para mim, mas estava na página da Wikipedia dele. Não sei por que eles se separaram.

— Ahhhh, vocês dois têm muito o que conversar entre uma transa e outra.

— Não quero tanta intimidade assim com ele — replicou Camille. — E eu definitivamente não vou transar com ele. Não é... não é o caso.

— É uma pena, então — concluiu Vivi. A expressão dela ficou pensativa. — Nós nunca o vimos caidinho por ninguém.

— Ele não...

— Acredite, ele está caidinho.

— Venham para a mesa, pessoal. Henri fez uma *salade lyonnaise* maravilhosa — declarou madame Olivier, trazendo uma bandeja para a mesa comprida que ficava na parte externa. — Camille, chame Finn. Ele está lá no galpão.

A família Olivier, pelo que parecia, estava armando para juntar os dois. Camille o encontrou vasculhando as coisas que eles tinham tirado lá do sótão.

— Todos esses objetos de um passado que ninguém se lembra — disse ela.

— Nós vamos juntar os pedaços — garantiu Finn. — A universidade em Aix tem um arquivo de narrativas pessoais da guerra, e eu tenho uma sala repleta de alunos muito empolgados. Nós podemos fazer com que eles identifiquem e entrevistem os sobreviventes locais.

— Meu pai está um pouco surpreso com todo esse estardalhaço.

— É uma oportunidade enorme para a pesquisa histórica — retrucou ele. — Prefiro que meus alunos vão a campo a ficar sentados na frente do computador. — Finn olhou para o rosto de Camille de um jeito que a deixou sem graça, pensando se ele sabia que havia sido o assunto da conversa com Roz e Vivi. — Está tudo bem? — perguntou.

Camille assentiu.

— E Julie? Está se divertindo até então?

Ela assentiu outra vez.

— É maravilhoso vê-la saindo com amigos de novo. Às vezes me preocupo que ela faça algo perigoso, mas as crianças parecem ótimas. Ela diz que eles só pegam o ônibus para ir à praia ou a algumas feiras, ou vão dar uma volta na vila.

— Eu costumava dizer à minha mãe que ia à biblioteca.

— E para onde você ia?

— Não para a biblioteca.

Camille pegou o retrato de casamento que tinham encontrado de Lisette e Didier. Era uma pose com expressão apática bem comum daquela época, a noiva e o noivo imóveis enquanto olhavam para a lente da câmera. Era impossível não imaginar o que estava se passando na cabeça de Lisette no momento do registro. Ela estava apaixonada por Didier? Ele parecia bonito o suficiente, e orgulhoso. Será que ela seguia a mesma política do marido, aprovava a decisão de se unir aos alemães?

— Eles parecem um casal divertido para você? — perguntou Finn.

Camille balançou a cabeça.

— É difícil dizer. Eu sempre confiro as mãos... Elas dizem muita coisa, pois as pessoas normalmente não pensam no que estão fazendo com as mãos. Nessa foto, as mãos de Lisette estão segurando o buquê, e as dele estão para trás.

— Talvez os dois tivessem algo a esconder.
— Eu não diria *talvez*. Diria *certamente*.
Ambos ficaram em silêncio por alguns instantes. Camille pensou na conversa com Vivi e Roz.
— Você foi casado — afirmou ela.
— Você também.
— Quer falar sobre isso?
— Tanto quanto você quer falar sobre seu primeiro casamento — respondeu Finn.
— Ou seja, nem um pouco.
— Certo. Mas você tem perguntas sobre o meu.
— Sim — disse ela. — Eu tenho perguntas.
Finn abriu os braços.
— Sou um livro aberto.
Aham, pensou Camille.
— Por quanto tempo você foi casado?
— Dez anos.
A resposta derrubou a teoria de que ele tinha fobia de compromissos.
— E não deu certo.
— Imagino que sua próxima pergunta seja "por quê".
— Olha, se for íntimo demais, podemos mudar de assunto.
— Eu gosto de ficar íntimo de você, Camille.
Ela não sabia dizer se Finn estava falando sério ou sendo sarcástico.
— Certo.
— Tá bem, proponho um acordo. Está pronta para sacar seu violino e tocar uma canção de misericórdia? Meu casamento, a versão resumida. Era nosso aniversário de dez anos e eu tinha planejado uma noite-surpresa: champagne, flores, um jantar especial. Uma droga de chocolate que custava mais que um rim. Velas que magicamente não escorriam cera. Quando Emily chegou em casa do trabalho e viu a surpresa, ela desabou em lágrimas e me contou que estava grávida.
— Ai, meu Deus, você quer dizer que não queria ter filhos e então terminou com ela?
— Meu Deus, Camille. Posso terminar?
— Desculpe. Continue.

— Poxa, sim, eu queria uma família. Fazia tudo parte do plano. Mas eu queria filhos meus, não filhos de um outro cara.

— Ah, não, Finn. Jura?

— Você acha que eu ia inventar uma merda dessa? Tem uma palavra antiga para isso: cornaça. Acho que deveríamos recuperar essa palavra, porque é exatamente como me senti. Pedi o divórcio no dia seguinte.

— No dia seguinte? Você não pensou que talvez houvesse uma maneira de consertar as coisas, quem sabe vocês tentarem ficar juntos?

— A questão é, a infidelidade não acontece em um vácuo — explicou Finn. — Embora ela tenha concretizado a traição, acho que tive minha parcela de culpa ao não enxergar as rachaduras na base do nosso relacionamento. As coisas não estavam boas já fazia um tempo, e eu as ignorei. Terminei meu serviço como oficial da Marinha e me tornei professor. Surgiu a oportunidade de dar aula em Aix, mas Emily não queria ir, e eu queria. Portanto, não, não acho que tinha sentido algum em tentarmos ficar juntos. Ela foi morar com Voldemort e eles tiveram um filho juntos. Depois se separaram, e agora Emily é mãe solo.

— Sinto muito que você tenha passado por tudo isso, Finn. E desculpe por ter trazido o assunto à tona.

Camille sabia que ele não gostaria que ela sentisse pena, mas a sensação de traição e de orgulho ferido devem ter sido devastadoras.

— Ok, agora é sua vez — concluiu Finn.

Camille se sentiu encurralada. Mas Finn era daquele jeito, e ela estava descobrindo rapidamente que podia contar qualquer coisa para ele. Era estranho e meio que maravilhoso saber que ele não a julgaria. Só a ouviria.

— Fui casada por dez anos também. Eu só queria uma vida normal.

— Defina *normal* — desafiou Finn. — Isso existe? Para alguém?

— Existia para mim — insistiu Camille. — Eu tinha uma vida normal até perder Jace. Eu achava que tudo seria sempre bom. Estava errada em pensar assim?

— Não. É romântico da sua parte.

Ela sentiu um calafrio, daqueles do fundo do coração.

— Nós temos que ir almoçar com todo mundo.

Finn a olhou de um jeito especial, para deixar claro que estava a fim dela.

— Eles podem começar sem nós dois.

Camille respirou fundo. Finn tinha sido totalmente sincero sobre seu primeiro casamento. Ele merecia o mesmo dela.

— Depois de Jace, nada mais pareceu normal para mim. Se não fosse por Julie, provavelmente eu teria me reduzido a nada. Há uns dois anos, quando eu estava finalmente saindo dessa fossa, descobrimos que meu pai estava com câncer.

— Ah, Camille, eu sinto muito.

— Tudo bem. Ele já terminou o tratamento. Ainda há dois tumores, mas ele está estável e diz que se sente bem. Então... vamos ver. Existe uma probabilidade alta de reincidência nesse tipo de câncer. A recomendação do médico é ficar bem e aproveitar a vida.

— Essa é uma boa recomendação para qualquer pessoa.

— E é hora de almoçarmos. Meu pai fez uma salada. Não se preocupe, é uma salada para homens, com bacon e ovo pochê.

— Eu não estava preocupado. Mas o bacon me deixa mais feliz.

Camille observou todas aquelas recordações, e seu olhar ficava voltando para o retrato do casamento.

— Nós vamos ter que conversar mais tarde.

— Uau, madame Adams, essa é a sua maneira de me chamar para sair?

— Minha... o quê? Não.

— É sim, e eu aceito. Aonde você gostaria de ir? — Finn sorriu. — Não me olhe assim. Você está na Provença, Camille. As coisas vão ficar românticas, quer você goste ou não.

Que mal poderia ter?, refletiu ela. Camille só estaria aqui durante o verão, e Finn a estava ajudando a descobrir informações muito importantes para o pai dela. Parecia ridículo ser tão puritana.

— Tá bem. Surpreenda-me.

Com uma energia nervosa, Camille almoçou com pressa e depois voltou ao trabalho, vasculhando uma caixa com uma etiqueta em que se lia LINGE. Fiel ao título, era uma coleção de roupas de cama, com uma fragrância sutil de cedro seco e lavanda. A maioria dos itens estava desgastada e amarelada por causa do tempo. Ela separou cada um deles, identificando-os conforme Vivi havia instruído.

Camille se deparou com uma almofada de trama antiga estampada com uma árvore da vida. Ela ergueu para Finn ver.

— Antiguidade ou lixo?

Finn olhou a peça.

— É uma beleza, mas provavelmente é recente. Tem alguma etiqueta dentro?

Quando ela virou a almofada do avesso, ocorreu-lhe que aquilo não deveria ser uma almofada, de fato. O enchimento não era macio o suficiente. E, se fosse mesmo uma almofada, os ratos não teriam carregado todo o estofo para seus ninhos, do jeito que fizeram com as outras que Camille encontrara no sótão?

Um dos lados estava com a costura frouxa. Ela puxou a linha com cuidado e encontrou um tecido pesado e grosso lá dentro.

— Não encontrei etiqueta alguma, mas veja isto aqui.

Ao colocar a mão lá dentro, Camille puxou uma lona bege dobrada, já desgastada. Aquilo não parecia fazer sentido. Ela desdobrou a lona e a esticou. Havia letras e números marcados no tecido, junto com as palavras SET. 1943 (7,3 M DIAM.). AN 6513 — 1A PARA-QUEDAS. Um papel antigo, com carimbos oficiais e o título REGISTRO DE PROTOCOLO DE PARA-QUEDAS, caiu de uma das dobras do tecido.

— Caramba — exclamou Camille, olhando para Finn.

A expressão no rosto dele provavelmente era um espelho da dela.

— Acho que estamos diante de algo importante — concluiu ele.

Parte IV
Bellerive

A fotografia é um segredo sobre um segredo. Quanto mais ela lhe diz, menos você sabe.

— DIANE ARBUS, FOTÓGRAFA AMERICANA

Quinze

Maio de 1944

— *Ne tirez paz.*
Por favor, não atire.
Hank Watkins agonizava de dor quando ouviu as palavras da mulher. Usando toda a força que lhe restava para segurar a arma com firmeza, ele mirou o cano curto da Colt semiautomática no peito dela. Já era quase noite, portanto era preciso atirar rápido ou então correr o risco de a mulher fugir. A respiração curta dela era audível, como um animal encurralado. Os dedos de Hank tensionaram no gatilho. A arma tinha um silenciador, e, com um único tiro, ele poderia ficar sozinho na mata outra vez.

Os batimentos do coração dele estavam leves e acelerados, como se tivesse um filhote de pássaro preso dentro no peito, batendo as asas para tentar sair. As árvores repletas de folhas e o céu do crepúsculo circundavam a paisagem acima dele. A floresta era muito diferente dos bosques de arbustos em sua cidade, no nordeste de Vermont. Tudo era diferente.

— *Je vous supplie, monsieur.*
Eu lhe imploro.
A súplica delicada chamou a atenção de Hank e o trouxe de volta ao presente. Com a silhueta contra a luz do céu escurecendo, a mulher era um mistério. Ele não sabia se ela era velha ou jovem, bonita ou não. Não sabia dizer nada a respeito. Melhor assim. Melhor não saber da vida de quem ele estava prestes a destruir.

— Por favor — suplicou a mulher, com voz parecendo um sussurro no vento. — *Je ne suis pas armée.* — Ela levantou as mãos, rendendo-se. — Não... armada.

Ela soava muito jovem e assustada. Ele não conseguia lembrar a última vez que ouvira o som da voz de uma menina. Talvez no inverno anterior, quando se despedira de Mildred na estação em Burlington. Durante toda a viagem até a cidade de Nova York, o uniforme de Hank ficou manchado na altura do ombro por causa das lágrimas dela.

— Eu lhe imploro. Meu amigo. Não estou armada.

Com um casaco ou um xale sobre os ombros, ela parecia pronta para fugir.

Hank nunca tinha ouvido uma voz parecida. O inglês dela soava bastante peculiar — um sotaque francês misturado com britânico, até onde ele conseguia distinguir. A voz da mulher era tão densa que mesmo as palavras em inglês lhe pareciam ditas em francês. Será que ela o trairia em francês, então? Ou em inglês?

A perna de Hank — a parte debaixo do corpo inteiro — estava queimando. Se a mulher decidisse fugir, ele não teria a menor chance de alcançá-la. Ela poderia ser uma simpatizante do nazismo ou uma espiã nazista. Ele precisava atirar, ou correria o risco de ser capturado.

E então Hank se deu conta de que estava ali deitado cogitando cometer um assassinato. De uma mulher desarmada.

Não fora para aquilo que ele fora até ali.

Os ensinamentos dos cursos de treinamento lhe vieram à mente: um desbravador saltaria de um avião no território inimigo sem hesitar. Arriscaria tudo, cometeria qualquer ato, sacrificaria a própria vida pelo bem da missão. Mas, naquele momento, Hank não conseguia atirar em uma mulher.

Ainda assim, se ele baixasse a guarda e deixasse a arma de lado, a mulher poderia alertar as forças alemãs que ocupavam o local. No entanto, isso ainda seria mais aceitável para Hank do que matar uma mulher desarmada.

Quem era ela? Amiga ou inimiga? Alguns soldados franceses haviam se aventurado com os comedores de chucrute, outros tinham se organizado em grupos guerrilheiros, e a maioria só queria que a droga da guerra acabasse. De qualquer forma, Hank tinha uma última válvula de escape escondida no bolso da camisa: uma pílula de cianeto.

Mas tinha a missão. *Merda. Merda. Merda, e que tudo se exploda.*

— Não se mexa — avisou ele, com a voz baixa e falhada. — Fique onde está.

Aquele havia sido o salto mais importante de Hank até o momento. Ele tinha se voluntariado para a missão, vistoriando o território para uma operação secreta. Ok, era secreta, mas todo mundo sabia que o objetivo era libertar o sul da França. Os americanos e os franceses estavam prontos para cumprir o objetivo, mas Churchill estava custando a concordar. Hank não fingia entender a trama política daquilo tudo, mas compreendia que seu trabalho na expedição de observação era crucial. Para tentar persuadir Churchill, eles tinham que voltar com um plano sólido. Era por isso que o relatório de inteligência fornecido por Hank e sua unidade era tão importante.

Ele havia sido incansável durante o treinamento para a missão, repassando a operação mentalmente inúmeras vezes. Quando a luz vermelha na cabine do Douglas C-47 piscou, Hank conferiu o cinto e o equipamento de paraquedismo. Tinha feito contato visual com o outro desbravador ao seu lado. Era um sinal para seguirem em frente.

Naquela hora, todos se consideraram muito sortudos, pois, na posição de desbravadores e observadores aéreos, não precisariam fazer um salto de combate. O trabalho era reconhecer a área e colocar equipamentos de sinalização para a operação aliada.

Mas lá estava Hank. Ferido, talvez morrendo, em alguma parte remota do interior da França, encurralado por uma garota que parecia igualmente assustada. Depois de se arrastar para um lugar mais encoberto, ele abrira a sulfanilamida em pó do kit de sobrevivência preso no cinto de combate e polvilhara no ferimento da perna, quase urrando de dor. Talvez tivesse evitado uma infecção, talvez não. Naquele momento, aquilo não importava.

Lentamente, Hank abaixou a arma.

— Você pode abaixar as mãos. Você entende? Não vou atirar em você. Não agora, de toda forma.

A mulher abaixou os braços bem devagar.

— Sim, eu entendo.
Ela tinha voz de menina. Tinha voz de anjo.

Lisette ajoelhou no chão e se aproximou do estranho. Dava para perceber que o homem estava doente ou gravemente ferido, ou os dois. Ainda assim, ela tinha visto algo no rosto dele — coragem, determinação — que a deixava cautelosa.

— Eu posso ajudá-lo, mas você precisa guardar sua arma.

Era estranho e forçado falar inglês. Lisette só falava inglês quando estava com o dr. Toselli, lendo os livros do Sherlock Holmes para ele. Não tinha certeza se pronunciava as palavras corretamente.

— Tudo bem — replicou o homem. — Vou guardar a arma. — A voz dele soou grave e baixa.

— Onde você está... — Qual era a palavra para *blessé*? —... ferido? Consegue se mexer?

— Na perna. E na costela também.

— Você é americano.

Ela lembrou das palavras no kit que havia encontrado na floresta.

Não houve resposta. Provavelmente o homem estava preocupado que ela revelasse a localização dele para os alemães. Lisette respirou fundo, e então resolveu arriscar, esperançosa:

— Meu nome é Lisette. Eu posso ajudá-lo.

Para a sorte dela, Didier não tinha tempo para uma esposa que não podia conceber um bebê. Se Lisette chegasse em casa tarde, ninguém sentiria sua falta. O marido se ocupava bebendo com os oficiais alemães que ficavam perambulando pela cidade, servindo-se do vinho e da comida de outras pessoas, e até se envolvendo com mulheres jovens e viúvas de guerra. Lisette tinha aprendido a não os incomodar. Aparentemente, ela era uma esposa tímida do campo, que andava na linha e ajudava Rotrude a cuidar da pequena Petra em Sauveterre. Em segredo, Lisette tinha se tornado uma maqui habilidosa, ajudando os guerrilheiros que trabalhavam de forma clandestina, cometendo sabotagens, roubos e até assassinatos — qualquer coisa para atrapalhar as tropas de guerra alemãs.

— Pode me chamar de Hank — falou o estranho.

— Hank. — Ela tentou imitar a pronúncia dele. — Você não pode ficar aqui.

— A senhora está certa. Mas eu não consigo me mexer. A perna...

— Deixe-me ver.

— Está muito escuro. Não podemos acender um fósforo nem uma fogueira. Eu entregaria minha localização.

— Seu paraquedas e os outros equipamentos... são eles que vão revelar sua localização. Sorte a sua de não terem sido vistos por outra pessoa, alguém que poderia acabar entregando você. Preciso ir buscá-los agora mesmo.

— Está bem.

Lisette encostou o dorso da mão na testa de Hank. A intimidade do gesto fez o coração dela se acelerar.

— Você está com febre.

— Sim.

— Tem água?

— Eu tinha. Meu cantil está vazio agora.

Ela não reconheceu a palavra *cantil* até ele lhe entregar o objeto.

— Vou encher para você. Já volto.

Lisette levou o *bidon* dele até o córrego, encheu-o com água fresca, e depois o levou de volta.

Hank bebeu em goles longos e sedentos.

— Obrigado, senhora.

— Há quanto tempo está aqui?

— Desde ontem à noite. Fiz um salto ruim. Uma aterrissagem ruim. Tive um problema com o equipamento e o vento me derrubou.

— Tem alguém procurando por você? Seus camaradas?

— Não posso dizer, senhora.

Hank só revelaria o mínimo de informação possível, e Lisette não o culpava por isso.

— Vou buscar seu paraquedas e trazê-lo para cá, assim não haverá rastros seus na floresta.

— Obrigado. Sou muito grato à senhora.

Lisette franziu a testa.

— Não conheço essa palavra, "senhora".

— É uma maneira educada de dizer madame, suponho.

— Pode me chamar de Lisette — falou ela, e foi buscar o paraquedas.

O tecido de seda tinha ficado preso nos arbustos, e Lisette tentou garantir que havia reunido todos os vestígios. Não era a primeira vez que ela ajudava com um paraquedas. Desde que os alemães tinham dominado a região, os Aliados estavam lançando suprimentos e informações por todo o interior do país. Armamentos de pequeno porte, armas pesadas e explosivos da Executiva de Operações Especiais britânica mantinham os maquis abastecidos. Mas Lisette nunca havia se deparado com um paraquedista em missão. Ela recolheu o equipamento danificado, assim como o kit de primeiros socorros que devia ter caído da mochila do paraquedista.

Ela entregou o kit para Hank e acomodou o paraquedas ao redor dele. A temperatura à noite às vezes caía, principalmente para alguém febril e machucado.

— Eu virei amanhã bem cedo — prometeu ela.

— Eu estarei aqui — respondeu ele.

— Não morra, Hank — pediu Lisette.

— Não está nos meus planos.

Hank acordou com um barulho de chiado. Sua cabeça estava fervendo. Ele pegou a arma e esperou, tenso e atento. Do esconderijo debaixo da árvore, era possível ver apenas um pedaço de céu azul cercado de galhos com folhas. Por causa da febre, ele estava com visão dupla, e parecia que dois cães enormes de pelo comprido tinham adentrado o esconderijo e colado as caras na dele. Na verdade, era um cachorro só, dando uma conferida em Hank com o focinho, enquanto o rabo peludo chicoteava de um lado para o outro.

— Eu queria que Dulcinea lhe conhecesse — explicou Lisette —, assim ela não irá latir e entregar sua localização.

— Que boa ideia — respondeu Hank, com a voz falhando. — Eu não morri.

— Não, você não morreu — constatou ela.

Lisette levou o cantil de água até a boca de Hank e ele bebeu. A visão dupla fundiu-se em uma só. À luz da manhã, a jovem parecia tão bonita que ele ficou com um nó na garganta só de vê-la. Ela era loura e tinha duas tranças presas sobre a cabeça, como se fossem uma auréola. Com olhos azul-céu e a pele clara, ela *era* um anjo, pensou Hank. Um anjo vivo.

— Você precisa ir para um local mais seguro — disse Lisette. — Eu trouxe Rocinante para ajudar.

Hank olhou para a carroça, à qual estava preso um burro cansado. Até a ideia de se mover era lancinante, mas Lisette tinha razão. Ele não podia ficar ali.

— Coma algo primeiro. — Ela lhe entregou um pedaço de pão com presunto e ovo cozido e um punhado de ameixas maduras. Havia também uma garrafa de leite morno. — Fresquinho da vaca, de hoje de manhã — afirmou Lisette.

A comida estava tão boa que quase o deixou tonto de novo. Hank ficou preocupado de vomitar, pois não estava acostumado mais com comida, principalmente uma comida deliciosa, só rações. Quando a sensação passou, ele olhou para ela, sentindo o coração transbordar de gratidão.

— Senhora Lisette. Essa foi a refeição mais gostosa que já comi — disse ele.

— Você está na França. Toda comida aqui é gostosa, mesmo nos tempos de guerra. Ouvi dizer que a escassez nas cidades está terrível, mas eu moro em uma fazenda. Nós plantamos tudo o que comemos e, se os alemães não levam tudo, conseguimos nos alimentar bem.

Que bom. Lisette não parecia estar em conluio com os comedores de chucrute.

— Sou profundamente grato.

Sem aviso, ela pegou as plaquinhas de Hank, penduradas em uma corrente de bolinhas ao redor do pescoço.

— Henry Lee Watkins — leu ela. — E esse é o seu número de registro?

— É. Hank é mais fácil. É um apelido.
— E o O... é seu tipo sanguíneo?
— Sim.
— E a última linha... Switchback, Vermont.

A pronúncia engraçada dela, *Sweetchbék, Verr-mó,* despertou um sorriso em meio a dor.

— Minha cidade natal.

Hank se sentiu tonto. Ele mal conseguia lembrar em que estação do ano estavam. Tinha saído de casa em fevereiro, quando as árvores estavam cobertas de camadas grossas de neve. Dentro do tronco das árvores de bordo, um despertar acontecia, mas a seiva só começava a surgir em março. Com esse processo, a estação do xarope se iniciava, e eles punham a mão na massa, fervendo a seiva dia e noite e a transformando em xarope de bordo.

Lisette guardou as plaquinhas cuidadosamente dentro da blusa dele.

— Você precisa entrar nesse... *hotte en bois*. Não sei a palavra em inglês. É uma caixa especial que os coletores usam na época de colheita. Como isso não ocorrerá antes de outubro, esse *équipe* não fará falta.

O caixote estava montado em cima de uma carroça estreita que cabia perfeitamente entre as fileiras do vinhedo. Ela mostrou a Hank como as laterais da caixa de madeira deslizavam e ele podia entrar. A ideia de se mexer, mesmo que um centímetro, deixou-o enjoado. Durante a queda na mata, algo havia perfurado fundo a coxa dele. As costelas estavam quebradas ou luxadas, e cada respiração era uma tortura. E ele achava que tinha machucado ou torcido o tornozelo, porque sentia um inchaço dentro do coturno.

— Não consigo... me mexer — murmurou Hank.

Lisette pressionou os lábios e, sem dizer uma palavra, desabotoou a blusa de Hank e levantou a camiseta dele. Hematomas pretos e roxos cobriam a caixa torácica de um dos lados. Depois ela inspecionou a perna perfurada. Embora o rosto de Lisette permanecesse sem expressão, havia algo em seus olhos. Pena, talvez.

— Preciso levar você para um local seguro — afirmou ela. Lisette pôs todos os equipamentos que encontrou dentro da carroça. Depois abriu o paraquedas ao lado de Hank e colocou uma ponta por baixo dele. Por fim, ela soltou o burro.

Merda. Ela iria usar o burro para arrastá-lo até a carroça?

Sim, iria. E seria doloroso. Centímetro por centímetro, Lisette encaixou o tecido debaixo dele enquanto Hank trincava os dentes, segurando a dor.

Ela tinha cheiro de flores e de brisa fresca. Parecia um sonho, estar tão perto de uma mulher bonita, embora a dor percorrendo todo o corpo de Hank o fizesse lembrar que estava totalmente acordado, no território do inimigo, à mercê de uma adorável camponesa. Ele pôs uma das mãos para trás para tentar ajudar, mas qualquer movimento exacerbava a dor na costela. Um som que nunca tinha ouvido escapou entre os dentes trincados.

Lisette falou algo em francês que Hank não entendeu, mas o tom reconfortante era cheio de compaixão. Mas nem toda compaixão do mundo o pouparia do que veio em seguida. Ela usou o tecido para fazer um sling, prendeu-o ao arreio do burro e encaixou duas placas de madeira, como uma rampa.

— Meu Deus do céu! — exclamou Hank, respirando fundo entre os dentes.

Quando ele percebeu como Lisette estava planejando colocá-lo dentro do caixote de uvas, outras palavras escapuliram da boca de Hank, daquelas que teriam feito sua boca ser lavada com sabão em casa.

Ela disse mais alguma coisa em francês, e então deu uma ordem firme ao burro. Naquele momento, Hank *de fato* explodiu. Ele se desfez em um milhão de pedacinhos de dor. Será que morrer era isso? Uma droga de uma explosão? Talvez aquilo fosse o fim dele, carregado atrás de um burro por um anjo.

Pelo menos, Hank partiria rindo.

— Você ficou inconsciente — disse uma voz doce com sotaque pesado.

Hank piscou. Sombras e dor. Confusão. Ele piscou mais vezes, tentando recuperar o ar. Estava dentro de uma caverna ou uma cabana ou algo do tipo, feita de pedra e cipó grosso. Uma abertura rústica dava para uma paisagem coberta por vinhedos, e era possível ver uma área de mata e um córrego.

Lisette tinha usado o paraquedas para fazer um colchonete no chão de terra. Havia alguns suprimentos: uma moringa de água fresca, um cesto de comida, alguns curativos e um pote de um pó amarelo. A carabina M1A1 dele estava escondida atrás do paraquedas reserva, que havia sido desamarrado. Dobrado debaixo do equipamento reserva estava o kit de aviação de Hank.

Com uma tesoura, ela cortou a perna da calça dele. O ferimento era profundo e estava aberto, e a pele ao redor, inflamada, mas o sangramento havia parado. Lisette fez uma pausa e olhou para ele. E então ela se deteve no cinto de couro do rapaz. De alguma forma, ele entendeu o recado e desejou que ainda estivesse inconsciente. Hank sentia a mão tremer enquanto abria e puxava o cinto. Em seguida, pôs o acessório espesso entre os dentes e mordeu com força. Um cheiro forte se espalhou no ar.

— *Antiseptique* — disse ela. — Em inglês é o mesmo nome, não é? Hank assentiu. *Ai, meu Deus*, pensou ele.

No treinamento, disseram a ele que se preparasse para sentir dor — de missões extremas, de ferimentos, ou pior, de tortura. Assim como todos os garotos entusiasmados que se alistavam para a empreitada, Hank tinha ignorado o conselho, ocupado demais sonhando em cair do céu como uma folha ao vento. Ele conheceria lugares e pessoas tão distantes de Vermont que poderia muito bem estar em outro planeta.

O rapaz havia contado para todo mundo que iria se alistar — com uma permissão especial para fazer isso aos 17 anos —, por amor a Deus, ao país e à liberdade. No fundo, admitiu somente para si mesmo que o motivo verdadeiro para estar indo para a guerra era para fugir de Mildred Deacon.

Ah, ela era bonita o suficiente e meiga demais. Um pouco além da conta para Hank. Mildred queria casar, ter filhos e uma casa enquanto ele ia trabalhar na pedreira todos os dias. Não havia vergonha nenhuma dos negócios da família, afinal eram a matéria-prima de monumentos de todos os tipos, mas Hank queria mais. Ele queria ver o mundo. E era arrogante, voluntariando-se para as missões mais desafiadoras, possíveis ou impossíveis.

Claramente, tinha dado um passo maior que a perna, e esse era seu castigo.

Hank quase perfurou o couro com os dentes, e lágrimas escorreram dos olhos, mas conseguiu ficar imóvel enquanto Lisette usava pinças para puxar alfinetes com fios de tecido e costurar o ferimento. Era um tipo de dor que ele nunca tinha sentido antes. O rapaz tentou pensar em outra coisa, viajar mentalmente para outro lugar. De volta para casa. Na Pedreira Moonlight, onde eles escavavam mármores suntuosos de debaixo da terra para criar pilares para bibliotecas, lápides para os falecidos, estátuas em homenagem a heróis.

Hank estava na guerra havia menos de um ano e já sabia que os verdadeiros heróis não eram os generais nem os comandantes de batalhas, mas sim os soldados e pessoas comuns que resistiam à guerra, todos os dias, lutando para sobreviver e enterrando seus colegas durante o processo. Quando ele se alistou pela primeira vez, achou que soava heroico ser um soldado especializado que saltava no território inimigo para fazer o reconhecimento da área.

Hank nunca gostou muito de estudar, mas no treinamento especial se tornou o aluno que seus pais nunca acharam que seria. Aprendeu a operar sistemas de navegação, a ler um mapa e segui-lo na escuridão, a sentir o vento e o tempo na ponta dos dedos. Ele sabia usar uma bússola analógica, painéis com luzes piscantes, radares de transponder e até fumaça colorida. Seu grupo, que consistia em uma dúzia de desbravadores e seguranças designados para defendê-los em terra, tinha realizado missões bem-sucedidas na Sicília e por toda a costa da Itália. O trabalho deles era aterrissar na zona de queda antes da operação principal, enviando sinais visuais e de rádio para as tropas que viriam, encontrando zonas de resgate e locais de aterrissagem, criando um campo livre de ação para operações futuras. Alguns camaradas não achavam que o trabalho era tão importante quanto as ações de combate, mas Hank voluntariou-se com entusiasmo para a missão de preparo. Para falar bem a verdade, era um alívio ter uma missão que não precisava matar ninguém.

Hank se sentiu incompetente pela missão fracassada, e não fazia ideia de onde os colegas de seu grupo estavam nem o que achavam que tinha acontecido com ele. Mesmo que conseguisse fazer seu equipamento de comunicação funcionar, não podia arriscar usá-lo.

Talvez acabasse morrendo ali naquela cabana. A gangrena o mataria, ou uma patrulha o encontraria e atiraria nele. Isso o fez se perguntar por que, então, estava deixando que aquela garota o torturasse.

Os remédios que ela administrava causavam uma dor tão profunda que a boca de Hank espumava como de um animal, a saliva borbulhava para fora dos dentes trincados e ensopava o cinto de couro. A respiração dele estava curta e ofegante, e cada inspiração fazia com que as costelas quebradas parecessem facadas. Em determinado momento, chegou a ver estrelas. Sabia que era impossível, uma vez que estava escondido em um abrigo de pedras, mas viu explosões ocorrerem diante de seus olhos. Mesmo quando os fechou com força, viu os brilhos de diamante perfurarem cabeça adentro.

Uma voz fraca penetrou na névoa de agonia:

— Sinto muito — disse um sussurro delicado. — Eu sinto muito. Não queria machucar você. Quero que você melhore.

Hank abriu os olhos repentinamente e as estrelas desapareceram. Ele piscou e mais lágrimas caíram, e logo ela entrou em foco. Lisette. Seu anjo louro. Para a surpresa dele, a jovem estava chorando enquanto o ajudava, as lágrimas criando caminhos prateados que desciam pelas bochechas macias e delicadas.

Ela era tão, tão bonita. Se aquela fosse a última imagem que Hank veria antes de morrer, então ele seria um cretino sortudo.

Lisette não contou para ninguém sobre o homem que tinha caído do céu, porque não queria dar a ninguém o fardo de uma informação perigosa. E, ainda mais importante, não queria prejudicar o estranho. No entanto, se não tratasse a febre e os ferimentos de maneira adequada, talvez *ela* o prejudicasse.

Com o pretexto de tirar fotografias, Lisette saía para a floresta todas as manhãs e fins de tarde. Didier e seus "convidados" aprovavam a paixão dela por fotografia, pois gostavam de ver retratos deles mesmos desfilando em seus uniformes. Para manter o disfarce, ela fingia gostar de tirar fotos dos homens, pois significava um suprimento fixo de materiais para a câmara escura.

Nas caminhadas, Lisette sempre fazia um caminho diferente, para não levantar suspeitas. Cada vez que se aproximava do *borie*, ela prendia a respiração e seu coração acelerava. Será que ele tinha sobrevivido à noite? Ao dia? Tinha melhorado ou piorado?

No nascer do sol do terceiro dia, Lisette chegou com provisões escondidas no fundo de sua cesta de palha. Ela entrou na cabana de pedra e se deparou com a carabina em cima do tripé, apontada para a entrada. Ter uma arma apontada para si era uma sensação estranha e vulnerável, mas ela não teve medo de Hank. Ele também estava vulnerável e sabia disso. Lisette estava ciente da pílula de cianeto que havia em um pequeno tubo de metal no bolso da camisa dele. Talvez houvesse mais escondidas em outro lugar. Deveria ser terrível para Hank ter esse poder de decisão nas mãos. O padre da vila dizia que o suicídio era um pecado mortal, mas, se o ato impedisse um homem de dar para os nazistas informações que resultariam em mais mortes, era isso mesmo?

— Você está acordado? — sussurrou Lisette, passando por um dos lados da carabina. Ela não queria que Hank acordasse assustado e atirasse antes de reconhecê-la.

— Sim — respondeu ele, a palavra saindo no meio de uma respiração sibilante.

— Você dormiu?

— Mais ou menos.

Lisette sabia que ele estava constrangido com a bacia de metal que usava de banheiro, então simplesmente a levou até o córrego, esvaziou-a, lavou-a e a trouxe de volta. Deu a Hank uma toalha limpa embebida em água fresca. O sol refletia pela abertura de entrada da cabana, e ela viu que o rosto dele parecia inchado e vermelho.

— Você ainda está com febre — afirmou ela, tentando não parecer preocupada.

Hank passava o tempo tentando consertar seu equipamento de comunicação. Dava para ver pelas pequenas peças espalhadas no chão ao lado dele. Lisette pensou rapidamente em Jean-Luc, tão hábil com rádios, mas ela não o via havia semanas.

Lisette tirou pão e ovos cozidos da cesta. No fundo havia mais curativos para os ferimentos e antisséptico em pó. Em uma caixinha de madeira, havia um frasco de vidro e uma seringa.

— Isso é penicilina — disse ela. — Vai curar a infecção.

— Onde é que você conseguiu isso? — perguntou Hank, piscando para o frasco. — Minha nossa senhora, você contou a alguém?

— Claro que não. Tenho um amigo que era... *vétérinaire*. Você entende?

— Veterinário.

Lisette não havia contado nada ao dr. Toselli sobre o soldado, mas apenas perguntara a ele, no meio de uma conversa, como ele trataria determinado tipo de ferimento, "hipoteticamente". E Toselli — abençoado fosse — não quisera saber por que a menina estava perguntando. Ele respondeu que, dependendo da gravidade dos ferimentos que Lisette havia descrito e à persistência da febre, uma dose de penicilina estava à disposição. Tinha inclusive mostrado à aprendiz como a injeção subcutânea devia ser administrada, deixando-a praticar em uma pera verde do jardim.

— Isso é feito *en maison*, sabia? De fermentação e uma medida de... — Lisette vasculhou a mente para encontrar as palavras —... farinha de milho.

Depois de ela ter lido *O detetive moribundo*, de Arthur Conan Doyle, Toselli explicara como as infecções e os antídotos funcionavam.

— E é assim que se faz penicilina? — perguntou Hank.

— É a melhor forma de tratar uma infecção — respondeu ela.

— Acredito que não tem como me deixar pior do que já estou.

— Não se mexa.

Ela limpou cuidadosamente a coxa dele, onde havia feito um corte na calça, aplicou a agulha dentro do músculo e injetou o remédio.

Hank emitiu um som sibilante, mas conseguiu permanecer imóvel.

— Nunca fui tão machucado por uma garota — concluiu ele.

— Sinto muito.
— Não sinta. É perigoso para você me ajudar.
— Não tenho medo do perigo — retrucou Lisette. Checou o tornozelo de Hank. Ela não sabia dizer se estava quebrado. Posicionou-o em cima de um travesseiro de tecidos macios e pôs uma compressa sobre ele. — É melhor você comer. Precisa ficar forte.
— Obrigado — agradeceu ele, desembrulhando o pão, dando uma mordida e engolindo com um gole d'água.
Lisette sentiu uma onda de carinho por aquele homem. Ele estava tão longe de sua casa, nos Estados Unidos, onde não havia guerra nenhuma, e ainda assim tinha cruzado o oceano para lutar pela França.
— Nunca ouvi falar em Vermont — disse ela. — Conte-me um pouco sobre lá.
Um sorriso se abriu no rosto de Hank.
— Fica no nordeste dos Estados Unidos, perto do Canadá. É bem diferente daqui. Nós temos invernos longos e gelados, e verões curtos e belos. Mas não estou com saudade. Queria ver o mundo, mas isto atrapalhou um pouco meus planos. — Ele apontou para a perna machucada. — Até agora, você é a melhor coisa que eu vi no mundo.
Era a febre falando, pensou Lisette. Apesar disso, aquelas palavras tocaram um lugar secreto no coração dela.
— Hank...
— É verdade. Você salvou minha vida. Você é meu anjo, Lisette.
Ela tentou se esquivar das palavras românticas dele. Era uma mulher casada.
— Conte-me mais sobre Vermont.
— Nós somos canteiros, temos um negócio de família. Você sabe o que é isso?
Lisette balançou a cabeça.
Hank pegou uma pedra do chão.
— Existe uma pedreira de onde tiramos a pedra: mármore de Vermont, o mais elegante do mundo.
— Ah! *Marbre*. Era a profissão do meu pai também.

— Nós fazemos pilares e monumentos. Lápides para cemitérios. Logo antes de eu me alistar, trabalhei em uma estátua de monólito para uma cidade que perdeu metade de seus homens na Grande Guerra.
— E mesmo assim você quis se alistar?
— Sim. Muitos de nós quisemos. Queria poder dizer que foi por honra ou patriotismo.
— E não foi? — perguntou ela, com a testa franzida.
— Nada disso. Eu estava em busca de aventura. Quando ouvi falar do treinamento de paraquedista, achei que era algo para mim.
— E aqui está você.
— Só um cara bobo em busca de aventura. Você me faz desejar que eu fosse nobre. Que eu fosse um herói.
Lisette sorriu para ele, e era o tipo de sorriso que começava no coração e não parava mais.
— Você é.

Em meio à situação desagradável de Lisette em Sauveterre, era Hank que dava a ela um propósito de vida todos os dias que acordava. A jovem sentia uma necessidade forte de ajudá-lo, e abraçou a missão com uma paixão que não sentia havia muito tempo. De maneira incessante e secreta, ela cuidou dos ferimentos de Hank, providenciou comida e água, manteve-o o mais limpo possível e deu a ele um livro para ler, uma coleção das histórias favoritas dela de Sherlock Holmes. Lisette arriscou e roubou um dos barbeadores antigos de Didier para que Hank pudesse se barbear, caso quisesse. No galpão de ferramentas, encontrou um pequeno martelo de pedras e uma talhadeira, e levou as ferramentas para que ele tivesse algo para fazer nas longas horas que passava sozinho.
Logo após a primeira dose de penicilina de Toselli, a febre de Hank teve um pico, e Lisette temeu perdê-lo. Ela administrou uma segunda dose, recusando-se a desistir, e ficou sentada ao lado dele o máximo de tempo possível. Mesmo enquanto Hank delirava, Lisette conversou com ele em francês, só para que ele ouvisse o som de sua voz. Ela con-

tou sobre a vida em Bellerive. Era bom lembrar dos dias de liberdade da infância, quando Papa estava bem e os irmãos estavam seguros em casa, quando Lisette podia correr livre pela cidade e pelos campos com os amigos, e seu maior medo era que a irmã Ignatius encontrasse um rasgo em seu uniforme escolar.

Depois falou dos tempos recentes, da perda avassaladora de ambos os irmãos. Do acidente de Papa, da pobreza e da escassez de comida, da ameaça de despejo, dos sussurros ansiosos de seus pais no meio da noite, enquanto imaginavam o que seria deles. Lisette contara da noite em que Jean-Luc fora levado e do desespero dela para ajudá-lo.

— Didier foi resgatá-lo — afirmou ela. — Ou isso foi o que pensei. Ele convenceu as autoridades a deixarem Jean-Luc ir embora.

Lisette ficou surpresa ao sentir as lágrimas escorrendo pelo rosto. Tinha se esforçado tanto para conter as emoções que quase se esquecera como era sentir emoções de verdade.

Hank foi ficando agitado, debatendo-se tanto que derrubou a carabina que sempre mantinha ao lado. Ela não conseguia entender os murmúrios vagos que ele soltava, mas ficou ali do lado, tentando segurá-lo firme. Depois do que pareceu uma eternidade, a tremedeira dele parou.

Naquele momento era a quietude de Hank que a incomodava. Lisette aproximou a bochecha até o nariz e a boca do rapaz para se certificar de que ele estava respirando. Ao fazer isso, percebeu que a pele dele estava fria, ensopada de suor.

— Ai, graças a Deus — sussurrou Lisette. — Sua febre cedeu.

Hank tremia e ela o cobriu, esfregando o ombro dele com delicadeza. Ele resmungou e entreabriu os olhos, observando o interior do *borie*. Lisette trocou de lugar para que ele pudesse vê-la.

— Lisette — chamou ele, com a voz rouca e fraca.

Ela sorriu e gostou do som de seu nome nos lábios dele.

— Bem-vindo de volta.

— Aquela dose de penicilina fez milagre, então.

— Não foi milagre.

Hank abriu um leve sorriso.

— É uma expressão. Quer dizer que o remédio funcionou.

— Ah, sim. — Lisette deu a Hank água e algo para comer. O olhar dele vagava pela cabana. — Que lugar é esse?

— Estamos a um quilômetro de distância da fazenda, e mais longe ainda da vila. Tem um córrego aqui perto e uma floresta. Os vinhedos estão abandonados e ninguém mais vem aqui. Desde o início da guerra, não há ninguém para trabalhar na vinícola, então as vinhas acabaram ficando desordenadas.

— Preciso sair daqui — afirmou Hank. — Encontrar meu grupo, minha equipe.

— Deve ser assustador estar aqui sozinho.

Hank encarou Lisette fixamente.

— Quando você está aqui, não me sinto nem um pouco sozinho.

Os olhos dele eram de um castanho brilhante. E, apesar da sujeira e da barba crescida, era o rosto mais belo que ela já tinha visto.

Em meio à guerra e ao caos, Lisette descobriu algo lindo. Ela não podia contar para ninguém e mal podia descrever para si mesma, mas era um sentimento que tinha desejado a vida inteira. Ela fora completamente conquistada por Hank Watkins: o sorriso envolvente, o cabelo preto e os olhos castanho-escuros.

Ele era tudo o que Didier não era. Hank tinha uma sinceridade calorosa em vez da frieza de Didier; era gentil em vez de cruel; doce em vez de amargurado. Não havia nada que Lisette não pudesse contar para Hank. Nada que não pudesse confiar ao rapaz. E isso era extraordinário, pois, embora ele fosse alguém totalmente estranho, um estrangeiro, uma pessoa cuja vida acontecia a milhares de quilômetros da dela, Hank a conhecia. E era recíproco.

Ele sabia tudo sobre Lisette, tudo o que era importante. E tudo parecia ter acontecido do dia para a noite. Parecia um pequeno milagre que ela conseguisse sentir qualquer coisa, devido ao estado de seu casamento.

Didier não fingia mais ser um homem bom. Ele desfilava pela cidade, ordenando buscas e prisões de pessoas suspeitas de apoiar a resistência e ostentando um orgulho esquisito de seu status com os alemães. Quando seu melhor amigo de infância foi morto a tiros no meio da rua por posse de explosivos contrabandeados, Didier nem sequer piscou os olhos. Em casa, era implicante, e na cama, era cruel. Dizia que o fato de eles ainda não terem concebido um bebê era culpa de Lisette, e a insultava por ser estéril. Pelo bem de seus pais, ela escondia a dor e tentava ficar longe do marido.

Ela amava sentar e conversar com Hank. Ele lhe contou sobre Vermont, tão distante, que para Lisette soava como um reino mágico: matas fechadas de árvores de bordo que davam seiva no fim do inverno, que eram fervidas e viravam um xarope delicioso que ela ansiava experimentar. Hank falava da família com muito amor: duas irmãs, avós e até bisavós. Dois deles já tinham passado da idade venerável dos 100 anos.

Um dia, Lisette foi visitá-lo e o encontrou sentado dentro da cabana. Além disso, estava limpo e barbeado, e vestia uma camisa antiga de linho e uma jardineira que ela dera.

— O que você fez? — sussurrou ela, com o olhar devorando o rosto lindo de Hank.

— Eu não aguentava mais. Tive que me limpar.

— Você foi até o córrego! — Lisette examinou a perna machucada dele. O curativo do dia anterior ainda estava no lugar e o tornozelo ainda estava enfaixado. — Meu Deus, você foi andando?

— Engatinhando como um bebê — respondeu Hank. — Não se preocupe, foi na calada da noite, e eu cobri meus vestígios. Quando havia luz suficiente para enxergar, eu li — disse ele. — Obrigado pelo livro. Não tenho nada para lhe dar, mas… aqui… — Ele entregou a ela um santinho com a imagem da cabeça de Cristo e uma oração atrás. — A USO distribui esses santinhos para todos os soldados. Não é muito.

— Hank escreveu "Você é meu anjo" no verso. — Uma recordação.

Lisette deslizou o cartãozinho para dentro do bolso sem tirar os olhos do rosto limpo e barbeado dele.

— Está muito ruim? — perguntou ele, esfregando a mão no queixo.

— Acho que deixei escapar alguns pedaços.

— Nada mal — respondeu ela. — Você parece muito mais jovem agora. Quantos anos você tem, Hank?

Ele hesitou, e respondeu:

— Quase 18.

— Muito jovem!

Lisette não era muito mais velha, mas ser casada com Didier a fazia se sentir uma idosa.

— Tive que conseguir uma licença especial para me alistar — contou Hank —, mas não foi um problema. Eles precisavam de todos os homens que conseguissem para a grande missão de acabar com a guerra.

Ela assentiu.

— Não permitem que a gente tenha rádio, mas nós ouvimos boatos e notícias. — Lisette não mencionou o rádio que Toselli mantinha escondido dos nazistas. — Mas ninguém ouviu como tudo isso vai acabar.

Hank hesitou, e nesse momento Lisette entendeu o que ele não queria dizer. O rapaz havia sido enviado até ali para reconhecer o território. Obviamente, significava que alguma coisa estava sendo planejada.

— Hank?

— Só recebi informação suficiente para realizar a minha missão. Uma coisa que sei, pois não é segredo, é que a mobilização é grande. Um milhão de tropas dos Aliados, foi o que ouvi. Todo mundo sabe que a Alemanha está planejando invadir a Inglaterra, e agora eles têm que combater a guerra em dois fronts. Estão sem homens e sem armas.

— Não em Bellerive. Não em nenhum lugar dessa região. Os alemães estão completamente no controle. Eles dominaram tudo e estão recebendo ajuda de traidores franceses. — Lisette sentiu uma onda de desprezo pelo marido. — É por isso que você está aqui — concluiu ela, sabendo que era verdade antes mesmo de ele responder. — Vai haver uma invasão no sul. — A ideia a encheu de adrenalina. — Como posso ajudar?

— O quê? Lisette, isso é perigoso.

— Você acha que não sei disso? Meu Deus, estou vivendo à sombra do perigo há anos. — Ela mordeu o lábio para evitar falar mais sobre sua situação em casa. — Não tenho medo do perigo. Eu venho ajudando, do meu jeito.

Lisette tinha se acostumado a não confiar em ninguém, mas Hank era diferente. Naquele instante, ela abriu a cesta de palha e tirou os rolos de filme das fotos que vinha tirando.

— O ponto mais alto da vila é a torre da igreja — afirmou ela. — Lá de cima, é possível enxergar muitos quilômetros em todas as direções. Em um dia de céu aberto, dá para ver as montanhas ao leste. Eu estava tirando fotos da igreja no dia em que encontrei você.

— Caramba! — exclamou ele.

— Eu nunca saberei o que minhas fotos viraram. É mais seguro assim. Se... Quando você se reunir com seu grupo, pode levar o filme.

Um entendimento se instalou, junto com um sorriso no rosto dele:

— Você é incrível, Lisette.

— Não posso lutar pela França como um soldado, mas posso lutar pela França — completou ela.

Dezesseis

Hank pensava em Lisette o tempo todo. Ele podia ser encontrado e capturado, torturado ou morto, mas só conseguia pensar na jovem. Vivia à espera das visitas dela. Lisette era como uma fada da floresta, fugidia e secreta, indo e vindo ao acaso. Ele tentou imaginar a vida dela além das árvores, do córrego e dos vinhedos abandonados.

Hank perguntou o que ela fazia no restante do dia, mas as respostas eram sempre vagas. Lisette contou que vivia em uma fazenda, que chamava de *mas*, uma propriedade autossustentável onde produziam tudo de que precisavam. Com os alemães no comando, eram obrigados a entregar toda a produção, mas conseguiam se virar melhor do que os moradores da cidade que sofriam com o racionamento escasso. O lugar se chamava Sauveterre, que ela disse que significava "Paraíso Seguro". A explicação veio com uma pitada de ironia, pois nada mais era seguro.

Quando Lisette não estava com ele, Hank relembrava as conversas dos dois inúmeras vezes e praticava as frases em francês que ela lhe ensinara. Ele estava encantado com o inglês excêntrico que a menina aprendera nos romances de Arthur Conan Doyle. Isso fazia com que ela soasse levemente antiquada e ainda mais inteligente.

De vez em quando, Hank conseguia parar de pensar em Lisette e se concentrava na missão. Será que os britânicos tinham finalmente concordado com o plano? Sua unidade tinha fornecido um bom plano de inteligência? Será que ainda estavam procurando por ele? Ou o tinham dado como morto? Desaparecido? Desertado? Capturado? Ele não conseguia pensar numa maneira de se comunicar com seus colegas sem pôr Lisette em perigo. Hank sabia que ela faria qualquer coisa que ele lhe pedisse, principalmente desde que tinha confessado que estava ajudando a resistência tirando fotografias estratégicas, mas não queria pedir. Tinha ouvido boatos sobre o que os oficiais do regime de Vichy tinham feito com os ajudantes da resistência.

Acampado em seu esconderijo com uma perna manca, Hank só podia imaginar o que acontecia do lado de fora. Ele desejou que pudesse estar mapeando o terreno, instalando radares e luzes piscantes para sinalizar a zona de pouso. Agora que tinha conhecido Lisette, queria mais do que nunca fazer parte de uma missão que libertasse a vila dela junto com o sudeste da França.

Ele compensou a frustração fazendo um par de muletas, esculpindo a madeira com uma força selvagem. Apesar da dor da cicatrização, Hank sabia que estava ficando mais forte. Sua costela estava melhorando, e já era possível respirar fundo sem querer gritar. A perna era outra coisa. Mas ainda assim, ele estava determinado a ficar de pé de novo, e logo.

E depois?

A pergunta o assombrava. Hank olhava fixamente pela abertura da cabana de pedra, que emoldurava uma vista do céu. Ele tinha memorizado como o céu ficava em cada hora do dia. Sabia que eram cerca de nove da noite, pelas tonalidades laranja do pôr do sol.

Hank ouviu o barulho de alguém se aproximando. Pegadas em solo instável. Como sempre, prendeu a respiração, pois, apesar de Lisette ter jurado que ninguém chegaria nem perto dali, era preciso ficar atento. Então, escutou o sinal dela, o assovio leve de um pássaro.

E, simples assim, o coração de Hank se encheu de felicidade. Lisette era mágica desse jeito.

— *Bonsoir, mon beau monsieur* — disse ela.

Ele ouviu um tom especial na voz dela. Uma alegria, quase.

— Você está de bom humor esta noite.

— Estou — confirmou Lisette, e pôs a cesta no chão, que exalava um aroma delicioso. — Eu trouxe uma torta de morango. E algo especial. — Ela pegou uma garrafa de dentro da cesta. — Champagne.

— Uau, eu nunca experimentei champagne. Você está comemorando algo?

— Todos nós estamos. A França inteira. O mundo inteiro.

Lisette deixou a cabeça cair para trás e riu, parecendo delicada como uma rosa, e tão bonita que o coração dele acelerou.

— Novidades?

Hank se sentou mais perto, ansioso para saber.

Ela assentiu.

— Ouvi uma reportagem em uma rádio clandestina. Os Aliados chegaram à Normandia e estão tomando a França de volta.

— Jura? Quando? Como?

Hank não conseguia fazer as perguntas rápido o suficiente. Todos sabiam que uma grande invasão estava por vir para manter os alemães longe da Inglaterra, mas a hora e o local exatos eram secretos. Àquela altura, a notícia de que houvera uma grande invasão nas praias da Normandia no início do mês já tinha vazado. A batalha fora brutal, mas eles tinham botado os alemães para correr e estavam libertando as vilas, uma por uma, a caminho de Paris.

— Encontrei algumas garrafas de champagne escondidas na casa da fazenda. Vamos beber à libertação da França!

A rolha estava presa com um arame para não pular, e continuou lá mesmo após Lisette removê-lo.

— Vou lhe mostrar uma coisa. Um truque que meu pai fazia, quando ele... em tempos mais felizes.

Ela sacou uma faquinha peculiar. Hank nem piscou. Passara a confiar em Lisette muito rápido, bem mais do que já havia confiado em alguém.

Ela segurou a garrafa em uma das mãos com a rolha virada para fora.

— Todas as garrafas vêm com um lacre bem discreto — explicou Lisette. — Consegue ver?

— Não exatamente. Está ficando bem escuro.

— Me dê a sua mão — pediu ela.

— Com prazer.

Hank adorava o toque da mão delicada dela na sua. Lisette guiou os dedos dele sobre a superfície de vidro até que ele sentiu uma leve saliência.

— O lacre precisa estar virado para cima. E então você pega o sabre e... veja. — Em um momento rápido e decisivo, Lisette passou a lâmina na ponta da garrafa. Com um som alto, a rolha se libertou e uma espuma jorrou no chão. — *Et voilà!* — exclamou ela.

Hank ficou surpreso e maravilhado.

— Uau, que coisa. Nunca vi nada assim.

— Eu só trouxe um copo.

— Será um prazer dividi-lo com você, Lisette.

Ela serviu e ergueu o copo.

— À França e aos Aliados que nos tornarão livres de novo.

Lisette deu um gole e passou para ele, que ficou impressionado com o gosto do champagne.

— Caramba! — exclamou ele. — Acho que é a coisa mais deliciosa que eu já provei.

— É como beber estrelas — falou Lisette. — É como Dom Pérignon descreveu.

Um impulso o dominou, e ele se inclinou, segurou o rosto dela com as duas mãos e a beijou.

Quando Hank se afastou, ela pareceu tão surpresa quanto ele.

— Eu menti — sussurrou ele, ainda segurando o rosto de Lisette entre as mãos.

— Sobre o quê?

— Quando disse que o champagne é a coisa mais deliciosa que já provei. Porque não é. Você é. Você é a coisa mais deliciosa que eu já provei. — Hank a beijou de novo, mais rápido, tomado pela doçura dela. — É como beijar estrelas.

Ele estava louco por aquela garota. E se a convencesse a voltar com ele para os Estados Unidos depois da guerra? E se a levasse para casa, para Vermont, como sua noiva de guerra? E se eles se casassem e construíssem uma vida juntos?

Lisette terminou o copo de champagne e serviu mais um. Quando tinham bebido a metade, ele a beijou outra vez. Tão doce. Hank queria segurá-la para sempre.

E então ela se afastou, olhando para ele com lágrimas nos olhos:

— Hank, isso não é possível.

Era como se Lisette tivesse lido a mente dele.

— Não diga isso. — Hank encostou o dedo nos lábios macios dela, ainda úmidos do champagne. — Eu te amo. Estou completamente apaixonado por você.

Ela começou a chorar.

— Hank, não. Você não pode. Eu... Tem algo que preciso te contar.

— Ah, minha querida, eu poderia ouvi-la falar o dia inteiro.

Mesmo uma pequena quantidade de champagne o deixou tonto, provavelmente porque era muito bom dizer a ela como se sentia.

— Eu sou casada. Tenho um marido.

Hank recuou no mesmo instante. Caramba. Seu coração doeu, atingido pelo choque e pela decepção. Um marido? Como essa menina jovem e bela já tinha um marido?

— Eu sinto muito, Lisette. Se eu soubesse, jamais teria sido tão desrespeitoso. De maneira alguma.

Aquilo só a fez chorar ainda mais. As lágrimas dela o machucavam mil vezes mais que a perna ferida.

— O que posso fazer para compensá-la? Queria poder apagar minhas palavras. Sou tão idiota...

Delicadamente, Lisette pôs a mão sobre a dele, um pequeno gesto que fez a cabeça dele girar. As lágrimas brilhavam como prata no rosto dela.

— Ah, Hank. Suas palavras são lindas, e vou apreciá-las para sempre. Nunca ache que dizer que me ama é a coisa errada a fazer.

— Mas... você é casada.

— Eu não me casei por amor e, depois que aconteceu, nunca achei que algo fosse mudar para mim. Você trouxe essa mudança, Hank. Uma coisa maravilhosa e terrível está acontecendo com a gente. Eu também te amo.

Por um instante, ele achou que não tivesse ouvido direito.

— O quê? Você acabou de dizer que...

— Sim. Eu te amo com todo o meu coração. Eu sei que não deveria, mas ele não escuta. — Lisette usou a ponta do avental para enxugar as lágrimas, enquanto um sorriso sofrido despontava em seus lábios. Ela bebeu mais champagne e entregou o copo para Hank. — É totalmente impossível. Ao mesmo tempo, quando estou com você, posso acreditar que qualquer coisa é possível.

— Mas você é casada — repetiu ele.

Hank não conseguia visualizar isso. Não conseguia imaginá-la vivendo outra vida, com outro homem.

Lisette assentiu.

— É que... não é como isso aqui. — Mais uma vez, ela pegou a mão dele e olhou para os dedos entrelaçados dos dois. — Não é como você e eu.

Devagar, com relutância, Hank puxou a mão e se afastou dela.

— Conte-me, então. Eu quero entender.

A expressão dela ficou triste.

— Casar com Didier não foi uma escolha minha.

— É esse o nome dele? Didier?

Hank tentou evocar a imagem de um tipo de homem com quem ela se casaria, embora não o amasse.

— Didier Palomar. Ele é um homem rico, mais velho que eu, é o prefeito de Bellerive. A mulher dele morreu jovem e ele queria outra esposa que pudesse lhe dar um herdeiro. Minha família estava em maus lençóis quando eu o conheci. Meus dois irmãos tinham morrido e meu pai tinha sofrido um acidente. Ele não consegue mais andar.

Hank jamais ouvira uma história de tanta perda. Só podia imaginar como era para aquelas famílias, lutando para sobreviver às perdas e à fome da guerra.

— Sinto muito, Lisette.

— No início, Didier era generoso e bondoso, e parecia um homem digno. Prometeu que manteria meus pais em segurança em Sauveterre se eu me casasse com ele. — Ela fez uma pausa, girando as mãos em cima das pernas. — Eu nunca o amei, mas acreditava que me casar com Didier era um pequeno sacrifício para salvar meus pais de pedirem esmola na rua. Casar com ele parecia... Achei que fosse a coisa certa a fazer. Achei que... Ah, nada disso importa agora, não é? Já está feito. Minha mãe me disse que o amor surgiria quando os bebês viessem. Não tivemos bebê nenhum. — Lisette bebeu mais champagne. — Didier me culpa. E isso nem é o pior de tudo. O pior é que ele é um colaborador, um membro da Milícia, fazendo o trabalho sujo dos nazistas. Eu sinto tanto horror e vergonha quando ele amedronta meus amigos e vizinhos, saqueando as casas deles, entregando-os para os alemães, levando-os à força na frente das próprias famílias. E não há nada que eu possa fazer para impedi-lo.

— Eu queria poder envolver você em meus braços e abraçá-la bem forte — disse Hank.

— Então você deveria fazer isso. — Sem hesitar, Lisette pôs o copo no chão e foi na direção do abraço de Hank, encaixando-se na curva do ombro dele. — Estou machucando sua costela?

— Não — sussurrou ele. — Nem um pouco.

Lisette segurou o rosto dele com as duas mãos.

— Não consigo controlar isso. Não consigo evitar o que sinto por você, Hank. Era para ser um pecado, mas eu só consigo sentir amor, em cada instante, desde o momento em que conheci você. E isso em si já é um milagre, porque nunca achei que saberia o que era amar um homem de verdade, com todo o meu coração, muito menos sentir o amor verdadeiro de um homem por mim.

E com isso, Lisette se virou e subiu em cima de Hank, para que ele sentisse o calor dela, e eles se beijaram de novo, e dessa vez o beijo foi diferente, mais profundo, mais longo. Foi o tipo de beijo que levou a uma intimidade que eletrizou o corpo dele. Hank gemeu do fundo da garganta e afastou sua boca da dela, o que pareceu a coisa mais difícil que teve que fazer na vida.

— Sua perna — sussurrou Lisette, com a boca próxima à dele.

— Está tudo bem. Você não está machucando minha perna. Nem minha costela, nem nada. Mas, Lisette...

— Shh. Eu quero isso, Hank. Preciso disso. Preciso saber que posso sentir de novo, que o amor não é só uma ilusão que li nos livros de Toselli.

— É real, Lisette. Eu te amo e sinto muito que sua família esteja passando por momentos tão difíceis. Queria poder tornar as coisas melhores para você. Eu juro, farei qualquer coisa para ajudá-la.

— Isso está ajudando — falou Lisette, olhando no fundo dos olhos dele enquanto desabotoava a blusa.

No meio da guerra, diante da crueldade de seu marido, Lisette encontrou um amor tão puro e bonito que às vezes mal conseguia respirar pensando no milagre absoluto que era aquilo. Ela se recusava a sentir arrependimento ou culpa por amar Hank Watkins e nunca tinha sentido tanto prazer e satisfação na companhia de um homem, no toque, na intimidade que dividiam.

Ela tentava parecer normal ao longo do dia, mas era difícil conter o sorriso na boca, o brilho nos olhos, o rosado nas bochechas. Sua mãe ficava perguntando se a menina andava febril ou se estava bebendo. Ela respondia que era por causa da notícia secreta que não era para ninguém saber — de que os Aliados tinham invadido a França no norte do país e era só uma questão de tempo até chegarem ao sul.

Lisette continuou visitando Hank com a frequência que se atrevia, só que as visitas tinham passado a ser encontros amorosos profundamente prazerosos. Tirava fotos, porque nunca queria esquecê-lo, mas escondeu o filme para não correr o risco de serem expostos. Prometeu que só o revelaria quando a guerra acabasse.

Didier parecia ocupado com seus amigos alemães e não prestava a menor atenção na esposa. Lisette ficou surpresa num dia de agosto, quando ele e a irmã, Rotrude, a abordaram no jardim, as expressões fechadas.

— Quando você estava planejando me contar sobre o bebê? — indagou ele sem cerimônia.

O choque da pergunta de Didier a deixou sem ar. Lisette sentiu como se cada gota do seu sangue tivesse se espalhado pelo chão.

— Não sei do que você está falando.

— Não seja recatada — disse Rotrude, com um sorriso maldoso no rosto. — Por que você não dividiria essa notícia feliz com todo mundo?

— Porque não é... Eu não estou...

Mas Lisette estava. Ela já sabia havia uma semana. O ciclo dela era tão regular quanto as fases da lua, e, alguns dias depois de uma menstruação que não desceu, ela já sabia.

— Há uma semana que você vomita seu café da manhã todo dia — afirmou Rotrude.

Didier apertou os seios de Lisette tão forte que ela chorou de dor.

— Minha irmã me disse que os seios ficam mais macios durante a gravidez.

Lisette se virou de costas, pondo os braços na frente dos seios, o coração retumbando de pânico. E então sentiu uma pontada firme de coragem no fundo da alma.

— Então, em vez de maltratar a mãe de seu filho — disse ela —, você deveria sentir orgulho, pois finalmente haverá um herdeiro de Sauveterre, como você sempre quis.

Rotrude se meteu.

— Você vai deixar que ela minta para você desse jeito? — reivindicou a cunhada. — Sua primeira mulher nunca conseguiu engravidar. Você trepou com todas as empregadas e funcionárias desse lugar e nunca conseguiu fazer um filho em ninguém. O que faz você pensar que esse bebê é seu?

— Porque ele é o dono de Sauveterre e o prefeito de Bellerive — respondeu Lisette, rezando que o orgulho dele superasse as suspeitas.

A mentira a deixava enojada, mas, se fizesse o contrário, ela condenaria não só a si mesma, como a seus pais. E, sozinho, Hank provavelmente morreria no meio do nada.

— Lisette está certa — retrucou Didier, puxando-a para um abraço bruto. — Nós precisamos fazer um jantar especial hoje à noite e contar a novidade. Não tem uma última garrafa de champagne na *cave*?

Lisette engoliu seco, lembrando-se da garrafa que roubara para beber com Hank.

— Não sei. Os nazistas se servem de tudo o que querem.

— De tudo? — A mulher resmungou com desdém. — Até de sua esposa, Didier?

Rotrude odiava Lisette, pois a jovem tinha tomado seu lugar em Sauveterre. Caso um herdeiro nascesse, Rotrude e sua filha, Petra, seriam relegadas a meras convidadas da casa.

— Você vai deixar sua irmã falar com você com tanto desrespeito? — perguntou Lisette baixinho para Didier.

Ele a soltou e foi até Rotrude.

— Certifique-se de que haja um banquete hoje à noite — ordenou ele. — E não se esqueça do champagne.

Depois daquele encontro, Lisette não conseguia nem sequer se olhar no espelho. Fingir que a pequena vida frágil que existia dentro dela era de Didier era a pior das mentiras, mas era preciso esconder a verdade para proteger Hank.

— Vamos levar Papa ao mercado — disse Lisette para a mãe mais tarde naquela manhã. Ela tinha que sair daquela casa. — Didier quer um jantar especial hoje à noite. Podemos pegar a scooter. Tenho um vale extra de gasolina do mês passado.

Lisette adorava levar o pai no carrinho preso à scooter. Isso o fazia esquecer, mesmo que só por um instante, que ele não podia mais andar. Na cidade, Papa se reconectava com os amigos, como nos velhos tempos. O mercado na segunda-feira não era como antes da guerra. Com tão poucos homens para trabalhar nos campos, e os alemães pegando a maior parte da produção para eles, a colheita era menos farta. Mas aquela era a região do Var no auge do verão, então havia peixe do píer, frascos enormes de azeitonas e misturas deliciosas de pimenta. Os jardins de Sauveterre estavam repletos de tomates e pimentas, berinjelas e abobrinhas, de modo que eles teriam tudo de que precisavam para o banquete do Didier.

Lisette deixou seus pais no Café de la Rive, perto da ponte, um dos poucos ainda abertos na vila. Era uma manhã nublada, fresca para agosto. Os amigos de Papa, os Cabret, ajudaram-no a se sentar à mesa. O café instantâneo era terrível, mas servia de desculpa para aproveitarem alguns instantes de companhia. O local à beira do rio, ao lado da fonte histórica cheia de musgo com o peixe que cuspia água, debaixo da sombra de uma treliça entrelaçada por uma parreira, a fazia lembrar de antigamente. Ver sua mãe e seu pai com os amigos acalentou o coração de Lisette.

Ela ainda não tinha contado a eles sobre o bebê, e não sabia o que dizer. Para protegê-los, nunca havia reclamado de Didier. Talvez eles ficassem emocionados ao saber que seriam avós.

— Por que está olhando para nós desse jeito? — perguntou a mãe, sorrindo.

— Vocês parecem tão felizes, quatro amigos tomando um café juntos. Nessa luz bonita...

Lisette sacou a câmera e tirou uma foto, capturando o jogo entre a neblina e a sombra, e as expressões no rosto deles.

— Você quer que eu vá ajudá-la no mercado?

— Não, Maman, está tudo bem. Quando a neblina acabar, fará um dia lindo. Eu volto mais tarde para buscar vocês.

Lisette soltou o carrinho e saiu dirigindo a scooter. Quando estava bem longe da ponte, pegou um desvio. Deixou o veículo escondido no meio das videiras antigas cobertas de neblina e correu para o *borie* para ver Hank.

Ele sorriu e abriu os braços quando ela adentrou.

— Oi, minha querida — disse Hank. — Não esperava ver você até mais tarde.

— Eu deveria estar no mercado — explicou ela —, mas vi uma oportunidade de fugir.

Lisette cobriu o rosto dele de beijos, e os dois fizeram amor, e a paixão dela era tão intensa que lhe levou lágrimas aos olhos. Depois do ato, havia uma espécie de paz que ela nunca havia vivenciado. Sentir-se segura nos braços de um homem que a amava e saber que os dois tinham criado uma vida juntos era a maior bênção que já sentira.

Embora quisesse muito contar para ele, Lisette não ousou. Ainda não, com o futuro tão incerto. E havia um pequeno lugar macabro em sua mente que a fazia admitir que o bebê poderia ser, de fato, de Didier.

— O que é isso? — perguntou Hank com doçura, acariciando delicadamente o hematoma nos seios dela. — Como você se machucou?

— Não foi nada — respondeu Lisette, a mentira saindo com facilidade. Se descobrisse a crueldade de Didier, Hank iria atrás dele e acabaria morto no meio do caminho. — Devo ter batido em algum lugar quando estava pondo o arreio no Rocinante.

Hank se inclinou e deu um beijo no hematoma.

— Tenha cuidado. Não consigo suportar a ideia de você se machucar. — Ele rolou uma pedra redonda e grande na direção dela. — Fiz uma coisa para você.

Lisette se sentou, jogando seu xale ao redor do corpo. Ele havia talhado cuidadosamente um recado na pedra: *Jornada sem fim*.

— É lindo, Hank — disse ela, passando os dedos sobre as letras.

— Significa que eu nunca vou deixar de te amar, não importa o que aconteça — afirmou ele.

— Tenho que deixá-la aqui — falou Lisette, colocando-a perto da entrada da cabana.

— Podemos levar de volta para Vermont depois da guerra.

Ela pressionou o rosto contra o peito dele.

— Vermont, é? Você vai me levar para Vermont?

— Vou. E seus queridos pais também e, se o seu marido adorador dos nazistas tentar me impedir, ele vai se arrepender amargamente.

Os dois ficaram deitados nos braços um do outro, sem dizer nada, somente sonhando, e Lisette sabia que era o mesmo sonho. Ela estava à beira de lágrimas, pois queria contar a ele sobre o bebê. Em vez disso, desvencilhou-se lentamente dos braços de Hank e se vestiu.

— Preciso voltar para a vila agora.

Ele vestiu a calça e mostrou a Lisette os movimentos que conseguia fazer com as muletas.

— Estou praticando. Vou dançar o foxtrote com você qualquer dia desses.

Lisette estava a ponto de contar a novidade. Deixando a cautela de lado, falou:

— Hank, *mon amour*, tenho uma coisa para contar para você.

— Você pode me contar qualquer coisa, querida. Qualquer coi...

As palavras seguintes dele foram encobertas pelo zunido das aeronaves e uma série de explosões abafadas.

— Ataque aéreo — falou Lisette. — Meu Deus...

Hank mancou até o lado de fora e olhou ao redor.

— Tem muita névoa baixa. Isso é ruim. Eles não vão conseguir enxergar a zona de pouso.

— Hank, o que está acontecendo?

— Você precisa correr para um lugar seguro. A invasão dos Aliados está começando.

Parte V
Aix-en-Provence

A fotografia pega um instante fora do tempo, alterando a vida ao eternizá-lo.
— DOROTHEA LANGE, FOTÓGRAFA AMERICANA

Dezessete

— O que aconteceu naquele dia?

Camille se afastou da mesa comprida tomada de documentos, notebooks e uma leitora antiga de microficha. Ela, Finn e Roz estavam na universidade em Aix-en-Provence vasculhando algumas impressões quase ilegíveis em microficha, que continham reportagens sobre a libertação da cidade de Bellerive.

— Depende de para quem você pergunta — respondeu Finn, apontando para uma reportagem acompanhada da foto de um soldado americano lavando o rosto de um garotinho desamparado. — Todo mundo tem uma história.

— Facilitaria se soubéssemos o que estamos procurando — murmurou Roz.

Camille encheu novamente os copos de todos com *citron pressé*. A limonada gelada e refrescante era a única defesa deles contra o calor do dia. Os arquivos estavam guardados em um prédio cavernoso do século XVIII, repleto de documentos meticulosamente catalogados. Muitos haviam sido processados em microficha e uma boa quantidade já estava digitalizada. Mas havia muitos dados originais, ainda não categorizados.

— Isso é Bellerive — falou Finn alguns minutos depois, mostrando a elas uma fotografia amassada.

A imagem retratava uma ponte reduzida a escombros ao lado de um rio. Não havia indicação de nada na foto.

Camille sentiu um arrepio, apesar do calor.

— Parece com todas as outras — afirmou ela. — Todas as cidades do distrito têm uma ponte de pedra.

— Isso é parte de uma placa. E aqui, um pedaço de uma fonte de jardim.

Finn virou a foto e apontou para um fragmento de metal retorcido com um pouco de tinta e um pedaço de concreto quebrado, no formato de peixe. E então, ele mostrou a ela uma foto de um café à margem do rio, datado de alguns anos antes da chegada dos Aliados. Naquele registro, a ponte estava intacta. Havia mesas de café arrumadas ao redor da fonte, debaixo de uma parreira.

— O Café de la Rive — exclamou ela, e o arrepio se intensificou.
— Parece tão pessoal. Você acha que essa foto é do dia da invasão?
— Provavelmente — respondeu ele. — Ei, você quer fazer uma pausa?

Camille olhou para Finn, surpresa por ele conseguir ler as suas vontades e impressionada por ele se importar. Ela não estava acostumada com aquilo. Não estava acostumada com nada daquilo — os sentimentos que Finn despertava nela, o jeito que se sentia atraída por ele.

— O que você tem em mente?

Pouco tempo depois, eles estavam no carro de Finn com as janelas abertas. Campos e mais campos de girassol margeavam a estrada, o amarelo intenso criando um contraste deslumbrante com o céu azul de brigadeiro. Camille pensou em perguntar aonde estavam indo, mas decidiu, só daquela vez, experimentar não saber. Durante os últimos cinco anos, estivera tão preocupada em estar no controle que praticamente tinha esquecido como era se colocar à mercê dos outros.

Finn ligou o rádio e os dois foram ouvindo músicas pop francesas pelo caminho. Era uma sensação única, deixar-se levar completamente, a brisa batendo em seu cabelo pela janela, enquanto o *deux chevaux* rodava pelo interior do país com "J'ai besoin de la lune" tocando no rádio. Camille se perguntou se Finn percebera como tudo aquilo era novo para ela, empolgante e perigoso, como andar na beira de um precipício.

Depois de um tempo, Finn disse:

— Nos Estados Unidos, você falou que não era fotógrafa.
— Não, eu disse que não tirava mais fotos.
— Pegue aquela bolsa no banco de trás — pediu ele.
Camille virou e pegou a bolsa de lona pesada.
— Uma câmera?
— É. Peguei emprestada do departamento de fotografia. É uma das melhores do mercado hoje.
Ela abriu o zíper da bolsa e pegou a câmera, uma gloriosa Nikon de alta performance.
— É mesmo — concordou ela.
— Achei que você ia gostar de dar uma olhada nela.
— Ah. Bem... obrigada.
Camille olhou pelo visor para a paisagem do lado de fora e explorou algumas funções da câmera.
Finn olhou para ela.
— Eu gosto de ver você manuseá-la. Como uma profissional.
— Jura?
— Acho sexy.
— Cala a boca.
Camille nunca sabia dizer se ele estava brincando. Quando olhou de volta para Finn, ela o pegou em um momento vulnerável, o rosto dele melancólico enquanto olhava para a estrada à frente.
— Seu pai era profissional? — perguntou Camille.
Finn não respondeu de prontidão. E então, falou:
— Sim. Sim, ele era.
Ela chutou certo. Estava conseguindo ler melhor aquele homem.
— Gostaria de ver algumas fotos dele.
— Claro. Vou mostrar alguma foto daquela época. Mas hoje quero mostrar outra coisa para você. — Finn saiu da estrada principal, seguindo placas para Gordes. Havia um monumento que dizia que a vila inteira tinha recebido uma medalha por suas ações em agosto de 1944. — Já ouviu falar em Willy Ronis?
— Você está brincando? Sim. Ele é um dos meus heróis da fotografia. Ele e Cartier-Bresson. Há anos sou obcecada por eles. O que o fez pensar nele?

— Quer ir à casa dele?

— O quê?

O motor fraco do *deux chevaux* chiou em protesto enquanto Finn dirigia por uma série de ruas antigas e íngremes. Eles saíram do carro e caminharam até o topo de Gordes, passando por casebres antigos de pedra cercados por parreiras e flores. Finn parou em uma casa simples e modesta, com duas portas de madeira envelhecida. Em uma delas estava escrito PRIVÉ e, na outra, SALON RONIS.

— Fala sério — exclamou Camille delicadamente. — Willy Ronis morava aqui?

— Morava.

Finn deixou uma doação na caixinha ao lado da porta e a segurou aberta. A luz adentrava pela janela aberta, iluminando a foto mais famosa e memorável de Ronis. Era uma foto da esposa dele nua, virada de costas para a câmera enquanto se lavava na frente de uma pia rústica. A interação entre luz e sombra dava à foto qualidade de pintura. Camille sentia-se inspirada pelo *timing* perfeito e pela sensibilidade sem pudores da fotografia.

— É uma bela foto — disse ela. Havia muitas outras expostas, fotos da vida cotidiana em Luberon: um trabalhador do campo descansando encostado em seu cesto; um garotinho passando correndo na frente de uma janela, segurando um avião de brinquedo para cima; um gato escalando uma cortina. — Eu gosto da *joie de vivre* dele.

— Ele viveu até os 99 anos — afirmou Finn. — É muita *joie*.

Camille sorriu e saiu do casebre de pedra, observando as ruas sinuosas, com suas portas e arcadas antigas. Já era fim de tarde, momento que os fotógrafos chamavam de "hora dourada", quando a luz ficava repleta de cores difusas, moldando formas com a definição de um fio de navalha. Um casal idoso passou por um arco de pedra repleto de malvas-rosas dos dois lados. Naquele momento, uma borboleta levantou voo. O senhor apontou com um dedo para o inseto, justamente quando um feixe de luz o iluminou. E, sem nem pensar, Camille levantou a câmera até a altura dos olhos e tirou uma foto.

De volta à universidade, eles se encontraram com Vivi e Roz, que estavam catalogando mais itens de Sauveterre.

— Às vezes, a gente descobre coisas que preferia não saber — afirmou Roz, segurando uma foto de uma mulher que teve a cabeça raspada como punição por ser amante de um nazista. — Podemos parar se você quiser.

— Não — falou Camille, encolhendo-se diante da expressão de vergonha da mulher da foto. — Vamos continuar. Eu quero saber tudo sobre aquele dia.

— Ainda está na memória de alguns moradores locais. Um dos meus alunos preparou uma lista de todos eles, com as informações de contato — disse Finn.

Ela assentiu.

— Espero que a prima do meu pai, Petra, esteja disposta a falar. Onde estava Lisette naquele dia? Com quem ela estava?

— Talvez você encontre algumas respostas — falou Vivi, entrando na sala e colocando uma caixa antiga de tabaco em cima da mesa. — Encontrei isso aqui numa prateleira alta no sótão de Sauveterre.

— Achei que nós tivéssemos tirado tudo de lá — disse Roz.

— Tinha uma prateleira alta em um canto, e eu lembrei de uma coisa que meu pai costumava dizer: se você quiser esconder algo, coloque no alto.

— Porque, quando as pessoas estão procurando, elas tendem a olhar para baixo — completou Camille. — Faz sentido.

— O que tem dentro da caixa? — indagou Finn.

Com certo floreio, Vivi tirou a tampa e revelou o conteúdo.

O coração de Camille se acelerou.

— Rolos de filme! Meu Deus do céu! Não acredito que você encontrou isso.

— Claro que encontrei — replicou Vivi. — Eu encontro qualquer coisa. E vejam, estão etiquetados e datados. Sua avó misteriosa era incrivelmente organizada.

— Mas é uma pena pelos filmes — retrucou Roz. — Provavelmente estão estragados, não acha?

— Não se eu os revelar — falou Camille.

— Ela é a maior especialista do mundo em recuperação de filmes antigos — explicou Finn.

— Um pouco de exagero, principalmente vindo de você. — Ela ainda se sentia péssima por ter destruído o último filme do pai dele. — Mas, se eu encontrar um laboratório...

— Que tal procurarmos na maior universidade da França? — sugeriu Finn.

A câmara escura da universidade em Aix era velha, porém bem equipada e abastecida de substâncias químicas novas e de boa qualidade. Não havia nenhum vazamento de luz visível. Camille respirou fundo, como um nadador a ponto de saltar para um mergulho de uma plataforma alta, e entrou.

Finn a seguiu, esbarrando nela naquele local apertado.

— Não tem muito espaço aqui dentro — afirmou ela.

Ele parecia ciente disso, e Camille sentiu um rompante de desejo.

— Eu quero assistir.

Ela gostava de trabalhar com Finn. Gostava de estar perto dele. Gostava *dele*. Era animador revelar o filme e analisar os resultados digitalizados, e a pontada de intensidade que sentira só deixava o trabalho ainda mais interessante. Jace nunca tinha se interessado muito pelo trabalho dela, mas Finn parecia compartilhar daquela mesma paixão e curiosidade. As fotos que surgiram do passado distante mostravam a Camille um retrato de coragem — um soldado ferido e a mulher que cuidava dele. Em comparação, fez o medo dela parecer insignificante.

Havia uma foto de um homem alto, de cabelo escuro, com uma perna enfaixada. Eles acharam que podia ser o soldado americano que tinha abandonado o paraquedas. Havia muitos retratos dele. Eram fotografias cuidadosas e sensíveis, lindamente compostas, que aproveitavam a luz natural.

— Mais fotos de Lisette — afirmou Camille, analisando o rosto da imagem durante um bom tempo. — O soldado era alguém importante para ela. Como podemos descobrir quem era?

— Como se descobre quem é qualquer pessoa? — indagou Finn, inclinando-se bem perto, para que ela pudesse sentir a respiração dele em sua bochecha. — Você descobre o que a que incita, o que ama. E o que ela nem sequer percebe que deseja.

A câmara escura revelou mais sobre Finn do que ele imaginara. Camille o observou sob o brilho vermelho da luz de segurança enquanto ele olhava com atenção para uma foto amorosa de um grupo de crianças na praia.

— O que você está vendo? — perguntou ela.

Era uma composição adorável: equilibrada e claramente projetada por alguém com um olhar acostumado. Ela tinha certeza de que Lisette era a autora daquela foto; tinha o que Camille começara a reconhecer como um *timing* característico, e certa compreensão do objeto fotografado.

— Algo nessa foto me faz pensar na minha família — disse Finn. — Entre minha mãe e Rudy, e todas as tias e tios e primos, nós somos um clã barulhento, amigável e exigente.

Trabalhando juntos, eles começaram a arrumar a câmara escura.

— Parece divertido.

— E é. Eu sempre achei que teria algo assim — admitiu Finn. — Quero dizer, uma família grande. Ou mesmo uma pequena.

— Pequena funciona para mim e para Julie.

— Camille, você está dizendo que quer...

— Não — foi a resposta veloz e medrosa dela. — Isso soou errado.

Finn a observou profundamente, e então segurou a porta para que ela passasse na frente. Ele estava sempre fazendo gentilezas como segurar portas, puxar cadeiras, esperar a vez, ouvir com atenção total. Camille adorava os modos dele, os gestos impensados e cuidadosos que lhe eram naturais.

— Você tem sorte em tê-la. Ela parece ótima.

— Se você a visse um mês atrás, talvez não dissesse isso. É duro ver um filho passar por um momento difícil.

— Aposto que ela diria o mesmo de você.

— Julie foi minha fortaleza quando o pai dela morreu. — Camille estremeceu quando uma sombra do passado piscou como uma lâmpada fraca. — Eu lembro de pensar que, depois de Jace, eu nunca mais saberia o que é felicidade de novo. Então, alguns meses depois que ele tinha partido, a Julie subiu no meu colo e sorriu para mim. Ver minha filha feliz funcionou mais do que meses de terapia de luto.

— Eu quero um — falou Finn.

— O que, um terapeuta de luto?

— Não. Um filho, sorrindo para mim.

Camille tentou fazer piada da situação. O que mais podia fazer?

— Então você está desperdiçando seu tempo comigo.

Finn olhou para ela. Sexy. Ardente.

— Estou?

— Eu tenho que ir — avisou ela para Finn. — Não posso... Tenho que ir.

— Por quê?

— Porque...

Camille esqueceu o que ia dizer. Quando ele a olhava, ela esquecia absolutamente tudo.

— Isso — disse Finn, virando para ela e dando-lhe um beijo demorado — é uma desculpa esfarrapada. Vamos conversar sobre isso mais tarde. Na minha casa.

— Na sua casa, é?

Camille ficou curiosa.

— Nós vamos jantar no meu bistrô favorito e depois vamos levar uma bela garrafa de rosé para casa.

— Tenho que voltar para Bellerive. Ver como está Julie...

— Ela está bem. Tem uma casa cheia de gente para cuidar dela. Me empreste seu celular.

Camille entregou o aparelho sem pensar. Ele digitou uma mensagem e clicou em "enviar".

— Ei!

— Avisei para todos que você vai ficar em Aix essa noite.

E com isso, Finn desligou o celular dos dois e guardou no bolso.

— *Ei!*

— Você me deu ordens o dia inteiro na câmara escura. Agora eu estou no comando.

Finn a conduziu para fora do instituto, e ela deixou, estranha e relutantemente excitada pela atitude. Ele mostrou a cidade antiga, onde a tarde chegava ao fim. Aix fazia jus às suas origens romanas — Aquae Sextiae —, com fontes em todas as praças, surgindo de muros ou de lagos de pedra ornamentados, onde os moradores colocavam suas garrafas de vinho para gelar.

— Tem uma frase do Cocteau — falou Finn. — "Em Aix, um homem cego pensa que está chovendo. Se ele enxergasse através de sua bengala, veria uma centena de fontes azuis cantando a glória de Cézanne." — Ele deu de ombros. — Provavelmente soa melhor em francês.

O Cours Mirabeau, um grande calçadão, estava margeado de árvores e cafés com toldos estendidos. Só era aberto para pedestres, com tendas coloridas ao longo dos dois lados da rua. Crianças e babás brincavam ao redor de uma fonte coberta de musgo no meio. Os sons e aromas eram extasiantes — peixe fresco do mar, buquês de flores, incenso, comida sendo frita em panelas imensas de ferro sobre fogareiros a gás. Músicos de rua tocavam por gorjetas, e, para a alegria de Camille, Finn era um homem generoso com todos. Ela se sentiu completamente seduzida pela *joie de vivre* dali.

Ele a levou até uma pequena praça com mais uma fonte, cercada de mesas de cafés. O garçom os serviu de uma das garrafas deixadas para resfriar na água da fonte. Eles saborearam lentamente um jantar delicioso e finalizaram com algumas bolas de sorvete de limão. Camille percebeu o olhar de Finn sem pudores sobre ela, prestando atenção nos olhos, na boca, no jeito como ela dava goles na taça de vinho.

— Vamos — disse ele, fazendo um sinal para o garçom trazer a conta.

Camille estava relaxada demais para protestar. Queria explorar essa coisa que estava acontecendo entre eles. Tudo parecia tão novo. Cada olhar, cada toque, até mesmo a mão dele encostando nela sem querer despertava sensações. Um sentimento de fascínio a mantinha refém enquanto caminhavam para a casa de Finn, um apartamento em uma antiga mansão elegante convertida em prédio, numa quadra que só passava pedestres, onde o único trânsito consistia em turistas passeando e uma ou outra scooter. Paredes caiadas e vigas expostas davam ao local um ar de atemporalidade. Era como se estivesse desconectado do mundo dali, um esconderijo separado de todo o resto da vida dela.

Ela ficou parada em uma janela em arco, com as cortinas abertas para um céu estrelado, e alguns sons vinham da rua — risadas e música, uma brisa morna sussurrando pelas folhas grandes das figueiras. Finn se aproximou por trás e deslizou os braços ao redor da cintura de Camille, curvando a cabeça na direção do pescoço dela, para inspirar profundamente.

— Eu adoro o cheiro do seu cabelo — disse ele.

— De substâncias químicas da câmara escura?

— De flores. — Finn levantou delicadamente o cabelo de Camille e cheirou seu pescoço. — Gosto do seu gosto também.

— É mesmo?

Ela se virou dentro do abraço dele e ficou na ponta dos pés para beijá-lo. Foi um momento crucial para Camille, que podia sentir que estava se equilibrando bem na beira de... algo. Ela tinha mantido todos os outros homens a certa distância, mas Finn... Ela também gostava do gosto dele, de vinho rosé com sorvete de limão, a boca e a língua dele delicadamente convencendo-a a se entregar.

— Você não faz ideia do quanto eu pensei nisso — disse Camille.

— Jura? Que bom, Camille. Porque eu penso nisso o tempo todo.

Finn pegou a mão dela e a conduziu para o quarto, outro cômodo arejado, com luzes baixas e móveis espaçados com uma cama grande e baixa, arrumada com lençóis limpos.

— Gostei da sua casa — comentou ela.

— Passei a manhã inteira a preparando.

— Preparando para quê?

— Para isso.

Finn tirou a blusa só com um braço por cima da cabeça. Durante o trabalho em Sauveterre, Camille tinha observado o peito e o abdômen dele de longe. Agora colocou as mãos nele, correu os dedos pelas curvas do seu corpo, deliciando-se com os sons leves e involuntários que Finn fazia quando ela o tocava.

Ele desabotoou calmamente a blusa de Camille, beijando cada lugar que era exposto. E então, tirou o sutiã e a saia dela. Por fim, ele a deitou de costas na cama, e os lençóis cheirosos a envolveram com um aroma de lavanda. Apoiando-se em cada um dos lados, lenta e surpreendentemente, Finn tirou a calcinha de Camille com os dentes. *Não pare*, pensou ela. *Não pare nunca.* Camille se esqueceu de tudo, menos das sensações que se espalhavam pelo corpo enquanto ele a acariciava, seu toque menos ensaiado do que ela imaginara. A surpresa e o deleite daquele prazer deixaram-na sem fôlego. Houve momentos em que sentiu uma emoção genuína vinda de Finn — quando ele a olhou diretamente e estremeceu ao sussurrar o nome dela, as sílabas faladas com ternura.

A noite continuou, seguindo o próprio curso, e Camille rendeu-se, cheia demais de vinho e carinho para pensar em qualquer coisa. Ela nem sequer percebeu quando dormiu.

Finn a acordou com beijos em lugares que não haviam sido beijados em... talvez nunca. Os batimentos de seu coração ficaram fortes e pesados e o corpo ardendo de tanto desejo que Camille nem tentou resistir. *Só mais um pouco*, pensou ela, e então parou de pensar completamente. Depois que terminaram, os dois ficaram deitados em silêncio, em meio a vários travesseiros, vendo o céu ficar rosa no amanhecer.

— Isso foi... — Camille não conseguiu formar uma fase coerente.
— A noite passada foi...
— Eu também achei.
— Não sei como me sinto com você pensando por mim.
— Então teremos que fazer isso mais vezes para você descobrir.
— Sei. — Camille se sentia tão diferente com ele. — Acho que podemos tentar.
— Eu vou descobrir todos os seus segredos mais profundos e obscuros.

Ela sentiu uma pequena parte de si se retraindo.
— Você não quer descobrir essas coisas.
— Deixa que eu faço esse julgamento.
— Nós não podemos simplesmente... curtir esse momento?
— Nós curtimos, a noite toda.

Finn emitiu um som sexy quando se espreguiçou de novo.

— Você entendeu o que eu quis dizer. A noite passada *foi* maravilhosa. Não vamos estragá-la nos...

— Nos o quê? Nos apaixonando?

— Quem falou sobre se apaixonar?

— Eu falei. Isso também me assustou para caramba.

— Você é engraçado.

— Você acha? — Finn brincou com um cacho do cabelo dela, enroscando-o lentamente no dedo. — O que aconteceu? — perguntou ele. — Por que ninguém conseguiu te conquistar?

Acho que alguém está fazendo isso agora, pensou Camille. Ela lembrou a si mesma de que tudo aquilo era muito novo. Havia uma grande parte da vida dele que era envolta em mistério. Finn havia sofrido uma traição amorosa, ela sabia disso. O que Camille não sabia era... todo o resto.

Ela recuou, ainda sem confiar nele. Sem confiar em si mesma. Ninguém jamais a tinha feito se sentir daquele jeito.

Nem mesmo Jace.

A confissão brutal driblou sua barreira de defesa. Os sentimentos de Camille por Jace, aprimorados e aperfeiçoados pelo tempo e pela memória, e provavelmente por uma boa dose de ilusão, nunca tinham sido tão profundos, tão reais daquele jeito. O que ela sentia por Finn era confuso e intenso e incrivelmente real.

Será que era porque ela estava mais velha agora? Porque conhecia seu próprio coração um pouco melhor? Ou porque estava desesperada?

Camille pegou o celular no bolso da calça dele.

— Nem pense em sair dessa cama — disse Finn com um tom lascivo.

— Eu preciso ir embora — replicou ela, olhando para o celular. — Meu pai tem novidades.

— O resultado do teste de DNA chegou.

O pai de Camille deu um tapinha no envelope guardado no bolso. Eles tinham se encontrado na vila para tomar café. O café ao lado da ponte do rio parecia ser um queridinho dos moradores.

— Uau. Foi rápido. Você é... Você abriu?

Papa assentiu.

— Na verdade, recebi o resultado ontem. Eu teria lhe contado, mas você estava fora com seu novo namorado.

Camille ficou com as bochechas vermelhas. Ainda se sentia estranha, quase inconsequente, por dormir com Finn.

— E então, vai me contar agora? — perguntou ela.

— Didier Palomar não era meu pai biológico.

— Sério? Quer dizer, eu sabia... Achei que... Levando em conta apenas os traços físicos, parecia improvável que você fosse parente dos Palomar. Mas agora nós temos certeza.

— Sim. Agora nós temos certeza. Mas ainda há muita coisa que nós não sabemos. Isso significa que eu sou uma fraude? Que Didier foi enganado e levado a acreditar que eu era seu herdeiro? O que isso significa para Lisette? Que ela foi infiel? Uma vítima de estupro? — Henry pegou um lenço e secou a testa. — Eu quero sentir alívio, mas, em vez disso, simplesmente aparecem mais perguntas.

— Eu sei, Papa. E eu sinto muito que não haja mais clareza. Mas eu me recuso a lamentar por você não ser filho de Didier Palomar. — Camille pegou o celular e olhou as fotos que eles haviam revelado na câmara escura, descendo até a imagem do soldado alto de cabelo escuro. — Essa foto é de um filme que encontramos. Ele parece um soldado americano. Agora fico pensando se não pode ser ele.

Henry olhou para a pequena tela.

— Lisette tirou essa foto?

— Acho que sim.

— Tem algum jeito de descobrirmos mais informações sobre esse homem?

Ela assentiu.

— Estamos trabalhando nisso. Finn tem uma turma inteira de pesquisa histórica fazendo esse trabalho. — Ela apertou o ombro do pai com uma das mãos. — Se as pessoas soubessem disso quando você era pequeno, as coisas teriam sido muito diferentes. Ninguém teria acusado você de traidor e filho de um adorador de nazistas. As pessoas teriam sido mais bondosas.

A expressão no rosto de Henry mudou, os olhos ficaram distantes e a cor da bochecha foi sumindo. Camille tocou no braço dele, preocupada.

— O que houve?

Ele estremeceu.

— Provavelmente, nada. Mas... um flash de memória, talvez. Quando eu era bem pequeno, um estranho veio para Sauveterre. Ele era alto e caminhava com uma bengala, e falou com a minha tia em uma língua que eu não entendia.

Camille prendeu a respiração.

— Inglês? Ele estava falando inglês?

— Sinceramente, não sei dizer. Eu era muito pequeno, tinha uns 4 ou 5 anos. — Henry respirou fundo. — O que passou, passou. Já aconteceu. Não tem por que imaginar como minha vida teria se desdobrado se eu soubesse disso.

— Mas... — Ela podia ver que ele estava pensando em alguma coisa. — Você contou o resultado para sua prima Petra?

— Claro que sim. Ela foi gentil o suficiente para aceitar fazer o exame, e portanto eu lhe devia a verdade. Petra foi a primeira pessoa para quem liguei, antes mesmo de tentar falar com você. E por isso sou obrigado a dizer que você não me atendeu, então tive que mandar uma mensagem. — Henry franziu o nariz. — Você sabe o que acho de mensagens de texto. Todas aquelas emoções e enfeites.

— Emojis. O que a Petra disse?

— Ela não ficou surpresa. Sempre se perguntou por que eu tinha a pele, cabelo e olhos mais escuros enquanto o resto da família era toda pálida. É claro, perguntei se ela sabia quem poderia ser meu pai, mas ela não faz a menor ideia. E, como não há sangue Palomar correndo em minhas veias, eu ofereci a escritura de Sauveterre para ela.

Camille engasgou.

— O que quer dizer com isso? Você ofereceu a ela...

— Sauveterre, a propriedade inteira, de cabo a rabo.

Camille percebeu naquele momento como era profunda a vergonha que Papa sentia. Ele não queria nada que tivesse a ver com Didier Palomar.

— E...?

— E ela riu. Disse que tem 82 anos e não vê nenhuma utilidade em uma fazenda com uma casa caindo aos pedaços. Ela nunca teve filhos, e o marido a deixou com uma boa condição de vida. De qualquer forma, vou pagar a ela uma contribuição mensal pelo resto da vida.

— Fico feliz que vocês dois tenham se reencontrado — falou Camille.

— Também fico. As pessoas mudam, no fim das contas. Isso me faz pensar... — A voz dele falhou. — Ela quer conhecer você e Julie.

— Claro. Quando quiser. Você acha que ela estaria disposta a conversar conosco sobre suas lembranças?

— Algo me diz que ela adoraria.

Em Bellerive, o impossível aconteceu com Julie. As crianças a achavam legal e queriam passar o dia com ela. Estavam curiosos a respeito da vida nos Estados Unidos. Tinham até um apelido engraçado para ela, *La 'Ricaine*, diminutivo de *l'Américaine*. Todos os dias depois dos afazeres, as aventuras começavam, normalmente sob o comando de Martine. Àquela altura, eles já tinham pedalado à beira do Var, pulado em uma cachoeira num poço profundo, subido a montanha de Cézanne — aquela que ele pintou cinquenta vezes — e jogado futebol tarde da noite. Seu passeio favorito havia sido uma passeio para a praia com André e seus dois irmãos. Desde que Julie tinha pulado daquela falésia com eles, os meninos tinham declarado que ela era a preferida deles. André até cantou uma música antiga sobre ela, "Des filles il en pleut", que significava "Está chovendo garotas".

— Temos boas notícias — disse Martine quando elas estavam no jardim, tirando a roupa limpa e seca do varal. — Tem uma dança de rua em Cassis hoje à noite, e nossa banda favorita vai estar lá. A gente devia ir. Tem uma feira no porto com quiosques divertidos, artistas de rua e as comidas boas de sempre.

— Total — concordou Julie, sentindo uma animação dentro do peito.

O vilarejo no porto parecia o lugar perfeito para ir em uma noite quente de verão.

Julie sabia que sua mãe a deixaria ir. Camille estava muito aberta naqueles dias, pois andava muito ocupada com seu projeto de história. E também com Finn. Sua mãe já tinha saído com outros caras, mas ele era diferente. Em vez de ficar toda rabugenta e nervosa antes de um encontro, ela parecia simplesmente animada. Era bom vê-la assim, sorrindo por nada e cantarolando sozinha… e sem se preocupar com cada movimento que a filha fazia.

— O que você vai vestir? — perguntou ela para Martine, segurando uma blusa na sua frente, uma xadrez de que ela gostava antes, mas da qual já havia enjoado.

Martine deu de ombros.

— Algo que me deixe dançar. Você quer uma roupa emprestada?

— É gentil da sua parte, mas nós não usamos o mesmo tamanho.

— Claro que usamos. — Martine puxou uma saia jeans do varal e jogou para Julie. — Experimente essa aqui.

Para a surpresa de Julie, a saia serviu quando ela vestiu por cima do short. Certinha, mas sem ficar apertada. O pneuzinho esperado não apareceu. Aparentemente, toda aquela natação, as tarefas na fazenda e as voltas de bicicleta estavam lhe fazendo bem.

— Fofa — afirmou Vivi, passando por elas com os braços repletos de mais caixas do projeto de história.

Àquela altura, as colegas de trabalho de Finn eram praticamente da família, aparecendo em Sauveterre todo dia, obcecadas em descobrir informações sobre o verdadeiro pai de Henry. Julie estava aliviada por não ser Didier Palomar. Praticamente todo mundo estava feliz por não ser parente de um adorador de nazistas.

— Precisamos de algo para vestir hoje à noite em Cassis, na dança de rua.

— Esse é o meu tipo de problema preferido — falou Vivi. — Se vocês quiserem, posso levá-las até lá e vocês compram uma roupa nova na feira.

— Jura? Isso seria demais — exclamou Julie.

Naquela tarde, as três foram de carro até a costa no Renault mostarda de Vivi, e as estradas estreitas do interior, cercadas por campos e florestas, vinhedos, muros de pedra e fazendas antigas eram uma paisagem de filme. Castelos, ou reminiscências de castelos, eram tão comuns ali quanto paradas de caminhão nos Estados Unidos. Julie estava adorando aquele lugar. E adorou ainda mais quando Vivi a ajudou a escolher um vestido e uma sandália lindos para a noite. Ela e os amigos dançaram e riram, e, durante um intervalo da banda, André passou o braço ao redor dela e lhe deu um beijo. O primeiro beijo dela de verdade em um menino. Como tudo naquele verão, foi mágico.

A noite de Camille com Finn foi o início de algo que ela não estava pronta para definir — ou talvez estivesse com medo de definir. E os encontros amorosos dos dois não aconteciam só à noite. Eles desapareciam juntos de manhã bem cedinho depois de nadarem em uma praia isolada, ou quando os outros enrolavam em um almoço provençal longo demais. Uma vez, Finn a pegou em um galpão na propriedade, e os dois mais pareciam adolescentes em vez de adultos funcionais. Camille não podia negar que estava se apaixonando completamente por ele, quase contra sua vontade. Os sentimentos eram muitos e era cedo demais para tudo aquilo, dizia ela para si. Estava tentando manter o coração longe do relacionamento, mas ele não a ouvia.

Ela também tentou manter seu romance florescente em segredo, pois não queria ter que explicar nada para Papa ou Julie. Apesar disso, tanto seu pai quanto sua filha pareciam bastante cientes da situação. E Julie, que jamais teve uma personalidade discreta, não hesitava em mandar notícias para a mãe e as irmãs de Camille. Elas inundavam-na com mensagens de texto e e-mails, querendo detalhes. Camille mal podia explicar para si mesma o que estava acontecendo, muito menos para sua família.

Quando acordou sozinha em Sauveterre, sentiu saudade de Finn, e se achou uma idiota pela situação. Camille lembrou para si mesma que ele chegaria mais tarde e traria a prima de Papa, Petra, de Marselha para Sauveterre, para que todos pudessem conhecê-la.

Antes disso, Camille teria um encontro ainda mais memorável. Michel Cabret estava vindo almoçar. Papa dissera que, ao descobrir que Palomar não era seu pai biológico, ele se sentira encorajado a fazer as pazes com o amigo de infância. E queria apresentar Camille para ele. Ao ver o pai se preparar para a visita de Cabret, Camille teve uma sensação estranha. De alguma forma, a animação agitada dele a fazia lembrar de como ela própria se portava antes de se encontrar com Finn.

— Seu amigo sempre o deixou nervoso? — perguntou Camille, carregando uma bandeja de drinques para o jardim, onde eles almoçariam.

À sombra de uma pérgola, a mesa estava convidativa com uma toalha azul e amarela, a louça azul-cobalto da madame Olivier e taças de vinho transparentes com um desenho de abelha gravado, o símbolo de Sauveterre.

— Ah. Eu pareço nervoso?

— Como uma criança no primeiro...

O portão da casa se abriu com um rangido enferrujado e um homem muito bonito adentrou. A palavra que veio à cabeça de Camille quando viu Michel Cabret pela primeira vez foi *impeccable*. Alfaiate por profissão, ele vestia um terno belíssimo feito sob medida com uma camisa branca e uma gravata de seda, sapatos polidos brilhando e um chapéu com a dobra perfeita.

Eles se cumprimentaram do jeito francês — abraço, beijo, beijo —, e então Cabret estendeu os braços para Camille.

— Você é ainda mais bonita do que seu pai descreveu. O único momento em que ele para de falar sobre você é quando está falando de Julie.

Até o cheiro dele era impecável, de colônia suave e sol. Camille gostou dele instantaneamente.

— Venha almoçar, *mon vieux* — chamou Papa, reluzente, gesticulando na direção da mesa arrumada com capricho. — Você vai ver que desenvolvi algumas habilidades culinárias ao longo dos anos.

— É o que parece. — Cabret tirou o chapéu e puxou a cadeira de Camille, como um galã. — Henri me disse que vocês andam explorando a antiga Bellerive.

— É verdade. Eu revelei alguns rolos de filme de Lisette em um laboratório em Aix. Lisette era minha avó. Você quer ver?

— Com certeza.

Camille ligou o tablet para que eles pudessem ver as fotos digitalizadas.

— Nós encontramos vários rolos de filme não revelados dos anos da guerra. — Ela foi passando as imagens, mostrando a eles a cidade e as paisagens através dos olhos de Lisette. — De acordo com a prima de Papa, os pais de Lisette foram mortos no dia da invasão dos Aliados, em agosto de 1944. Petra disse que eles estavam aqui, nesse café. — Camille mostrou duas fotos, uma de antes e outra de depois do bombardeio. — O local foi atingido por bombas dos Aliados que eram voltadas para a ponte.

Michel observou as fotos com atenção.

— Eu já sabia disso, pois eles estavam sentados com a minha avó, bebendo café, quando a bomba os atingiu. Meu avô só conseguiu se salvar porque tinha saído da mesa para buscar alguma coisa, mas depois disso ele nunca mais foi o mesmo.

Camille congelou.

— Meu Deus. Isso é muito triste. Apesar de ter acontecido antes de vocês dois terem nascido, parece uma perda terrível.

— Só quem viveu sabe — comentou Papa.

— E essa — continuou Camille — é a foto mais interessante e misteriosa que encontrei. — Era a foto do soldado. — Nós achamos que ele pode ter sido um soldado paraquedista americano.

Michel olhou para a foto por bastante tempo, uma expressão pensativa no rosto.

— Eu trouxe algumas fotos antigas minhas — afirmou ele. — Mas estão impressas em papel, não estão digitalizadas. — Com uma piscadela, ele pôs a mão no bolso superior do paletó e pegou duas fotografias em preto e branco com as bordas dobradas. — Essa é uma foto do Henri e eu em 1959, nosso primeiro ano no *lycée*.

Os dois garotos usavam uniforme escolar. Papa parecia envergonhado dentro do blazer preto apertado por cima de uma camisa branca amarrotada. Michel, por outro lado, olhava para a câmera com um sorriso orgulhoso. Seu blazer tinha um caimento impecável e sua camisa estava passada à perfeição.

— Nós éramos um par incompatível, não éramos? — brincou Papa.

— De certa forma. — Michel segurou a segunda foto ao lado da foto do soldado no tablet de Camille. — Aqui você tem uns 16, 17 anos. A semelhança é chocante, não acham?

Camille segurou a mão de seu pai e a apertou enquanto eles observavam as fotos lado a lado. Tanto o soldado como Henri tinham o pescoço magro e o pomo-de-adão proeminente, cabelo castanho cacheado e sobrancelhas escuras e marcantes. O rosto dos dois tinha o mesmo formato. Até as orelhas apontavam para mesmo ângulo.

— Vocês poderiam ser irmãos — afirmou Camille. — Meu Deus, nós temos que descobrir quem é esse cara.

— Para mim, o que é mais significativo é quem ele *não* era, Didier Palomar. — Os olhos de Henry se encheram de lágrimas enquanto ele olhava para o soldado, e depois para Michel. — E agora, falemos de outras coisas. Tem uma coisa que eu preciso lhe contar. Eu não falava sobre minha infância na França porque tinha vergonha de ser filho de Palomar. Aprendi a guardar segredos, e isso afetou outras partes da minha vida. Inclusive minha amizade com Michel.

— Fico muito feliz por você ter sido amigo de Papa — falou Camille. — Você foi bondoso com ele quando mais ninguém era.

— Eu queria ser amigo dele e queria ser bom para ele — afirmou Cabret. — Não havia como impedir meus sentimentos.

— Que jeito amoroso de dizer isso — concluiu ela, olhando para os dois.

— O que estamos tentando dizer, *chérie*, o que *eu* estou tentando dizer é que nós éramos amigos de um jeito específico. Mas, em determinado momento da minha vida, eu decidi que as vontades do meu coração seriam para sempre um segredo. Quando eu soube, pela primeira vez, que amava esse outro garoto, foi... Não estou exagerando quando digo que isso moldou minha personalidade. Mas, ao mesmo tempo, tentei esconder esses sentimentos. — Henry pôs a mão sobre a de Michel. — Até hoje. Agora, com muita certeza e sem vergonha nenhuma, posso dizer para você que eu ainda o amo e que ele foi bondoso o suficiente para deixar o coração disponível para uma nova chance.

Camille fez uma expressão confusa.

— Papa? Não estou entendendo. Ou talvez... Você está dizendo o que acho que está dizendo?

— *Chérie*, Michel e eu... — Henry respirou fundo e apertou a mão de Michel. — Michel foi meu primeiro amor e eu ainda o amo. Há muito tempo eu queria sair do armário, contar a verdade para você.

Ela deu uma risada.

— O quê? Mas... — E então a risada se esvaiu e um estalo repentino a atingiu, como uma dor física. — Você é gay. — Ela alternou o olhar entre o pai e Michel. — Você... vocês dois... *Jura*?

— *Chérie*, eu sinto isso desde garoto, mas é claro que naquela época... não sabia o que fazer com isso. Eu não tinha referência alguma, não entendia a situação. Naqueles tempos, principalmente em uma cidade pequena do interior, isso simplesmente não existia. Ou, se existia, ninguém falava nada. Camille, eu sinto muito. Eu nunca deveria ter escondido isso de você por tanto tempo.

A cabeça dela estava a mil por hora.

— Isso é... Meu Deus.

Papa... *gay*? Como pode? Ele era o Papa. Seu pai. Não podia ser...

Ele podia. Ele *era*. Quando olhou para ele e Cabret juntos, Camille pôde ver com clareza. O que era estranho, porque cinco minutos antes ela não conseguia enxergar nada daquilo. Durante a vida toda, não tinha enxergado. Mas agora as peças que faltavam do quebra-cabeça finalmente se encaixavam, todas de uma vez. Depois do divórcio, Papa nunca mais se casou nem teve uma namorada séria. Ele era sociável, mas estava sempre solteiro. Finalmente ela entendia por quê.

Em vez de sentir choque ou surpresa, ela foi tomada por... outra coisa. Lágrimas, não de tristeza, mas de alívio, quem sabe.

— Por que esse pensamento nunca passou pela minha cabeça? — refletiu Camille em voz alta.

— Eu mesmo estava em negação.

— Mas por quê? Eu teria entendido. Eu *entendo*.

— Eu tinha certeza disso. Nunca me preocupei com isso, Camille. Eu deveria ter revelado isso há muito tempo.

— Você acha? — sussurrou ela. — Por que escondeu de mim, e de todo mundo, por tanto tempo?

— É algo que me perguntei muitas vezes — respondeu Henry. — Eu cresci guardando segredos. Tinha esse segredo terrível que eu guardava sobre Palomar, e aprendi a não dividir nada pessoal. Tornei um hábito sentir vergonha por algo que não me pertencia e quase arruinei minha vida por isso. — Sua voz falhou e ele respirou fundo para recuperar o fôlego. — O relacionamento que eu queria parecia impossível para mim. Eu me apaixonei por um garoto, mas nem sequer me permiti reconhecer o que isso significava. Eu não tinha nem um nome para esse sentimento, mas resolvi que sempre manteria em segredo. Descobrir que Palomar não era meu pai foi libertador para mim. Me livrar da culpa dos crimes de Didier finamente abriu meu coração para um amor que eu nunca esqueci.

Michel enxugou os olhos.

— Você nunca esteve longe dos meus pensamentos, *mon vieux*.

Camille ainda estava inconformada.

— Eu queria ter sabido disso antes. Ah, Papa, se eu tivesse percebido o que estava acontecendo...

— Você está perdoada por não pensar no seu pai dessa maneira — afirmou Michel, com carinho. — Camille, obrigado por me permitir fazer parte dessa conversa. Sei que deve ser difícil para você.

— Eu estou... Não é difícil. Só é novo. Acho que preciso de um tempo para processar essa informação.

— É claro. — Michel se levantou. — Então eu vou dar uma volta pelo jardim para que vocês dois possam conversar. Meus sobrinhos-netos são só elogios com a Julie. Se você me permitir, gostaria de conhecê-la.

— Com certeza — falou Camille, então olhou diretamente para Michel por um momento, incerta do que sentir. Um dia, esse homem havia sido o dono do coração de Papa, e parecia que eles queriam continuar juntos. Ela respirou fundo. — Estou muito feliz em conhecer você, Michel. De verdade.

Ele fez uma pequena reverência e saiu da mesa. Camille lhe assistiu caminhar para longe, um homem bem-vestido em seu terno feito sob medida, andando sob a luz do sol que batia na pérgola de parreiras. O estômago dela deu um nó, e mais lágrimas escorreram por seu rosto.

— Papa, você esteve sozinho durante esse tempo todo porque estava escondendo a verdade. Deve ter sido muito solitário para você. A mamãe sabe?

— Nós nunca falamos sobre isso. — Henry deve ter lido a expressão no rosto de Camille. — Eu realmente amei sua mãe da melhor forma que consegui, o que não foi o suficiente, mas... Eu me casei com ela porque era isso o que as pessoas faziam: elas se casavam e começavam uma família. Cherisse e eu nos dedicamos ao trabalho: a casa, a loja, nossos empregos. Mas não importava o quanto nos mantivéssemos ocupados, não havia como esconder o erro que eu havia cometido. Sua mãe e eu tínhamos respeito e afeto mútuos, mas isso não substitui o amor profundo e apaixonado. Eu me conformei com a ideia de que o amor que eu sempre quis era proibido, e, felizmente para Cherisse, ela encontrou um amor predestinado, que tinha que ser.

Camille assentiu, pensando em sua mãe e Bart juntos.

— E talvez você tenha encontrado também.

— Vamos ver. Mas quero deixar algo bem claro para você — disse ele, usando seu lenço para enxugar os olhos da filha, do jeito que fazia quando ela era pequena. — Não me arrependo nem um pouco, porque tenho você. E você é a maior conquista da minha vida.

O coração de Camille ficou apertado. Ela ainda estava confusa, porém esperançosa.

— Você deveria ter me contado. Você é meu pai. É o melhor pai do mundo. Você merece sentir o que é o amor. — Ela fez uma pausa. — O tipo de amor que fez com que Jace sacrificasse a própria vida para salvar a minha.

— É por isso que Michel e eu queríamos contar para você. Para que o "nunca" se transforme em "agora".

Camille olhou para o rosto lindo de Henry, que estava com as bochechas com marcas de lágrimas e um sorriso. Ela ainda via o pai que conhecera a vida inteira, mas havia algo novo nele. Algo diferente. Uma luz. Uma clareza.

— Não sei mais o que dizer — concluiu Camille.

O sorriso no rosto de Henry tremulou.

— Você não precisa dizer nada. O jeito que está olhando para mim nesse instante já diz tudo.

A prima Petra era um poço de energia, pensou Finn. Ela falou durante o caminho inteiro desde Marselha, mas era só sobre seu marido advogado; sua mãe rabugenta que morou com eles até morrer, aos 99 anos; a onda de calor que estava dominando a região; o estado deplorável da Igreja na atualidade; e a mudança no cenário político da União Europeia. Quando eles chegaram em Sauveterre, Finn já estava pronto para tomar uma cerveja. Ele deixou a senhora com Camille e Julie e foi até a cozinha buscar uma cerveja gelada. Quando se virou, lá estava o pai de Camille.

— Tem mais uma? — perguntou Henry.

— Aqui. Blanc de Belges, minha bebida preferida para o verão.

— Queria bater um papo com você, e uma conversa é sempre melhor com uma cerveja gelada.

Ótimo, pensou Finn. *Uma conversa*. Depois que você dorme com a filha de um cara, ele normalmente quer mais do que uma conversa. Finn abriu as duas garrafas e levantou a dele.

— Saúde. No que você está pensando?

— Minha filha, Camille. Ela…

— Senhor, eu sei como isso deve estar parecendo para você — falou Finn, pensando que deveria ter tido aquela conversa antes. Mas os sentimentos por Camille explodiram com tanta rapidez e intensidade que ele mal teve tempo de respirar, muito menos de ter uma conversa séria com o pai dela. — Henry, me desculpe por não ter dito nada antes. Eu deveria ter lhe contado desde o início o quanto eu gosto de Camille. Ela é maravilhosa e eu nunca esperei sentir isso. Provavelmente parece algo repentino para você, e ainda estamos bem no começo de tudo, mas tenho bastante certeza de que estou me apaixonando por Camille. Quero fazer parte do futuro dela. Caramba, quero ser a melhor coisa que já lhe aconteceu. Ou pelo menos é isso o que espero.

Após aquele desabafo de nervoso meio constrangedor, Finn bebeu a metade da cerveja num gole só.

Henry tirou os óculos e limpou as lentes com um lenço. Ele estava com uma expressão perplexa.

— Então nós temos muito mais para conversar do que eu supunha.

— Ah, você quer dizer que não era sobre...

Finn estava pisando em um território desconhecido. Desde o dia em que conheceu Camille, para falar a verdade. Mas não era só Camille, porque ela tinha uma filha. Finn tinha ficado acordado a noite toda, remoendo sobre isso. Será que queria assumir tudo de uma vez? Uma viúva com uma filha adolescente?

— Olha, se você está preocupado com Julie...

— Eu tinha pensado em falar sobre outra coisa — interrompeu Henry. — De qualquer forma, é bom saber que você tem tanta consideração por Camille e Julie.

Finn sentiu uma pontada de preocupação. Se era sobre outra coisa... Ele sabia o quanto Camille se preocupava com o pai. Merda, talvez a doença dele tivesse piorado.

— Você está bem?

— Eu sou gay — afirmou Henry, colocando os óculos de volta no rosto. — Contei para ela hoje.

Havia momentos de silêncio, e havia momentos de *silêncio*. Finn sentiu o cérebro congelar enquanto tentava pensar em como reagir. Por fim, desistiu de pensar e simplesmente bebeu o resto da cerveja. Então, pôs a garrafa em cima da bancada e falou:

— Ok, legal.

Henry deu uma gargalhada.

— Só para você saber, você não está fingindo descontração muito bem.

Droga. Ah, paciência.

— Desculpe. Você me pegou de surpresa.

Henry parou de rir.

— Não precisa se desculpar. É um alívio poder rir disso. Confesso que pela primeira vez na vida sei como é se sentir apaixonado, do jeito que você está se sentindo por Camille.

— Ok, então... uau. Legal.

Finn jogou a garrafa na lixeira reciclável.

— Camille e eu vamos contar juntos para Julie — continuou Henry.

— Ah, minhas duas meninas. Talvez eu tenha esperado tempo demais para sair do armário, mas minha vida aconteceu exatamente do jeito que deveria. Camille e Julie são tudo para mim. Cada respiração. Cada batida do meu coração.

— Senhor, elas são especiais. Eu percebi isso no dia em que conheci Camille. — E então Finn se lembrou da raiva que sentiu por ela ter destruído o filme dele. — Ok, talvez no segundo.

Henry bebeu um gole de cerveja.

— Queria poder ficar com elas por mais tempo.

Droga.

— Você está bem? Preste atenção, se não estiver, precisamos procurar um médico.

— Não, você preste atenção. Teremos tempo suficiente para essa conversa, e não será agora. De qualquer forma, eu sou um cara realista. Sei que não estarei aqui para ela para sempre.

— Eu estarei. — Finn lançou as palavras sem pensar, embora soassem mais verdadeiras do que qualquer outra afirmação que já tivesse feito. — Eu não vou magoá-la. Prometo.

Henry olhou para ele por um instante e estendeu a mão.

— Eu escolho acreditar em você. E desconfio que você tenha conquistado o coração de Camille. Agora precisa ganhar a confiança dela.

— Eu garanto, é totalmente seguro — disse Finn para Petra, ajudando-a a subir no quadriciclo para dar uma volta no terreno.

Camille observou a senhora idosa sendo içada para dentro do automóvel aberto. Finn estava sendo especialmente gentil, e Petra era uma surpresa, para dizer o mínimo. Ela parecia mil vezes mais jovem do que seus 82 anos, saudável e bastante enérgica, com olhos azul-bebê e cabelo branco preso num coque alto. E, melhor de tudo, não tinha hesitado em dividir suas lembranças sobre a história de Papa. Naquele dia, ela queria dar uma volta pelos vinhedos, porque lembrava que era onde Lisette fazia suas caminhadas diárias.

Finn estava no volante do quadriciclo, Petra no banco da frente, e Camille subiu na parte traseira. Com um chapéu amarrado com um laço de fita, a senhora olhava a paisagem ensolarada enquanto eles subiam o terreno, onde havia plantações de uvas Clairette e Marsanne. Durante os anos de guerra, aqueles vinhedos tinham sido abandonados e, segundo Petra, Lisette parecia atraída por eles.

— É muito bom voltar aqui — disse ela. — Estou feliz por essa chance de ver o Henrizito de novo. Era assim que ele era chamado, Henrizito. Era uma criança adorável, e eu fico arrasada pelo jeito como era tratado, como um empregado da própria casa, comandada pela minha mãe com mãos de ferro. — Petra contorceu as mãos sobre as pernas. — Sem falar do jeito que as outras crianças o tratavam na escola. Queria ter sido mais carinhosa com ele. Mais protetora. Mas, quando Henri estava na escola, eu era uma típica adolescente egoísta, embora isso não seja desculpa.

— Você se lembra de Didier? — perguntou Camille.

— Claro que sim. Tio Didier era muito orgulhoso e bastante vaidoso. Ele costumava ficar parado na frente do espelho no hall de entrada, fazendo poses. Minha mãe dizia que ele era leal à família e um bom administrador de Sauveterre. Mas Didier tinha, de fato, uma veia má, e eu aprendi a ficar longe dele. — A expressão de Petra ficou mais doce, e ela acrescentou — Eu gostava da *tante* Lisette e dos pais dela, monsieur e madame Galli. Lisette era jovem e muito bonita. Tinha um jeito de ver graça nas coisas cotidianas. Ela me ensinou a fazer uma coroa de flores, por exemplo, e a cantar canções. Sua música favorita era "Dis-moi, Janette".

— É uma das músicas preferidas de Papa também. Todos esses pequenos detalhes dão vida a Lisette.

— Ela parecia estar sempre escrevendo cartas e tirando fotos.

— Para quem ela escrevia? — perguntou Finn. — Alguma ideia?

— Não, mas, com a descoberta que vocês fizeram sobre Henri, imagino que as cartas fossem para o homem que é o pai dele. Isso é romântico demais da minha parte? Detesto pensar que ela foi abusada por algum soldado, como foi o caso de algumas mulheres.

Os três pararam em um vinhedo cercado de florestas e córregos; Petra contou que aquele era o lugar preferido das caminhadas longas e solitárias de Lisette. Eles vagaram entre os vinhedos, que estavam brilhantes e já bastante repletos de uvas. Petra levou Camille e Finn até uma pilha de pedras bagunçadas.

— Isso foi destruído por uma bomba no dia em que os Aliados invadiram — disse ela. — Foi a única coisa que Sauveterre perdeu na guerra. Minhas amigas e eu brincávamos nesse lugar. Venham, vou mostrar a vocês uma coisa curiosa que encontramos, se ainda estiver lá.

Com a bengala, Petra cutucou a grama crescida ao redor das ruínas.

— *Voilà* — exclamou ela. — Ninguém nunca conseguiu explicar isso.

Finn se agachou e abriu um espaço na grama. Havia uma pequena cruz de metal ao lado de uma pedra com as palavras talhadas em inglês: *H + L, Jornada sem fim.*

Parte VI
A região do Var

Eu vejo meu caminho, mas não sei para onde ele me leva.
Não saber para onde vou é o que me inspira a viajar por ele.
— ROSALÍA DE CASTRO

Dezoito

Bellerive, região do Var, França
Janeiro de 1945

A guerra terminou com um final inglório. Óbvio que houve comemorações de vitória: festas de boas-vindas para soldados e combatentes que estavam escondidos, danças nas ruas, brindes com vinho e champagne que as pessoas haviam recuperado dos alemães, banquetes com comida agora abundante. Mas também houve eventos mais sombrios: memoriais e missas para os falecidos, marchas da vergonha para colaboradores e mulheres que tinham contribuído com os nazistas.

Lisette lutou para encontrar algum tipo de paz. Depois que a região do Var foi libertada pelos Aliados, a jovem participou das celebrações alegres que se espalharam pela vila, mas seu mundo tinha desabado.

Quando eles ouviram o bombardeio naquela manhã de agosto, Hank mandou que ela corresse para se salvar. Lisette foi às pressas encontrar seus pais. Tinha deixado os dois tomando café e ao retornar descobriu que eles tinham morrido quando a ponte da cidade foi atingida. Sobreviventes lhe disseram que a primeira bomba fora muito repentina e que não houve tempo de seus pais entrarem em pânico nem sofrerem, mas às vezes Lisette se perguntava se eles não haviam dito isso só para confortá-la. Ao segurar os pais nos braços pela última vez, retirar a poeira de escombros dos corpos deles, dos rostos sem vida, ela sentiu como se a terra estivesse abrindo um buraco sob seus pés.

Lisette precisava de Hank mais do que nunca, mas, ao voltar para a cabana de pedra, encontrou o local destruído, reduzido a uma pilha de cascalhos, repleto de raposas e corvos. Não havia nem sinal dele. Ela ficou obcecada por encontrá-lo. Passava horas, dias e semanas com as mãos raladas e ensanguentadas escavando a pilha de pedras em ruínas, mas Hank não estava lá. Será que tinha fugido? Tentado se juntar ao ataque? Será que tinha sido resgatado pelos Aliados que haviam invadido a região? Lisette se lembrou de uma coisa que ele lhe dissera uma vez: "A primeira pessoa a ultrapassar uma barreira sempre sai ferida". Será que Hank tinha tentado ser essa primeira pessoa?

Ela coletou alguns objetos preciosos: a capa do paraquedas dele e alguns equipamentos, o santinho, um vidro quebrado da garrafa de champagne. As descobertas só despertavam mais perguntas e diminuíam as esperanças, e a perda parecia uma espécie de insanidade.

Quando tanques dirigidos por soldados americanos em roupa de combate ribombaram pelas ruas, as pessoas de Bellerive ficaram doidas com a felicidade da libertação. Lisette perguntou a todos os homens que encontrou se alguém tinha visto Henry Watkins, um paraquedista, mas não recebeu nenhuma resposta além de propostas ousadas. Ninguém tinha ouvido falar nele, e todos olhavam para a jovem como se ela tivesse ficado louca. E toda noite, Lisette rezava de joelhos para um Deus que não parecia escutá-la.

Os homens da cidade — maridos, filhos, irmãos — voltaram de esconderijos ou de campos de concentração na Alemanha, e as celebrações e o excesso de bebida tomaram um rumo sombrio. Conforme os moradores tomavam ciência das mortes e da devastação causada pelos alemães e seus colaboradores e lidavam com o trauma e a humilhação, protestos começaram a surgir.

Didier parecia não ter nenhuma noção da realidade. Enquanto os alemães fugiam como um bando de cachorros escaldados, ele guardava cuidadosamente o uniforme que usara como oficial da Milícia.

— Vou sentir falta disso — lamentou ele para Lisette, com a voz arrastada após uma garrafa de vinho no café da manhã. — É muito bem-feito, não acha? Talvez eu leve para o Cabret, o alfaiate, e peça a ele para reproduzi-lo sem o brasão.

Gérald Cabret era um herói da resistência que tinha recentemente aberto uma alfaiataria na vila. Ele tinha uma mulher e um bebê, Michel.

— Você só pode estar brincando — disse Lisette para Didier. — Cabret não encostaria nesse terno por nada no mundo.

— Você acha que sabe tudo. Eu deveria dizer por aí a puta que você é. Eu comi você durante anos e nada, e agora de repente você está grávida? Quem é o pai desse fedelho na sua barriga, hein?

Ele é duas vezes o homem que você jamais será, era o que ela queria dizer.

— Suas acusações só machucam a você mesmo, não a mim — replicou Lisette calmamente. — Sua reputação já está em frangalhos. O que as pessoas dirão se você me acusar de infiel?

— Então talvez eu deva te espancar — sugeriu Didier, enrolando a manga da blusa.

Lisette se levantou, sem sequer piscar enquanto o encarava.

— Se você encostar um dedo em mim, eu vou direto no conselho da vila.

A frase o deixou paralisado. Ela sabia que o marido morria de medo de represálias das pessoas que tinha traído durante seu tempo na Milícia.

Por fim, Lisette não precisou levar a cabo suas ameaças. Uma noite, sem aviso prévio, Didier foi levado enquanto bebia sua garrafa de vinho diária, amarrado a um poste, vendado e assassinado com um tiro. Ela assistiu a tudo em choque, e esperou que fosse a próxima, mas no fim o trabalho que fizera para a resistência era muito conhecido. Os maquis que retornaram a veneravam, e Lisette chegou até a receber um pedido de casamento de Jean-Luc d'Estérel, o garoto de quem gostava anos antes.

Ela lhe deu um sorriso triste e, gentilmente, recusou. Para Lisette, não havia ninguém além de Hank. Mesmo se ela nunca mais o visse, o homem da sua vida para sempre seria Hank. Seu grande e único amor havia chegado e partido.

Lisette viveu o luto com uma intensidade que cortava feito navalha. Manteve sua sanidade escrevendo cartas para Hank e as enviando para Vermont, nos Estados Unidos, mas todas voltavam com o carimbo *inexistente*. A única coisa que a fazia continuar viva a cada segundo era o bebê. Ela contou ao bebê em seu ventre sobre Hank enquanto cravava uma pequena cruz de metal sobre os escombros da cabana, ao lado da pedra que ele havia talhado para ela. Conforme sua barriga crescia, Lisette ansiava confessar a verdade sobre o pai do seu filho — um herói americano que tinha caído do céu.

No entanto, se fizesse aquela revelação, ela e o bebê ficariam desabrigados e famintos, como tantas mulheres e crianças após a guerra. A única coisa que a ligava a Sauveterre era o fato de que o filho fora considerado o único herdeiro de Didier. Apesar das ações vergonhosas, ele era o dono ancestral de Sauveterre. O bebê herdaria o *mas* um dia. Quem sabe com o tempo Sauveterre se tornasse uma terra próspera de novo e as cicatrizes antigas fossem esquecidas.

Lisette escondeu as cartas para Hank, sabendo que precisava desapegar do sonho de que eles pudessem se encontrar outra vez. Ela não conseguia destruir as cartas, pois continham todo o seu coração. Quando estava organizando as caixas em uma prateleira bem alta do sótão, deparou-se com a câmera de Toselli e com diversos rolos de filmes não revelados. Lisette sentiu o coração estraçalhar de novo, pois sabia que as fotos documentavam o tempo que tinha passado com Hank. Guardou os rolos de volta, porque a ferida ainda era muito recente. Um dia, no futuro, revelaria os filmes. Um dia, mostraria ao seu filho.

Ainda havia um rolo de filme dentro da câmera. Lisette tinha aberto na manhã da invasão dos Aliados e havia tirado algumas fotos, sem imaginar a devastação que se daria naquele dia. Ela não tinha forças para fotografar, não mais, mas, pelo bem do bebê, tentou encontrar aquela paixão mais uma vez. Pegou o brasão de pano de Hank — uma das poucas recordações que tinha encontrado nos escombros — e o prendeu com um alfinete no ombro do vestido, rezando e desejando que o filho fosse dele. E então se olhou no espelho e focou a câmera. Uma jovem mulher com uma dor antiga como o tempo nos olhos, a barriga redonda como a lateral de uma pera madura.

A próxima vez que eu tirar uma foto sua, meu pequeno, pensou Lisette, *você estará em meus braços.*

Parte VII
Switchback

De repente, entendi que a fotografia pode fixar a eternidade em um instante.

— HENRI CARTIER-BRESSON, FOTÓGRAFO FRANCÊS

Dezenove

Julie e os amigos decidiram que só havia uma maneira de lidar com o calor lânguido de agosto. Eles encheram as mochilas com toalhas, protetor solar e garrafas d'água e foram para a praia. Como sempre, ela sentiu um calafrio quando se encontraram com André e os irmãos no lugar preferido de todos, um pedaço de areia rodeado de falésias e pedras, perfeito para dar alguns mergulhos ousados.

Os meninos tinham levado uma corda para prender um balanço novo. O lugar escolhido foi uma área plana, com a sombra de uma árvore que parecia crescer direto da rocha.

— Alguém vai ter que escalar a árvore até o galho e amarrar a corda — falou Martine.

— Eu vou — disse Julie, voluntariando-se.

— E se você cair?

— Aí eu vou cair na água.

— Você é muito mais corajosa que eu.

— Não sou corajosa — retrucou Julie. — Não tem por que ficar com medo de algo se você sabe que consegue fazer.

Ela enrolou a corda ao redor dos braços e André deu-lhe um impulso. Arrastando-se pelo galho, Julie amarrou a corda. *Ok, e agora?* O corpo dela estava virado para o outro lado. Ao olhar para trás por cima do ombro, a menina viu os amigos a observando.

— Como você vai descer daí? — perguntou Martine.

— Eu deveria ter pensado nisso antes de subir aqui — respondeu Julie.

— Você consegue voltar de costas? — indagou André.

Julie tentou se arrastar para trás no galho, mas era estranho demais. Virar para o outro lado parecia um pouco perigoso. Ela olhou para baixo, para a água azul-turquesa perfeita brilhando com o sol quente de verão. E então se lembrou de que ainda estava de short e blusa por cima do biquíni. Tudo ia ficar completamente molhado.

— Só consigo pensar em um jeito — exclamou ela.

E então passou uma das pernas por cima do galho e tomou um impulso. A queda longa e emocionante foi maravilhosa. Naqueles breves instantes, Julie sentiu como se estivesse voando. Naqueles breves instantes, ela quase podia sentir seu pai.

Julie caiu na água com os pés primeiro, deixando que a temperatura gelada a engolisse, amando o silêncio profundo do mar. *Oi, pai*, pensou ela, enquanto olhava o borrão de bolhas iluminado pelo sol. *Estou feliz por você fazer parte dessa aventura.*

Batendo as pernas lentamente, ela foi subindo, arqueando as costas para olhar a superfície de prata líquida acima. Seu pai não tinha medo de nada; pelo menos era assim que ela se lembrava dele. Julie gostava de imaginar que ele iria aplaudi-la por ser tão aventureira naquele verão, fazer novos amigos e ficar tão boa em francês que falava até nos sonhos. *Acho que você sentiria orgulho de mim.*

Julie estava quase na superfície quando alguém segurou seu braço.

— Ei — disse ela, puxando o braço.

— Ei, garota — falou Finn, flutuando perto dela. — Não quis assustá-la. Eu vi você pulando e só queria me certificar de que você estava bem.

— Eu estou bem. — Julie foi até a subida de pedra da falésia. — O que você está fazendo aqui?

— Eu vim com a sua mãe e a família de Anouk.

— Minha mãe está aqui?

Merda, pensou Julie. Ela tinha dito para a mãe que eles iriam para um museu em Aix hoje. Sua mãe ia pirar se a visse saltando de falésias e árvores.

— Ela está lá, na praia — respondeu Finn, sem conhecer a tendência a piração de Camille. — Nós fizemos um intervalo das pesquisas. Está quente demais para pensar.

— Sei.

Enquanto a menina saía da água, rezava para que Finn não começasse a fazer perguntas. Camille não sabia dos saltos nas pedras e balanços nas árvores. Era o tipo de coisa que faria a cabeça da mãe explodir de preocupação.

Finn olhou para a roupa molhada dela.

— Você caiu ou pulou?

Julie apontou para a corda pendurada no galho bem acima deles.

— Depois que amarrei a corda, era a única maneira de sair.

— Jura? Caramba, Julie.

Ótimo, pensou ela. Ele era um chato preocupado igual à mãe?

— Isso é demais! — exclamou Finn.

Tá bem, então ele não era um neurótico. Era um bom sinal. Ela tinha gostado de Finn desde o início, e gostava ainda mais dele agora. O que mais gostava nele era como sua mãe estava feliz desde que tinham começado a sair juntos.

Julie olhou para a praia ao longe. Sua mãe estava bastante ocupada, cavando na areia com as crianças de Anouk.

— Quer tentar? — perguntou ela.

Camille observava o marido de Anouk, Daniel, brincando nas ondas com as crianças. Em casa e de férias da África, ele se esbaldava com a vida em família. Era bonito e sério na mesma proporção em que Anouk era romântica e alegre, mas, quando estava no mar com as crianças, pulava feito um garoto.

Ela levou a antiga câmera de Lisette, a Exakta, e tirou algumas fotos. Parecia certo fotografar de novo depois de tanto tempo, desde que sua inspiração morrera com Jace. Aquele dia em Gordes com Finn havia sido um divisor de águas para Camille. Ver as fotos de um dos seus ídolos a fez lembrar de uma verdade que ignorara por muito tempo — a vida era bela e efêmera, e um momento capturado pode durar para sempre. O longo período sem inspiração tinha acabado. Camille se lembrou de sua paixão por fotografia, recuperando-a com a mesma animação que sentira anos antes.

Se Finn não tivesse dado um empurrãozinho, se não a tivesse obrigado a se lembrar de seus sonhos e paixões, será que Camille teria redescoberto aquilo tudo sozinha? Talvez, pensou ela, mas só talvez. Finn era bom para ela. Quem sabe fosse o caso de dizer isso para ele? E depois... bem, aquele era o problema. E depois?

Camille deixou a pergunta de lado e deu total atenção à câmera e aos fotografados.

— Eles estão tão animados — disse ela para Anouk, apertando o botão para capturar o êxtase daqueles pequenos rostos enquanto o pai os seguia na água. — Você tem uma família adorável.

Anouk sorriu.

— Obrigada. É maravilhoso tê-lo em casa. Ele vai voltar de vez para casa depois dessa última temporada de seis meses. Você sabe, houve um tempo em que ele não podia imaginar deixar sua terra natal. Aí passou um verão aqui com a minha família, assim como você, e agora ele não vê a hora de vir para Bellerive. Talvez esse feitiço também caia sobre você.

Camille, de fato, tinha adorado a vila ensolarada. O ritmo de vida, a luz dourada, a comida e o vinho eram só uma parte. Havia um espírito de criatividade ali que a invocava — artistas exercendo seu talento com um único foco em mente —, o forjar de um cuteleiro, os ateliês onde designers faziam joias e roupas, os artesãos fabricando artigos para as feiras, os vendedores de antiguidades expondo mercadorias de tempos passados.

Era maravilhoso, Camille não podia negar, mas não era sua casa. Dali a pouco tempo, ela estaria de volta a Bethany Bay, ao trabalho, à vida real. Tinha comprado alguns itens excepcionais para a loja — coisas tão complexas quanto tecidos com estampas exclusivas, ou tão simples quanto facas de manteiga que não tombavam na mesa. Sim, havia um feitiço sedutor que tinha se espalhado ao redor de Camille. No entanto, conforme o verão passava, seus laços a puxavam de volta para casa.

Ela respirou fundo, guardou a câmera e observou Daniel e as crianças.

— Eu sempre achei que teria uma família maior. Não estou reclamando — acrescentou Camille rapidamente.

— Você terá tudo isso com Finn — garantiu Anouk. — Ele vem de uma família grande, não vem?

— Eu não estou... Nós não temos um relacionamento tão sério assim.

Finn era uma distração. Uma fantasia, assim como aquela paisagem. A atração dos dois era como a luz do sol dali: brilhante, mas também efêmera. Era verdade que ele a fazia rir e que todo dia com Finn parecia uma aventura nova. E sim, ele a fazia falar mais do que qualquer outra pessoa. Fazia com que Camille se sentisse sexy e viva, e, graças a ele, ela era a fotógrafa que sempre desejara ser.

Ainda assim, Camille sabia que os dois estavam se segurando. O coração dele estava além de seu alcance, como Roz e Vivi haviam a alertado. E, verdade seja dita, a situação dela também era parecida. Camille não tinha aberto o coração desde Jace, e não sabia se conseguiria se entregar de novo algum dia.

— Não foi o que eu vi neste verão — falou Anouk, ajeitando os óculos. — Para mim, isso parece um relacionamento, e não uma paixão passageira.

Camille olhou por cima do livro de Anouk, aquele com a capa ao mesmo tempo sensacionalista e tentadora. O casal estava em um abraço impossível anatomicamente, mas o foco absoluto um no outro era estranhamente convincente.

— Como está o livro? — perguntou Camille, tentando mudar de assunto.

— Estou amando — respondeu Anouk, sonhadora. — Livros como esse me levam para lugares que eu provavelmente nunca irei. Esse aqui... ah, eles estão em Hong Kong. É tanto glamour. Mas ela está sempre na defensiva. Ela mantém uma barreira para evitar se machucar.

— Garota esperta.

— Não, ela é uma idiota. E nós não estamos falando da Rosalinda. Anouk fechou o livro.

— Eu não tenho uma barreira — replicou Camille. — Eu tenho uma *vida*. Uma vida diferente. É em uma cidade do tamanho de Bellerive, do outro lado do oceano. A vida de Finn é aqui. Nós estamos tendo um... é só durante o verão. Eu tenho que voltar. E ele tem que ficar.

— Você já falou com ele sobre isso?

— Claro que não. Não há muito o que falar.

Camille fez uma sombra com a mão nos olhos e o viu na praia, seu corpo esbelto reluzindo com a água e a luz do sol, o short molhado colado em suas coxas musculosas. Sentindo uma atração inegável, ela o seguiu com os olhos.

— Vá dar um mergulho — sugeriu Anouk. — Eu já encontro você na água.

Camille estava prestes a fazer isso quando Finn, ao longe, virou de costas para ela. Em vez de voltar da água, ele subiu uma trilha íngreme até a ponta de uma pedra. Algumas pessoas estavam reunidas na pedra, revezando-se para pular na água clara e fria.

A visão de Finn no penhasco da pedra dentada a fez tremer e ficar sem ar.

— Você não gosta de altura? — perguntou Anouk.

— Para dizer o mínimo. — Camille sentiu o sangue subir pelas orelhas, e memórias involuntárias a transportaram novamente ao pior dia de sua vida. — Quando eu era mais nova, teria sido a primeira a saltar daquele penhasco, mas não sou mais aquela pessoa.

— Talvez você seja e esteja se segurando — retrucou Anouk. — É só uma opinião.

Camille se obrigou a desviar o olhar de Finn.

— É claro que estou me segurando — disse ela. — Eu não vim passar o verão aqui para encontrar um homem. Eu vim ajudar meu pai a resolver algumas coisas e tirar Julie de uma situação complicada em casa.

— E agora você vai levá-la de volta para a situação.

— Sim. — Camille tinha conversado bastante com Anouk sobre o bullying. — Sempre ficou muito claro que a viagem seria somente durante o verão. Espero que ela esteja mais preparada para lidar com as crianças quando voltarmos.

— Sua filha mudou muito durante o verão. Ela era uma menina e se transformou numa moça.

— Eu percebi.

Camille sentiu uma onda de orgulho. Julie tinha feito amigos e parecia tão confiante em si mesma agora.

— Você não é a única que reparou. — Anouk apontou. — Não é a Julie lá em cima?

— Não, ela disse que eles iriam ao museu do Cézanne em Aix hoje.

Camille se virou e fez sombra nos olhos. À distância, no topo do penhasco, Finn segurava na ponta de uma corda. Conforme observava com um terror crescente, ela viu Finn passar a corda para duas crianças — um garoto e uma garota que se parecia bastante com Julie. Os dois seguravam a corda entre eles e correram até a ponta do penhasco.

De repente, Camille reconheceu Julie, de forma tão brutal quanto suas piores memórias, enquanto a filha dava um salto livre do penhasco.

Camille pôs a última mala dentro do carro e se esforçou para fechar o porta-malas. Depois de uma viagem, ela sempre parecia voltar para casa com mais coisas do que havia saído.

Eles só precisavam sair para o aeroporto mais tarde, mas Camille queria se certificar de que tudo estivesse pronto.

Finn entrou no pátio e estacionou. Ele observou o carro cheio, impassível.

— Você está indo embora — disse ele. Não era uma pergunta.

O coração de Camille acelerou. Ela pensou em uma fantasia breve e louca, em que ele a implorava para ficar, ou dizia que iria com ela para os Estados Unidos. E depois?

— Vou levar Julie e meu pai para casa — afirmou Camille.

— Você ainda ficaria aqui por mais duas semanas.

— Eu troquei nossas passagens.

— Por causa do que aconteceu ontem?

Ela se encolheu ao lembrar do momento terrível e surreal do salto descabido de Julie na água.

— Por causa de um monte de coisas. Ver minha filha se jogando de um penhasco é só uma delas.

— Julie está em segurança — retrucou Finn. — Não aconteceu nada, ela só estava se divertindo. Você deveria ter orgulho de uma filha aventureira. Sei que eu teria.

Finn não entendia. Jamais entenderia. O único jeito de proteger sua filha era mantê-la longe dos riscos, como Finn.

— Meu Deus, você estava lá, encorajando-a!

— Ela não precisava de incentivo. Camille, você não pode mantê-la numa redoma a vida inteira. Em algum momento, você precisa confiar na sua própria filha.

— Não cabe a você determinar esse momento — replicou ela.

— Eu não precisei fazer isso. Ela é corajosa e inteligente.

— Ser corajosa e inteligente não a mantém protegida. Você não faz ideia do que é ser um pai.

— É verdade, não faço. Mas não tem a ver com isso. E não tem a ver com Julie também — afirmou Finn, com os olhos brilhando de raiva, de um jeito que Camille nunca tinha visto. — Tem a ver com o pai dela.

Ele a atingiu em cheio, mas ela não recuou.

— Você não sabe nada sobre isso.

— Também é verdade, porque você se recusa a falar.

— Ele também era corajoso — disse Camille. — E morreu por isso.

— E isso é terrível para você e para Julie e para todo mundo que o amava — concluiu Finn. — Mas porque isso aconteceu com ele não significa que você precise se fechar para a vida, na esperança de que não ocorra com mais ninguém.

— Isso quase aconteceu ontem — retrucou Camille, sentindo uma onda de medo paralisante. — Então não me diga que...

— Que tal você dizer algo para *mim*? Como ele morreu, Camille? Por que você nunca fala sobre isso?

Ela não achava que havia uma maneira de Finn entender, mas ele merecia algum tipo de explicação. Camille se apoiou no carro e cruzou os braços.

— Foi um acidente de escalada. Ver Julie saltando de um penhasco foi como vê-lo morrendo de novo na minha frente.

A expressão dele ficou mais doce.

— Ah, Camille. Droga. Eu... Por que você não me contou?

— Porque foi horrível, e eu estou tentando deixar isso tudo no passado e seguir com a minha vida — respondeu ela, com a voz falhando.

Finn se encostou nela, puxando-a devagar e gentilmente para os seus braços.

— Ah, querida. Eu sinto muito. Mas manter essa história enterrada não é a mesma coisa que seguir com a vida. Fale comigo. Eu quero saber.

Ela se afastou do conforto que ele lhe proporcionava e caminhou até um banco no jardim, deixando as sombras frescas rodearem os dois. Finn se acomodou ao lado dela, em silêncio, esperando.

Camille respirou fundo. Ela viu uma borboleta traçar um caminho pelas hastes coloridas das malvas-rosas ao longo do muro de pedra, pousando em uma flor perfeita, depois na outra, depois de volta, como se não conseguisse se decidir.

— Nós estávamos em Cathedral George de férias — disse Camille.

— Jace e eu estávamos presos um no outro com a corda, descendo de rapel pelo leito do rio desde lá de cima. A corda estava presa em três pontos de segurança: na ponta do penhasco, numa rocha... e em mim. Ouvi um som que nunca vou esquecer, como uma sequência enorme de puxões, e a corda ao redor do rocha afrouxou. Jace escorregou e caiu, ficando pendurado na corda.

Camille fez uma pausa, sentindo a sensação da corda apertando, penetrando em sua pele, o equipamento e a roupa raspando na pedra enquanto ela era arrastada até a beira do penhasco.

Finn pôs sua mão por cima da dela. Camille olhou para baixo e delicadamente puxou a mão, sem querer que ele sentisse aquelas memórias dolorosas.

— Eu segurei o máximo que consegui, mas comecei a deslizar. Eu gritei para Jace se segurar em um apoio. Eu gritei... e, quando virei para olhar, eu o vi... — Ela fez outra pausa, ainda assombrada pela memória. — Ele cortou a corda e caiu.

Os gritos de Camille deixaram sua garganta machucada durante semanas. Levou um ano inteiro para suas unhas crescerem de volta.

— Houve um inquérito. A conclusão foi de que Jace tinha tomado a única decisão sensata para ele naquelas circunstâncias. Ele se sacrificou para evitar me levar junto.

Finn ficou em silêncio por um instante e segurou as duas mãos dela.

— Que pesadelo. Eu sinto muito, Camille. Sinto muito que você tenha passado por isso.

Ela se forçou a olhar para ele — aquele rosto, aqueles olhos e lábios — e se perdeu. E então Camille lembrou a si mesma que não queria que ninguém a amasse tanto assim outra vez, a ponto de morrer por ela.

— E foi isso. É por isso que estou indo para casa.

— Foi um acidente com uma probabilidade ínfima.

— Ontem foi um lembrete terrível de que poderia acontecer de novo. Já chega, Finn. Você pediu uma explicação, aqui está.

— Você já contou isso para a Julie? Quer dizer, os detalhes...

— Não. Ela sabe que a corda arrebentou e o pai dela caiu.

— E adivinhe o que mais ela sabe? — falou Finn. — Ela sabe que o mundo acabou naquele dia.

— O quê?

— Ela me disse isso ontem à noite. Depois que você surtou e a trouxe para casa da praia, eu conversei com ela. E, como você disse, eu não sei como é ter um filho, mas provavelmente não é uma boa ideia ela achar que tudo acabou quando você perdeu seu marido.

Camille sentiu como se tivesse levado um soco no estômago. De alguma forma, ela conseguiu recuperar a voz.

— Ela não acha isso.

— Talvez não — concordou Finn. — As crianças costumam exagerar. Mas você tem certeza de que ela entende que, mesmo depois do pesadelo que vocês viveram, a vida ainda pode ser boa? Sua filha não merece saber disso?

Camille abriu a boca para contestar. E fechou. As palavras dele faziam sentido de forma clara e devastadora. Que mensagem ela estava passando para Julie durante todos aqueles anos? Toda a infância da filha? Meu Deus, e se Finn tivesse razão?

— Então, na sua opinião de especialista, eu estive tão mergulhada em meu próprio luto que perdi os últimos cinco anos?

— Isso é você que sabe. Eu não estava lá para saber.

Ela viu a filha crescendo e mudando, indo de uma garotinha de maria-chiquinha no cabelo e mochila rosa para uma jovem que matava aula, com coragem e incerteza na mesma medida. Será que Camille aproveitava a vida o suficiente, ou estava apavorada e triste demais para deixar que Julie sentisse a alegria que era viver? Ela se levantou do banco e caminhou para longe, embora não pudesse fugir dos seus pensamentos.

— Sabe o que me deixa louco? — perguntou Finn. — Você me afasta quando eu me aproximo.

— Isso não é...

Ah, mas era. Ele acertara em cheio. Aquilo nunca iria dar certo. Tudo o que Camille queria era uma vida calma e estável. Finn tinha atrapalhado os planos ao despertar uma montanha-russa de emoções e lembrá-la dos próprios desejos.

— Você diz que já encontrou o amor da sua vida — disse Finn, de pé, olhando para ela. — E que já o perdeu. E se... e se você tivesse mais uma chance? E se você se permitisse viver essa possibilidade? E se eu for sua segunda chance?

— Nós somos muito diferentes — retrucou ela, sentindo uma espécie de pânico.

— Do que você tem medo, Camille? De nunca mais encontrar um amor como aquele de novo? Porque eu estou aqui lhe dizendo que você está totalmente certa.

— Então, por que...

— Você *nunca mais* vai encontrar um amor como aquele de novo. Aquele amor acabou. Mas, se você se der só uma chance, talvez você encontre algo totalmente novo comigo. Eu lhe pergunto, por que isso é algo tão assustador? Do que você tem medo?

— Do que eu tenho medo? — perguntou Camille. *Talvez eu tenha medo porque já encontrei algo com você.* O pensamento a encheu de assombro... e de medo. — De não dar certo e de nós nos magoarmos, e de Julie se machucar também.

— Eu não vou magoar você, Camille. Eu jamais faria isso.

— Fico feliz com a sua preocupação — falou ela, com as lágrimas presas na garganta. — Mas é hora de irmos embora.

Finn olhou para ela por um instante, paralisado. Camille tentou não se lembrar dos momentos nos braços dele, do prazer delicioso do amor que fizeram. Ele caminhou para longe e pegou uma pasta no carro.

— Eu andei pesquisando as informações do paraquedista para você. Consegui chegar a uma lista de três homens que estavam em missão de reconhecimento e se perderam quando faziam a inspeção do território para a invasão de agosto. Três homens cujo paradeiro era desconhecido na operação no verão de 1944. — Finn entregou a ela os documentos. — Você pode continuar daqui.

Vinte

Enfim em casa, em Bethany Bay, Camille percebeu que o mundo parecia diferente. Depois de sair e voltar, ela estava olhando para sua cidade natal de um jeito novo. Era um privilégio viver em um lugar onde as pessoas passavam as férias, poder apreciar a brisa do mar, o oceano e a paisagem todos os dias. A loja estava indo de vento em popa, os artigos que ela comprara na França durante o verão estavam vendendo como água. Sua mãe tinha escolhido uma série de fotos tanto de Lisette quanto de Camille para vender, e os clientes pareciam fascinados pelas imagens descobertas.

Ela respirou fundo e abriu algumas janelas, sentindo a brisa leve do mar. Enfim, em casa. A viagem tinha sido uma mistura de emoções. Camille se surpreendeu por perceber que não tinha mais medo de voar de avião. O medo vinha de outro lugar — ela tinha medo de partir. Talvez tivesse deixado para trás sua nova chance de ser feliz.

Medo era algo relativo. O medo de arriscar seu coração era maior do que o medo de voar.

Numa tentativa de não morrer de saudade de Finn, Camille lembrava das coisas boas que tinham acontecido durante o verão. O período havia sido transformador para Julie em muitas maneiras, não só no aspecto físico, mas também mental e emocional. Pouco tempo antes, a filha estivera raivosa e magoada, e se defendia reagindo mal a tudo e passando horas sedentárias na tela do computador ou do tablet. Agora ela estava diferente, tinha florescido passando tempo ao ar livre no verão, fazendo exercícios, melhorando seu francês — e sua autoconfiança.

— Tenho uma garrafa de prosecco e sei o que fazer com ela. — Billy Church entrou pela cozinha sem avisar. Ele pôs a garrafa em cima da bancada e envolveu Camille em um abraço de urso. — Seja bem-vinda de volta — exclamou. — Quanto tempo! Quero saber de tudo.

Camille se embrenhou no conforto familiar do amigo, e algo dentro dela se abriu.

— Foi... ah, Billy, eu não sei nem por onde começar.

— Pelo prosecco — sugeriu ele, abrindo a rolha.

Ela relatou a história que eles tinham descoberto sobre Henry, e que Julie tinha feito amigos, e que o pai finalmente tinha se encontrado ao lado de um homem que havia abandonado décadas antes. Quando eles terminaram a garrafa, Camille já tinha contado a Billy todos os pontos altos da viagem.

— Julie disse que você se apaixonou por Finn — comentou ele.

Camille engasgou.

— Ah, não!

— Ah, sim. Claramente você omitiu algumas partes da história.

— Bem, ela está errada. Eu... nós... não foi bem assim.

— Então foi como?

Mágico. Camille não conseguia parar de pensar em Finn. Não conseguia parar de desejar que as coisas tivessem terminado de um jeito diferente. Ela imaginou quanto tempo ele levaria para seguir para sua próxima conquista. Talvez Camille devesse ter ficado e lutado pela relação dos dois. E então percebeu que o cara certo lutaria por *ela*. Mas Finn não era um lutador. Ele a desafiava, a fazia se questionar, a fazia imaginar...

— Foi só um caso. E agora acabou.

Billy bebeu o último gole de prosecco.

— Camille Adams, eu te amo desde o dia em que você dividiu seu sanduíche de manteiga de amendoim e geleia comigo no terceiro ano. Mas nunca consegui fazer seus olhos brilharem do jeito que ele faz. Agora mesmo, quando eu disse o nome dele, você quase desmaiou.

— Nada disso. E, se é que vale alguma coisa, você é meu melhor amigo. Eu também te amo.

— Mas não dessa forma.

Billy pôs a mão no coração.

— Para.

— Não até você admitir que eu estou certo. E que Julie está certa. Você se apaixonou pelo cara.
— Talvez eu tenha me apaixonado mesmo, só um pouquinho. Ou um montão.
— Então por que você está aqui na minha frente? Você vai deixá-lo ir embora? Sua idiota. Eu te amo o suficiente para mandar você ir atrás de um cara que tem, de fato, uma chance de fazer você feliz. Se você não for, vai destruir o coração de nós três.
— De nós quatro — corrigiu Julie, descendo do quarto. — Oi, Billy.
— Oi, lindona.
— Me deixem em paz, vocês dois — retrucou Camille.

Julie deixou a mãe discutindo com Billy sobre Finn. Camille parecia não perceber que, quanto mais ela fingia que não gostava dele, mais óbvio era que estava totalmente apaixonada. Julie queria que a mãe admitisse que finalmente tinha encontrado um cara que poderia fazê-la feliz.

Ela subiu na bicicleta e pedalou para a cidade. Outra coisa legal sobre Finn era que, fosse lá o que ele tivesse dito para Camille naquela última manhã na França, a deixara um pouquinho mais flexível. Desde que voltaram, sua mãe não estava mais tão neurótica. No dia anterior, Papi trouxera duas bicicletas novas para elas — *mountain bikes* muito boas com freios a disco —, e mãe e filha combinaram que iriam sair para pedalar juntas todo fim de tarde.

Julie foi até a praia, pois as informações sobre o surfe tinham saído e a previsão era boa. Tarek e sua irmã mais velha estavam indo encontrá-la no Surf Shack. Eles também estavam de volta em Bethany Bay e a convidaram para surfar junto com eles. Julie não era muito boa no esporte, mas sabia o básico, e naquele dia as ondas estavam ideais.

A praia estava lotada de crianças à beira da água e de surfistas na rebentação, esperando para pegar uma onda. Julie sentiu um leve arrepio de ansiedade. Não havia nada como a sensação de pegar uma onda, mesmo que por alguns segundos.

O Surf Shack exibia fotos da equipe de salvamento ao longo dos anos, e a menina parou para olhar a foto do grupo dos tempos de escola da sua mãe. Lá estava Camille, sorrindo, rodeada de amigos, mostrando orgulhosamente o troféu da categoria abaixo dos 15 anos. Ela parecia tão feliz, tão vitoriosa. A expressão dela lembrava o jeito que Julie havia se sentido ao pular do balanço na água, nos Calanques.

Ela pegou sua prancha no galpão. Na verdade, era a prancha de Jace, que ficara esquecida desde que ele tinha morrido. No entanto, Julie estava determinada a mudar aquilo. A menina se lembrava do pai dizendo que a prancha era 2,7 metros de diversão, feita para iniciantes, com uma plataforma estável e o topo macio. Tarek e sua irmã, Maya, já estavam lá, passando cera nas pranchas alugadas. O amigo parecia ter crescido uns trinta centímetros durante o verão. O cabelo dele também estava mais comprido, mas o sorriso continuava doce como sempre. Maya tinha 17 anos e era linda, com olhos escuros e um sorriso reluzente.

— As ondas parecem perfeitas, bem como anunciaram no rádio — disse Julie, pegando emprestada a barra grudenta de cera.

— Nós somos iniciantes — afirmou Maya. — Talvez você possa nos dar algumas dicas.

Julie esfregou a cera sobre a identificação da prancha. *Propriedade de J. Adams.*

— Farei o meu melhor.

— Vou trocar de roupa — falou Maya. — Já volto.

Julie pôs a barra de cera de lado, ajeitou o corpo ereto e tirou a blusa, jogando-a na cesta da bicicleta.

Tarek olhou para ela. Sim, ele estava dando uma boa olhada no corpo de Julie. Ela tentou se ver pelos olhos dele: não estava mais de aparelho nos dentes, tinha lentes de contato em vez de óculos para que pudesse realmente enxergar enquanto fazia esportes. Nenhuma das roupas antigas de Julie lhe servia, e as coisas que tinha comprado na França ficavam bonitas nela, graças a Vivi, a supermodelo, que tinha muito bom gosto.

— Olha só quem está de volta — disse uma voz familiar demais em tom sarcástico, interrompendo seus pensamentos. — Julie e seu namorado, Aladdin.

Julie se sentiu estranhamente calma ao se virar e encarar Vanessa Larson. Como sempre, a menina estava escoltada por seu esquadrão de maria vai com as outras, incluindo Jana Jacobs. Todas elas usavam pulseiras iguais feitas de fios coloridos de couro e um pingente de âncora.

— Sim, vá em frente e fique olhando. Não vou te impedir — disse Julie simplesmente. Não estava com medo. Sua voz não tremeu. Ela não deixou o olhar desviar. — Nós estávamos indo surfar.

— Ah, vai espirrar bastante água — provocou Vanessa. Ela olhou para Julie de cima a baixo. — O que você fez na França? Foi para um acampamento para gordos?

Julie não se abalou.

— Que bom que você reparou — retrucou ela, fria. — Pena que não existe um acampamento para idiotas para você, porque isso não tem como mudar.

Atrás, ela ouviu um risinho baixo de Tarek. O rosto de Vanessa ficou todo vermelho.

— Você se acha engraçada? Eu acho que...

— Quem são essas? — Em toda sua glória singular, Maya voltou do banheiro como uma deusa em um biquíni azul florescente, o cabelo brilhoso descendo como um rio negro pelas costas. Ela deu um sorriso radiante, que, de alguma forma, transpareceu que a moça sabia exatamente o que era aquela situação. — Amigas de vocês?

— Sim — respondeu Julie com uma expressão séria. — Maya, essas são Vanessa, Jana...

— Nós já estávamos indo embora — retrucou Vanessa, e se virou para o esquadrão. — Vamos dar um mergulho. Vamos apostar uma corrida até a boia mais longe.

Enquanto elas iam embora apressadas, Julie olhou para Tarek.

— Algumas coisas nunca mudam, não é?

— Algumas definitivamente mudam — completou ele, que parecia não conseguir parar de olhar para ela.

Enquanto levavam as pranchas para a água, Julie especulou o que Tarek quis dizer com aquilo. E depois esqueceu completamente enquanto eles remavam para longe da areia, mergulhando sob as ondas a caminho da rebentação. Era uma daquelas tardes que todo mundo amava, perfeitas como um cartão-postal. Havia famílias com crianças cavando na areia, correndo e brincando. Turistas de todos os cantos espalhados pela praia debaixo de guarda-sóis alugados. Casais deitados na sombra, dormindo ou passando protetor solar um no outro. Como sempre, surfistas locais dominavam a área depois da rebentação, parecendo alheios às pessoas nadando e mergulhando ao redor. E então havia jovens como Vanessa e sua gangue, nadando e ultrapassando os limites estabelecidos, fazendo com que os salva-vidas tivessem que apitar a cada minuto.

Julie as observou por um instante, prestando atenção na boia que indicava o ponto mais distante para nado. Era a mesma boia usada durante os treinos naquele dia em que ela tinha ido parar no pronto-socorro do hospital. A menina não lembrava muito do que tinha acontecido depois que Vanessa a atingiu "sem querer" com a prancha. Ela tinha caído na água e, por um breve instante, vira o rosto de seu pai, tão nítido como se ele estivesse na frente dela. E então... mais nada. Nada, até que estava engasgando com água, cercada de médicos e enfermeiros, imaginando o surto de Camille.

Na França, sua mãe não tinha feito uma cena até aquele último dia. Mas, caramba, o chilique tinha sido dos grandes. E, pela primeira vez, Julie reconheceu que talvez, só talvez, pudesse ser compreensível. Ver a filha saltar de um balanço de corda em direção ao mar provavelmente tinha despertado um pesadelo antigo. Julie tinha se desculpado, mas Camille encerrara a viagem, e agora estavam todos de volta.

Ela conduziu os amigos pela água — era bom chamar Tarek e Maya de amigos. A água do Atlântico era gelada e escura depois da rebentação, muito diferente da transparência azul cristalina do Mediterrâneo. Eles ultrapassaram o limite, mas perderam algumas ondas boas. Finalmente, entraram no ritmo do surfe e Julie pegou uma onda excelente. Era muito bom estar em cima da prancha, a prancha de seu pai. Ela remou do jeito que ele a havia ensinado, entrando na velocidade da onda, e então ficou de pé num movimento único e fluido.

"Não tente ser mais esperta que o mar", ele costumava dizer. "Ele é mais forte que você, mas sempre vai te levar para a areia."

"Olha, pai", dizia Julie toda vez que conseguia ficar em pé na prancha. "Olha só para mim."

Tarek e Maya ficaram exaustos depois de um tempo e trocaram para pranchas de *bodyboard*, para pegar ondas menores e mais perto da praia. Julie permaneceu depois da rebentação. Ela estava esperando a próxima onda quando um grito chamou sua atenção. Eram muitos gritos, mas tinha algo maior — uma atmosfera de pânico. Julie sentou na prancha e olhou ao redor, mas não viu nada além de pessoas nadando e de surfistas, como sempre. De repente, uma onda a levantou no alto e ela viu algo perto da boia. Um braço magrinho fazendo sinal, uma pulseira extravagante refletindo a luz do sol.

Algo despertou dentro de Julie — impulso, instinto. Uma palestra no primeiro dia da aula de salvamento dizia: *Seu instinto não mente*. E, naquele momento, o instinto dela estava lhe dizendo que alguém estava se afogando. Julie olhou rápido para a areia e viu um dos salva-vidas pular da torre e pegar uma prancha de resgate. Mas ela estava mais perto. Sua prancha de surfe não era de resgate, mas a menina remava rápido, o que era o suficiente. Julie ajoelhou na prancha e mergulhou na água, e em instantes estava ao lado da pessoa que estava em pânico.

Ela soube na hora o motivo do pânico. Além do marco onde a água ficava escura, uma correnteza estava se formando. A corrente secundária a puxou, transformando sua prancha em uma jangada descontrolada. Julie teve que soltar o *strep* do tornozelo. E então segurou Vanessa. Sim, a pessoa na água era Vanessa, mas, naquele momento, ela era uma vítima da correnteza que queria levá-la para longe da praia.

— Peguei você — gritou Julie, segurando como num resgate.

Vanessa tossiu e engasgou, debatendo-se desesperadamente.

— Me ajuda! Meu Deus, eu não consigo... Eu vou me afogar.

— Para de se debater — gritou Julie dentro do ouvido de Vanessa. — Estou te segurando. Lembra do que nos ensinaram. — A correnteza parecia um rio poderoso, puxando as duas. Pelo canto dos olhos, Julie viu dois salva-vidas remando muito rápido nas pranchas na direção delas, mas o movimento da água era mais veloz. — Vai ficar tudo bem — disse ela. — Só não se debata, ok?

Uma onda levantou as duas, mas a cabeça de Vanessa afundou. Ela bateu os braços, e Julie a segurou forte. Quando Vanessa subiu à superfície de novo, estava engasgando e cuspindo água.

— Ok. — Vanessa tossiu, relaxando os músculos. — Ok, não vou mais me debater.

Com a cabeça para fora da água, elas foram nadando em paralelo à praia por alguns instantes que pareciam eternos, e então a correnteza começou a jogá-las de volta para a praia. Foi quando um dos salva--vidas conseguiu alcançá-las.

— Pegue ela — disse Julie. — Ela está bem, só está assustada.

Ela se assegurou de que Vanessa estava segurando firme na prancha de resgate, e o salva-vidas a conduziu até a areia, com Julie seguindo-os até que o outro colega a encontrasse.

Na estação de salvamento, ela e Vanessa foram examinadas. Vanessa ainda estava tossindo água. Ela olhou para Julie com raiva.

— Eu não estava me afogando — murmurou ela. — Você exagerou muito, Julie.

— Ah tá — retrucou Julie, tirando a máscara de oxigênio. — Alguém pegou a prancha do meu pai?

Os salva-vidas olharam um para o outro, e o coração dela apertou.

— Eu preciso da prancha do meu pai — afirmou a menina, indo em direção à porta.

— Nós precisamos registrar uma ocorrência — falou o salva-vidas mais velho.

— Eu vou buscar minha prancha — insistiu Julie.

— Está aqui. — Jana Jacobs estava parada na porta da estação. A prancha estava apoiada entre ela e Tarek. — Ela foi jogada na direção da praia. — A menina abriu um sorriso discreto e entregou a Julie a pulseira de amizade com o pingente de âncora. — Ei, foi muito legal o que você fez.

— Foi normal — falou Julie. — Fique com isso. — Ela não precisava da pulseira. Sabia onde estava sua âncora. — Obrigada por pegar a prancha.

— Obrigada por pegar Vanessa — respondeu Jana. — Nós ficamos muito assustadas.

— Eu estou bem — disse Vanessa por trás da máscara de oxigênio. Ela fez uma pausa e repetiu: — Eu estou bem, Julie. Ok?

Vinte e um

Camille encontrou a filha sentada nas pedras, na base do farol, logo depois da cerca. O sol estava se pondo e Julie estava sentada, imóvel, com o cabelo molhado do banho e as pernas esticadas. Como ela estava linda, forte e calma, parecia uma outra pessoa, muito diferente da garota introspectiva e tímida que se deixara levar por uma correnteza alguns meses antes.

— Ei — disse Camille, subindo nas pedras.

Julie se virou para ela.

— Estou encrencada?

— Deveria estar?

— Eu deveria ter deixado a Vanessa se afogar? Se tivesse tido tempo para pensar, talvez ficasse tentada.

— Muito engraçado. — Camille passou a mão no cabelo de Julie. — Esse corte novo que você fez em Aix ficou lindo.

— Obrigada. Você acha que o cabeleireiro daqui vai conseguir descobrir como mantê-lo?

— Claro que sim. Você só tem que dizer a ele o que você quer e não deixar que ele a convença a fazer outra coisa.

— Eu sinto saudade da França — comentou Julie.

Eu também. Camille mandou o pensamento embora.

— Papa costumava me lembrar que, às vezes, a melhor jornada da nossa vida é aquela que nos leva de volta para casa.

— E às vezes não — retrucou a menina.

As duas ficaram sentadas em silêncio por um tempo, ouvindo o canto das gaivotas e o barulho das ondas batendo nas pedras. Camille pensou no que Finn havia dito sobre Julie quando eles se separaram.

Por mais que tivesse doído ouvir aquilo, havia um quê de verdade no que ele dissera.

— Olha — começou Camille. — Eu queria dizer uma coisa. Sempre foi verdade, mas talvez eu nunca tenha dito, Jules. — Ela se virou para a filha. — Você é a melhor coisa que já me aconteceu. É minha maior conquista e me proporciona os momentos de maior orgulho da minha vida, não só hoje, mas todos os dias. E tenho medo de nunca ter me certificado de que você entendesse isso de verdade. Tenho medo de você achar que, quando seu pai morreu, minha vida passou a ser terrível, sem solução alguma. A perda foi horrorosa, assim como o luto. Mas você está aqui, e você é o meu milagre.

— Mãe, tudo bem. Eu entendo.

A voz de Julie soou embargada. A expressão no rosto da menina estava repleta de afeto — e compreensão. Camille percebeu que aquilo era exatamente o que Finn estivera falando para ela. Como ele sabia?

— Ah, meu amor. Não estou tentando deixá-la triste. Só quero ter certeza de que saiba que você é o mundo para mim. Não é o mundo que eu imaginei para nós quando seu pai ainda estava aqui com a gente. Mas tivemos uma vida maravilhosa e ainda temos, tudo por sua causa.

— Mãe, é legal você dizer isso. É muito amoroso. Mas... Olha, vou te dizer uma coisa. — Julie virou o rosto para Camille e puxou o joelho para perto do peito. — A mesma preocupação que você tem comigo eu tenho com você. Daqui a alguns anos, vou seguir a minha vida sozinha.

Aquelas palavras deixaram Camille gelada.

— É claro que sim. Não é o meu pensamento favorito, mas é assim que funciona, certo?

— Quero dizer, realmente sozinha. Você sempre será minha casa, mas eu quero ir para longe, ver o mundo, voltar para Bellerive, visitar Paris e Sydney e todos os lugares que ainda não conheci.

Ótimo, pensou Camille. Isso que deu levar Julie para a França, dar a ela o gostinho de viajar. Ela nunca deveria ter...

Camille se obrigou a parar de pensar daquele jeito.

— Eu não a culpo, Jules. Todo mundo precisa ver o mundo. Eu fiz a mesma coisa na sua idade. — Ela puxou Julie para um abraço, inalando o cheiro doce da menina. — Há algumas viagens que fazemos durante a vida que nos marcam para sempre. Você se lembra da sensação do vento batendo na pele, da qualidade da luz, das comidas que experimentou, do cheiro do lugar. E, principalmente, você lembra do que sentia pela pessoa com quem estava. E de como se sentia com relação a si mesma.

— Isso foi esse verão para mim — murmurou Julie com a boca na manga da blusa da mãe. — Fico feliz que você entenda, mãe. Você entende totalmente.

Camille dirigia um carro alugado do aeroporto de Burlington para a cidade de Switchback, no estado de Vermont. No banco de carona, seu pai olhava pela janela, enquanto Julie, no banco de trás, ouvia músicas pop francesas no celular, falando alto uma frase em francês de vez em quando, o que fazia Camille sorrir.

Aquela era a última — e mais importante — viagem que eles fariam naquele verão. Para Papa, era a viagem mais importante de sua vida. Camille olhou para ele, que tensionava e relaxava o maxilar, tensionava e relaxava.

— Como você está? — perguntou ela, delicadamente.

— Como era de se esperar, ansioso. Nervoso. Tomado por uma emoção que não consigo descrever.

Camille passou a mão no braço dele e se virou para a filha.

— Então somos três se sentindo assim, não é, Jules?

— Totalmente. — Julie tirou o fone do ouvido. — Olha, a placa diz mais seis quilômetros e meio.

Camille esticou as mãos no volante. A busca por cada um dos veteranos da Segunda Guerra da lista de Finn tinha levado àquele momento. O professor escolar de matemática da Filadélfia não poderia ter sido. Embora ele já tivesse morrido, sua filha garantiu para Camille que ele não poderia ter sido pai de uma criança na França em 1944. Sim, o pai fizera parte da Operação Dragão e, sim, estivera na região do Var, mas não antes de agosto daquele mesmo ano, semanas depois da data de concepção. O segundo homem, um fazendeiro aposentado na Carolina do Norte, ainda estava vivo e, embora se lembrasse com detalhes do verão de 1944 e tivesse feito reconhecimento de área em maio daquele ano, nunca estivera em Bellerive.

O último perfil na lista de Finn era o cabo Henry "Hank" Watkins, aposentado. Ele mesmo tinha atendido o telefone, e, quando Camille explicou o motivo da ligação, o homem fizera uma longa pausa. Quando ela achou que a ligação tinha caído, ele falou:

— Quando você pode vir?

Dois dias depois, estavam os três ali, em uma cidadezinha de Vermont. Julie os guiou por aquela linda vila da Nova Inglaterra e depois por uma estradinha que levava a uma casa aconchegante de madeira, onde Hank Watson, um homem viúvo, morava com a filha e o marido dela.

Quando eles chegaram à casa, o veterano de 90 anos foi até a varanda da frente e desceu os degraus. Ele tinha uma perna manca e caminhava com uma bengala. Quando Papa saiu do carro, o homem idoso largou a bengala e abriu os braços. Com a respiração ofegante, Papa disse:

— *Mon dieu*, é ele.

Ele correu na direção do homem. Dois estranhos, mas que se conectaram de imediato, o reconhecimento evidente. Os dois se abraçaram, e todo mundo que estava por perto desabou em lágrimas: Camille, Julie, a filha de Hank, Wendy, e seu genro, Nils.

— É um milagre — exclamou Hank em uma voz trêmula. — Obrigado — disse ele, olhando para Papa com brilho nos olhos. — Obrigado por me encontrar.

Depois dos abraços e apresentações, Wendy conduziu todos até um deque com vista para um jardim lindo, cercado de orquídeas e malvas-rosas. A mesa estava posta para um chá, com guardanapos de pano e louça chinesa, biscoitos e bolinhos de bordo feitos do xarope que eles mesmo produziam, explicou ela. Havia sanduíches e uma garrafa de Don Pérignon em um balde de gelo.

— Não consigo parar de olhar para vocês dois juntos — falou Camille, sem conseguir parar de chorar de alegria. — Isso é... Meu Deus do Céu.

Ela abraçou os dois.

— Acho que podemos pular o teste de DNA — concluiu Wendy.

A semelhança era óbvia para todos. Tanto Hank como Henry eram altos e esbeltos, com olhos castanhos e maxilares fortes, rostos e mãos tão iguais que pareciam mais irmãos do que pai e filho.
— Isso é demais — exclamou Julie, baixinho.
— Tenho uma coisa para você — falou Hank.
Ele tirou algo de dentro do bolso e entregou à menina. Ela segurou na palma da mão.
— É uma Medalha de Honra?
Hank assentiu.
— Eu recebi depois da guerra. Quero que você fique com ela.
— Você tá brincando!
Julie olhou para ele, chocada.
— Seu avô me contou que você fez uma coisa muito corajosa — disse Hank. — Você resgatou sua amiga que estava se afogando. Talvez salvar vidas corra no sangue da família.
— Mas...
— Eu não preciso disso, mocinha, mas você tem muitas aventuras pela frente. Guarde para mim.
Julie apertou a mão ao redor da medalha, deu um passo adiante e o abraçou.
— Não sei nem o que dizer. Vou cuidar muito bem dela.
— É tudo o que peço. Assim sempre saberemos onde ela está.
— Posso tirar uma foto? — perguntou Camille, enxugando as lágrimas de felicidade e orgulho.
Julie e Wendy estavam capturando todos os momentos com o celular, mas Camille queria uma foto especial. Com muito cuidado, pegou a Exakta de Lisette. *Bonjour, grand-mére*, pensou ela, sentindo uma afinidade peculiar com uma mulher que nunca tinha conhecido, uma mulher cujas mãos tinham segurado aquela mesma câmera assim como Camille estava fazendo agora. Uma mulher que havia fotografado o homem diante dela setenta e três anos antes. Quando Camille levou a câmera ao rosto e tirou a foto, capturando a expressão dele, Hank arfou.
Ela baixou a câmera.
— Imagino que você se lembre disso aqui.
— Com certeza. E obrigado por me mandar por e-mail as fotos que encontrou. Foi extraordinário vê-las, embora menos extraordinário do

que esse momento. — Hank não soltou Papa nem por um segundo, e ficava olhando fixamente para o rosto dele. — Você é tão bonito quanto ela era — falou ele. — Ela era muito bonita.

Papa assentiu.

— Eu sinto muito que você a tenha perdido.

Hank deu mais um abraço no filho.

— Eu encontrei você. Não poderia estar mais feliz.

— Vamos fazer um brinde — falou Wendy. — Podemos sentar todos juntos e o papai pode contar as histórias dele.

Hank segurou a garrafa de champagne e pegou uma faquinha levemente curvada.

— Isso foi algo que aprendi quando estava escondido na França, me recuperando dos meus ferimentos — disse ele.

— Sempre foi o truque favorito dele em festas — falou Wendy.

— *Le saberage* — exclamou Papa.

Hank assentiu, e então usou o sabre com destreza para abrir a garrafa de champagne com um som característico.

— A um reencontro incrível — disse Hank depois que todos ergueram as taças. E então pegou o sabre de novo. — Esse foi o único objeto que sobreviveu daquela época — afirmou. — Quando o bombardeio começou, tive sorte de escapar com vida. Dei de cara com alguns alemães durante a fuga e um deles me desafiou. Era um garoto como eu, e eu tive que ameaçá-lo com o sabre. E então ele fugiu.

Enquanto Wendy e Nils serviam as taças, Hank ficou pensativo de novo.

— À Lisette — falou ele simplesmente, e todos ergueram as taças.

Papa deu a ele o santinho com a imagem da *Cabeça de Cristo*, de Sallman.

— Isso estava nos pertences da Lisette. Havia algo escrito atrás, mas nós não conseguimos descobrir o que era.

— Eu escrevi "Você é meu anjo". E ela era. Eu teria morrido sem ela.

Com uma voz que foi ficando cada vez mais forte com as lembranças, Hank começou a falar, preenchendo os pedaços que faltavam do quebra-cabeça. Ele tinha só 17 anos quando fora enviado à fronteira do inimigo, logo antes da invasão, para fazer o reconhecimento da área. E, enquanto se curava dos ferimentos em uma cabana de pedra remota, apaixonou-se pela garota que tinha salvado sua vida.

— Lisette viveu momentos difíceis durante a guerra, e se casou com Palomar para salvar um partisan que seria preso e para proteger os pais. Quando descobriu que ele era um colaborador dos nazistas, ela ficou profundamente envergonhada de ser esposa dele. Sempre foi meu intuito trazê-la para casa, para os Estados Unidos, depois da guerra, mas, no caos dos ataques de agosto, nós acabamos nos perdendo um do outro.

Delicadamente, Camille contou a todos o que tinham descoberto sobre aquele dia — que os pais de Lisette morreram em um bombardeio e que os Aliados libertaram a cidade e expulsaram os alemães.

— Tinha muita neblina naquela manhã — lembrou Hank. — Meu esconderijo foi atingido nos ataques, mas consegui sair dos escombros. Segui o rio até o mar e encontrei uma unidade da Cruz Vermelha que me levou para Marselha. Eu estava delirando por causa da infecção e acordei muito depois a bordo de um navio-hospital. A infecção foi quase fatal, e levei dois anos para me recuperar.

— Ele quase morreu, mais de uma vez — afirmou Wendy.

— Soube depois que a região foi libertada em questão de dias — continuou Hank. — Eu sempre acreditei que as fotos de Lisette, aquelas que ela tinha tirado da torre da igreja no topo da vila, ajudaram a coordenar a invasão. Henri, sua mãe foi incrivelmente memorável. Eu nunca a esqueci. — Hank tirou os óculos e enxugou as lágrimas. — Voltei para os negócios da família após dois anos no hospital dos veteranos, mas nunca parei de pensar em Lisette. Enfim, em 1950, consegui juntar dinheiro suficiente para voltar à Bellerive. Eu ainda era jovem naquela época, ainda não tinha me casado e estava determinado a encontrá-la de novo. Usei todas as minhas economias para chegar à França e fui até uma fazenda chamada Sauveterre.

— O quê? Você foi a Sauveterre? — Papa olhou fixo para ele. — Em 1950? Eu devia ter uns 4 ou 5 anos.

Hank assentiu.

— Eu não fazia a menor ideia. Nenhuma, até a ligação de Camille. Quando cheguei à Sauveterre, fui recebido, de maneira bastante brusca, por uma mulher que estava no comando da fazenda. Madame Taro.

— Tia Rotrude, a irmã de Palomar. Ela foi minha guardiã legal até meus 18 anos — explicou Papa. — Você não precisa ser educado. Ela nunca foi uma mulher agradável.

— Ela me disse que Lisette tinha morrido em abril de 1945. Eu verifiquei essa informação nos arquivos públicos da câmara municipal de Bellerive. Lá, ela constava como "*morte en couches*". — Hank fez outra pausa. — Meu francês é bastante limitado. Eu sabia que isso significava que ela tinha morrido no parto, mas deduzi que a criança tinha morrido também. Vivi um longo luto por ela, mas, com o tempo, a dor foi passando. Voltei para casa e conheci a mãe de Wendy, e comecei um novo capítulo com ela. Lisette foi meu primeiro grande amor. Mas, para a maioria de nós, a vida é longa, e amar de novo não apaga as lembranças.

Camille teve um pensamento inconsciente e repentino em Finn, e desejou que ele pudesse estar ali naquele momento.

Com um anseio evidente, Hank observou o rosto de Papa.

— Henri, parte o meu coração saber que perdi toda a sua vida.

Papa ficou em silêncio durante um bom tempo.

— Você caminhava com uma bengala — disse ele.

— Sim, desde a guerra — confirmou Hank.

— Uma bengala com asas entalhadas no cabo.

Hank e a filha trocaram olhares.

— Eu ainda tenho essa bengala — falou Hank —, mas não a uso mais. Eu mesmo a entalhei. As asas eram do brasão dos soldados desbravadores. Como você sabe disso, Henri?

— Eu me lembro de você. — A voz de Papa falhou. — Eu contei a Camille que essa era uma das minhas primeiras memórias de vida. Um homem chegando um dia na porta da cozinha, um estranho alto de cabelo preto cacheado. O homem tinha uma perna manca e uma bengala com asas entalhadas no cabo, e soava engraçado quando falava em uma língua estrangeira. E então a tia Rotrude disse alguma coisa naquela língua engraçada também, poucas palavras. Eu estava muito curioso, mas me escondi.

Hank segurou a mão de Papa. Os dois se olharam profundamente por um momento.

— Sim, *sim*. Eu vi um garotinho espiando do corredor quando estava fazendo perguntas sobre Lisette. Meu Deus, por que ela não me contou? Papa abaixou a cabeça e ninguém disse nada durante um tempo.
— Eu imagino que minha tia estivesse com medo de perder Sauveterre — respondeu ele. — Presumia-se que eu fosse filho de Didier Palomar, proprietário do local, e o papel de Rotrude como minha guardiã legal dava a ela um teto e uma casa onde morar. — Papa apertou a mão de Hank. — Gostaria de ter sabido também. Queria ter sabido que o visitante era meu pai, que me via pela primeira vez. Mas eu nunca soube. Nenhum de nós nunca soube.

Camille e Julie só passaram o dia, mas Papa planejava ficar mais tempo, para conhecer o homem que era seu pai. Ele caminhou com Camille até o carro e a abraçou forte.
— Obrigado — disse Henry. — Nada disso teria sido possível sem você.
— É um privilégio fazer parte disso, Papa — respondeu ela. — Eu te amo muito e estou muito feliz que você tenha encontrado seu pai. Vou revelar as fotos assim que chegar e fazer cópias para você e Hank darem para todos. — Camille o abraçou de novo. — Você tem certeza de que está bem para voltar sozinho?
— Estou mais do que bem. Eu me sinto completo de um jeito que nunca me senti. Talvez seja a animação de descobrir tanta coisa sobre o passado, mas eu realmente me sinto diferente. — Papa deu um passo para trás. — Tem outra coisa que você precisa saber — continuou. — Esse outono, eu vou voltar para Bellerive para passar uma temporada maior.
— Papa, não. Você não deveria ir sozinho.
— Eu não estarei sozinho, *chérie*.
Camille percebeu o olhar doce e contente no rosto do pai.
— Ah... Michel?
Ele sorriu.
— Enfim.

— Ah, Papa!

Ela estava se sentindo inundada de emoção.

— Eu sei, Camille. Veja o que aconteceu nesse verão. A vida se revelou repleta de riquezas. O que tiver que ser, será. Preocupar-se não vai mudar o curso das coisas.

— Você está certo, mas como faço para não me preocupar?

— Desejando o melhor para mim. Esperei tanto tempo para encontrar a felicidade, e espero que você não cometa o mesmo erro, fechando-se para Finn, pois ele pode ser seu próximo grande amor.

Camille ficou vermelha, na esperança de que ele não percebesse a dor que sentia.

— Finn e eu... nós seguimos caminhos diferentes.

Então por que, Camille ficava se perguntando, ela queria ligar para ele imediatamente e contar sobre o encontro extraordinário com Hank Watkins? Por que queria que Finn estivesse ali para ver a alegria daquele reencontro? Por que ficava noites acordada, lembrando de cada toque, de cada beijo, de cada palavra dita ao pé do ouvido?

Ao embarcar no avião para o aeroporto de Dulles, Camille sentiu a familiar sensação de pânico. Ela diminuiu os passos, respirou fundo e seguiu em frente. Talvez nunca conseguisse perder o medo de avião, mas pegaria voos de qualquer jeito, pelo destino do outro lado. Quem sabe da próxima vez ela sentiria um pouquinho menos de medo?

Quando chegou em casa de volta, Camille tentou manter o foco em Julie e no trabalho, mas seu coração errante a levava para Finn. Ela percebeu que um dos motivos que a faziam se afastar dele era porque ele estava muito vivo, muito *presente*. E por que Camille fugia daquilo? Por que estava com medo da intensidade profunda dos sentimentos que ele despertava nela?

Ela ponderou as perguntas enquanto arrumava a câmara escura para revelar o filme da Exakta. Antes de apagar as luzes, foi até a prateleira perto da lareira e pegou sua Leica antiga. Camille não tocava na câmera havia anos, desde a última viagem com Jace.

Ela pagara uma fortuna pela Leica em um leilão. Apesar das reclamações do marido por causa do preço, Camille tivera que comprá-la. Depois do acidente, ela nunca mais tinha encostado na câmera. Ainda havia um filme dentro — as últimas fotos de Jace —, que ela nunca havia revelado porque não queria ver as lembranças finais dele.

Ao segurar a câmera na palma da mão, Camille avaliou suas opções. Poderia guardar a câmera de volta. Poderia abri-la naquele instante e estragar as fotos. Ou poderia revelar o filme e olhar o que estava com medo de ver havia tanto tempo.

Respirou fundo.

E então apagou as luzes e foi trabalhar.

Menos de uma hora depois, Camille estava olhando para as fotografias digitalizadas das duas câmeras em seu notebook. As imagens da viagem com Jace eram boas, mas ela conseguia perceber que, naquela época, ainda estava aprendendo a fotografar. As fotos que tirara em Vermont mostravam mais confiança e maturidade. Havia uma foto de Papa e Hank que capturava a surpresa e a alegria dos dois de forma tão perfeita que trouxe lágrimas aos olhos dela.

Tinha uma foto que Jace tinha tirado dela, uma foto simples. Havia sido o ano de um corte de cabelo infeliz, mas o sorriso de Camille brilhava de orelha a orelha, o sorriso de uma jovem que não fazia ideia de como uma perda poderia impactar alguém de forma tão profunda. Havia outra foto dos dois, tirada com o temporizador.

Por mais irracional que fosse, ela tinha se apegado à ideia de que, quando olhasse para as fotos, veria seu casamento como realmente era: imperfeito. Totalmente comum. Uma vida normal. E Camille passara os últimos cinco anos se convencendo de que o casamento, o amor deles, fora algo extraordinário, que nunca seria igualável, e certamente jamais seria superado.

Ela observou as fotos durante um bom tempo. A última havia sido tirada momentos antes do rapel. Lá estava Jace, sorrindo, confiante, preso em cordas e mosquetões, pronto para viver uma aventura.

A última imagem que Camille tinha dele.

— Oi, Jace — disse ela com doçura para o quarto vazio. — Que bom vê-lo de novo.

Jace havia sido canonizado por lembranças revestidas de um certo brilho. Camille esquecera os defeitos do marido — e ele tinha defeitos. Ele a estava irritando naquele dia, brigando porque ela ficava tirando fotos quando deveria estar focada em se preparar para o rapel. Nunca entendera completamente a paixão dela pela fotografia. Jace achava que a loja era uma bobagem, cheia de bugigangas para turistas. No fundo, ele era simplesmente humano. Mas aqueles defeitos foram ocultados pela maneira espetaculosa que tinha morrido.

Jace era um homem bom, um ótimo médico, e a tinha amado. Em um ato de heroísmo incontestável, ele trocara sua vida pela dela. Mas, às vezes, quando ainda estava vivo, ele não a *enxergava*. Naquele momento, Camille encarava essa verdade com uma clareza aguda, como um corte de faca.

— Nós não éramos perfeitos — disse ela em voz alta. — E não precisávamos ser. E superar sua morte não vai levar embora tudo o que vivemos.

No fundo, Camille tinha a sensação de que Jace nunca fora tão atencioso com ela quanto Finn, tão interessado nela, tão compreensivo com as coisas que despertavam sua paixão. Mas ele dera a própria vida para salvá-la, e nada seria maior do que isso. Agora, Camille enxergava aquilo de um jeito diferente. Se ela não seguisse sua vida, de que teria valido o sacrifício dele?

Ela se serviu uma taça de vinho e levou sua câmera e a de Lisette para a varanda. Ela se sentou na beira do degrau de cima e olhou para a noite calma que caía pela vizinhança. Julie estava em uma festinha de fim de verão com alguns amigos — e, para sua surpresa, o grupo incluía Vanessa e Jana. Trazer para casa a Medalha de Honra do seu bisavô fechara com chave de ouro um verão maravilhoso.

Camille pôs um filme novo na Leica. Segurá-la na altura do rosto e olhar pelo visor era como reencontrar uma grande amiga.

Você parece uma profissional, Finn lhe dissera.

Acho sexy.

Pare, pensou Camille. Mas a lembrança daquele dia perdurava, a viagem para Gordes. Ela ainda podia sentir a emoção de entrar na casa onde Willy Ronis tinha vivido, onde ele descobrira seus melhores momentos como artista na vida cotidiana da família. Finn parecia captar aquilo tão facilmente.

Ele entendia o que Jace nunca conseguira entender. A fotografia não era um hobby. Não para Lisette. E não para Camille.

Ela bebeu o vinho, sem impedir que as lágrimas caíssem.

— Ah, Jace. Eu te amo com todo meu amor — disse Camille, falando em voz alta para a noite. — Eu sempre te amarei. E nunca, *nunca* vou te esquecer.

Ela pensou no que Hank Watkins havia dito. *Lisette foi meu primeiro grande amor. Mas a vida é longa, e amar de novo não apaga as lembranças.*

— Eu ainda estou aqui, Jace, e você... não mais — continuou ela.

— Nós nunca vamos envelhecer juntos. Nunca vamos nos preocupar com Julie juntos. Não teremos mais filhos. Nós dois queríamos muito o nosso futuro, mas nunca teremos isso, e eu não posso passar minha vida me arrependendo. Portanto, preciso me despedir. Pelo meu bem e pelo bem de Julie. Eu tenho que fazer isso. Meu felizes-para-sempre nunca será com você, mas isso não significa que ele não existirá.

Camille terminou o vinho, levantou e pegou a pedra do jardim que ficava perto do portão, aquela que tinha as iniciais de Jace com a frase "Sempre em meu coração". Ela moveu a pedra para o início da floresta, no fundo do jardim de trás da casa, aonde ninguém ia. E então substituiu pela pedra de Sauveterre, a que havia sido entalhada por Hank em 1944: *H+L, Jornada sem fim.* Mais uma vez, os pensamentos dela se voltaram para Finn, fazendo-a reviver mentalmente o dia em que eles tinham se conhecido — bem ali, na varanda da frente da casa. Ele a conhecera em um dos piores dias de sua vida, e Camille havia acabado com as esperanças dele de encontrar as últimas fotos que seu pai havia tirado.

Ela pegou a câmera de Lisette e focou no farol à distância. Uma lembrança da conversa deles pairava em sua cabeça. A irmã de Finn, Margaret Ann, tinha encontrado o filme em uma caixa com as coisas do pai, guardadas em um depósito.

Aquela memória não a largava. Camille imaginou se a caixa era, de alguma forma, parecida com o baú de coisas que madame Olivier havia enviado para Papa. Coisas deixadas para trás de alguém que partiu cedo demais.

Uma gaivota solitária passou pelo farol e Camille tirou uma foto, muito agradecida por ter a câmera que pertencia à avó. Ela se lembrava do momento como se fosse ontem. De quando encontrou a câmera. De quando percebeu que havia um filme dentro. De saber que havia uma pessoa que poderia ajudá-la a entender aquelas imagens: o professor Malcolm Finnemore. Foi naquele momento que tudo começou.

As fotos na câmera de Lisette tinham levado Camille para uma jornada que jamais imaginara. Ela aprendera tanto com a mulher-fantasma. Lisette tinha sido inteligente. Intuitiva. Talentosa. E, acima de tudo, destemida. O amor de sua vida tinha literalmente caído do céu, e ela se dedicara completamente a ele, sem se importar com as consequências. Se tivesse sobrevivido, Lisette teria arriscado tudo e fugido com Hank.

Camille se sentiu ridícula ao se comparar com a avó. Covarde. Ela amava Finn, de uma forma tão intensa que seu coração estava prestes a explodir. E deveria ter ficado e lutado por ele. Deveria voltar e lutar por ele.

As últimas imagens de Lisette tinham aberto uma porta para o seu coração, assim como...

E então, de repente, ela se deu conta.

— Ai, meu Deus!

Camille ficou de pé e correu para dentro de casa. Vasculhando sua mesa, encontrou o papel do portador que tinha sido entregue junto com o filme de Finn. Os dados estavam apagados e manchados, mas ela conseguiu entender o endereço de envio e o telefone.

Margaret Ann atendeu o telefone. Camille explicou apressadamente quem era e perguntou:

— Onde está a câmera do seu pai? Aquela que foi encontrada com os pertences dele do Camboja.

— Está aqui, com todo o resto — respondeu Margaret Ann.

— Seja lá o que fizer, não abra a câmera. Não pegue a câmera nem encoste em nada ao redor dela.

— Tá bem, não vou encostar na câmera. Está dentro da caixa há quarenta anos — respondeu Margaret Ann. — Por quê?
— Eu explico quando chegar aí.

— Pronto — exclamou Camille, fechando o pacote para entregar ao portador. — Está feito.
— O quê? — perguntou Julie enquanto passava suas roupas. *Passava as roupas*. Ela nunca fazia isso, mas a calça cápri e a blusa de malha branca novas estavam ganhando tratamento especial para o primeiro dia de aula. — Essas são as fotos que você achou naquela câmera antiga?
— Isso. Estou tão feliz de ter lembrado de olhar dentro da câmera antiga do sargento-major Finnemore. Eu ferrei com tudo quando estraguei aquele primeiro filme que Finn me trouxe. Nós jamais saberemos o que tinha nele, mas pelo menos teremos esse aqui. É a melhor maneira que consigo pensar para compensá-lo. Eu já enviei um e-mail com as fotos digitalizadas e agora estou mandando o filme e as fotos.

Camille tinha se esforçado muito para deixar as fotos o mais perfeitas possível. As imagens eram surpreendentes e misteriosas, mas Finn era um especialista e saberia ler as fotos, do jeito que fizera para ela. Talvez ele encontrasse respostas para as perguntas que assombravam sua família havia décadas. Ou quem sabe descobrisse um novo mistério para desvendar.

— A vida é um ciclo — concluiu ela.
— Ah, isso não faz sentido. — Julie vestiu a blusa e guardou a tábua de passar. Ela se olhou no espelho do corredor. — Você não pode ter terminado de vez com Finn. Ele faz você feliz. Nunca vi você tão feliz quanto durante esse verão.
— E o verão acabou. Você tem escola e eu tenho trabalho.
— Certo. Trabalho. — Julie pegou uma blusa transparente e chique do cesto. — Vista essa aqui — disse a menina. — Fica ótima em você.

Camille se lembrou da última vez que tinha usado aquela roupa — em um encontro com Finn, no dia em que ele a levara a Gordes. O dia em que tinha voltado a tirar fotos. O dia que terminara com uma noite mágica e especial do outro lado do mundo. Ela se lembrou de como ele desamarrou a alça da blusa na altura do pescoço e a deixou escorregar, revelando por completo o ombro de Camille e beijando suas costas.

Ela ignorou a memória.

— Eu não vou a lugar nenhum, com exceção da câmara escura.

— Ainda assim você pode estar bonita. — Julie respirou fundo e se olhou no espelho um pouco mais. Naquele instante, alguém buzinou do lado de fora. — Chegou a minha carona — afirmou ela, colocando a mochila nas costas. — Tenho que ir.

Camille deu um abraço na filha.

— Hoje vai ser o máximo. E você está maravilhosa.

Julie deu um sorriso meio tímido.

— Sim. É, vamos ver.

— Estou muito orgulhosa de você, Jules.

— Até agora, tudo o que fiz foi passar uma blusa.

Camille riu e segurou a porta aberta, então acenou para Tarek e sua irmã. Seu coração se encheu de alegria ao ver Julie sair de casa dando passos firmes, decididos. Ela estava um pouco mais alta, com um jeito de mulher, não mais de menina. *Olhe o que nós fizemos, Jace,* pensou Camille com afeto. *Nós fizemos um bom trabalho. Ela está indo muito bem.*

Sozinha em casa, Camille vestiu a blusa transparente e uma calça cápri *skinny* e entrou na câmara escura. Julie estava de volta às aulas, e ela, de volta ao trabalho, como sempre. Camille tinha algumas revelações para fazer para um cliente de Washington D.C. Estava observando uma folha de negativos, tentando decidir qual deles revelar, quando ouviu um barulho de pneu na entrada de casa e logo depois alguém bater na porta. O portador, provavelmente. Tinha chegado para levar o último resquício de Finn.

Camille pegou o envelope e foi até a porta. Mas não era o portador. Lá estava Finn, de camiseta amassada e calça jeans, segurando um envelope pardo grosso e um buquê de flores.

Ela deu um passo para trás, em choque, e então escancarou a porta.

— Eu acabei de mandar uma mensagem, faz uma hora — disse Camille.

— Eu vi sua mensagem no meu celular enquanto eu estava dirigindo. Algo sobre fotos?

Ela quase esqueceu de respirar.

— As fotos do seu pai. Tinha um rolo de filme dentro da câmera...

— Legal, mas eu não estou aqui por causa das fotos de ninguém — interrompeu Finn, entrando na casa. Ele pôs as flores na bancada e entregou o envelope a ela. — As cartas de Lisette para Hank — afirmou. — Nós as encontramos no meio das coisas que estavam no sótão.

— Meu Deus, que máximo! Ela escrevia cartas para ele?

— É o que parece. Eu não li — respondeu Finn.

— Então também não lerei. Vou enviá-las a Hank e ele decide o que fazer. — Camille olhou para ele, ainda boba com a surpresa. — Obrigada, Finn. Mas você não precisava trazê-las pessoalmente.

— É verdade. Eu não estou aqui pelas cartas. Estou aqui por você.

— O quê?

— Viajei a noite inteira para chegar até você.

— O quê? — indagou ela de novo, gaguejando como uma idiota. — Por quê?

— Porque você foi embora e nossa história não terminou.

— O que isso significa?

O coração de Camille parecia que ia sair pela boca.

— Que eu te amo. Que isso aqui não terminou. Não nos rejeite, Camille. Nosso relacionamento não é algo tão obscuro assim. Além disso, uma vez você me disse que era especialista em trabalhar no escuro.

— Eu estava falando sobre revelar filmes antigos.

— Eu estou falando de nós. E nós não somos um tiro no escuro. Nós vamos nos amar para sempre.

Camille olhou para baixo, pois tinha que ter certeza de que seu coração ainda estava dentro do peito.

— Você não pode simplesmente vir aqui e dizer... Você... você disse que nós ficaríamos juntos somente durante o verão.

— Eu menti para levar você para cama.

— Ei...

— O motivo principal da mentira é que eu não queria assustar você. Sou um péssimo mentiroso, mas faria qualquer coisa, levaria a mentira ao extremo, para manter você por perto.

Ele a segurou pelos ombros e olhou no fundo dos olhos dela. A barba de Finn estava crescendo, e ele tinha olheiras de cansaço, mas havia muita energia em seu rosto, muita confiança.

— O que você está fazendo aqui? — perguntou Camille, com a voz trêmula.

— Eu vim dizer o que deveria ter dito antes de você partir. Escute. Sinto muito pelo que aconteceu cinco anos atrás. Sinto muito que seu marido tenha morrido e que você tenha ficado com o coração despedaçado. O que aconteceu, o que ele fez, foi trágico e heroico, e eu entendo que você não acredite que alguém, algum dia, vá amá-la tanto assim. Talvez você esteja certa. Eu não vou amá-la como ele. Eu vou amá-la do único jeito que sei, do meu jeito. Seu marido morreu por você, o maior dos sacrifícios. Eu espero ser o tipo de homem que faria o mesmo. Você me faz querer ser esse tipo de homem, do tipo que morreria por você.

— Finn, meu Deus...

Ele pressionou o dedo nos lábios dela, impedindo-a de falar.

— Mas eu preferiria *viver* por você. *Com* você.

Camille pôs a mão no coração. Quente, vivo, forte. De repente, ela queria dizer tudo para ele, mas mal sabia por onde começar.

— Eu ainda tenho medo de voar.

— O quê?

— Me dê um momento. Finn, eu não estava esperando isso, preciso de um minutinho. Mas quero que você saiba que tenho medo de voar de avião. Porém não vou permitir que isso me paralise mais. Quando fui a Vermont procurar Hank Watkins, não hesitei nem por um instante. Simplesmente fui, mesmo com medo. — Camille pôs o dedo nos lábios dele, da mesma forma como ele fizera. — E provavelmente estou com medo de amar você, Finn, mas quer saber o que é mais assustador ainda? Achei que tivesse perdido minha chance.

Ele abriu um sorriso que iluminou seu rosto.

— Ah, meu amor. Você nunca vai perder sua chance comigo.

Camille sabia que estava olhando para ele com os olhos brilhando.

— Não é assim que era para ser o dia de hoje.

— E como era para ser?

— Eu... esqueci.

O beijo que Finn deu nela foi leve, amoroso e muito emotivo — a proximidade dele, o calor, a respiração. Ela queria derreter naqueles braços e ficar ali pelo resto da vida. Depois de um instante que Camille não queria que acabasse, ela o puxou de volta.

— Você está com *jet lag*.

— Estou.

— Está cambaleando. Eu posso sentir.

— Então é melhor nós irmos deitar — sugeriu Finn.

— Achei que você não fosse dizer isso nunca.

— Isso é você com *jet lag*? — perguntou Camille, rolando na cama e apoiando o rosto no braço para olhar para Finn. Ela adorava o peito dele, todo musculoso, algumas partes com pelo, a cadência de sua respiração.

— Sim. Mas perseverei.

Caramba, e como.

— Mas vou ter que dormir aqui essa noite. Não tenho condições de dirigir o caminho todo de volta para... — Finn não completou a frase.

— Não tenho lugar algum para ir. Eu larguei meu trabalho. Estou sem teto. Acho que vou procurar uma casa aqui em Bethany Bay.

Camille sentiu um arrepio de nervoso.

— Finn, não sei se você pensou nisso com calma. Como você sabe se vai gostar de viver aqui?

— Ah, vamos ver. Tem praia. Tem surfe.

— Não no inverno. É terrível no inverno.

— Uma cidade pitoresca com uma biblioteca, pelo menos dois bares e um pub de pescadores. Uma namorada gostosa.

— Eu tenho uma filha adolescente.

— Eu sei. Ela é o máximo, igual à mãe dela. E quando ela não for tão legal...

— ... o que acontece muitas vezes, quando se trata de uma adolescente.

— Nós vamos lidar com isso. Você vai ter que confiar em mim.

— Minha mãe e minhas irmãs.

— Mal posso esperar para conhecê-las. Elas vão me amar.

— Como você sabe?

Finn passou a mão em um cacho de cabelo no pescoço de Camille e a beijou ali.

— Porque eu te amo. Eu vou tratá-la com muito carinho, Camille. Juro. Vou fazer você tão feliz que elas vão jogar flores aos meus pés. Vão encher minha geladeira de cerveja.

Ela ainda não conseguia acreditar que aquilo estava acontecendo.

— Eu tenho ex-namorados na cidade. Homens com quem namorei. Sabe, quando estava tentando seguir minha vida.

— Tenho uma teoria para isso. Você estava tentando *não* seguir sua vida. É por isso que não deu certo com nenhum desses caras. Até eu chegar. *Eu sou* o homem para você seguir sua vida.

Camille riu, sentindo-se ridiculamente feliz.

— Mesmo assim, você vai esbarrar com eles por aí. E talvez seja esquisito.

— Eu sei lidar com o esquisito. Ah, você já me viu lidando com o esquisito. — Finn se apoiou no cotovelo e olhou para o rosto dela. — Camille Adams, eu te amo mais que tudo que já amei nesse mundo. E, quando você foi embora, percebi que quase perdi algo muito especial porque não consegui descobrir uma forma de ficarmos juntos. — Ele deu um monte de beijinhos carinhosos na sobrancelha e na boca dela.

— Tenho uma boa notícia.

— Qual?

— Agora eu descobri.

Epílogo

A primavera tomou a paisagem do Cemitério de Arlington, uma brisa leve criava uma tempestade de pétalas das cerejeiras. No céu, o barulho de um avião militar se misturava com o som dos galhos batendo uns nos outros. Quatro cavalos conduziam a carreta, que carregava o caixão do sargento-major Richard Arthur Finnemore enrolado na bandeira, levando-o para seu local de descanso final. Os cavalos brancos combinavam perfeitamente com os monumentos de alabastro que se espalhavam por todos os lados. O cortejo solene passou entre as fileiras de lápides antes de parar no túmulo, no topo do gramado.

Um número considerável de pessoas estava reunido para a cerimônia: a mãe de Finn, Tavia, e toda a família, incluindo irmãos, sobrinhas e sobrinhos. Camille se aproximou e pegou a mão de Finn, apertando-a. Julie estava ao lado dela, e Michel chegou, empurrando Papa em sua cadeira de rodas. Alguns sobreviventes — homens que tinham sido salvos pelo sacrifício de Richard — tinham vindo prestar suas homenagens.

Finn olhou para Camille, e a emoção no rosto dele tocou seu coração. Ela deu um sorriso tímido, na esperança de demonstrar todo o amor e luto que sentia por dentro.

— Está tudo bem — sussurrou ela, pondo a mão de Finn sobre o pacotinho que carregava, o doce bebê dormindo que eles tinham nomeado em homenagem ao falecido pai de Finn.

Dois anos depois de Camille ter revelado o filme da câmera do sargento-major Finnemore, o corpo dele fora localizado. A última imagem na câmera — a última fotografia que ele tirou — acabou sendo a chave para desvendar o mistério de seu desaparecimento. Logo antes de se entregar para o inimigo, Finnemore tirou uma foto, largou a câmera e se entregou, permitindo que sua equipe se escondesse e deixando uma pista de seu paradeiro. Ao observar aquele registro derradeiro, revelado com tamanho esmero por Camille, eles perceberam um pequeno detalhe, uma caixa com um número de série gravado. Depois de meses de trabalho, os dois conseguiram rastrear a caixa de suprimento até Lomphat, no Camboja, uma cidade destruída por bombardeios. Um sobrevivente acabou levando-os até o local de uma cova improvisada com os restos mortais entregues a Deus.

O DNA do próprio Finn havia sido usado para identificar os restos mortais do pai.

Cantos de "Amazing Grace" se espalharam pelo ar. Um avião militar fez um voo sobre a cerimônia. Quatro homens de cada lado do caixão enrolado com a bandeira americana marchavam em ritmo firme, posicionando-se ao lado do túmulo cavado na terra. Oito fuzileiros, segurando armas com luvas brancas, atiraram em saudação. O músico tocou a marcha fúnebre enquanto a bandeira era dobrada na forma de um triângulo, em sinal de luto.

Tavia recebeu a bandeira em seu colo. Em seguida, olhou para os filhos e debruçou-se, desmoronando em cima do triângulo de tecido grosso. Finn e as irmãs a cercaram e a ajudaram. Ela entregou a bandeira para Margaret Ann e se virou para Camille.

— Eu seguro o bebê — disse ela.

— Claro. — Camille colocou o pequeno em seus braços. — Ele teve um avô incrível. Espero que um dia você conte tudo para ele. — Ela foi até Finn, e os dois ficaram de pé juntos, ao lado do túmulo. — Você está bem? — perguntou Camille gentilmente.

Finn pegou a mão dela e levou aos lábios para beijá-la.

— Sim. Nunca estive melhor. Meu Deus, eu te amo tanto.

E então, ele passou os braços ao redor de Camille, e o coração dela se encheu de muitas emoções — luto e alegria, gratidão e arrependimento, orgulho e melancolia. Mas, principalmente, amor.

Dois anos antes, Camille nunca poderia imaginar um momento como aquele. Mas ali estava ela, com um homem que amava mais que o ar que respirava, com seu pai, que estava finalmente vivendo e amando do jeito que era para ser, e com sua filha, agora pronta para alçar voo em suas próprias aventuras.

Ela olhou ao redor, para os rostos de sua família por extensão. Que jornada linda estavam vivendo, a longa e boa jornada que os tinha levado de volta para casa.

Agradecimentos

Este livro começou com uma jornada, e a história se desdobrou por divagações à luz do sol no meio de cidades montanhosas e vilas costeiras, onde mulheres como Lisette lutaram para sobreviver a uma guerra que mal compreendiam. Quando a imaginação é incentivada por almoços em vinícolas na companhia de um marido amoroso, tudo fica melhor.

Mas o trabalho real de escrever um romance nem sempre é tão idílico. A maior parte envolve horas intermináveis de solidão colocando palavras nas páginas, um processo alimentado não só por vinho e *socca*, mas por Red Bull e burritos de micro-ondas, enquanto somos assombradas pelo sentimento de fracasso iminente.

Felizmente para mim, as horas de solidão terminam quando o processo de publicação começa. Obrigada à equipe criativa maravilhosa da William Morrow/HarperCollins — Dan Mallory, Liate Stehlik, Lynn Grady, Pam Jaffee, Lauren Truskowski, Tavia Kowalchuk e os muitos colegas de trabalho talentosos. Obrigada às sempre sábias Meg Ruley e Annelise Robey, da Jane Rotrosen Agency, que fazem tudo com humor e jogo de cintura.

E tem também a equipe de casa — Willa Cline e Cindy Peters, que me mantêm viva na internet; e Marilyn Rowe, sogra e amante de livros com habilidades inacreditáveis de revisão. E, como sempre, os especialistas — colegas escritores que com frequência se reúnem na Barnes & Noble de Silverdale para longas discussões sobre temas de ficção improváveis. Obrigada, Elsa Watson, Sheila Roberts, Lois Faye Dyer, Kate Breslin e Anjali Banerjee. A generosidade de vocês não tem limites.

Como sempre, agradeço ao meu marido, Jerry, por permanecer calmo em todos os momentos.

Este livro foi impresso pela Vozes, em 2022,
para a Harlequin. O papel do miolo é pólen soft 70g/m²
e o da capa é cartão 250g/m².